하늘 아래
그 자리

하늘 아래
그 자리

전상국

중
단
편
소
설
전
집
2

차
례

침묵의 눈

언덕 아래의 시끌시끌한 소음이 겨울 냉기를 타고 올라왔다. 우중충 흐린 하늘을 스쳐 오는 교회 종소리가 안개처럼 짙게 내리깔리는 집 안의 정적을 깨웠다. 낡은 테이프로 음악을 흉내 내면서 울려오는 종소리는 집회를 유도하는 세속의 호객하는 소리처럼 음험하게 울려왔다. 저녁 종소리를 들으면서 나는 가까워진 천재지변을 예각하는 하찮은 동물들의 그 본능처럼 분명 뭔가 냄새 맡고 있었다.

겨울, 천구백칠십년대 초 굉장한 충격으로 상륙한 오일 파동에다 어떤 피치 못할 사연까지 덤으로 붙어 느닷없이 앞당겨진 장장 두 달여의 양양하고 칠칠한 겨울방학, 그리고 형의 칩거였다. 형은 꼬리를 사타구니로 말아 넣은 미친개의 음험한 눈을 하고 밖의 겨울을 외면한 채 집 안 깊숙이 들엎드렸다. 이것은 분명 예삿일이 아니다.

형이 날뛰기 시작한 것은 가을부터였다. 고질적인 그의 광기가 바깥 세계의 함성과 살기등등한 열기에 힘입어 마음껏 발산되었을 것은 지극히 당연했다. 밤늦어 돌아오곤 하는 그의 얼굴에는 야릇한 살기와 흥계의 찌꺼기가 더덕더덕 붙어 있었다. 물 본 기러기처럼 그 열기 속을 헤엄치며 즐겼음이 분명했다. 그러나 형은 겨울방학이 선고되기 며칠 전 집에 들어오지 않았다. 형이 돌아오지 않은 사흘간을 나는 가슴이 터질 것 같은 긴장 속에 텅 빈 집을 혼자 지켰다. 이 사실을 고향의 아버지에게 알리지 않고 버틴 것은 역시 잘한 일이었다. 야, 느덜은 별일 없재? 아버지가 그렇게 시외전화를 걸어왔을 때도 나는 시치미를 뗐다. 별일 없어요.

형이 돌아왔다. 고개를 꺾고 어깨를 움츠린 채 비실비실 걸어 들어와 두문불출 자기 방에 죽치고 들앉은 것이다. 그의 초췌한 얼굴의 의미를 생각하면서 나는 잽싸게 철대문에 빗장을 질렀다. 형이 뭔가 끝내주려 하고 있다고 생각한 것이다.

잠 못 자 죽은 귀신이라도 옮은 듯 형은 일주일을 내리 잠만 잤다. 배를 채우기 위해 가끔 얼굴을 내밀 때의 그의 얼굴은 부황 앓은 사람처럼 부석부석 떠 있었으며 이빨에는 누렇게 이똥이 끼어 있었다.

물론 형의 이 칩거는 아무에게도 방해받지 않았다. 이것은 그가 꾸미고 있는 음모의 깊이를 생각하게 해주는 좋은 조짐이었다. 형의 조치는 완벽했다. 바깥 함성에 휩쓸리면서부터 곧장 가정부 아줌마를 그녀의 고향으로 내려보낸 것을 비롯해서 자기 이름이 적힌 문패를 떼어 쓰레기통에 집어넣었다. 방에 들엎드리기 전에 아버지에게 시외전화를 거는 일도 잊지 않았다. 형이 말하기 전 아버지의 목소리가 앞섰다. 내 곧 상경하겠다만, 느이들 별일 없재?

아버지가 두려워하는 것은 항상 '별일'이었다. 아버지는 평화주의자다. 형은 얼굴을 찌푸린 채 아버지의 말을 듣고 있다가 기회를 잡아 용건을 잘라 말했던 것이다.

우리 공부 좀 하게 아무도 올라오지 말아요.

백번 장담해도 좋을 것이, 고향에서는 이제 아무도 상경하지 않을 것이다. 아버지와 계모, 그들은 형을 겁내고 있었다. 형의 광기를 너무나 잘 알고 있었기 때문이다.

형은 계속 잠만 잤다. 이를 부득부득 갈면서 잤다. 형의 이 갈기는 광기의 한 증상이었다. 나는 형의 이 가는 소리를 들으면서 뒤꿈치를 들고 야금야금 걸으며 이 칠칠한 겨울을 즐겼다. 가끔 소리 죽여 ㅎㅎ 웃기도 했다. 이 즐거움의 근원은 기다림이었다. 나는 줄기차게 시치미를 떼면서 무엇인가 일어나 주기를 기다렸다. 형은 항상 나를 즐겁게 했다. 우리들이 좀 더 어렸던 시절, 함께 싸다니며 저지른 그 무수한 기행, 그것은 온통 즐거움이었다. 집에서 기르던 산비둘기 한 쌍을 펄펄 끓는 물에 슬쩍 데쳐 털을 모조리 뽑아낸 다음 방 안에 던졌다. 비둘기들은 김이 오르는 그 빨간 몸뚱이를 강동거리며 방 안을 뱅뱅 돌았다. 우리는 눈앞이 아찔한 즐거움으로 해서 기성을 질러댔던 것이다.

형이 그 긴 잠에서 깨어난 것은 내가 대문 밖 쓰레기통에서 백치를 발견한 시간과 거의 때를 같이했다. 우습게도 형은 그 백치를 맞아들이기 위해서 잠을 깬 것처럼 거동했는데 나는 그 것이 이해되었다. 그의 그 예사롭지 않은 잠 속에 어찌 그 정도 의 현몽이 없었겠느냐 싶었던 것이다.

밖에는 이미 어둠이 깔리기 시작했고 집 안에 쌓인 쓰레기를 버리기 위해 대문 빗장을 뽑았을 땐 아랫동네로부터 교회 종소 리가 음악을 흉내 내면서 기어오르고 있었던 것이다. 이상한 예감에 사로잡혀 쓰레기통을 열었다. 나는 흑, 숨을 들이마시 며 뚜껑을 다시 닫았다. 뭔가 희끗한 것이 쓰레기통 속에 꽉 차 있다는 느낌이었다. 허겁지겁 대문 안으로 뛰어들었다. 형이 마당에 서 있었다.

"밖에 누가 날 찾아왔지?"

형은 이똥이 누렇게 낀 이를 드러내며 천연스럽게 물었다. 그러나 그의 얼굴은 겁에 잔뜩 질려 있었다.

"응, 쓰레기통 속에 있어!"

나는 대답했다.

쓰레기통 속에 든 것이 무엇인가를 확인하고, 그리고 그 괴 물을 밖으로 끄집어내는 데는 상당한 용기와 시간이 필요했다. 그러나 우리는 해냈다.

한눈에 그것은 우리들의 적수가 아니었다. 입을 헤벌려 침을 게게 흘리는 백치였던 것이다. 놈은 오그라지듯 왜소한 체구를 하고 있었지만 나이는 꽤 들어 보였다. 얼굴은 화상에 의한 것 인 듯 찌그러져 번들거렸다.

"바로 그 새끼야!"

맥 빠진 내 기분과는 달리 형은 숨을 헐떡이며 말했다. 그 새끼의 출현이었던 것이다. 형의 그 새끼는 이처럼 느닷없이 쓰레기통에서도 나왔다. 민중아, 불이야 불. 형이 나를 흔들어 깨웠다. 엄마가 살고 있던 바깥채가 불붙어 타오르고 있었다. 나는 무서워서 울었다. 그때 형이 미친 듯 울고 있는 내 귀에다 속삭였다. 저 불, 그 새끼가 싸지른 거야! 그 새끼를 형이 처음 입에 올린 것이 그때였다. 내가 대여섯 살, 형이 예닐곱 살쯤 됐을 때였다. 그 새끼가 죽인 거야. 재 속에서 끄집어낸 엄마의 시체가 철사에 꽁꽁 묶인 채 새카맣게 불타 오그라졌더라고 형은 엄마가 땅에 묻히는 날에도 내 귓속에다 속삭였다.

형의 이러한 발작을 눈치채면서부터 아버지의 얼굴에는 난색이 짙었다. 아버지의 얼굴이 어두워지는 것은 오직 형의 광기 앞에서뿐이었다. 매사 적당주의자인 아버지도 형의 광기가 한 번 나타나면 속수무책으로 절절맸다.

형에게 덮씌워진 '그 새끼'의 귀신은 어디에서고 예고 없이 그 꼬락서닐 달리해 나타났다. 학교 길 건널목 빨간불 대기에서 옆에 서 있는 중년 여인까지도 그 새끼였다. 그 두툼한 입술과 툭 불거진 광대뼈가 온통 탐욕스럽게 생겨 먹었더란 것이다. 나중에 제정신이 들었을 때 형은 꼭 이런 어처구니없는 이유를 달곤 했다.

이처럼 형의 광기는 다혈질적인 체질에서 오는 과민성과도 통하는 바가 있었다. 하찮은 일에도 곧잘 입술을 파르르 떨며 동공을 좌우로 빠르게 움직이는 등, 그는 항상 불안하고 혐오에 가득 찬 얼굴을 하고 있었다. 그 새끼의 모습은 러시아워의 초만원 버스 속에서 가장 많이 나타났다. 학생이 든 책가방이 다리를 좀 스쳐도 목덜미를 벌겋게 달구며 눈에 살기를 띠는 선병질인 사내의 옆얼굴, 뒷머리를 지나치게 쳐올려 속살이 허옇게 드러나 혐오감을 불러일으키는 사내의 뒷모습, 껌을 질겅질겅 씹으며, 출구에 엉겨 붙은 승객들을 안쪽으로 집어넣기 위해 차체를 급회전시키는 버스 운전사의 선글라스 낀 유들유들한 얼굴, 아낙네의 둔부에 사타구니를 밀착시키고 서서 옆 사람의 눈치를 살피고 있는 치한, 대개 이런 사람들이 형의 주먹을 먹었다. 느닷없이 그 새끼의 면상을 때리고 형은 그 자리에 쓰러져 간질병 환자처럼 사지를 뒤틀었다. 그래서 형은 항상 용서를 받을 수 있었던 것이다. 그러나 버스 속에서의 그런 얼굴은 눈에 거슬려 증오심이나 적개심을 불러일으킬 수 있는 대상이었기 때문에 그런대로 수긍이 갔다. 그러나 형은 아주 점잖게 차려입은 중년 신사 뒤를 미행해 가다가 그 목덜미를 잡아챈 다음 놀란 그 신사의 얼굴에다 침을 뱉기도 했다. 고등학교를 졸업할 무렵 형은 아버지에 의해서 정신과 병원에 입원한 적이 있었다. 두 달여의 입원 끝에 형은 '이상 없음'의 결과를 가지고 히히 웃으며 천연스런 얼굴로 돌아왔다. 그날 저녁 형은 음흉스럽게 웃으며 내 귀에다 대고 말했던 것이다. 의사, 그게 바로 그 새끼였단 말이야.

"이 새낄 안으로 끌어들여!"

형은 백치가 가슴에 안고 있는 형 이름이 적힌 문패를 빼앗아 다시 쓰레기통 속에 집어넣으며 말했다. 나는 망설일 필요 없이 백치의 몸을 대문 안으로 밀어 넣었다. 너, 이거 꼭 붙들고 있어. 형이 건네준 비둘기의 가슴이 내 손아귀에서 파득파득 뛰고 있었다.

마루에 선 채 두리번거리는 백치한테서 고약한 냄새가 났다. 입을 헤벌린 꼴이 녀석의 화상으로 찌그러져 번들거리는 흉한 낯짝의 인상을 조금은 부드럽게 하고 있었다.

그렇게 멍청하니 서 있는 백치를 향해 형이 춤추듯 움직였다. 백치가 나무토막처럼 마루에 나둥그러졌다. 형은 두어 번 발길질을 했다. 그러나 쓰러진 채 형을 쳐다보는 그 찌그러진 백치의 눈에는 공포가 없었다. 도대체 놈의 낯짝엔 악의라든가 분노 같은 게 없었다. 형이 식당에서 칼을 들고 나와 씩씩거리며 백치의 목에 댔다. 그러나 백치는 그냥 헤― 하니 입을 벌린 채 그 어떤 표정도 보이지 않았다.

"어, 이 새끼 봐라."

형은 신음하듯 중얼거리며 칼을 집어던졌다. 그리고 한참 후에 나한테 말했다.

"이 새길 목욕탕에 집어넣어!"

나는 몸이 떨렸다. 끓는 물에 잠기지 않는 것은 오직 비둘기 대가리뿐이었다. 털이 뽑히지 않은 대가리를 덩그렇게 치켜들고 벌거숭이가 돼 강동거리며 방 안을 돌던 비둘기를 보면서 나는 몸을 떨었다. 형은 백치의 옷을 반은 찢다시피 벗겨냈다. 걸쳤던 그 더러운 옷보다 더 더러운 몸뚱이, 놈은 사람이랄 수가 없었다. 그러나 형은 놈의 몸뚱이를 욕조 속에 밀어 넣었다. 수도꼭지를 틀자 뜨거운 물이 쏟아져 나왔다. 아버지의 배려였다. 오일 파동을 비웃듯 지하실에 비축된 석유 드럼. 아버지의 부, 아버지의 힘이고 아버지의 사랑이었다.

형은 백치의 몸에 직접 손을 대어 씻기기 시작했다. 더러운 몸뚱이에서 식혜 밥알 같은 때가 뭉글뭉글 떨어져 나왔다. 흰 타일 벽에도 형의 얼굴에도 놈의 때가 묻어났다. 놈은 여전히 표정 없는 얼굴로 몸을 맡긴 채였다. 형에게 맞아 터진 입술이 부어올라 얼굴이 흉하게 일그러져 보였다. 그러나 형은 계속해서 놈을 씻겼다. 나는 구역질이 났다. 이 구역질은 형으로부터 도망치고 싶다는 충동 쪽으로 나를 밀어붙였다. 그러나 나는 도망치고 싶은 충동을 억제하면서 형이 하는 일을 지켜보았을 뿐이다. 나는 알고 있었다, 형으로부터 도망치고 싶다는 이 충동은 예견되는 어떤 사태에 대한 공포임을. 그러나 나는 결코 도망가지 않을 것이다.

목욕탕에서 나온 백치는 털 뽑힌 비둘기처럼 강동거리며 뛰지 않았다. 놈은 원숭이처럼 어깨를 잔뜩 움츠리고 마루 한가운데 서 있었다. 사타구니에 축 늘어진 물건은 완전한 포경이었다. 놈에게 내 겨울 체육복이 입혀졌다. 그리고 라면을 끓여주었다. 놈은 참말 걸신들린 것처럼 뜨거운 라면을 맨손으로 건져 허겁지겁 먹었다. 국물까지 다 마시고 놈은 포식한 돼지처럼 모로 쓰러져 잠들어버렸다.

내 방에 돌아와 누웠지만 잠은 오지 않았다. 불길이 보였다. 불길이 치솟고 있었다. 엄마가 자고 있는 바깥채였다. 나는 울어댔다. 저 불, 그 새끼가 싸지른 거야. 형이 말했다. 눈을 떠도 숨을 탁 막는 연기와 불길이었다. 갑자기 방문이 열리면서 칼을 든 백치가 내 가슴을 겨냥하고 내리 찔렀다. 견디다 못해 일어나 방문을 열었다. 마루의 난로가 벌겋게 달아 있었고, 그 석유난로 옆에 백치가 새우처럼 꼬부린 채 잠자고 있었다. 그리고 형의 이 가는 소리가 들려 왔다. 나는 비로소 어깨의 힘을 빼고 자리에 쓰러져 잠들 수 있었다.

"이 새낄 다시 사람으로 만드는 거야!"

아침부터 형은 백치를 향해 질문 공세를 벌였다. 너 개새끼지? 느 아버지가 널 때렸지? 느 엄마 똥깔보지? 네가 느 엄마 죽였지? 느 엄마 이렇게 죽었지? 형은 정말 눈을 허옇게 뒤집어쓰고 마룻바닥에 죽은 것처럼 쓰러졌다. 그러나 백치는 멀뚱하니 앉아 형의 얼굴만 쳐다보았다. 그 어떤 물음에도 대꾸하지 않았다. 형의 말을 듣고 있는 게 분명한데도 놈은 아무것도 말하지 않았다. 형이 그가 대답을 할 수 없는 질문만 하고 있었는지 모른다. 아무튼 형은 집요했다. 이 새끼야, 웃어! 히히 웃어봐! 형이 언성을 높이기 시작했다. 이 새끼야, 울어! 울어 보란 말이야! 드디어 더 참지 못하고 형의 주먹이 날아갔다. 죽여버릴 거다! 그러나 백치는 쓰러진 난롯가에 흐트러진 빵 부스러기를 주워 먹기 시작했다. 형이 빙긋 웃었다.

"지금부터 이 새끼한테 아무것도 먹이지 마!"

그리고 우리들은 백치가 보는 앞에서 점심을 먹었다. 저녁도, 다음 날 아침까지도 놈에게 물 한 방울 주지 않았다. 그러나 놈은 잘 견뎌냈다. 우리들 곁에 다가들지 않았을 뿐 아니라 주방에 있는 그 어떤 음식에도 손을 대지 않았다. 언제나 난로 옆 마룻바닥에 꼬부려 죽은 듯 누워 있었을 뿐이다.

형의 눈이 분노로 이글이글 타오르고 있었다. 그는 밥그릇을 들고 백치에게 다가갔다. 백치는 서슴없이 손을 내밀어 밥그릇을 받았다. 주저하거나 의심하는 그런 눈이 아니었다. 밥을 움켜쥐어 입에 넣으려는 순간 형이 밥그릇을 낚아챘다. 놈은 손에 묻은 밥알을 뜯어먹는 데 그쳤다. 백치가 개처럼 으르렁거릴 걸로 예상했던 형은 그만 낙망한 얼굴로 ㅎㅎ 웃었다.

"의자 하나 내와!"

형이 시키는 대로 나는 책상 의자를 마루로 내왔다.

"거기다 저 새끼 묶어!"

백치는 의자에 앉혀진 다음 전깃줄로 묶이기 시작했다. 움직일 수 있는 것은 그의 머리뿐이었다. 형은 백치의 머리를 뒤로 젖힌 다음 그 화상으로 해서 번들거리는 얼굴에다 수건을 얹었다. 그리고 그 수건 위에다가 주전자에 가득 찬 뜨거운 물을 술술 부어내리기 시작했다. 백치가 고개를 흔들자 형은 한 손으로 백치의 이마를 누르면서 쉬지 않고 물을 부었다. 나는 숨이 헉헉 막히는 것만 같았다. 백치의 머리가 더욱 심하게 움직이자 형은 백치의 턱을 받쳐 들었다. 물이 계속 부어져 내리자 끄윽 끄윽 짐승 같은 소리가 덮인 수건 밑에서 새어 나왔다. 너이 새끼야 바른 대로 말해! 형이 백치의 귀에 대고 소리쳤다. 그러나 백치는 의자에 묶인 채 꿈틀거릴 뿐 더 이상 아무런 소리도 내지 않았다. 나는 숨이 막혀 쓰러질 지경이었다. 그러나 결코 도망치지 않고 지켜보았다. 주전자의 뜨거운 물은 수건을 적시면서 백치의 코와 입의 숨길을 막았다. 그리고 목을 타고 마룻바닥에 질펀하게 흘러내렸다. 주전자의 물이 다 비었을 때 백치는 고개를 더 이상 움직이지 않았다. 그제야 형은 내게 백치의 묶인 몸을 풀게 했다. 나는 기절해버린 백치를 풀어 마루에 누인 다음 그 옆에 밥그릇을 놓아두었다.

백치는 눈을 뜨기가 무섭게 밥그릇을 들어 집어먹기 시작했다. 갓난애가 엄마 젖을 빨 듯 그렇게 허겁지겁 먹었다.

형이 또 다른 일을 시작한 것은 백치가 식곤증으로 해서 막 곯아떨어졌을 때다. 형은 전선 플러그를 마루 벽 콘센트에 꽂고 그 전선 끝을 백치의 목덜미에 댔다. 백치의 몸이 퉁기듯 일어나 앉았다. 그러나 곧 다시 쓰러져 잠들려 했다. 형이 또 같은 방법으로 충격을 가했다. 백치는 다시 몸을 뒤틀며 일어나 앉아 눈을 번들거렸다.

"너 간첩이지?"

형은 백치를 향해 간첩이냐고 다그치면서 철사가 두 줄 노랗게 빠져나온 코드를 백치의 코밑에 들이댔다. 백치의 눈이 스르르 감겼다. 형이 낮게 소리 내어 ㅎㅎ 웃었다. 백치의 몸뚱이는 맨땅 위의 생선처럼 벌쩍벌쩍 뛰어올랐다. "너, 느 집에 불 질렀지?" 또 한 번 백치의 몸이 퉁기듯 움직였다. "너, 사람 죽였지?" 백치가 또 뛰어올랐다. "너 간첩이지?" 형의 눈이 이글이글 타오르고 있었다. 눈을 허옇게 치뜨기 시작한 백치의 찌그러진 얼굴에 공포의 빛이 일렁이기 시작했다. 그러나 그것은 전기 충격이 가해지는 순간의 놀람 때문이었을 뿐이다. 충격이 멈추는 것과 동시에 그의 눈에는 공포의 빛이 사라졌다. 백치는 훌륭했다. 벌벌 기어 달아나지 않았다. 엉엉 울지도, 손을 모아 빌지도 않았다. 나는 놈이 백치라는 사실을 까맣게 잊고 있었다. 무서웠다.

"죽여, 죽여!"

나는 와들와들 떨면서 겁먹은 소릴 질러댔다. 그러나 형은 전기 코드를 내던지며 벌렁 드러누웠다. 그리고 말했다.

"이 새낀 아주 하등동물이야!"

꼬박 하룻밤을 지새운 아침이었던 것이다. 백치와 형은 마루에 쓰러진 채 깊은 잠 속으로 굴러떨어졌다. 백치 위에 군림하여 그를 다스리지 못한 폭군의 잠든 얼굴은 몹시 처연해 보였다.

너두 그 새끼 봤지? 어젠가 형은 내 목을 죄면서 물었다. 나는 숨을 헐떡이며 손을 내저었다. '생각해봐, 엄마 위에 엎드렸던 그 새낄 너두 봤어!' 나는 계속 손을 내저었다. 형이 내 손을 풀었을 때 나는 숨을 켁켁거리면서 괴로워했다. 형은 오늘처럼 저렇게 참담한 얼굴을 보이고 서 있었다. 나는 목을 쥐고 엄살떨어 울면서 가슴 밑바닥에 괴어 드는 즐거움 같은 걸 감출 수가 없었다. 백치의 잠든 얼굴에서 나는 지금 그런 표정을 찾고 있었다.

오후 두시쯤 잠을 깬 형은 아직 잠에 깊이 빠져 있는 백치를 한참 동안 묵묵히 내려다보고 있었다. 나는 숨을 죽인 채 유리창이 바람에 덜렁거리는 불길한 소리에 귀를 기울이고 있었다. 그때 형이 말했다.

"지금부터 허수아빌 만드는 거다!"

"허수아비? 왜, 왜 그런 걸 만들어?"

"태워버릴 거다!"

"왜, 왜 태워?"

눈에서 불이 일었다. 나는 형의 두번째 주먹을 피해 겨우 몸

　　　침묵의 눈

을 가눠 섰다. 나는 즐거워지기 시작했다. 형은 이미 불타오르고 있었던 것이다.

허수아비의 골상은 응접실용 옷걸이가 제격이었다. 우리들의 헌 옷가지가 그 옷걸이에 사람의 몸 부피만큼 감겨졌다. 원형의 플라스틱 쓰레기통이 허수아비의 머리에 용수처럼 씌워졌다. 양팔은 마치 투항하는 병사의 그 엉거주춤 쳐들린 팔처럼 위로 세워졌다.

두시쯤 시작된 작업은 저녁 어스름이 뉘엿뉘엿 내릴 무렵에야 끝을 보았다. 마침 저녁 모임을 유도하는 교회 종소리가 오늘따라 가까이서 선명하게 들려왔다. 밖에 눈이 내리고 있었다.

유다의 침묵처럼 우울한 음조를 감추지 못하는 교회 종소릴 들으면서 형은 자기 방에서 뭔가 오랫동안 쓰고 있었다. 나는 마루에 우뚝 세워진 우스꽝스러운 허수아비와 그 밑에 아직 잠들어 있는 백치를 바라보면서 우리들이 먹을 저녁을 장만하고 있었다.

이때 형이 자기 방에서 편지 두 통을 들고 나왔다. 그것을 내게 내밀면서 그는 침통한 목소리로 말했다.

"민중아, 이 편지 좀 부쳐줄래?"

밖에는 눈이 내리고 있었다. 눈 내리는 밤 공기를 교회 종소리는 쉬엄쉬엄 깨뜨렸다. 나는 어느 집인가 그 대문 처마 밑에 눈발을 피해 서서 형의 편지를 뜯었다.

─나는 아무리 괴로워도 입을 열지 않을 결심이었다. 입을 열어봤자 말할 게 없었기 때문이다. 그러나 나는 말하지 않을 수 없었다. 떠오르는 것은 너희들 이름이었다. 머리에 떠오르

는 이름을 아무렇게나 주워대는 내 입에 그들이 녹음기를 들이대고 있었다. 나는 내가 한 말을 거둬들일 기력이 없었다. 모두에게 미안할 뿐이다.

    수신인이 친구로 돼 있는 형의 유서였다. 그 시국, 형이 돌아오지 않았던 그 사흘간의 유다의 고뇌가 거기 적혀 있었다. 또 한 통은 아버지에게 보내는 것이었다. 나는 갑자기 뜯어보고 싶은 충동을 잃었다. 별일 앞에 놀라 까무러칠 아버지의 얼굴이 보였기 때문이다.

    뜯어진 겉봉은 우표 파는 집에서 풀을 얻어 붙인 다음 그 두 통의 편지를 우체통에 넣어버렸다.

    나는 서둘러 언덕을 올랐다. 눈 쌓인 언덕길은 미끄러웠다. 그러나 나는 허둥지둥 치닫기 시작했다. 벌어지고 있는 역사의 현장을 놓칠 수가 없었던 것이다.

    내가 집에 이르렀을 때는 마루에 불이 켜져 있었으며 이미 저녁상까지 놓여 있었다.

    "최후의 만찬이다!"

    형이 ㅎㅎ 웃으면서 말했다. 유다의 오뇌와 같은 그림자는 찾아볼 수 없었지만 그는 이상하게 허둥거렸다. 잠을 깬 백치가 밥상에 다가앉아 허겁지겁 마지막 만찬을 즐기고 있었다.

    "이 허수아비 어디서 태울 거야?"

    나는 몹시 조급했다. 부지런히 알아내야 했기 때문이다.

    "너 정말 몰라서 묻냐?"

    형은 숟가락을 들다가 도로 내려놓았다. 나는 형의 눈을 피했다.

"여기 이 마루에서 태울 거다. 왜?"

형은 지금 웃고 있을 것이다. 그러나 나는 그의 속셈을 알아낼 때까지 섣부르게 굴어서는 안 된다고 생각했다.

"왜? 무섭냐?"

"천만에! 다만 이 집까지 타버릴까 봐 그게 걱정이라구!"

"집을 태우는 거야!"

"이건 우리 집이야!"

"그래, 맞아. 우리 집을 태우는 거야!"

"형, 내 몫도 있다는 걸 잊지 말라구!"

"이 병신아. 네 몫은 안 태워! 넌 지주거든. 난 건물주구⋯⋯"

그렇게 말하고 형은 짧게 ㅎㅎ 웃었다. 그리고 곧장 정색을 하며 내 멱살을 잡았다.

"저 새낄 죽일 거니까, 너 참견하지 마!"

형이 턱으로 가리키는 백치는 다시 식곤증으로 해서 난로 옆에 쓰러져 있었다. 놈은 정말 하등동물이었다.

"형두 저 새끼하구 함께 죽는 거야?"

나는 절벽 끝에 서보고 싶은 충동을 받았다. 형이 내 멱살을 풀면서 말했다.

"말해주지. 난 안 죽어. 저 새끼가 내 대신 죽는 거야!"

절벽 끝에서 나는 드디어 형이 파놓은 그 깊은 흉계의 늪을 보았다. 그 늪에 나까지 밀어 넣는다면 형의 흉계는 더욱 완전하게 성공할 것이 틀림없다. 나는 얼른 밥상을 들고 일어섰다. 토끼처럼 슬기롭게 늪에서 도망쳐야 했기 때문이다.

"거기 그냥 놔둬!"

형이 내 앞을 막아섰다.

"내가 왜 형 대신 죽어야 해? 난 죽고 싶지 않아."

나는 부르짖었다. 내가 몸을 떨며 기다린 것은 즐거움이지 이건 결코 아니다. 죽는 것은 싫었다.

"겁내지 마. 안 죽일 거니까. 넌 내가 이 세상에 살아 있다는 걸 알고 있는 단 한 사람으로 남아 있음 돼."

"난 참을 수 없어! 말해버리고 말 거야. 난 그런 무서운 비밀을 지니고 살 수 없단 말이야!"

"넌 절대 말하지 않을 거다. 넌 사실을 얘기할 만큼 어리석지가 않아."

"난 형이 살아 있다는 그 사실 때문에 미치고 말 거야."

"거짓말하지 마. 넌 절대 미치지 않아. 넌 모든 걸 곧 잊겠지. 너 자신을 위해서 말이야. 세상 사람들이 다 그런 것처럼 어쩌면 너는 더 무서운 놈일 거야."

"난 잊을 수가 없어!"

"그래, 잊지 않는다고 해도 넌 그 기억을 되살려내진 않을 거야. 그때 그 새끼 기억해내지 않듯 말이지."

나는 후닥닥 형으로부터 물러섰다. 그가 지금 무엇에 대해 말하고 있다는 걸 알았기 때문이다.

"형, 난 정말 아무것도 기억에 없어."

"저 새끼처럼 말이지?"

그러면서 형은 현관 신발장 옆에 놓인 석유통을 들어 올렸다. 그는 서서히 마개를 뺀 다음 마루 한가운데 우뚝 서 있는 허수아비의 몸뚱이에 석유를 붓기 시작했다. 헌 옷가지가 감긴 허수아비의 몸뚱이는 갯솜처럼 흠뻑 적셔졌다. 그리고 석유는 마룻바닥으로 흘러내려 새우처럼 웅크린 채 잠든 백치의 몸까지 번져들었다. 형은 발로 백치의 이마를 찼다. 이때 나는 형이 구두를 신고 있음을 발견했다. 구두에 차인 백치는 전기 충격을 당했을 때처럼 화들짝 놀라며 일어났다간 다시 쓰러졌다. 그러나 몸에 배어드는 물기를 느꼈는지 다시 엉거주춤 몸을 일으켜 앉았다.

"형, 정말 왜 이러는 거야?"

나는 석유통을 집어던진 형이 점퍼 주머니에서 성냥을 꺼내들자 재빨리 몸을 피해 현관 쪽으로 다가갔다.

"보기 싫으면 어서 꺼져. 어차피 넌 잊을 거니까."

"난 잊지 않아! 아무나 붙들고 형이 한 일을 말해줄 거야."

"그래 말해봐. 네가 본, 그때 그 새끼 얘기두 함께 말이야."

형이 웃고 있었다. 나는 형을 향해 손을 내저었다.

"형, 나는 정말 그 새낄 못 봤어!"

나는 형이 다시 그 새끼에 대해서 말해주길 바라고 있었던 것이다.

"넌 봤어. 나처럼 똑똑히 봤단 말이야. 다만 사실을 말하길 두려워할 뿐이야. 두렵기 때문에 잊어버렸다, 그거야."

"형, 나는 그때 겨우 다섯 살이었단 말이야. 본 게 사실이라구 해두 잊어버릴 수도 있어."

"그래. 다섯 살이었을 거다. 넌 그때 나하고 함께 엄마가 있는 텐트 속에 들어갔지. 그리고 그 새낄 본 거야."

나는 대꾸하지 않았다. 형은 이제 스스로 말하기 시작할 것이다.

"그날 우리는 수리대 호수로 낚시를 갔던 거야. 여보, 기분 어때? 아버지가 엄마를 돌아다보며 말했어. 너무너무 좋아요. 엄마가 대답했어. 우린 밤고길 잡기 위해 강가에다가 텐트를 쳤어. 엄마는 텐트 옆에서 저녁을 짓고 있었지. 그때 우리들은 아버지와 함께 텐트에서 산모퉁이를 하나 더 돌아선 곳에서 낚시를 하고 있었던 거야. 바람 없이 잔잔한 수면에 뒷산 그림자가 저녁노을에 어울려 일렁거렸지. 물 위로는 저녁밥을 찾는 물고기들이 흰 배를 드러내며 펄쩍펄쩍 뛰어오르고, 물새들이 수면을 스치듯 날던 기억도 생생하단 말이야. 나는 아버지 옆에서 아버지가 괴어놓은 낚싯대 하나를 지켜 앉았는데 넌 아버지 옆에 붙어 앉아 자꾸 칭얼거렸던 거야. 이제 그만 엄마 있는 데로 돌아가자는 거였어. 데려다 두고 올까? 내가 아버지한테 물었지. 그러나 낚시에 정신이 팔려 있던 아버지는 고개만 끄덕였어. 나는 네 손을 붙잡고 산모퉁이를 돌아 엄마가 있는 텐트 쪽으로 가면서 너하고 달리기 시합을 했어. 나는 일부러 너한테 못 당하는 척 엄살을 떨기도 했어. 텐트가 가까워 오자 우리는 몸을 조그맣게 웅크려 살금살금 다가갔지. 엄마를 놀라게 하려고 그랬던 거야. 그러나 엄마는 없었지. 우리는 서로 얼굴을 마주 보며 킥킥 웃었지. 그리고 동시에 텐트 속으로 기어 들어간 거야. 그때 우린 보았어!"

나는 형이 성냥개비를 뽑아 드는 걸 보았다. 백치는 얼굴에 묻은 석유를 팔소매로 열심히 닦아내고 있었다.

"우린 그때 봤단 말이야. 난 그것을 본 순간 벌벌 떨렸어. 그래서 네 손목을 끌고 마구 울면서 아버지한테로 달려갔던 거야. 네가 울면서 아버지한테 말했거든. 엄마가 죽어! 그리고 내가 숨을 헐떡이며 설명했지. 텐트 속에서 우리가 본 그 새끼에 대해서 말이야. 엄마 위에 있던 그 새끼는 동화책에 나오는 곰처럼 크고 무서웠어. 그러나 나는 엄마 입에 물려져 있던 그 수건과 우리를 쳐다보던 엄마의 눈을 설명할 수가 없었어. 너두 기억할 거야. 엄마의 그 눈 말이야. 그런데 아버지는 이미 우리들 곁에 없었어. 우리는 울면서 아버지가 괴어놓은 낚싯대 옆에 쭈그려 앉아 있었던 거야. 주위가 어둑어둑해지면서 우린 정말 많이 무서웠어."

형은 말을 끊고 마치 그때처럼 겁먹은 눈으로 사방을 둘러보았다. 그의 발밑에 불 당겨지지 않은 성냥개비가 두어 개 분질러져 있었다. 그는 또 다른 성냥개비를 꺼내 들며 말했다.

"누군가 뒤에서 우리를 물속으로 밀었던 거야. 나는 물속에서 아버지의 무서운 얼굴을 보았어. 아버지, 아버지…… 나는 물속에서 허우적거리며 아버지를 불렀던 거야. 내가 정신이 들었을 땐 텐트 있는 데였어. 네가 옆에서 울고 있었지. 엄마아! 나는 소리치며 텐트 속으로 기어들어갔어. 그러나 거기는 텅 비어 있었단 말이야. 네가 더욱 소리 내어 울었지. 민중아 울지 마, 형이 거짓말을 한 거다. 거짓말하는 사람은 물귀신이 잡아 가는 거야. 그렇게 말하면서 아버지가 내 얼굴을 힐끗 돌아봤어. 아버지는 웃고 있었지. 뱀처럼 그렇게 웃었어. 아버지는 내가 거짓말을 했다는 거였어. 엄마는 몸이 아파 벌써 오래전에 집에 갔다면서 우리들이 텐트 속에서 보았다는 게 전부 거짓말이라는 거였어. 민중아, 너는 아무것도 못 봤지? 아버지가 울고 있는 너한테 물었어. 너는 내 눈치를 보며 고개를 끄덕거렸던 거야. 아무것도 못 봤다는 거였어. 현중아. 너도 못 봤지? 아버지가 내 눈을 들여다보며 물었어. 그러나 난 소리 질렀던 거야. 난 봤어. 그 새끼가 엄마 위에 있었단 말이야! 아버지가 웃었어. 뱀처럼 웃으면서 일어나 내 목덜미를 쥐고 다시 물가로 끌고 갔던 거야. 네가 울면서 따라왔지. 민중아, 형이 미쳤다. 물귀신이 붙은 거야. 물귀신은 물속에서 떼어야 하는 거다. 그래서 나는 다시 물속에 던져졌던 거야. 하늘이 새까맣게 보였어. 나는 기를 써서 기어올랐어. 그럴 때마다 아버지는 나를 다시 물속에 던져 넣었어. 두 번 세 번…… 울컥울컥 물을 먹으면서 나는 이것이 죽는 것이구나, 생각했어. 내가 정신이 다시 들었을 때 아버지가 물었어. 너 또 다시 거짓말할래? 아버지의 얼굴은 뱀이었어. 아버지 잘못했어요. 잘못했어요. 나는 울면서 말했던 거야. 집에 돌아온 다음 날부터 나는 앓기 시작했어. 대단한 고열이었을 거야. 문득문득 까마득히 절벽 아래로 떨어져 내리며 헛소릴 했어. 아버지, 잘못했어요. 다시는 거짓말 안 할게요."

성냥개비를 든 형의 손이 부들부들 떨리고 있었다. 그의 얼굴이 벌겋게 이글거렸다. 나는 더 참을 수가 없었다.

"거짓말이야. 형은 지금 거짓말을 하고 있는 거야. 이랬을지도 모른다고 생각해왔던 그 생각이 사실처럼 보인 거야. 착각이라는 거야. 일곱 살 때의 기억을 그처럼 생생히 되살릴 수 있다는 것부터가 이미 정상이 아니란 말이야."

"이 새끼야, 난 미치지 않았어!"

씹어뱉듯 말하면서 형은 성냥개비에 득, 불을 댕겼다. 백치가 그 성냥개비에 붙은 불을 쳐다보며 화상으로 번들거리는 얼굴을 잠깐 찡그렸다.

형은 손끝까지 타들어 온 불을 마룻바닥에 던져 밟아버렸다.

"분명한 사실을 부정하고 진실을 감추는 그 뻔뻔스런 낯짝을 한 새끼들이 더러워서도 난 죽을 수가 없단 말이야. 난 살아 있어야 해. 그래서 언제고 사실을 말해줄 거다!"

"형, 사실을 말해줄 거라구? 사실이 그렇게 중요한 거야?"

형은 성냥을 그으려다 말고 내 얼굴을 뚫어지게 쳐다보았다.

"난 알고 있었어. 아버지가 왜 우리들을 엄마가 있는 바깥채에 못 나가게 했었는지 말이야!"

"그게 어쨌단 말이야? 아버진 엄마가 나쁜 병에 걸려서 우리하고 격리시켰댔잖아. 그리고 엄마는 죽었을 뿐이야."

"그래 엄마는 죽었어. 불타 죽었단 말이다. 그 새끼가 불 싸질러 죽인 거야."

"그게 누군데?"

"너지?"

나는 갑자기 맥이 풀렸다. 성냥 불빛에 어른거리는 형의 얼굴은 광기로 이글거리고 있었다. 나는 고개를 저었다. 형은 아니야. 그때 형은 너무 어렸어. 형은 다시 성냥개비를 꺼내 들고 허수아비 앞으로 다가갔다.

백치가 움찔움찔 형을 피해 뒤로 물러앉았다.

28

"난 아니야. 난 엄마를 안 죽였단 말이야……"

나는 형 있는 데로 다가서며 외쳤다. 꿈에 엄마를 보았다. 엄마는 새까맣게 불탄 얼굴로 나를 노려보며 말했다.

"민중아, 네가 날 죽였지?"

형이 내 목을 죄며 그 물가의 기억을 추궁하던 밤이었다.

형이 허수아비 머리에 불을 댕겼다. 불은 금세 투항하는 병사가 엉거주춤 쳐든 손처럼 위로 뻗은 두 팔을 타고 옮겨 붙었다.

"형!"

나는 현관 쪽으로 쫓기듯 물러서며 소리쳤다. 나는 더 이상 움직일 수가 없었다. 브레이크 고장 난 자전거를 타고 내리막 길을 가속으로 내리닫는 그런 내던진 심정이랄까. 그러나 정신은 맑았다. 민중아, 형아가 미쳤다. 귀신이 붙은 거야. 그리고 아버지는 또 속삭이고 있었다. 나를 봐라. *끄떡없지 않느냐?* 아버지처럼 살아야지.

허수아비의 머리와 팔에 당겨진 불은 타오르면서 아래쪽으로 맹렬히 번져 내렸다. 이제 허수아비는 온통 불길 속에 휩싸이고 있었다. 타오르면서 번져 내린 불길은 마룻바닥을 핥으며 엉거주춤 일어나 앉은 백치의 몸뚱이까지 옮겨 붙었다.

순간 백치는 짐승처럼 부르짖었다. 쫙 소름 끼치는 소리였다. 또한 그의 화상으로 찌그러져 번들거리는 얼굴에서 팍팍 튀어나오는 것이 있었다. 그것은 분노였다. 격노한 자의 살기 띤 얼굴이 형을 향했다. 그러한 백치의 가슴팍을 향해 형의 발길이 날았다. 걷어찼다고 그렇게 느꼈을 뿐이다.

백치의 몸이 풀쑥 위로 솟았다.

그 순간 형의 몸뚱이가 마룻바닥에 나뭇등걸처럼 무너졌다. 백치의 두 팔이 형의 하체를 끌어안고 있었다. 형이 백치로부터 벗어나기 위해 몸을 버둥거렸다.

그러나 그들의 몸뚱이는 결코 풀리지 않은 채 불길이 되어 타오르고 있었다.

나는 불길이 천장에 치닫기까지 현관 입구에 붙어 선 채 움직이지 않았다. 보고 싶었던 것이다. 수리내 호수의 그 물가 풍경을. 엄마 입에 재갈을 물리고 엄마 위에 엎드려 있었다는 그 새끼가 있는 물가 풍경을. 그리고 우리를 쳐다보던 엄마의 그 눈을 기억해내기 위하여 나는 눈 하나 깜박이지 않고 지켜보았다. 불길 속에서 형이 말하고 있었다. 네가 그 새낄 겁내고 있기 때문이다. 그러나 커다란 아버지의 손이 내 눈을 가리며 말했다. 민중아, 넌 아무것도 못 본 거야. 넌 아무것도 기억할 필요가 없어. 불길은 뱀의 혀처럼 마룻바닥을 핥으며 맹렬히 번져 올랐다. 민중아, 나를 보아라. 철사에 묶인 채 새카맣게 불타 오그라진 엄마가 불길 속에 서 있었다.

밤의 언덕은 지하실 가득 비축되었던 십여 개 석유 드럼이 폭발하는 굉음과 함께 하늘 높이 치솟는 불길로 해서 대낮처럼 휘황했다. 그러나 현장으로부터 적당히 비켜선 위치에는 팔짱 낀 불구경꾼들이 구름처럼 모여 있었다.

나는 그들 방조범 중에서 한 사내의 목덜미를 낚아챘다. 그는 몹시 당혹스런 얼굴로 돌아다보았다.

"너지?"

나는 그 사내의 귀에다 나직이 속삭인 다음 그 뾰족한 턱에다가 냅다 주먹을 날렸다. 그 새끼였던 것이다.

○1978년『한국문학』2월호

고려장(高麗葬)

현세가 그 정신병원을 찾아간 것은 막판에 가서 한번 해볼
수도 있는 방법을 결행하기로 마음을 굳힌 뒤, 아직도 마음 밑
바닥을 송곳처럼 쿡쿡 쑤시고 올라오는 가책으로부터 자신을
건져 올리기 위해서였다. 더 솔직히 말하면 그것은 마치 욕조
속의 물이 얼마나 뜨거운가를 확인하기 위해 손을 넣어보듯 그
일을 좀 더 완벽하게 해치우기 위한 사전 탐색이라고 할 수 있
었다.

정신병원이란 선입감과는 달리 그곳은 정결하고 조용했다.
현세가 만난 그 의사 역시 병원의 나른한 분위기처럼 여유가
있어 뵈고 깨끗한 인상이었다. 그리고 친절했다. 상대의 마음
을 샅샅이 읽어내려는 유도 화술이 몸에 밴 그런 친절로 좀처
럼 자기 의견을 내놓으려 하지 않았다. 무엇이든 떠들어라, 나
는 다 알고 있다, 그런 느긋한 표정.

환자가 칠십 고령의 노파라는 말에도 의사는 고개만 가볍게

끄덕거렸다. 발병한 지 삼 년에, 요즘에 와서는 요강 속의 오줌을 간장독에 쏟아붓는다든가 밤을 꼬박 새워 아들 내외의 머리맡을 지키고 앉았거나 잠든 아이들 목을 누른다는 설명에도 별 표정을 보이지 않았다. 이따금 고개를 가볍게 끄덕여 보이는 게 고작이었다.

초조해진 것은 현세였다.

"의사 선생님, 어떻습니까, 별 가망이 없지요?"

현세는 얼굴을 붉히며 물었다. 마음 밑바닥에 숨긴 음모의 한 귀퉁이를 드러내 보인 느낌이었다. 의사는 대답을 하지 않았다. 현세는 더욱 허둥거릴 수밖에 없었다.

"나이도 많고, 아무래도 힘들겠습죠? 역시 환자를 직접 보시는 게……"

의사가 힐끔 현세를 쳐다보았다. 그리고 말했다.

"실례의 말이지만, 선생께선 이미 환자의 병에 대해서 절망적인 견해를 확고히 하고 계시는군요."

현세는 수치감에 아무런 말도 머리에 떠오르지 않았다. 의사가 현세 쪽으로 몸을 약간 돌리며 다시 말했다.

"이것은 매우 중요한 문젭니다. 즉 우리 입장에서 볼 때, 환자의 증세 못지않게 환자를 돌보고 있는 가족들 마음가짐도 대단히 중요하다는 겁니다."

현세는 상담하러 온 손님에게 지레 힐책까지 주고 있는 그 의사가 무서웠다.

"물론 괴롭겠죠. 하지만 그 가족들이 마음을 크게 다잡아 먹고 끈기 있게 기다리지 않으면 좋은 결과는 처음부터 기대할 수 없다는 것이지요."

흰 벽에 걸린 원형의 온도계는 22도를 가리키고 있었다. 현세는 땀이 밴 손바닥을 바지에 닦았다.

그때 그 한의원 의사도 그런 뜻으로 말했다. 불교 신자이기도 한 그는 첩약과 함께 한문으로 두어 줄의 글귀를 적어주면서 말했다.

별수 없어요, 댁의 어머니 병은 가족들 정성에 달렸습네다. 병든 부모에 효자 없다곤 하지만, 아, 그 부모 없음 그 자식이 어떻게 있겠수?

몇 달간 있는 정성을 다해 한약을 달였다. 약을 달이는 그 정성도 문제지만 그 달인 약을 먹게 하는 일은 더욱 힘들었다. 몇 시간 공들여 달인 약을 방바닥에 쏟아붓기가 예사였다.

니 연놈들이 날 독약 멕여 죽일라구 그런다만……

어떻게 천신만고 약을 먹인 다음에는 현세 내외가 모친 옆에 무릎을 꿇고 앉아 한의사가 적어준 주문을 왼다. 그것도 큰 소리로 모친 귀에까지 들리게 해야 한다. 수천수만 번 반복해야만 효험을 볼 수 있다는 거였다. 그렇게 몇 달이고 정성껏 그 글귀를 모친 귀에 대고 외었다. 그러다보면 환자가 그 글귀를 저절로 입에 올리게 되는데 바로 그때부터 약의 효험이 나타난다고 했다. 지도총관 명도유신…… 이런 아리송한 글귀를 외고 앉았다보면 날이 새곤 했다. 어떤 때는 그네가 벌떡 일어나, 니 연놈들이 이 에미 빨리 죽으라고 이 지랄들이재? 하면서 잠깐 눈을 붙이기 위해 곁에 누운 아이들 엄마를 타고 앉아 목을 눌러댔다.

절간 출입도 엔간찮게 했다. 현세가 가지 못할 때는 아이들 엄마를 보냈다. 현세는 아이들에게 밥을 해 먹이고 밤을 새워 나무아미타불 관세음보살을 중얼거렸다. 그러한 번뇌의 밤, 그는 기독교에서 말하는 원죄라는 걸 생각하곤 했다. 원죄라는 인간 숙명의 뿌리가 선명하게 잡혀왔다. 그러나 그것은 선악과를 따먹은 아담 타죄(墮罪)에 의한 은총 상실의 유전적 상태로서의 원죄가 아니었다. 사람이 살아가다가 맞닥뜨린 한계점을 인식하는 순간, 그 한계점 자체가 원죄가 되는 것 같았다. 그 한계점에서 인간은 최소한도의 포용성마저 잃게 되고 그로 인해 갖가지 범죄가 빚어지기 시작하는 것이다.

"선생께선 이미 그 방면엔 우리 전문의 못지않은 식견을 가지고 계실 것으로 압니다만……"

최적의 실내 온도 속에서 듣는 정신병원 의사의 말소리는 음악처럼 감미롭기까지 했다. 의사는 회전의자에 더욱 안락하게 몸을 묻으며 말을 이었다.

"……원래 이 정신질환 계통은 다른 어떤 병보다도 그 원인이나 양상이 복잡합니다. 오늘날 이 병이 의학의 대상이 된 역사 자체가 극히 짧다는 그 한 가지만 보더라도 이 병의 어려움을 알 수 있지요. 더욱이 정신병을 악마의 조화니 하늘의 형벌이니 또는 신의 계시라고까지 믿었던 중세기의 원시적이고도 종교적인 그 사고방식은 과학 문명이 극에 이른 오늘날에도 여전히 성행하고 있는 실정이니까요."

의사의 말을 통해서 현세는 자기 자신이 그런 중세기적 사고방식에서 별로 벗어나지 못했음을 깨달았다. 모친에게 악귀가 옮아 붙었다는 무당들의 말이나 기도원 전도사들의 그 끈질긴 축귀 기도에 대해서 단 한 번도 회의하거나 저항을 느껴본 적이 없었다. 이런 맹목적 믿음의 상태야말로 자기 구원의 신앙이었는지도 모른다. 그처럼 간절히 구원받고 싶었던 것이다. 발병해서 거의 한 해 동안이나 모친의 병을 가로맡아 헌신해온 두 누님들에게서 받은 영향이 그만큼 컸다고 할 수 있었다.

오십이 넘은 제천 큰누님은 교육을 받지 못한 한국의 전형적인 시골 여자답게 으스스 귀기까지 풍길 정도로 미신에 탐닉해 있었다. 그네는 칠십 고령의 실성한 노파를 끌고 치악산 용하다는 무당 앞에 들어가 달포씩이나 박혀 있다가 나왔다. 자칭 무슨 도사라고 하는 그 무당은 어떻든 달포 만에 현세 모친을 어느 정도 제정신으로 돌려놓았던 것은 사실이다. 그러나 그것은 불과 며칠이었다. 큰누님은 다시 부랴부랴 더 용하다는 무당을 찾아 나섰다. 그네 역시 칠순이 훨씬 넘은 시부모를 모신 어려운 처지였지만, 미쳐도 더럽게 미친 친정어머니를 끌고 그네가 벌인 행각은 실로 대단한 것이었다. 큰누님을 통해서 들은 무당들의 말은 한결같이 모친에게 원귀가 붙었다는 것이었다. 청춘에 죽은 원귀라 했다. 어떤 무당은 족집게로 집어내듯 이쪽 과거사를 들춰냈다. 그 원귀를 떼어버리고 돌아온 모친은 언제나 멍청한 얼굴로 집안 식구들을 며칠 동안은 그럴듯하게 속여 넘겼다. 큰누님의 발길이 끊겼다. 무당이 다 된 그네 역시 식구들에 의해서 미친 여편네로 집에 갇혀버렸던 것이다.

경기도 가평의 작은누님은 뿌르르 달려오기가 무섭게 미욱한 것들, 미욱한 것들! 이처럼 혀를 차며 두 손을 모아 쥐고 기도하기 시작했다. 하나님의 불쌍한 딸에게 끼어든 악마와의 싸움이 시작된 것이다. 전능하신 아버지 하나님을 외면하고 무당을 찾아 나선 제천 언니에 대한 원망과 용서, 그리고 아직 하나님 앞에 나서지 않은 현세 내외의 죄악에 대한 성토까지 벌였다. 현세는 작은누님의 그 광신 속에 숨어 있는 의지 앞에 몸서리 쳤다.

그러나 그네의 그 무서운 열성도 모친의 초인적인 힘 앞에서는 속수무책이었다. 그네의 안수기도가 절정에 이르렀다고 생각되는 순간, 현세 모친은 이년이 사람 잡는다며 작은딸을 벽에 밀어 던졌던 것이다. 무서운 힘이었다. 그 무서운 힘은 용문산 기도원에서 구원 기도를 해주던 전도사의 이빨을 세 대씩이나 부러뜨렸다. 뺨을 맞아 코피를 쏟는 믿는 식구들도 부지기수였다. 작은누님은 시골 국민학교 교감인 남편에게서 이혼 위협까지 받으면서도 악마와의 싸움을 포기하지 않았다. 그러나 결국 그네도 기도원의 그 고행 속에서 심한 위병을 얻고 나서야 제풀에 물러서고 말았다.

어떻든 현세는 두 누님들이 모친을 향해 쏟은 정성에 철두철미 매달렸다. 그 기대는 그네들이 믿고 행하는 방법 자체라기보다 그네들의 모친을 향한 그 원시적 인간 유대의 극치를 보인 사랑의 힘에 압도당했기 때문이다. 무엇이, 그 어떤 힘이 그네들로 하여금 그 인고의 희생을 견뎌내게 한 요인이었을까. 그네들 삶의 줄기를 이뤄온 맹목적 신앙 때문인가, 아니면 자식으로서 어차피 한번쯤 베풀어져야 할 의무감이 그런 식으로 위장되어 나타난 것일까? 어쩌면 모친의 광증 자체에 어떤 마력 같은 게 있어서 그네들도 모르는 사이에 그처럼 끌려든 것일지도 모른다는 생각이 스치기도 했다. 그리고 현세는 그네들이 확신하고 행사했던 방법 자체에 대해서도 이렇다 할 반론을 펼 엄두를 못 냈다. 그것은 인간의 어떤 한계점을 보다 절대적인 것에 의해 구원받을 수 있다고 확신하는 그네들의 순수한 열망에 감동한 때문이었는지도 모른다.

그러나 이미 그네들의 열망은 재가 되어 사라졌다. 설사 그 재 속에서 또 다른 빛이 살아 오른다고 해도 그것은 절벽 끝에 선 현세에겐 무의미한 것이었다. 현세는 이미 자기의 몸을 감고 있는 암울한 원죄의 뿌리를 보았던 것이다.

"우선 이 정신병의 원인만 하더라도 매우 복잡해서……"

의사는 더운 공기로 해서 벌겋게 달아오르는 현세의 얼굴을 천천히 뜯어보면서 말했다.

"쉽게 말해서, 이 병의 원인은 대체로 정신적인 데서 오는 것과 신체적인 것, 그리고 유전과 환경, 이렇게 네 가지로 나누어 생각해볼 수 있겠습니다만, 선생 자당님의 경우는 역시 연세가 많은 분이라 좀 더 복합적인 유인을 생각해봐야 하겠지요. 우선 신체의 노쇠 현상에 따른 뇌수의 퇴화라든가 그 나이의 노인들이 겪어야 했던 시대적 수난도 빼놓을 수는 없을 겁니다. 내가 맡았던 한 노파는 6·25사변 때 외국 병정들한테 난행을 당한 뒤, 물론 그 사실을 본인만 알고 있다고 생각했겠지만, 그것이 삼십 년이 지난 지금에 와서야 정신병으로 나타난 겁니다. 처음 이 노파는 자꾸 자기가 임신을 했다는 거였어요.

깜둥이 자식을 뱄으니 소파수술을 해달라는 거였지요. 걸핏하면 아랫도리를 걷어 올리면서 그런 소릴 했어요. 애를 뗀다면서 간장을 한 바가지씩 퍼먹지 않으면, 쭈글쭈글한 배를 주먹으로 심하게 두들겨댔지요. 약이란 약은 무조건 먹었어요. 그 바람에 약물 치료엔 약간 효험을 볼 수 있었지만 말입니다. 어쨌든 그 노파가 과거에 그런 난행을 당했다는 사실을 알아내는 데만 무려 육 개월이 걸렸습니다. 남편 되는 할아버지가 협조를 안 한 거지요. 그 사람은 부인의 그런 사실을 처음부터 알고 있으면서도 그런 내색을 안 한 거지요. 그 자체도 알게 모르게 노파를 괴롭혀온 요인 중의 하나가 분명합니다. 어떻든 그 노파뿐이 아니고 요즘 환자들 중에는 사회적인 어떤 압력이나 피해에 의한 원인을 가진 경우가 점점 늘어나고 있는 실정입니다. 이 사회의 책임도 없다 못할 것입니다."

　말을 잠시 쉬면서 의사가 현세에게 담배를 내밀었다. 현세가 담배를 한 개비 뽑아 들자 그는 그 담뱃갑을 곧장 책상 서랍에 넣었다. 자신은 담배를 피우지 않으면서 손님 접대용으로 준비해둔 것 같았다. 그는 라이터까지 켜대는 친절을 보였다. 현세는 의사의 그 작은 친절에 무척 감동하고 있었다. 그것은 몇 달 전 나라에서 관리하는 정신병원에서 받은 딱딱하고 찜찜한 기분을 말끔히 씻어주는 그런 것이었다.

　그 국립정신병원은 역시 서민의 것이었다. 월 오만 원 안팎의 입원비라면 다른 개인 병원에 비해 삼분의 일에 불과한 액수였다. 그러나 서민인 현세에겐 그 오만 원도 큰돈이었다. 현세의 가난은 과장이 아니라 모친을 입원시킨 뒤 정말 두 끼만 먹고 견뎌야 할 만큼 절박한 것이었다.

　가난만큼 절실한 현실은 없었던 것이다. 그런데도 모친은 별효험이 없었다. 나라에서 관리하는 병원답게 그쪽에서 먼저 퇴원 수속을 밟으라는 전갈이 왔다. 고마워할 일이 아니었다. 가망이 없으니 데려가라고 했다. 대개의 국영업체 종사자들이 그렇듯 모두 불만스런 그런 얼굴로 지극히 사무적이고 냉정했다. 입원하기 위해 빈방이 나기를 초조하게 기다린 시간들, 그 수고스러운 눈치작전 끝에 천신만고 얻어낸 기회였는데 이제 몇 달 되지 않아 퇴원하라는 것이다. 많은 사람들이 현세 모친이 퇴원하기만을 고대하면서 서성거렸다. 모두 현세보다 더 가난한 사람들이었다. 그러나 그들을 위해 모친을 퇴원시키기에는 현세의 현실이 너무 절박했다.

　할머니 데려오지 마! 아이들이 벌벌 떨면서 애원을 했다. 아이들 엄마의 가슴이 다시 뛰기 시작했다. 숨을 헐떡거리며 현세를 쳐다보는 그네의 눈에 절망이 있었다. 원무과에 가 사정했다. 의사 선생님을 만나보시오. 모친을 담당했던 의사의 눈에 붕대가 감겨 있었다. 그 환자 때문에 선생님이 저렇게 다치셨어요. 벌써 두번째예요. 간호원이 말했다. 그래도 여자 간호원이었다. 퇴원하는 날 건강하게 생긴 남자 간호원이 현세 모친을 향해 말했다. 야, 쌍, 깡패 할머니 잘 가라! 눈에 흰자위가 더 많아진 그 깡패의 몸뚱이를 살펴보던 아이들 엄마가 울음을 터뜨렸다. 현세는 차라리 고개를 돌렸다. 애, 애비야, 그놈들이 날 막 때려쩌! 그 깡패는 툭하면 어린애가 됐다. 이불두 즉구, 춤대는데두 맨날 센풍기를 틀구…… 환풍기를 선풍기로 알고 있었다. 아이들 엄마가 더욱 쿨적거렸다. 실성한 이가 떠드는 걸 가지고 뭘 그래! 그러나 밤에 눈을 붙이면 덩치가 커다란 괴물한테 목을 졸리는 꿈으로 시달렸다. 눈을 떠보면 실제로 모친이 아이들 엄마의 목을 누르고 있었다.

"노인들의 경우 대개 증상이 심한 망령이라고 하지요. 이 망령 현상은 종종 노인으로서의 소외감에서 비롯되는 경우가 많습니다. 이를테면 나이가 많아질수록 자꾸 자식들로부터 소외당하는 느낌이 짙어지기 마련이고 더욱이 눈이 침침해진다든가 귀가 절벽일 땐 그 느낌이 더욱 심하겠지요. 그럴수록 노인들은 자식에게 기대고 싶은 심약성을 보이는 법입니다. 그러다가 조금이라도 서운한 구석이 보이면 무척 노여워하고, 이것이 반복되는 과정에서……"

시골에 혼자 남아 살던 모친에게 실성기가 보인다고 해서 내려가 보니 이웃사람들이 힐난하는 눈빛으로 현세를 맞았다. 왜이 고생을 사서 하우? 아들한테 올라가 호강하며 살 일이지. 이웃에서 이처럼 공박을 할 때마다 그네는 고개를 설레설레 흔들었다. 아직두 아드님이 단칸 셋방살이를 한다면서요? 남 헐뜯기 좋아하는 여편네들이 현세네 사는 형편을 들춰낼라치면 그네는 풀죽은 목소리로, 그러엄, 그 불쌍한 게 어릴 적부터 내내 고생만 허구…… 그러면서 눈물까지 질금거렸다. 그러나 일단 정신이 비딱해진 뒤로는 그게 아니었다. 울아들이 높은 사람이여, 아주 높은 사람. 고래등 같은 집에 쌀이 천 섬씩 쌓여 있어! 이 배라처먹을 년아. 너 이년, 왜 울아들한테 맘 두구 가달머릴 벌리구 지랄이여?

현세가 모친을 서울에 모시지 못한 것은 맞는 말이다. 사 년 전, 지방의 말단 공무원에서 어쩌다 서울로 전출이 됐을 때, 그때까지 모시지 못한 죄를 속죄도 할 겸 모시고 상경을 하려 했으나 모친이 막무가내로 거부했다. 여태껏 작은며느리 안 거느리고 살았는데 이제 새삼스레 서울까지 올라가 그 며느리 눈치를 볼 게 뭐 있느냐는 것이었다. 아이들 엄마가 무릎을 꿇고 빌었다. 그러나 그네는 고개만 고집스레 저었다. 그때만 해도 믿는 데가 있어서였다. 스물다섯에 남편 잃고 유복자 하나만을 키우며 살아온 현세의 형수였다. 그네는 처음부터 시어머니는 자기가 모시는 걸로 작정하고 살았다. 가재는 게 편이라고, 역시 젊은 과부로 늙어온 시어머니는 두말없이 현세 형수 편을 택한 것이다. 왜 젊디젊은 걸 생으로 늙게 허우? 죄받게끔. 사람들이 그런 말을 할 때마다 시어머니는, 아, 내가 왜 시집을 안 가나! 그래두 자꾸 지가 마다는 걸 낸들 어쩌누. 아무튼 할머니나 메누리나 다 기맥힌 열녀에 효부유!

그러나 전혀 다른 눈으로 현세 모친을 바라보는 이웃도 없지 않았다. 저놈에 할망구 맘 내가 모를 줄 알구? 현세 모친이 작은아들을 따라 서울로 올라가지 않는 것은 순전히 집 뒷산에 묻힌 남편과 맏아들 때문이란 것이다. 사실 그네는 평생을 젊어서 죽은 남편과 그 큰아들 곁에서 살아왔는지도 모른다.

"……그러나 정신병 증세의 원인에 대해서 명확한 단안을 내리는 것은 금물입니다. 어떤 정신적 충격, 즉 큰 놀람이나 주체하기 힘든 슬픔 혹은 급격하게 일어나는 분노나 공포, 이런 것이 병의 직접적 원인과 관계가 깊은 것은 사실입니다만 그것은 하나의 충격일 뿐 요인 그 자체는 아니라는 것이지요. 다시 말하자면 그 병이 겉에 드러나게 한 충격은 까마귀 날자 배 떨어지는 격으로 억울한 누명을 뒤집어쓸 때가 많다는 것이지요. 이를테면 어떤 사람이 누구한테 돈을 사길 당했기 때문에 그 충격으로 머리가 돌았다, 하는 것은 그 좋은 예일 것입니다. 그보다는……"

　모친이 실성했다는 소식에 현세가 머릿속에 떠올린 것은 형수였다. 이웃사람들도 입을 모아 현세의 형수를 모친 병의 원흉처럼 말했다. 그네가 시어머니를 저 지경으로 만들었다고 했다. 이십오륙 년을 하루같이 시어머니와 함께 살아온 그네가 경상도로 개가를 한 것이다. 마른하늘에 날벼락이었다. 유복자 하나 키우며 시어머니 모시고 알뜰살뜰 살아 강원도 효부 났다고 칭찬이 자자했던 그네가 시침 뚝 떼고 개가를 하자 수절해 온 그 세월이 너무 아깝다고, 가려면 진작 갈 것이지 이 무슨 변괴냐고 모두 혀를 내둘렀다. 유복자인 현세 조카가 고등학교를 나오고 빌빌 놀다가 군대에 들어가기가 무섭게 이때를 기다렸다는 듯 홀랑 집을 나간 것이다. 형수를 하늘처럼 알았던 현세는 한동안 멍청해지지 않을 수 없었다. 며느리를 잃고 두문불출 몸져누웠다는 모친의 심정이 이해가 가고도 남았다.

　"……그보다는 근원적인 유인, 즉 그 사소한 충격 이전부터 잠재되어온 마음의 상태가 중요한 것입니다. 이를테면 어떤 욕구불만이나 알게 모르게 마음을 죄어온 불안감, 또는 그런 일로 해서 마음에 심한 갈등이 일어난다든가 쉽게 풀리지 않는 증오와 적개심, 이런 누적된 마음의 상태가 장기간 짙은 안개처럼 엉겨 있었던 걸 생각할 수 있습니다."

간호원이 차트 한 장을 의사 앞에 놓고 나갔다. 다른 사람이 밖에서 기다리고 있다는 시위일 것이다. 그러나 현세는 일어설 수가 없었다. 의사의 말을 통해서 모친이 겪어온 그 처절하고 치욕적인 생애가 번쩍 잡혀든 것이다.

그것은 두 사람의 죽음이었다. 현세가 부친의 주검을 본 것은 여덟 살쯤이었고 형의 죽음은 그보다 몇 년 뒤, 열세 살 되던 해 여름이었다. 그러나 현세의 머릿속에 남아 있는 그들 죽음의 의미는 아버지와 형이기 때문에 받는 그 이상의 것이었다. 그것은 세상이 바뀌고 다시 바뀌는 그 난리 속에서 느껴야 했던 인심의 비정함이었다. 그렇게 무섭게 바뀌는 사람 마음이 무서웠다. 난리 속에서 지아비와 자식의 주검을 앞에 한 모친의 그 참혹한 모습이 더 무서웠다.

그때 내가 느 아버질 못 따라 죽은 그 죌 받는 게여!

맏아들의 주검을 어루만지며 그네가 한 말이다.

내가 살고 싶어 입때까지 산 목숨인 줄 아냐.

현세 모친은 한이 맺힌 이 말로 주위 사람들의 기를 눌렀다. 그것은 죽지 않고 살아남은 자식들에게 그네가 맹목적으로 쏟아붓는 사랑의 헌가였다. 실제로 현세는 어렸을 적부터 모친의 끈적끈적한 사랑을 느낄 때마다 몸서릴 쳤다.

현세의 기억으로는 부친이 서울에서 내려온 사람들한테 몰매를 맞아 봇도랑에 처박혀 죽은 것은 해방이 된 그해 가을이었다. 부친이 읍내 일본 순사들 끄나풀 노릇을 했다는 것이다. 일본 사람들이 마을에서 강제로 공출해 간 곡식이나 놋쇠그릇을 나르는 등 먹고살기 위해 소달구지를 끌고 일본 사람들이 시키는 대로 일을 한 죄였다. 그즈음 마을 허씨네 집에 서울 나그네가 한 사람 기거하게 된 게 빌미였다. 그 서울 손님은 서울을 떠나 사람들의 눈을 피해 여기저기 숨어 사는 눈치였다. 서울에서 항일운동을 벌이다 지명수배가 된 사람이란 소문이 돌았다. 마을 아이들은 허여멀건 서울 손님의 얼굴을 한 번이라도 더 보려고 허씨네 집 주위를 배돌았다. 그런데 어느 날 허씨네 집에 일본 순사들이 나타나 얼굴 허여멀건 그 서울 손님을 잡아갔다. 그가 잡혀가자 마을 사람들이 현세 부친을 손가락질했다. 몇 해 전 허씨네한테 소작을 떼인 원한으로 일본 순사 밀정 노릇을 했다는 것이다. 마을 장정이 둘이나 징용으로 끌려간 일까지 현세 부친에게 죄를 얹었다. 현세 부친이 지나가면 아이들이 길에다 침을 뱉으며 '왜놈 꼬스까이!'라고 욕을 했다. 더욱 난처해진 것은 그날 잡혀간 서울 손님이 서울에서 재판을 받기도 전에 죽었던 것이다. 심한 고문을 못 이겨 스스로 혀를 물고 죽었다고 했다.

그 소문이 잦아들 무렵 해방이 됐고 그해 가을 서울 손님의 친척이란 사람들이 여럿 마을에 나타났다. 그가 지니고 다니던 유품과 행적을 챙기러 왔다고 했다. 신문기자라는 사람도 함께 나타나 현세 부친을 찾아와 이것저것 물어보며 사진을 찍었다. 바로 그날 현세 부친이 죽은 것이다.

현세가 모친과 함께 달려갔을 때는 논바닥에 서울 사람들의 구둣자국만 어지럽게 찍혀 있었다. 봇도랑에 거꾸로 처박힌 채 눈을 무섭게 부릅뜨고 죽은 남편을 발견한 것은 현세 모친이었다. 그네는 남편의 죽음 앞에 의연했다. 남편이 끌고 나온 소달구지에 그 건장한 주검을 실었다. 놀란 소가 길길이 뛰면서 내달았다. 고삐를 쥔 그네가 질질 끌려가면서 날뛰는 소를 진정시켰다.

그날 현세 모친이 맏아들과 함께 집 뒷산에 구덩이를 파고 남편을 파묻을 때도 마을 사람들은 단 한 사람도 얼굴을 내밀지 않았다. 허씨네 눈 밖에 나는 것이 두려웠던 것이다. 이듬해 심한 가뭄이 들자 마을 사람들이 현세네 집 뒷산 현세 부친의 무덤을 파헤치려 했다. 묘를 써서 안 될 자리에 현세 부친을 묻어 마을에 가뭄이 든다는 것이다. 그곳이 바로 허씨네 산이기도 했다.

그러나 현세 모친은 배에 칼을 대고 무덤에서 버텼다. 그때부터 억울하게 몰매 맞아 죽은 남편의 한을 풀어준다며 고소장을 품에 안고 읍내로 서울로 뛰어다녔다. 그러나 달걀로 바위 치기였다. 해방으로 떠들썩한 판국에 그런 숫장이 먹혀들어갈 리가 없었다. 어쩌다 관에서 마을에 얼굴을 한번 내밀었지만 마을 사람들이 허씨네 눈치를 보며 시치미를 떼는 바람에 일이 흐지부지되고 말았다.

현세 형이 이를 갈며 집을 뛰쳐나간 것도 그때였다.

현세보다 열 살 위였던 형은 집을 뛰쳐나간 뒤 종무소식이다가 6·25가 터지기 한 해 전인가 불쑥 집에 나타났다. 순경이 돼 있었다. 아버지의 원수를 갚기 위해서 경찰이 됐다고 했다.

그러나 허씨네 사람들은 물론 마을 사람들이 현세 형을 잘 피한 덕에 별일은 생기지 않았다. 모친이 원하는 대로 장가도 들었다. 공교롭게도 허씨네 집 먼 일가붙이였다. 마을에서들은 한숨을 놓았다.

그러나 그해 여름에 현세 형이 삼팔선을 넘어 남쪽으로 내려온 공비 토벌을 나갔다가 머리를 다쳤다. 그 일로 경찰을 그만두면서 정신에 이상까지 왔다. 혼자 히죽히죽 웃고 다니다가 길에서 사람을 만나기만 하면 손찌검을 했다. 누더기가 되다시피 한 경찰복을 입고 다니면서 아무한테나 주먹을 휘둘렀다.

그로 해서 마을이 휘휘한 가운데 6·25 전쟁이 터졌다. 마을에 나타난 북쪽 병사들과 팔에 붉은 완장을 찬 사람들이 경찰복을 입은 현세 형을 그냥 내버려두지 않았다. 실성한 현세 형을 공회당 마당에 세우고 인민재판을 열었다. 현세 형이 길길이 뛰면서 애국가를 불렀다. 이승만 대통령 만세도 불렀다. 현세 모친이 완장을 찬 사람들 앞에 무릎을 꿇었다. 만삭인 현세 형수가 기색(氣塞)을 해 넘어졌다.

현세는 그날 총을 맞고 쓰러진 형이 어머니를 향해 손을 내밀며 살려달라고 울부짖던 그 장면을 똑똑히 기억했다. 그리고 만아들을 뒷산 남편 무덤 옆에 묻고 돌아온 모친이 착 가라앉은 목소리로 하던 말도 잊지 않고 있었다.

남헌테 웬수 지지 말어! 웬술 갚을 생각두 말구!

"원인이야 어떻든 지금 단계로선 우선 영양 공급을 충분히 해드리는 게 좋습니다. 그 연세로 봐서 몸이 쇠약해질수록 악

화될 우려성이 높다고 봐야 하니까요. 비타민, 특히 지아민·니코틴산 등의 비타민 B를 충분히 섭취토록 하는 게 좋을 겝니다. 또한 가벼운 운동, 즉 피로를 느끼지 않을 정도의 일을 드려 환자 나름으로 보람을 찾도록 하는 것도 필요합니다. 시간을 정해 정원을 산책한다든가……"

의사는 간호원이 놓고 간 차트를 책상 위에 세워 쥐고 장난하듯 토닥거리며 말했다. 충분한 영양 공급, 가벼운 운동, 정원 산책…… 현세는 쓸쓰레 웃었다. 국민소득 천 불 시대에 걸맞은 의사의 처방이 이쪽의 형편과 너무 동떨어진 데 대한 자괴감이었다.

"아무래도 장기간 입원을 해야 하겠지요?"

의사는 현세가 너무 쉽게 결론을 물어옴으로 오히려 당혹한 얼굴을 했다.

"그건 전적으로 선생이 결정할 문제지만 선생 자당님의 현재 상태로는 되도록 서두르는 게 좋을 것 같습니다. 환자 본인은 물론이고 그동안 가족들이 겪었을 곤욕을 생각해서라도……"

처음과는 달리 의사는 매우 사무적인 억양으로 바뀌었다.

"병원을 믿고 한번 맡겨보시지요."

믿고 맡기라고, 바로 그럴 참으로 내가 여길 온 거요. 현세는 시치미 뚝 떼고 물었다.

"입원비가 한 달에 십오만 원이라고 들었는데, 정말 그렇습니까?"

십오만 원. 자신의 한 달 봉급에 삼사만 원을 더 보태야 하는 액수였다.

"글쎄요, 그 문제는 나중에 원무과에 가서 알아보심 될 겁니다."

의사의 얼굴은 자존심을 상했을 때의 그런 딱딱한 표정이었다. 그 딱딱한 표정을 보면서 현세는 또 한 번 능청을 떨었다.

"그러고 입원을 했을 경우, 그 치료는 노인네니까 아무래도 전기충격 같은 요법보다는 약물요법을 쓰겠지요? 전기충격, 거 뭐라더라, 예, 인슐린 혼수요법인가 뭔가 하는 건 아무래도 위험률이 높다는 얘기를 들어서요."

먼저 모친이 입원해 있던 병원을 출입하며 주워들은 용어였지만, 막상 입 밖에 내고 나니 좀 그랬다. 그러나 알고 싶은 것이 바로 그것이었다. 병원 대기실에서, 막판에 가서 한번 해볼 수도 있는 방법을 귀띔해주던 그 사람 역시 치료 방법 문제에 꽤나 신경을 쓰고 있었던 것이다.

의사는 비로소 딱딱한 표정을 풀면서 문외한 앞에 보이는 전문가로서의 연민 가득한 미소를 지었다.

"그런 걱정은 안 하시는 게 좋습니다. 말씀드리고 싶은 건 선생께서 알고 있는 그런 치료법이 전부는 아니라는 사실과, 또 그러한 치료법이 아무데나 무턱대고 쓰이지 않는다는 사실입니다. 병원을 믿으셔야만 합니다. 자, 그럼……"

의사는 의자에서 몸을 천천히 일으키며 가볍게 기지개를 켰다. 섭씨 22도의 최적한 실내 온도였다.

복도 대기 의자에는 여인네 둘이 눈빛이 이상한 노동자 풍의 장년의 손을 양쪽에서 잡은 채 앉아 있었다.

현세는 병원 복도를 걸으면서 사방을 샅샅이 살폈다. 그 어떤 것도 예사로이 보이지 않았다. 아크릴판 팻말에 새겨진 진료실이나 검사실 등 방 이름들을 입으로 암기하듯 중얼거려 읽었다. 그 방들이 막판에 가서 한번 해볼 수도 있는 방법과 전혀 무관하지 않다는 생각을 하고 있었는지도 모른다.

무엇보다 우락부락 거칠게 생겨먹은 남자 간호원들이 눈에 띄지 않은 것만 해도 큰 위안이었다.

환자들이 입원하고 있을 듯싶은 병동 쪽을 살펴봤다. 창문마다 굵은 철망이 쳐 있었다. 그러나 신기하게도 철망이 주는 단절감보다는 철창 속에 영양 공급이 충분한 부얼부얼한 얼굴들을 떠올리는 것만으로도 기분이 좋았다.

병원을 나서기가 무섭게 오싹 한기가 끼쳤다. 아직도 눈발이 푸슬푸슬 흩날리고 있었다. 병원까지 올라왔던 승용차들이 눈 덮인 언덕길을 브레이크를 밟은 채 아슬아슬 미끄러지듯 내려가고 있었다.

현세는 병원의 언덕길을 다 내려오기까지 결코 뒤를 돌아다보지 않았다. 최적의 실내 온도 속에서 마음에 받은 병원의 좋은 인상을 망치고 싶지 않았던 것이다. 명당을 잡아놓고 하산하는 상주의 심정도 이런 것이 아닐까 싶었다.

현세 앞에서 줄타기하듯 조심조심 걷던 여자 하나가 엉덩방아를 찧고 넘어졌다. 그러나 현세는 흩날리는 눈발 속에서 되는대로 발을 내디뎠다. 내던진 그런 심정이었다.

겁쟁이 겁쟁이 해두, 애비 어렸을 적처럼 겁시 많아서야……

현세 모친은 가끔 아들의 어렸을 적 애기 끝에 꼭 이 말을 덧

붙였다. 다섯 살까지 저 혼자 일어나 걷지를 못했다는 것이다. 성장은 다른 애들과 다를 게 없는데 도무지 일어나 걸을 엄두를 안 냈다는 것이다. 나이가 좀 든 뒤에도 앞에 돌 같은 장애물이 있으면 아예 주저앉아 엉금엉금 기어 그 돌을 피해놓고서야 다시 걸었다고 했다.

매사 그런 식으로 세상을 겁냈다. 남의 눈을 속인다는 것은 어림도 없었다. 상대가 시비를 걸어올 기세면 지레 도망을 쳤다. 성인이 돼서도 그런 겁은 소심한 성격으로 나타났다. 처신부터 그랬다. 조심조심 앞뒤 재보며 좀 어둡고 미심쩍은 길은 아예 나서지를 않았다. 그런 현세를 두고 법 없어도 살 사람이라고 했다. 그러나 더 많은 사람들은 현세를 보고 앞뒤가 콱 막힌 사람이라고 했다. 아이들을 넷씩이나, 그것도 큰애가 고등학생이 된 그 나이에 이르도록 단칸 셋방살이를 면치 못하고 있다는 사실에 대해 도저히 납득이 안 간다는 듯 고개들을 갸웃거렸다. 뭔가 잘못돼도 단단히 잘못됐다는 것이다.

그래서인 듯, 현세는 청렴결백까지는 아니더라도 성실하고 어떤 부정도 통하지 않는 사람으로 인정을 받았다. 지방에서 그 어렵다는 서울 전출이 본인도 모르게 된 것도 좋은 예일 것이다.

그러나 서울은 그게 아니었다. 서울에 올라와 아이들 셋을 학교에 넣고 남의 집 방 한 칸을 빌려 사는 일이 결코 쉽지 않았다. 우선 자신이 이런 대도시 체질이 아니라는 생각에서 매사 주눅이 들었다. 뛰다시피 빨리 걸어야 하고 길에서 받아든 전단지가 모두 돈 급히 쓸 사람을 찾는 내용이었다. 돈을 얻기 위한 싸움터였고 그 싸움 싸움이 모두 불가사의했다. 안 되는 일도 없지만 뭔가 제대로 되는 일도 없었다.

쥐꼬리만 한 봉급이란 말이 실감났다. 여름은 남보다 더 더웠고 겨울은 더더욱 추웠다. 정말 무서운 일은 마음속에 자부하고 살아온 성실이란 그 말이 더 이상 빛을 내지 않았다는 것이다. 보이는 것 모두가 눈에 거슬렸다. 옳은 것과 옳지 않은 것이 헛갈렸다.

엎친 데 덮쳐 단칸 셋방에서의 어머니의 실성과 광태로 현세는 하루하루가 고통이었다. 돈이 모자랐다. 오막살이라도 내 집을 하나 마련하자던 꿈은 아예 버렸지만, 아이들 학비며 어머니의 병원비를 하기 위해 여기저기서 얻어다 쓴 돈이 무섭게 새끼를 쳤다.

이봐, 생각해봤나?

좀 높은 자리의 사람이 일의 실무자인 현세에게 미끼를 던졌다.

거, 사람, 세상 참 어렵게 사는군.

이렇게 어르고 달래다가 나중에는 으름장을 놓았다.

당신, 이 생활 얼마 못하겠어. 이봐, 털어서 먼지 안 나는 사람 있는 줄 알아?

현세에게 그것은 또 다른 괴로움이었다. 견디기 힘든 유혹이었던 것이다. 자신이 맡고 있는 대민 관계의 그 자리가 그랬다. 더 높은 사람이 믿고 맡긴 자리가 그랬다. 슬쩍 봉투를 건네며 브로커들이 말했다.

당신 목 잘리면 여기보다 열 배 나은 자리 내 책임지겠시다.

끝내 봉투를 거절하자 그들은 코웃음을 날렸다.

이거 가지곤 안 된다 그거지, 그래 얼말 원하는 거요? 이거 자꾸 단가만 높아지구, 제에기랄 드러워서……

현세는 가끔 눈 딱 감고 그 봉투를 집어넣고 싶은 충동에 시달렸다. 어머니의 광증이 부쩍 심해진 요즘 더 그랬다. 그러나 현세는 그 유혹으로부터 아슬아슬 자신을 건져 올리고 있었다. 그것은 자신을 지탱시키고 있는 어떤 양심의 문제였다. 자신이 다섯쯤 받았을 때 상대는 그 다섯의 백배쯤 되는 부당한 이득을 보게 될 것이고 그것으로 해서 수만 명의 피해자가 생길 수밖에 없는 사회 부조리의 생태를 알고 있는, 그 양심의 시킴이라고 할 수 있었다.

사실은 그것보다 더 강하고 질긴 무엇인가가 현세를 지켜주고 있었다. 그가 유혹의 늪에 빠질 때마다 손사래 치는 그 손길이 보였던 것이다. 어릴 때 논바닥에 엎어져 있던 아버지의 주검, 그리고 그 여름날의 실성한 형의 주검이었다. 그 두 개의 주검은 현세의 가슴에 독가스처럼 피어오르는 오기와 밑바닥에서 숨쉬고 있는 유혹까지도 쉽게 가라앉혔다.

그러나 그 두 개의 주검은 처절했던 당시의 소름끼치는 모습과는 전연 다른 양상으로 나타났다. 아늑하고 따스하게 감싸 않는 그런 위안의 힘, 어머니가 고향을 뜨지 않고 질욕에 찬 삶을 끝까지 버텼던 것도 바로 자기에게 보였던 그런 구원의 힘이 아니었을까 싶은 것이다.

그러나 현세는 요즘 그 두개의 주검과 만나지 못했다. 나타나는 것은 절벽이었다. 그리고 무엇인가에 쫓기고 있는 자신이 보였다. 위기였다. 무너지지 않기 위해 안간힘 하는 자신이 보였다.

아이들이 대문을 열어주면서 현세를 둘러쌌다. 모두 질린 얼굴이었다.

"형은 아직 안 들어왔냐?"

이 시간에 집에 들어온 적이 없는 큰놈이다. 독서실인가 하는 데서 시간을 보내다가 통금이 가까워 집에 들어오지 않으면 아예 밖에서 자는 날이 많았다.

현세는 아이들과 함께 주인집 방문 앞을 살금살금 가로질러 자기네 방 앞에 섰다. 밖에서 떨고 서 있었을 아이들 얼굴을 통해 짐작은 하고 있었지만 막상 방문을 열려니 손이 떨렸다.

아나나 다를까. 실성한 이가 아이들 엄마의 머리채를 두 손으로 무섭게 감아쥔 채 식식거리고 있었다. 아이들 엄마는 머리채를 내맡긴 채 날 잡아잡수시오, 그런 꼴로 너부죽이 엎드려 있었다. 그것이 미친 노파의 광기를 가라앉히는 유일한 방법이었던 것이다.

"애비가 왔구먼! 에미야, 어서 밥 채려라."

현세 어머니가 아이들 엄마의 머리채를 놓으며 천연덕스럽게 말했다. 저 멀쩡한 얼굴, 현세는 숨을 깊이 들이마셨다.

어머니가 보이는 광증의 하나는 입이 걸다는 것이다. 남들이 뭘 물어 오기 전에는 좀해서 입을 열지 않는 그네를 두고 사람들은 댁은 벙어리유? 그렇게 물을 정도로 과묵하던 이가 실성하고 나서부터는 차마 입에 담지 못할 말을 입에 게거품을 물고 내불었다.

요, 배라먹을 년, 너 요년, 니 시애비하고 붙어 처먹은 고……

이 개 ×똥구멍으로 기어 나온 년아!

요년아, 너 고 ×× 좀 보자.

이렇게 험한 욕설로 시작하는 그네의 적은 언제나 아이들 엄마였다.

"이녀언! 너 옛날에 느 시애비하고 붙어 먹구두 성에 안 차, 이젠 아범 친구하고 붙어 먹는 거냐?"

이처럼 느닷없는 발작에 현세가 할 수 있는 것은 방구석에 있는 이불부터 펴는 일이다.

안집은 물론 이웃 사람들이 모친의 행패를 보기 전에 이불부터 뒤집어씌워야 했다. 그럴 때마다 현세는 칠십 고령의 모친의 괴력에 의해 방바닥에 나가떨어지곤 했다.

그러나 이번에는 방구석에서 벌벌 떨고 있던 아이들까지 합세해 실성한 이를 이불로 덮어 눌렀다. 아무것도 보이지 않고 아무런 생각도 할 수가 없었다. 손끝으로 뻗치는 그 거센 혐오가 있을 뿐이다.

"여봐유, 어머이 죽어유!"

그럴 때마다 아이들 엄마가 현세를 붙들고 늘어졌다.

더 괴로운 것은 모친이 도무지 밤잠을 자지 않는다는 것이다. 방의 불을 끄지 못하게 했다. 불을 환하게 켜놓은 채 새벽 서너시까지 식구들 머리맡에 앉아 소란을 피웠다. 아이들이 벗어놓은 옷을 무더기로 모아 요강 속에 집어넣은 다음 그 위에 올라앉아 소변을 보지 않으면 아이들 교과서를 발기발기 찢어

발기며 염불을 외기도 했다. 아이들 엄마의 속옷을 모조리 꺼내 가위로 송당송당 썰어놓기도 했다.

그럴 때마다 현세가 슬며시 나가 두꺼비집 뚜껑을 열었다. 그렇게 전기가 나가야 그네는 얼마 동안 죽은 듯이 조용히 앉아 있었다. 그러나 그네는 어둠이 눈에 익게 되면서부터 다시 움직이기 시작했다.

집안 식구들의 얼굴을 하나하나 더듬어 확인해보는 일부터 한다. 주름지고 차가운 그네의 가느다란 손가락이 얼굴을 더듬을 때마다 현세는 소스라치게 놀라 일어나 앉았다. 더 이상 잠이 오지 않는다.

"애비야, 왜 잠이 안 오냐?"

미친 이가 천연덕스럽게 묻는다. 현세는 자는 척 누워 모친의 거동을 살핀다. 그 섬뜩한 손가락이 다시 다가와 현세의 몸을 더듬는다. 그것은 애무였다. 어떤 때는 그 미친 이의 손이 아이들이나 아이들 엄마의 목을 조일 때도 있었다. 그럴 때면 한바탕 소동이 벌어진다. 아이들이 꼭 죽을 것처럼 울어대고 그네는 ㅎㅎㅎㅎ 기성을 질렀다. 안집에서 방 벽을 꽝꽝 두드렸다. 시끄럽다는 것이다. 미친 이는 아주 내놓고 현세 내외의 접근을 싫어했다. 그냥 싫어하는 정도가 아니었다. 현세의 팔이나 다리가 어쩌다 아이들 엄마의 몸에 얹히는 수가 있었다. 그럴 때마다 그네는 아이들 엄마의 머리채를 나꿔채 한바탕 소동을 벌인다. 아예 현세 내외의 사이에 누워 ㅎㅎ 웃기도 했다.

현세는 자신의 몸 어느 한구석에 아직도 살아 있는 그 성적 욕구를 신기하게 생각했다. 그리고 그러한 자신의 성적 욕구를 저주했다. 밖에서 술이라도 몇 잔 마셔 마음이 거나해졌을 때 아이들 엄마를 원했다. 십칠팔 년 함께 몸을 섞어 살아온 아이들 엄마가 그런 기미를 눈치채지 못할 리 없었다.

슬며시 방을 빠져나와 밤하늘을 쳐다보며 담배를 피우고 섰노라면 아이들 엄마가 담요를 들고 나왔다. 부엌 뒤에서 현세는 정말 짐승처럼 행동했다. 그러나 아이들 엄마는 결코 몸을 뜨겁게 열지는 않았다. 어머니가 잠드는 시간은 언제나 새벽 다섯시쯤이다. 그 시간이면 아이들이 잠을 깰 시간이어서 새벽밥을 하는 아이들 엄마를 쫓아나가 부엌에서 아이들 엄마를 원할 때도 있었다.

"니 연놈들이 날 쥑이려구 뱅애(방자)를 하는 거지? 괘씸한 것들!"

미친 이의 의심은 무서웠다. 상표가 붙은 내복이나 무늬가 있는 옷은 아예 입지를 않았다. 자기에게 저주가 내리기를 바라는 것들이 그런 걸 해 붙였다는 것이다. 멀쩡하게 밥을 먹다가도 느닷없이 밥상을 둘러엎기도 했다. 식성은 누구 못지않게 좋은 이가 한번 마음이 뒤틀리면 며칠씩 낟알을 입에 넣지 않았다. 남들이 찾아와 왜 밥을 먹지 않느냐고 물으면, 며느리가 밥에 독약을 섞어 먹을 수가 없다면서 먹지 않고 숨겨뒀던 감기약을 내보이곤 했다.

단식으로 버티는 노파를 옆에 놓고 밥을 먹을 수 없어 모두 부엌에 나가 몰래 식사를 했다. 그럴 때면 그녀는 고래고래 소리를 치면서 방 안의 세간을 와장창 집어던졌다.

"어머이, 도대체 왜 그래유? 미쳐두 좀 곱게 미칠 것이지."

참다못한 현세가 이처럼 혐오감 짙은 표정을 해보이면 그네는 또 금세 천연덕스러워졌다.

　"애비야, 내가 잘못해쩌어. 다신 안 그럴께 때리지 마아, 응?"

　꼭 어린애였다.

　"내가 복이 없는 여자라서 어머이가 저래유."

　아이들 엄마가 울음을 목구멍으로 삼키며 말했다.

　"……살아야 얼말 더 사시겠다구!"

　그런 말을 하면서도 현세는 아이들 엄마가 미친 이보다 더 먼저 갈 수도 있다는 불길한 예감에 몸을 떨기도 했다. 실제로 요즘 아이들 엄마는 시어머니가 욕설을 쏟아붓기 시작하면 코피를 줄줄 쏟았다.

　미친 이를 내다버리기 위한 사전 탐색이 바로 그 정신병원 방문이었다. 병원을 다녀온 즉시 만약을 대비해 셋방을 다른 곳으로 옮길 계획도 세웠다.

　다른 사람은 몰라도 아이들 엄마한테만은 그 사실을 털어놓기로 했다.

　"당신마저 미치는 거예유?"

　정신병원 휴게실에서 막판의 그 방법을 이야기하자 아이들 엄마가 펄쩍 뛰었다. 무슨 죄받을 소리냐, 죄도 죄지만 세상이 그렇게 어수룩할 줄 아느냐고 그네는 겁먹은 얼굴로 사방을 휘둘러보기도 했다. 죽으나 사나 함께 모시는 게 차라리 속이 편하다며, 그네는 두 누님들이 모친을 끌고 다닐 때의 불안스럽고 죄스럽던 기억을 되살리기도 했다.

"다른 방법이 없어."

할 말이 더 없었다. 아니, 할 말이 따로 있긴 했다.

아이들 앞에 부끄러워 살 수가 없다고, 인류도 중요하지만 아비 된 자로 아이들한테 더 큰 상처를 줘서는 안 되겠다는 말을 하고 싶었다. 자식으로서의 도리를 다하려다 더 큰 죄를 짓게 될 수도 있다는 것을.

"만약에 어머이가 거기 가서 당신 이름을 대면 으트케 해유?"

현세는 웃었다. 쉽게 공범을 얻은 것이다.

다행히 현세 모친은 아들의 직장은 물론 이름도 어릴 때 부르던 덕세이밖에 기억하지 못했다.

"그동안 어떡하든지 우리 집을 마련합시다. 그때 어머일 다시 모셔오는 거야."

"어머일 찾아오게 되면 그동안 든 입원비랑 치료비를 다 물어야 한다면서유?"

"그래야지. 그땐 이미 무의탁자가 아니니까 다 물 수밖에!"

"몇 천만 원 될 텐데유?"

"몇 억이라두 물어야지!"

산동네에 이사 갈 집을 정하고 내려오면서 현세 내외는 두런두런 말을 나누었다. 그러나 현세는 마음이 많이 무거웠다. 진심을 말하고 있는데, 그 말이 허공으로 흩어지는 허망함이었다.

내 집, 정말 내 집이 아쉬웠다. 내 집이라면 미친 이의 어떤 발광도 견뎌낼 수 있을 것 같았다. 주인집 간장 항아리에 요강을 쏟아부었을 때의 난감함도 내 집에서라면 상관이 없을 것 아닌가. 그리고 내 집이라면 어찌 미친 이를 향한 그런 살의가 손끝으로 뻗쳐날 수 있겠는가.

"애, 애비야, 어딜 자꾸 가냐?"

눈이 경성드뭇이 얼어붙은 밤거리는 외투 깃을 올린 채 종종
걸음치는 사람이 몇씩 옆을 지나칠 뿐 퍽 한산했다. 세찬 바람
이 음산한 골목을 쓸고 나와 급하게 달리는 자동차 바퀴에 치
여 차가운 아스팔트 위에 흩어졌다.

"애, 아범! 나 내려줘."

이날따라 현세 모친은 멀쩡한 정신인 것 같았다.

"애, 애비야 나 오줌이 매려워. 아이구, 오줌 매려. 아이구,
오줌 매려 죽겠네."

현세는 그네의 거뿐한 몸을 다시 추슬러 업으며 말없이 걸어
나갔다. 그네에게 속지 않으려고 이를 악물었다. 그네의 체온
이 겨드랑이로 전해오자 짐짓 몸을 떨기까지 했다.

"애, 애비야. 눈이 많이 왔구나."

멀쩡한 목소리였다. 그러나 현세는 대답하지 않았다. 다만 그
네가 춥다는 소리를 안 하는 것만 해도 다행이다 싶었다. 집을
나오기 전 헌 옷가지를 잔뜩 껴입히기를 잘했다는 생각이었다.

현세는 며칠 전부터 와서 봐둔 장소에 모친을 내려놓았다. 그
네는 눈이 경성드뭇한 땅바닥에 내려지자 현세의 허리춤을 쥐
고 벌벌 떨었다. 사방을 휘휘 둘러보면서 겁먹은 얼굴을 했다.

"애비야, 나 오줌 안 매려!"

그네는 어린애처럼 울먹이는 목소리로 말했다. 그러나 역시
그네는 미친 노파였다.

"애, 애비야, 얼른 집에 가야 해. 요 배라처먹을 년이 또 어떤 놈하고 붙었을 게여. 고년 고 구멍을……"

오히려 홀가분한 마음이 되어 현세는 미친 이 곁을 떠날 수 있었다. 길가 상점들이 문을 내리기 시작하는 시간이었다. 상점 셔터가 삐기삐기 괴성을 내며 내려지고 있었다.

"애, 애비야, 얼루 갔어? 나 추워 죽겠다!"

현세가 문득 돌아본 그네는, 처음 그 자리에서 한 발짝도 꼼짝하지 않은 채 징징거리고 있었다. 세찬 바람이 골목을 쓸고 나와 아스팔트 위에 뒤굴렀다.

그때부터 현세는 결코 뒤를 돌아다보지 않았다. 얼어붙은 눈길이 무척 미끄러웠지만 겅둥겅둥 뛰다시피 걸었다.

지하도 입구까지 와 발을 멈췄다. 그러나 미친 이가 있는 쪽으로 고개를 돌리지 않았다. 다만 머릿속에 미친 이의 흰 머리칼이 바람에 희끔희끔 날리는 게 잠깐 스쳤을 뿐이다.

현세는 지하도의 경사가 급한 계단을 천천히 밟고 내려가기 시작했다. 지하의 상가들이 모두 문이 닫힌 시간이었다. 문 닫힌 상가 한가운데 공중전화가 있었다. 전화 부스에 아무도 없었다. 그는 준비해온 십 원짜리 동전 네댓 개를 손에 그러쥐며 공중전화 부스로 들어섰다.

"그럼, 그런 무의탁 환자의 입원비는 누가 물어유?"

그날 그 산동네를 내려오면서 아이들 엄마가 물었다. 그네는 그때까지도 현세의 공범이 되지 못했던 것이다.

"그 병원에서 나라에다 신청을 하겠지!"

"나라에서 왜 그런 돈을 물어줘유?"

순간 현세의 머릿속에, 어머니의 입원비를 물어야 할 사람은 국가라는 생각이 번쩍 잡혔다. 그 생각과 거의 동시에 소달구지에 얹혀 가던 부친의 주검이 떠올랐다. 어쩌면 그것은 그 여름날 총을 빗맞은 채 모친 앞으로 엉금엉금 기어오다가 쓰러진 형의 주검이었는지도 모른다.

한 아이가 주검을 바라보고 있었다. 한 아이가 아니었다. 수천수만의 아이들이 같은 모습을 하고 그 주검을 바라보고 있었다.

현세가 지하상가의 공중전화 부스에 들어가 다이얼을 돌리고 있을 때였다. 그때 그 아이들이 본 두 개의 주검이 따스하고 아늑한 위안의 힘으로 나타나 떨고 있는 현세의 가슴을 어루만져주었다. 현세는 거듭거듭 다이얼을 돌렸다.

신고가 끝나고 공중전화 부스를 나서는 현세의 마음은 가벼웠다.

보호자가 없는 노파, 버려진 미친 노파, 갈 곳을 모르고 그 자리에서 한 발짝도 움직이지 못하는 미친 여자.

보호자가 없다는 것은 그 누구도 보호자가 될 수 있다는 것이다.

현세는 먼저 내려온 지하도 계단의 반대편 계단을 천천히 오르면서 아직도 바람 몰아치는 거리에 꼼짝없이 주저앉아 있을 미친 노파를 향해 수천수만의 보호자가 손을 내미는 환각에 사로잡혔다. 그것은 친절하고도 철저한 음성으로 신고를 받던 경찰서 상황실의 얼굴도 모르는 한 순경에 대한 깊은 신뢰감에서 비롯된 것일 수도 있었다.

현세는 통금 시간이 다 될 때까지 며칠 전 들러본 정신병원으로 오르는 골목 입구에 붙어 서 있었다. 바로 몇 분 전 백차에 실려 언덕을 오르던 미친 노파의 겁먹은 얼굴이 아직도 차가운 언덕길 위에 얼어붙어 있었기 때문이다. 그네의 눈길이 자기와 마주쳤다고 생각했다.

"애비야, 내가 잘못해쩌어. 내가 증말 잘못해쩌어!"

현세는 더 이상 버티지 못하고 땅바닥에 무릎을 꿇었다.

"하느님!"

그가 난생처음 기도하기 시작했을 때 호루라기 소리가 들려왔다. 통행금지 시간이었다.

그는 서둘렀다. 우선 집까지 무사히 돌아가고 싶은 한 시민의 통금 위반을 겁낸 필사의 뜀박질이었다.

○ 1978년 『현대문학』 6월호

초혼(招魂)

어느 날 밤 나는 아버지가 이불을 뒤집어쓴 채 소리 죽여 우는 소리를 들었다. 남자가 이불 속에서 울음소리를 낸다는 이 예사롭지 않은 일로 해서 나는 어렵잖게 우리 집 미친 노파에 대한 해답 하나를 얻었다. 아버지가 그 일을 해냈다는 것. 아버지 스스로가 당신의 어머니를 길거리에 내버린 것이다. 우리 집의 안일을 송두리째 뽑아낸 다음 그 뽑힌 뿌리에 매달려 아등거리는 우리 식구들의 영혼을 무자비하게 주장질시키던 그 미친 노파를 아버지가 버렸다. 그러고 나서 아버지는 그 일의 자책으로 하여 그날 밤 이불을 뒤집어쓴 채 오래오래 울음소리를 냈던 것이다. 충분히 납득이 가는 아버지의 울음이었다. 육친을 버려야만 했던 아버지의 그 암담한 괴로움의 벽, 더구나 일생이 치욕으로 얼룩진 단단한 한의 응어리를 가슴에 안은 채 끝내 사람 행세를 하지 못한 그 미친 노파에 대한 연민이 아버지를 보다 깊은 죄의식의 늪으로 밀어 넣었을 것이다. 아버지는 며칠간 그 고뇌의 무게로 하여 차마 맞바로 쳐다보기 민망할 정도로 처연한 몰골이었다.

"아버지, 할머닌 도대체 어떻게 된 거예요?"

아버지의 괴로워하는 수상쩍은 행동거지를 보다 못해 내가 다그쳐 물었을 때 아버지는 내 말에까지 겁을 먹은 양,

"아니야, 할머일 버린 게 아니라니까."

아버지는 몹시 허둥거리고 있었다. 할머닐 내다버렸다구 생각해선 안 된다. 할머닌 지금 우리나라에서 시설이 제일 좋은 정신병원에 입원하고 계신 거야. 어쩔 수가 없단다. 정말 나로서는 어쩔 수가 없었던 거야.

그 미친 노파를 사고무친한 신세로 만든 다음 무의탁 환자로 병원에 입원시킨다는 게 아버지의 음모였다. 무섭고 메마른 세상, 단 한 치의 오차도 허락하지 않는 냉혹한 현실의 그 톱니바퀴의 회전에서 정말 뜻하지 않은 구멍을 발견한 아버지의 가슴은 뛰었다. 솔로몬처럼 슬기로운 지혜만 있으면 얼마든지 길에 떨어진 행운을 주울 수 있다는 확신을 갖게 된 아버지는 초범답지 않게 일을 처리해나갔던 것이다. 행려병 환자, 특히 그 중에서도 정신병 환자인 경우는 그 가족의 소재가 파악되지 않는 한 관할 기관에서 그 관내에 있는 정신병원에 일단 위탁 입원을 시킨다는 걸 어디선가 주워듣게 된 아버지는 우선 그 미친 노파를 길거리에 유기하기로 마음을 굳혀 먹게 되었던 것이다.

미친 노파에게는 단 한 사람의 가족도 없어야 했다. 아버지는 먼저 살던 동네에서 지금의 산동네로 셋방을 옮겼다. 셋방을 옮겨 앉은 그 저녁에 미친 노파를 내다버린 것이다. 길거리

에 얼어붙은 눈이 희뜩희뜩 가로등 불빛에 번들거렸고, 골목을 휩쓸고 나온 겨울바람이 아스팔트를 쓸며 지나가는 밤, 미친 노파는 길거리에 사고무친한 신세로 버려졌다. 행운은 아버지 쪽에 머리를 돌리고 있었다. 바로 그 밤으로 아버지는 미친 노파가 경찰 백차에 실려 우리나라에서 규모와 시설이 첫째가는 정신병원 언덕을 올라가는 걸 확인했던 것이다. 미친 노파가 버려진 데가 바로 그 정신병원 근처의 길거리였고, 그 노파가 벌써 며칠씩 같은 장소에서 서성거린다, 이러다가는 얼어죽을지도 모른다는 걸 관할 경찰서에 신고한 것도 물론 아버지였다. 모든 것이 믿어지지 않을 정도로 너무나 쉽게 마무리되었다. 그리하여 그 미친 노파는 첫째가는 시설의 병원, 제1급의 의사, 상냥한 간호원이 있는 병원의 당당한 입원 환자가 된 것이다.

"나라에서 할머이 병을 고쳐준다는구나."

아버지는 그 미친 노파를 버린 깊은 자책에도 불구하고 한편으로는 자신이 저지른 일을 전연 위법으로 생각하고 있지 않는 것처럼 행동했다. 그처럼 아버지의 사리판단은 뒤죽박죽이었다. 아버지의 얼굴은 장한 일을 하고 난 뒤의 아이들 얼굴처럼 벌겋게 상기되기도 했다. 그리고 이 세상의 모든 것을 향해 신뢰 가득한 그런 눈빛을 보내고 있었다.

"할머니 병이 거기선 나을 수 있대요?"

국립정신병원에서 전연 가망 없다는 낙인이 찍혀 퇴원당한 미친 노파의 병이 어쩌면 기적처럼 나을는지도 모른다는 허황된 기대를 버리지 못하면서 내가 물었을 때, 아버지의 대답은 단호했다.

"암 낫구말구! 이제 할머니가 멀쩡한 얼굴로 돌아오실 거니 두고 봐라."

아무튼 아버지는 자신의 지혜로 하여 우리 집의 가장답게 가정의 평화를 되찾아 왔다. 우리 식구들은 그날부터 잠을 잘 수 있는 권리를 유감없이 행사했다. 나와 동생들은 발을 쭉 뻗고 행복한 꿈나라에서 만찬까지 즐기면서 잤다. 독서실에서 새우잠을 자던 내 등허리에 따뜻한 방 안의 온기가 온몸의 근육을 기분 좋게 풀어주었다. 아무도 우리들의 잠을 방해하지 않았다. 문득 놀라 잠을 깨어도 귀신처럼 머리를 풀어헤친 미친 노파가 엄마의 몸을 타고 앉아 목을 죄는 광경이 보이지 않았다. 동생들이 숙제장을 머리맡에 펴놓은 채 잠들어도 그것이 발기발기 찢겨 요강 속에 처박히지 않았다. 장롱 서랍이 몽땅 열리고 엄마의 옷가지가 가위로 송당송당 짤려 나가는 그 기분 나쁜 가위질 소리와 부엌 식칼을 들여다가 비닐 장판에 구멍을 내며 낄낄거리는 노파의 웃음소리가 없는 우리의 방은 이제 천국이었다. 섬뜩한 기분에 잠을 깨었을 때 미친 노파의 가늘고 차가운 손가락이 내 사타구니를 훑고 있던 밤의 그 혐오가 이제는 한낱 어제의 일이었을 뿐이다. 미친 노파의 걸어빠진 험담과 뻗쳐나는 발광을 참다못해 아버지가 이불을 뒤집어씌우고 우리들이 합세해서 눌러대던 살기와 그 곤욕스러움이 뒤범벅되던 시간도 이제는 우리의 것이 아니었다. 아버지가 바란 것이 바로 이것이었다. 모든 것이 아버지의 뜻대로 이루어지고 있었다. 엄마가 이웃 여자들 틈에 끼어 웃고 있는 게 보였다. 내 동

초혼(招魂)

생들이 얼굴에 그늘을 걷고 이웃 아이들과 어울리기 시작했다.

그런데 문제는 아버지였다. 아버지는 역시 어쩔 수 없는 사람이었다. 아버지가 무너져 내리는 것을 곁에서 지켜보아야 한다는 것은 괴로운 일이었다. 나는 저주와 경멸이 뒤범벅이 된 심정으로 미쳐가고 있는 아버지를 향해 욕을 퍼붓고 싶은 충동으로 몸을 떨었다. 에이 벼엉신. 그는 정말 병신같이 못난 얼굴을 하고 있었다. 미친 노파의 원귀가 그대로 아버지에게 옮아 붙었던 것이다.

아버지에게 남다른 구석이 눈에 띄게 나타나기 시작한 것은 당신의 음모를 실천에 옮기고 난 한 달 뒤부터였을 것이다. 그것은 한마디로 자학 증세였다. 아버지의 그 잘나빠진 양심 탓에 인류라는 올가미에 목이 옥죄어 몸부림치고 있었던 것이다.

아버지는 통금이 풀리는 시간이 되기도 전에 잠자리에서 일어나 옷을 주워 입었다. 그리고 밖에 나가 달그락달그락 소리를 내며 안집 물지게에 물통을 걸어 메었다. 이때부터 백 미터가 넘는 언덕 아래의 공동수도를 왕복하는 아버지의 작업이 시작된다. 꽁꽁 얼어붙은 언덕진 골목에 아버지의 물지게 진 허청거리는 걸음걸이. 새벽 개 짖는 소리. 시간이 흐름에 따라 우리 골목 여자들의 잠이 덜 깬 하품 소리와 아버지를 향해 인사하는 그네들의 희떠운 웃음소리. 아버지는 꼭 신들린 사람처럼 정신없이 우리 골목 사람들의 물통을 져 올렸다. 동네 여자들이 공동수도에 줄을 지어 늘어놓은 물통이 채워지기가 무섭게 아버지는 그 물통을 지고 언덕을 뛰어올라 정확하게 그 집 문턱에 내려놓았던 것이다.

어떻든 그 일로 해서 아버지는 우리 산동네 골목의 화제 거리였다.

"도대체 저 사람 왜 저런대요? 고맙긴 하지만 말예요."

"미안해할 것 없어요. 저게 아침 운동이라는데요 뭐."

"아니, 저게 무슨 운동이에요? 저렇게 비틀거리면서……"

"좋은 일 하는 데 저쯤 힘 안 들어서 돼요?"

"아무튼 알 수 없는 사람이네요."

"저 사람도 이상하지만 저 사람 부인은 더 웃긴다구요. 아주 촌티가 뚝뚝 흐르는 여자가 아무하고도 말을 안 하려고 한다니까요."

"벙어린가 보죠?"

"벙어리가 아니니까 더욱 이상한 거죠."

"저 남잔 뭐 하는 사람이래요?"

"그 안집 여자가 그러는데 무슨 청엔가 나가는 공무원이라나 봐요."

"그래요오?"

"아니, 그런 델 나가는 사람이라면 수입도 좋다던데…… 왜 이런 데서 셋방살일 한다는 거예요?"

"글쎄 그게 이상하다니까요. 그 여자가 우리하고 얘기하는 걸 꺼려하는 거하며……"

"그랬었구먼!"

"뭐가요?"

"저렇게 사는 게 다 쇼라구요. 그게 요즘 공무원들 특히 수입이 너무 좋아 뒤가 켕기는 공무원들일수록 다 저렇게 산대는

가 봐요. 아마 저 집두 서울 어디고 수천만 원짜리 집이 두어
채는 있을 거예요. 틀림없다구요!"

"맞아요. 우리나라 어떤 재벌두 집이 없다던데."

"그럼, 물통 져 올린 값으로 돈 거둬주자던 얘긴 어쩌죠?"

어떻든 아버지의 새벽 작업은 쉼 없이 계속되었다. 그렇다고
새벽의 그 선행 때문에 아버지의 일상이 크게 달라지지 않았
다. 물지게를 내려놓고 세수를 한 다음 밥을 먹기가 무섭게 도
시락을 가방 속에 챙겨 넣는 일도 여전했다. 아버지의 도시락,
그렇다, 아버지를 얘기하는 데 도시락 얘기를 빼놓을 수는 없
다. 내 기억으로는 아버지는 시골 관청에 있을 때부터 단 한 번
도 거르는 일 없이 도시락을 싸가지고 나갔다. 엄마 역시 우리
들 도시락은 어쩌다 잊는 날이 있어도 아버지 것만은 그렇지가
않았다. 이 도시락이 아버지의 사람됨을 말해주는 구실을 했
다. 한심한 친구. 답답한 사람. 하나만 알고 둘은 모르는 사람.
혼자 더럽게 깨끗한 척하고 자빠졌네. 사람들은 아버지의 도시
락을 경멸하고 때로는 증오의 대상으로 삼으면서도 은근히 두
려워하는 것처럼 보였다. 우선 아버지의 윗사람들이 아버지의
도시락에 관심을 가지기 시작했다. '내일은 내가 김 주사한테
점심 한번 사지.' 아버지의 윗사람이 넌지시 아버지를 향해 말
했다. 그러나 다음 날도 아버지는 한구석에 웅크려 앉아 도시
락을 먹고 있었다. 거, 김 주사 꽤 고지식하군. 아버지의 윗사
람 얼굴에 심줄이 꿈틀거렸다. 결국 그 윗사람은 몸이 달아 우
리 집까지 방문했다. 그는 새삼 아버지의 성실과 근면을 들먹

이며, 아버지가 공무원으로서 크게 성공할 수 있을 것이란 가능성을 넌지시 시사했다. 일어서면서 그는 우리 방 안의 한심한 세간을 죽 둘러본 다음 연민과 경멸이 뒤얽힌 눈으로 우리 식구들을 쳐다봤다. 그는 비로소 아버지를 두려워하던 그런 경계의 눈을 풀고 안주머니에서 봉투를 꺼내어 엄마의 손에 쥐여주었다. 봉투를 받아든 엄마의 뺨을 아버지가 후려침으로써 그 봉투는 다시 아버지의 윗사람 주머니로 들어간다. 아버지의 적이 또 한 사람 늘어난 것이다. 아버지는 그럴수록 자기를 내던져 윗사람들을 위해 일을 했다. 물불을 가리지 않는 아버지의 헌신으로 하여 윗사람들은 상을 타고 그리고 좋은 자리에 영전이 되었다.

아버지에게 남는 것은 동료들의 자존심에 상처를 내서 돌아온 그 질시와 경멸의 눈, 그리고 가난뿐이었다. 아버지의 동료 한 사람이 말했다. '당신 너무 웃기지 말아. 당신 무능하고 주변머리 없는 걸 숨기려고 그처럼 악을 써 결백한 얼굴을 하고 있는 걸 우리가 모를 줄 알아?' 그때 아버지가 눈을 내리깔고 고개를 끄덕였던 것으로 기억된다. 그러나 아버지는 도시락을 싸가지고 나가는 일을 결코 그만두지는 않았다.

"아버지, 제발 그만둬요!"

아버지의 새벽 물지게 지는 일이 더욱 극성스러워졌다. 아버지는 더 일찍 일어났고 더욱 부지런히 언덕길을 뛰어다녔으며 더 많은 집의 물통을 날라다주었다. 우리 식구들은 아버지의 수척해진 얼굴과 받은기침 소리에 의해 기분이 잡쳤다. 아버지, 제발 그만둬요! 나는 매일 아침 기진맥진한 얼굴로 들어서는 아버지를 향해 퉁명스럽게 말했다. 그런데 뜻밖에도 아버지가 내 말에 반응을 보였다.

"사람들이 날 욕하재?"

아버지가 겁먹은 눈으로 속삭이듯 물었다. 나는 어처구니가 없어 대답을 피했다. 반장과 통장이 아버지의 선행을 상부에 보고해 상을 주겠다고 뻔질나게 찾아온다는 얘기마저 하고 싶지가 않았다. 그런 말을 들었을 때 아버지가 얼굴에 나타낼 그 표정이 두려웠던 것이다.

그런데 이상하게도 그날부터 아버지의 그 새벽일이 중단되었다. '관수아버지 어디 편찮으신가 봐.' 안집 여자가 빈 물통을 흔들어대며 말했다. 골목 여자들이 모여 서서 숙덕거렸다.

"역시 돈을 거둬줘야 하는 건데 우리가 너무했는가 봐요."

"그러게 말이야."

"아무리 그렇다구 해두, 그렇게 싹 고만두다니!"

"하긴 힘깨나 들었을 거예요. 그게 벌써 두 달두 넘었잖아요."

새벽 물지게 지는 일을 그만둔 뒤부터 아버지에게 또 다른 변화가 보이기 시작했다. 아버지의 정신에 보다 뚜렷한 이상 증세가 나타나기 시작한 것이다.

밥상에 앉아 있는 시간이 길어진 일이다. 그전 같으면 불과 십여 분 만에 식사를 끝내고 일어서는 아버지가 요즈음엔 아무리 짧아야 한 시간이었다. 어떤 때는 숟갈을 들고 앉은 시간이 두 시간이 넘었다. 저녁을 먹는 시간이면 그런대로 이해가 갈 수도 있는 일이었지만 몇 분을 다투어야 하는 아침 출근 시간을 앞두고 밥상 앞에 두어 시간을 멍청히 앉아 있다는 것은 보통 일이 아니었다. 단 한 번의 결근은 물론 지각도 하지 않은 아버지로서 이러한 아침 시간의 늘쩡거림은 있을 수 없는 일이었다. 아버지는 숟갈을 든 채 멍청한 얼굴을 해가지고 엄마를 향해 띄엄띄엄 입을 열기 시작하는 것이다. 그것은 엄마와의 대화라고는 도저히 생각할 수 없는 것이었다. 아버지는 그 긴 시간 동안 고작 혼잣소리를 중얼거리고 있었을 뿐이다.

"어머이가 말이야······"

이렇게 운을 떼어놓고는 꽤 오랫동안 무슨 생각에 골똘히 잠겨든 얼굴을 하고 앉아 있는 것이다. 그의 얘기는 처음부터 끝까지 미친 노파의 과거사였다. 매일매일 끈질기게 계속되는 그 미친 노파에 대한 추념의 시간.

"어머이가 말이야, 열여덟 살 아버지한테 시집을 와 보니까 글쎄 송곳 모로 꽂을 땅뙈기 하나 없더래. 그때부터 어머이 고생복이 터진 거지."

그 노인네가 젊어서 고생한 얘기가 줄줄이 쏟아져 나오게 마련이다. 줄곧 피죽만 먹어 똥구멍이 막혔던 얘기며 화전을 일구다 산주인한테 매를 맞아 할아버지의 이빨이 몽땅 부러졌던 때의 기가 막혔던 정황하며 아무튼 아버지는 자기가 들어서 기억하고 있는 얘기를 단 한 가지라도 빠뜨리지 않겠다는 양 눈을 껌벅거리며 띄엄띄엄 말을 잇고 있었다.

"아버지가 어떻게 해서 겨우 소달구지 하나를 마련했대. 읍내 사는 일본놈들 고스까이를 해서 모은 돈으로 산 거지. 물론 소두 우리 거였지. 아버지하고 어머이가 세상 살맛이 난 게 이때부터라는 거야. 그 소달구지를 부린 지 한 오 년 뒤엔 마을 허부자네 텃논 옆에 두어 마지기 논두 장만할 수 있었구, 그 양반들 신바람이 나기 시작했겠지. 그때 어머이는 아버지 조수였어. 사실 아버지보다 어머이 힘이 더 셌으니까. 아버지가 어머이를 소달구지에 싣고 다닐 만도 했을 거야. 황소를 다루는 솜씨도 어머이가 더 나았다구 하더군. 그놈의 소가 아버지 말보다 어머이 말을 더 잘 듣는다면서 아버지가 툴툴거렸지. 요놈이 하필 남의 유부녀를 탐하다니, 괘씸한 것 같으니라구! 아버지가 소 엉덩이를 손바닥으로 철썩 갈기면서 마구간으로 끌고 가자 어머이는 그 큰 몸통을 흔들어대면서 웃었지. 좌우지간 아버지하고 어머이는 소달구지를 끌고 이 마을 저 마을로 다니면서 일본놈들이 공출해놓은 곡식 가마를 실어 나르는 일을 한 거야. 아버지가 어떻게 철저하게 일을 해냈던지, 일본놈들이 아예 따라다니는 걸 그만두고 모든 걸 아버지한테 맡길 정도였다는군. 그 때문에 아버지는 사람들한테 들을 소리 못 들을 소리 뼈아픈 괄시깨나 받았지만 자기가 맡은 일은 어떠한 일이 있어도 해내고 말았다는 거야. 어머이가 있었기 때문인지도 몰라. 소달구지가 어쩌다 개천에 빠지면 그 무거운 곡식 가마를 모조리 개천 둑에다 내려놓아야 했는데, 그럴 때마다 어머이가 한 가마씩 넝큼 등에 져 나르곤 했다는 거야. 베수건을 머리에 쓴 어머이가 지금두 눈에 선하다니까. 우리 남매들은 밥을 해놓고 밤늦은 시간까지 어머이와 아버지가 돌아오길 기다리고 있었지. 내가 철이 없어 누님들을 꽤 괴롭혔던 모양이야. 그때 제천 누님이 나를 업고 얼러대느라고 애두 많이 먹었다더군. 동네 애들이 먹는 걸 보면 모조리 내놓으라고 떼를 써댔다니까. 그때 형은 동네 아이들하고 툭하면 싸움질을 했지. 동네 아이들이 우리 남매들을 깔보고 놀려댔기 때문이야. 형은 이를 부득부득 갈면서 동네 아이들하고 맞붙어 싸웠어. 형이 늘 지고 들어와 울음을 터뜨리면 누님들이 치맛자락으로 코피를 닦아주며 달래곤 했지."

아버지가 이쯤에서 말을 쉬고 밥숟가락을 몇 번 입에 가져간다. 그제서야 엄마도 두어 술 뜨는 척한다. 아버지보다 엄마의 얼굴이 더 멍청해 보인다. 엄마는 늘 이처럼 아버지의 주술에 넋을 빼앗긴다. 아버지의 혼잣소리가 다시 시작되고 엄마는 다시 숟가락을 든 채 아버지의 얼굴을 쳐다본다.

"관수 엄마도 알겠지만 말이야, 그때 우리 집은 마을에서 완전히 따돌림을 받고 있었어. 시골에서 한마을 사람들한테 따돌림을 받는다는 것처럼 서럽고 원통한 일은 세상에 더 없지. 동네 아이들이 함께 놀아주지를 않았어. 마을 어른들도 우리 남매들만 보면 슬쩍 딴전을 피우면서 지나갔지. 아버지가 일본놈들 고스까이였기 때문이었지. 처음에 아버지가 일본 순사 보조원 노릇을 했다는 거야. 그 짓을 집어치우고 마을에 돌아와 소달구지를 부리게 됐는데도 사람들은 아예 아버지의 달구지를 쓰지 않았대. 다른 동네서 달구지를 얻어다가 쓰면서도 결코 아버지를 부르지 않았다는 거야. 대동아전쟁이 터지면서 마을 장정 셋이 일본으로 징용 간 걸 모두 아버지 탓으로 돌리고 있었던 거지. 일본놈들이 공출해가는 것도 모두 아버지의 죄로 생각한 거야."

아버지는 아예 숟가락을 상에 놓았다. 엄마도 따라서 숟가락을 빈 그릇에 놓고 있었다. 그네들은 고작 서너 숟갈을 입에 넣었을 뿐이었다. 아버지는 계속 늘쩡거리고 있었다.

"참말이지 서러워서 못 살겠더라구. 어떻게 된 것이 마을에서 뭐 한 가지라두 잃어버리면 모두 우리 집으로 우루루 몰려와 가지곤 우당탕퉁탕 집뒤짐을 하는 거야. 생각해보라구. 마을 사람들이 눈을 시뻘겋게 해가지고 몰려와 우리 식구들을 마당 한가운데 모아놓은 다음 집 안 구석구석을 발칵 뒤집어놓는 꼴이라니. 어머니가 시집올 때 가져온 농 속까지 들춰 내놓았다니까. 밖에는 횃불을 켜든 사람들이 인산인해를 이룬 채 우리 식구들을 구경하는 거야. 그들이 도둑맞았다는 물건이 우리 집 어느 구석에선가 나오기라도 하면 그들은 와와 아우성을 치며 우리 식구들을 때려 죽일 것처럼 으르렁거렸지. 도둑맞았다는 물건이 안 나오면 그 대신 우리가 훔쳐 왔다는 증거라도 잡으려고 그들은 혈안이 돼 날쳤지. 집 뒤꼍에서 낟알 흘린 게 발견되기도 했고 마구간 여물통에서 감자 썩힌 녹말가루가 묻어나오기도 했어. 그럴 때마다 아버지는 몸을 조그맣게 웅크려 앉아 담배만 빨아댔고, 어머니는 마당 한가운데 그 큰 몸을 뒹굴면서 억울하다고 악을 써댔지. 혀를 깨물어 말이 제대로 되지도 않는 입에서 시뻘건 피가 횃불 빛에 번쩍거렸어. 그보다도 더 무서운 것은 마을 사람들이 수라장을 이루다 돌아간 뒤 형이 식칼을 배에 대고 어머이한테 대어드는 거야. 어머이가 정말 훔쳐 왔으면 훔쳐 왔다고 사실대로 말을 하라고 다구쳐댔다구. 그럴 때마다 어머이는 형의 얼굴을 빤히 쳐다보다간 허물어지듯 주저앉았어. 어머이 몸이 금세 뻣뻣 굳어들었지. 아버지가 어머이의 그 육중한 몸을 주물러대면서 킹킹 울었지. 그러나 그것도 아버지가 살아 있을 때의 얘기지. 아버지가 해방되던 해 서울에서 내려온 사람들한테 몰매 맞아 죽은 뒤로는 어머이는 더욱 외로웠지. 누님들마저 어머이를 의심했을 정도였으니까. 어머이가 아버지의 죄까지 모두 떠맡아 괴로움을 당한 거야. 아버지가 그렇게 비명횡사를 하고 어머이의 도둑 누명이 벗겨진 뒤부터 형의 정신이 이상해지기 시작한 거야. 형은 매일 이를 갈았어. 원수를 갚는다는 거야. 결국 형이 경찰에 들어간 것도 그 때문이었지. 그리고 끝내는 경찰복을 입은 채 미쳐버린 형이 인민군한테 총살을 당했을 때도 어머이는 허물어지듯 주저앉더군. 그리고 형을 아버지 무덤 옆에 묻으면서 어머이가 말했어. 남헌테 웬수지지 말어. 웬수 갚을 생각두 말구! 나는 어머이 말에 고개를 끄덕거렸어. 정말 남한테 가슴 아픈 짓은 죽는 한이 있어도 안 하겠다고 혀를 물면서 다짐했다구."

아버지가 허둥지둥 출근 준비를 서두르기 시작했다. 엄마도 또한 밥상을 방 한가운데 둔 채 허둥거렸다. 엄마는 늘 그랬다. 자기의 삶이 없는 사람이었다. 도대체 자기의 생각을 단 한 번도 내세운 적이 없었다. 미친 노파가 머리채를 감아쥔 채 몇 시간이고 방바닥에 깔고 앉았어도 그냥 질펀하게 누운 채 저항을 하지 않았다. 그 이상의 기가 막힌 일을 당하면서도 단 한 번도 누구를 향한 원망의 눈빛을 한 적이 없었다. 미친 노파가 안집 장독대에 올라가 그 집 간장 항아리에다 요강을 쏟아부었을

초혼(招魂)

때도 엄마는 결코 서두르지 않았다. 평시의 그 얼굴로 서서히 다가가 미친 노파를 마치 어린아이 달래듯 구슬려 가지고 업고 내려왔던 것이다. 엄마는 어떻게 보면 백치에 가까웠다. 그네의 얼굴에서 일체의 증오나 그와 비슷한 어떤 미움의 감정을 발견한 적이 없음으로 해서 나는 엄마를 백치로 단정해버렸다. 아무튼 아버지에게 너무나 잘 어울리는 짝이었다. 그러나 엄마는 아버지와 근본적으로 다른 것이 있었다. 아버지가 숙명적인 자신의 올가미를 자각하고 그것을 감수하는 인내의 끈질긴 싸움을 벌이는 쪽이라면 엄마는 아예 아무런 것도 자각하지 못하고 있다는 점이다. 그리하여 아버지는 인내의 어떤 한계점에서 그만 좌절하고 드디어는 그 벽으로부터 몸을 돌려 칼을 빼어 휘두를 수 있는 우려가 충분히 있는 데 비하여 엄마는 처음부터 벽 앞에 무릎을 꿇고 앉아 그 벽이 스스로 출구를 내주기를 기다리고 있는 사람이었다. 심지어는 아버지가 미쳐가고 있는 사실조차 인정하지 않으려 들었다.

"엄마, 아버지가 좀 이상하잖아요?"

내가 엄마의 동의를 구했을 때 그네는 무슨 소리냐는 듯이 어리둥절한 얼굴을 했다. 결코 꾸밈이 아니었다. 당황한 것은 오히려 나였다. 아버지와 이 세상에서 제일 가까운 사람이 아버지의 변화를 인정하지 않았을 때 나는 실로 난감했다.

"어머이가 말이야……"

아버지의 아침 밥상에서의 그 과거 추념은 날이 갈수록 더욱 잦아지고 그 내용 또한 더욱더 진부하고 감상적인 것으로 바뀌어 갔다.

"어머이가 그래 봬두 아버지하구 꽤 달콤한 연애를 했단 말씀이야. 어머이가 늙어서 동네 노인들한테 얘기하는 걸 들었는데, 그 양반들 그런 설움 속에서두 재미는 꽤나 솔솔 봤던 모양이지. 소달구지에 곡식 가마를 잔뜩 싣고 읍내까지 가 짐을 부려놓은 다음부터 어머이는 아버지의 귀빈이 되는 거였대. 읍에서 절인 고등어 한 손을 사 싣고 돌아오는 산골 길에서 두 양반이 연애를 시작하는 거야. 마님, 어서 여기 타십쇼. 아버지가 능청을 떨면 어머이는 치맛자락으로 입을 가리며 소달구지 위에 올라앉는다는 거야. 마님, 저두 그 옆에 궁둥이 좀 붙여두 될깝쇼? 은근슬쩍 어머니 곁에 올라앉은 아버지의 그 수작에 걸맞은 산골길이었을 거야. 날은 저물었것다, 그때만 해도 인적이 있을 턱이 없는 그 깊은 산골짜기에 달빛은 희붐하게 쏟아져 내릴 것이고…… 어머이가 새색시처럼 다소곳이 아버지 무릎에 얼굴을 뉘이자 아버지가 더듬더듬 얘기를 한다더군. 임자, 고마우이. 임잔 나 같은 사람한테 시집온 거 후회 많이 했을 테지? 그러면 어머이는 아버지 무릎을 꼬집어 뜯으면서 짐짓 반벙어리 소릴 했대. 다이도 박아유. 아버지가 하늘을 슬쩍 쳐다보며 대답했다더군. 마이 좀 또이또이 해! 그래서 두 양반이 킬킬거려 웃기 시작하는 거야. 이런 바보같이! 임자 우는 거 아니야? 그렇게 묻는 아버지의 말소리도 울먹거렸을 게고…… 황소 목에 건 방울 소리 달빛 아래 청아하고, 황소의 느린 발걸음에도 불구하고 소달구지는 몹시 털털거리는데 바야흐로 두 양반은…… ㅎ, ㅎ, ㅎ."

엄마의 귓밥이 발갛게 물들었다. 아버지는 밥숟가락을 상에

초혼(招魂)

엎으며 다시 말을 이었다.

"우리 남매들이 모두 그렇게 해서 태어났다는 거야. 화전을 일구다가 아버지가 슬그머니 어머일 끌구 머루 덩굴 속으로 들어간다는구먼. 남의 조밭 매는 품으로 팔려가 그 밭고랑에서 두 양반이 사랑을 하는 거야. 어머이가 다 큰 우리들한테 늘 말했지. '느 할머이가 어디 아버지하구 한 방을 쓰게 한다더냐, 갓 스물에 느 아버지 하날 낳구 혼자됐으니, 그럴 만두 했지. 아들이 옆에 꼭 있어야 잠을 자는 늙은이었단다.' 그렇게 말하던 어머이두 사십둘에 아버질 땅에 묻었으니……"

"아버지, 지금 몇신데 그러구 있어요?"
나는 더 참지 못하고 소릴 질렀다.
그러나 이미 아버지의 증세는 중증이었다. 아버지는 넋을 빼앗긴 채 멍청히 앉아 있는 엄마를 향해 다시 말하기 시작했다.
"어머인 결국 그 소달구지에다가 아버지 시체를 싣고 올라왔지. 송곳모로 꽂을 땅뙈기 하나 없던 양반들이 어렵게 장만한 그 대견한 논바닥에서 볏단 속에 처박혀 죽은 아버지를 어머이가 번쩍 안아 가지고 달구지에 얹자 그놈의 황소가 놀라 길길이 뛰면서 내달았다구. 어머이가 허둥지둥 쫓아가 고삐를 잡아 쥔 다음 소 목덜미를 쓰다듬으며 뭐라고 하니까 소가 잠잠해지더군. 나는 어머이가 아버지 시체를 싣고 집으로 올라간 뒤에도 논바닥에 남아 서울서 내려온 그 사람들의 구둣자국을 모조리 지운 다음에야 거길 떠났다더군. 아버질 묻으면서도, 그리고 6·25 때 형을 그 옆에 묻으면서도 어머이는 일체 울지를 않았어. 누님들이랑 유복자를 배에 가진 형수가 울음소리를 내자 눈을 부라리던 어머이였지. 그때부터 누구 하나 어머이 앞에서 눈물을 보일 수가 없었다구. 실컷 울어야 속이 풀릴 텐데 글쎄 그 늙은이가 그래 놓으니까 울고 싶어두, 실컷 울고 싶어두……"

정말 어처구니없었다. 이불을 뒤집어쓰지도 않은 채 아버지가 킁킁 울었다. 엄마도 소리 없이 눈물을 짜고 있었다. 사태는 이제 절망적이었다. 아버지는 그처럼 형편없이 허물어져 내리고 있었던 것이다.

또 다른 마귀가 아버지에게 덧들였다. 밥상을 대하고 앉아 숟갈을 든 채 과거 회상으로 시간을 소비하느라 출근 시간이 늦어지기 예사더니 이제는 아버지의 귀가 시간이 통금 바로 직전이 돼버렸다. 기계처럼 정확히 출퇴근 시간을 지키던 아버지가 그 미친 노파로 하여 이처럼 구제 불능의 사태에까지 이른 것이다.

통금시간까지 옷을 입은 채 웅크려 앉았다가 빗장을 따러 종종걸음을 하는 엄마의 신발 끄는 소리를 들을 때마다 나는 울화통이 치밀었다. 고뇌의 흔적을 지나치게 밖으로 드러내는 아버지에 대한 혐오로 하여 나는 학교 공부를 거의 포기한 상태였다. 아버지의 걷잡을 수 없는 변화가 내 마음의 눈을 어지럽히고 있었던 것이다. 그렇다고 해서 아버지에게서 눈을 돌릴 수가 없었다. 참으로 억울하지만 그것은 정말 어쩔 수 없는 일이었다. 나 역시 아버지의 주술에 걸려든 것이다. 아버지가 파놓은 그 깊은 늪에서 허덕이고 있는 나 자신이 선명하게 보였다.

초혼(招魂)

아버지는 근무처에서 다른 사람들이 다 나가버린 뒤에도 꽤 오래 있다가 몸을 조그맣게 웅크려 나왔다. 정문을 빠져나온 그의 발걸음은 퍽 다급해 보였다. 도시락이 든 가방을 부지런히 흔들어대며 버스 정류장 쪽으로 뛰다시피 걷고 있었다. 아버지는 퇴근 무렵의 그 혼잡한 정류장에서 꽤 오랫동안 허둥거려 당신이 찾고 있는 방향의 버스를 찾는 눈치였다. 드디어 아버지는 밀쳐내는 차장의 팔꿈치 속으로 몸을 재빨리 밀어 넣은 다음 내 눈앞에서 사라져버렸다. 미행 첫날이었다.

그러나 나는 포기하지 않고 내 예감에 따라 그 방향으로 가는 다른 버스에 재빨리 올랐다. 아버지가 내렸을 것이 확실한 그 정신병원으로 오르는 언덕 입구에서 버스를 내렸지만 아버지의 모습은 거기 없었다. 수은등이 대낮처럼 밝은 정신병원 쪽 언덕을 숨가쁘게 올랐다.

병원 정문을 얼마 앞둔 지점에서 나는 내 뒤에서 나는 인기척에 고개를 돌렸다. 아, 나는 하마터면 그 자리에 주저앉을 뻔했다. 내가 탄 버스가 아버지의 차를 앞질러 온 것이 분명했다. 그러나 아버지는 다급한 걸음으로 나를 지나쳐 올라갔다.

아버지의 다급한 걸음은 병원 정문의 수위실 있는 데서 멈추었다. 수위실은 비어 있었다. 아버지는 아주 느릿느릿 여유 있는 걸음으로 병원의 정문 안으로 들어갔다. 그리고 두어 번 사방을 휘둘러본 다음 주차장 옆의 느티나무 아래 휴게 벤치에 걸터앉았다.

그때부터 아버지는 그 벤치에 꼼짝도 하지 않은 채 붙어 앉아 병원 안쪽을 살피고 있었다. 나는 좀더 가까이 다가가 아버지를 바라보았다. 아버지는 몸뚱이를 최대한으로 작게 웅크려 마치 침팬지가 앉아 있는 형상을 하고 있었다. 그러나 병원 현관 그 안쪽에 시선을 못 박고 있는 아버지의 얼굴 표정은 생각보다 평온해 보였다.

정신병원의 현관 안쪽은 휘황한 조명 아래 사람 그림자 하나 얼씬거리지 않았다. 밝고 깨끗하게 느껴지는 병원 앞에서 나는 거기 어딘가 있을 미친 노파를 머릿속에 떠올리려고 애를 썼다. 그러나 정말 이상했다. 아무리 노력을 해도 내 머릿속에 그려진 것은 눈에 광기를 띠고 엄마의 목을 누르던 그런 흉악한 몰골의 미친 노파가 아니었다.

그때 내가 만난 것은 나를 등에 업고 궁둥이를 또닥여 잠재우던 할머니의 곱상한 얼굴이었다. 헌데 딱지가 앉느라 가려운 머리통을 다작다작 매만져주며 옛날얘기를 해주던 할머니의 목소리도 들렸다. 관수야 이리 온! 실내 온도 최적한 방 안, 머리를 곱게 빗어 가른 할머니가 시트 깨끗한 침대에서 일어나 앉으며 손짓을 했다. 부얼부얼 영양 좋아 보이는 할머니의 얼굴은 처음부터 웃음이었다. 흰 가운을 입은 의사와 여자 간호원이 할머니의 등을 토닥여주며 지나갔다. 나는 눈을 뜨고 싶지 않았다.

아버지가 병원의 그 벤치에서 몸을 일으킨 것은 열시 반쯤이었다. 수위실 안쪽에서 한 사람이 다가와 아버지와 몇 마디 말을 나눈 뒤였다. 아버지가 무엇인가 내밀자 그것을 받아든 그 수위는 아버지를 정문 그 아래까지 배웅했다. 헤어지면서 두 사람은 손을 잡고 흔들었다. 아버지가 더 깊이 허리를 굽혔다.

아버지는 병원 언덕을 내려오면서도 길에서 마주치는 사람마다 공손히 허리를 굽혀 인사했다. 얼결에 아버지의 인사를 받은 사람은 고개를 갸우뚱거리며 돌아서서 아버지의 뒷모습을 의아한 시선으로 바라보기도 했다. 아버지의 그 인사하기는 큰길에 나와서도 매한가지였다.

아버지는 육교 근처에서 맹인 부부의 노랫소리를 듣기 위해 걸음을 멈춘 뒤 실히 삼십여 분을 지체하기도 했다. 통금이 임박해서야 아버지의 발걸음은 다시 빨라졌다. 뛰다시피 산동네를 오르고 있는 아버지를 놓칠세라 나 역시 숨을 헐떡거리고 있었다.

아버지의 그 자학 증세가 드디어는 우리 집의 생계와도 밀접한 관계가 있다는 것을 안 것은 그해 겨울이었다. 그것은 우리 식구들이 먹고사는 생활비가 형편없이 줄어들었다는 데서 비롯되었다. 내가 스스로 학교를 그만둔 것까지 별문제로 친다 하더라도 당장 동생들의 몇 기분 등록금이 밀려 있는 형편이었다. 엄마가 산동네 밑에 있는 어느 산부인과 병원의 그 피빨래를 도맡아 하고 있었지만 우리 집의 생활은 날로 나빠졌다.

문제는 아버지가 한 달에 두 번 술을 마시는 데 있었다. 원래부터 술을 잘 마시지 못하는 아버지가 한 달에 두 번씩 정해진 날이면 꼭꼭 술을 마시고 들어오는 이 수상쩍은 일부터가 그랬다. 술을 마시면서부터 아버지는 자신이 집에 내놓던 봉급의 액수를 삼분의 일쯤으로 줄였던 것이다. 지난여름부터 이 겨울까지 육 개월 간을 계속 그랬던 것이다. 엄마가 그 내색을 일체

하지 않았기 때문에 우리들은 날이 갈수록 비참해지는 우리 집의 형편에 대해서 어리둥절해지지 않을 수 없었던 것이다. 나는 엄마의 손에 쥐어진 우리 집의 한 달 생활비가 고작 내가 고등학교에 내던 석 달 치의 등록금 액수와 맞먹는다는 것을 알아내고야 만 것이다.

나는 아버지에 대해 끓어오르는 증오로 몸이 불처럼 뜨겁게 타올랐다. 물론 아버지가 한 달에 이틀을 위해 떼어낸 돈은 돈 있는 사람들의 하루 용돈에도 모자랄 그런 것일는지도 모른다. 하지만 그것은 우리 식구들의 죽고 사는 문제였기 때문에 나는 더 견딜 수가 없었던 것이다.

"아버지, 그 사람이 도대체 누구예요?"

아버지가 한 달에 두 번씩 만나고 있는 그 사람을 어느 한식집에서 목격한 저녁에 나는 눈에 불을 켜고 대들었다.

"누구냐 말예요? 아버지가 저녁을 사고 그리고 나중에는 봉투까지 넣어준, 턱이 뾰족한 그 새끼가 누구냐 말입니다!"

아버지가 꽤 놀란 얼굴로 나를 쳐다보면서 더듬거렸다.

"아니, 네가 그걸 어떻게……"

"다 알고 있다구요, 아버지는 그 새끼를 한 달에 두 번씩 만나기 위해서 우리집 생활비를 모두 써버리고 있다는 걸 알아야 합니다. 아버지는 미쳤어요. 미치지 않았다면 그 새끼가 누군지 말하란 말입니다."

아버지가 눈을 감았다. 술기운이 역력한 아버지 얼굴에 고물고물 웃음기가 돌고 있었다. 눈을 뜨며 그가 말했다.

"느덜, 할머이 소식이 궁금하지두 않나? 할머이가 요즘 어떻

　　　　초혼(招魂)

게 지내는지 알고 싶지도 않느냐 그 말이다."

나는 아버지가 묻는 말의 뜻을 새기기 위해 엄마의 얼굴을
쳐다보았다. 기가 막히게도 엄마 또한 웃고 있었다. 그제서야
나는 엄마가 아버지의 공범자라는 것을 알았다.

"할머이 말이다. 우리나라에서 젤루 좋은 병원에 입원하고
계시단 말이야. 거기 한 달 입원비가 얼마나 되는 줄 아냐? 자
그만치 내 봉급의 두 배다, 두 배. 젤가는 시설에 젤가는 의사
선생님들이 순 외제 약으로 치료를 하는 데여. 할머이가 바루
거기서 나랏돈으로 치료를 받고 계시다, 이거다. 이놈들아!"

술을 먹고 들어오는 그 이튿날은 이처럼 아버지가 말이 많았
다. 기분이 썩 좋은 상태였던 것이다. 그러나 나는 이제 그런
희떠운 말에 귀를 기울이고 있지 않았다.

"아버지, 그 사람이 바로 정신병원에 있는 사람이 맞지요?"

나는 끝장을 내고 말 심정이었던 것이다. 그런데 아버지가
뜻밖에도 쉽게 대답했다. 목소릴 착 낮춰,

"그래 맞다. 남들 들으면 큰일 날 일이지만 그 어른이 바로
그 병원에 계신 분이다. 세상에 그런 좋은 사람 만나기도 힘든
게여."

동생들이 잠들어버린 뒤 아버지는 엄마와 나를 상대로 그 일
의 전말을 털어놓았다.

아버지는 단 한 번만이라도 그 병원 속에 들어 있는 당신의
어머니를 만나고 싶었던 것이다. 자기가 저지른 일이 불안하고
거기다가 죄의식을 느끼면 느낄수록 그 노파를 만나고 싶었다
고 했다. 퇴근하는 길로 곧장 그 정신병원으로 달려갔던 것이

바로 그런 바람 때문이었을 것이다. 거기만 가면 노파가 멀쩡한 얼굴로 그 현관을 걸어 나오는 기대로 가슴이 뛰었다.

낯을 익히게 된 수위를 통해 선이 닿은 사람이 바로 그 턱이 뾰족한, 병원의 원무과에 근무하는 무슨 계장 직책을 가진 사람이었던 것이다.

"그 양반을 만나자마자 내가 넙죽이 큰절을 하면서 사정 얘길 했다. 그 양반 척하니 내 말을 알아듣는 거야. 우리 사정, 미친 이를 단칸 셋방에 두고 겪어본 우리 형편을 제 일처럼 훤하게 알고 있더라. 내가 저지른 그 일, 이해하겠다는 거야. 자기라두 그런 처지면 어쩔 수 없었을 거라구 하면서 말이다. 그러면서 하는 얘기가, 그렇잖아두 할머이가 그 병원에서 유명하다는 거야. 몸이 워낙 큰데다가…… 거 뻔하지 않냐. 그전에 입원해 있던 병원에서두 할머일 깡패라구 했을 정도니까시리."

"그래, 아버진 할머닐 만나보셨단 말이에요?"

나는 더 참지 못하고 아버지의 말허릴 잘랐다.

"글쎄, 그게…… 내가 그 양반 만날 때마다 왜 그 부탁을 안 했겠냐. 제발 먼발치에서라두 어머일 봤음 소원이 없겠다구 말이다. 그런데 그 양반 얘길 들어보면 그게 아니란 말이야. 큰일날 소리 두 번 다시 말라는 거야. 그렇잖아도 얼마 전에 무의탁 환자의 가족이 나타났다가 들키는 바람에 망신 톡톡히 당한 건 물론이구 그동안의 입원비를 전부 나라에다 변상했다는 거야. 그러면서 할머이두 언제 제정신이 들지 모르는 판에 잘못하다 가는 큰 낭패를 본다는 거지 뭐냐. 자기 같은 사람 만난 게 천행이라고 그러더라니까."

"그래서 아버진 그 사람을 붙잡고 할머니 좀 잘 봐달라고 애원을 했겠구먼요. 한 달에 두 번씩 만나서 대접도 하고, 돈도 주고…… 아버지, 그 턱 뾰족한 사람이 할머닐 책임지고 잘 봐주겠다고…… 그 대신 돈이 필요하다고 했겠지요?"

술기운에 의해 게게 풀려가던 아버지가 눈을 부릅뜨면서 소리쳤다.

"야, 이놈의 자슥, 너 말조심 못하겠냐? 너 그런 죄받을 소리 또 할래?"

그러나 내가 대답 대신 아버지의 얼굴만 노려보고 앉았으니까 아버진 제풀에 어조를 누그러뜨렸다.

"그 양반은 죽어두 그런 사람이 아니다. 네 말대로 그래, 내가 술대접 좀 했다. 그 양반 무슨 짓이냐구 막무가낸 걸 내가 문턱에 지켜 섰다가 잡구 늘어졌던 거다. 그래, 내가 네 말대로 매달 몇 푼씩 건네준 건 사실이다. 할머이 소식을 전해주는 그 양반한테 내 마음을 그런 식으로라도 나타내지 않으면 못 견디겠는 걸 어떡하냐? 그 사람 그럴 적마다 펄펄 뛴다. 이렇게 나오면 아주 만나주지 않겠다고 하면서, 나를 만나는 게 자기로서는 위험하기 이를 데 없는 짓인데 차라리 이런 식으로 오해받을 양이면 모든 걸 밝혀버리는 게 낫다고 하더구나. 그러면서 할머이를 가끔 보살펴주다 보니 눈치가 이상해 담당 간호원과 곁의 직원한테는 사실을 말했다는 거야. 할머이 때문에 그 사람들한테 저녁두 몇 번 샀다는 거구. 요즘은 과장이며 담당 의사며 모두 눈치를 챈 것 같아 좌불안석이라는 거였다."

"그러니까 돈이 필요하다고 했겠죠?"

"이놈의 자슥, 한다는 소리가 점점. 못 받겠다는 걸 내가 사정사정 빌면서 넣어줄 때마다 그 양반, 정 그렇다면 받긴 받겠는데 그 돈을 할머이를 위해서 전부 쓰겠다는 거야. 할머이한테 좋은 음식 넣어주고, 좋은 잠자리 챙겨주고 할머이 담당 간호원한테 잘 봐달라고 사례도 하고…… 그러면서 그 양반 늘 하는 얘기가 할머인 거기 있는 게 밖에 나오는 것보다 백배 낫다는 거야. 그러니 할머이 생각은 아예 말라는구나. 그게 할머이 개인을 위해서도, 우리 가정을 위해서도, 더 나아가서는 사회와 국가를 위해서도…… 그러니까 할머이가 이 세상에 없는 걸로 작정하고 살라는 거였지. 정신 건강상 그게 좋다는 거였다. 모든 건 병원을 믿고 있으면 되는 거래. 할머이가 돌아가실 때쯤 그땐 자기가 책임지고 연락할 테니 집에 모셔다가 임종이나 지켜보는 게 좋다는 얘기였다."

"할머이가 언제쯤 돌아가실 것 같대요?"

내가 생각해도 어처구니없는 질문이었지만 아버지의 대답은 사뭇 진지했다.

"그거야 모르지, 십 년이 될지 이십 년이 될지…… 허지만 그럴 수가 있겠냐. 우리 형편이 피기만 하면 낼이라두 당장 모셔 내올 거다."

그러나 어이없게도 그 미친 노파를 병원으로부터 인계받아 데려 내오는 날은 생각보다 빨랐다. 할머니가 그 병원에 들어간 지 꼭 1년 6개월째 되는 여름이었다. 아버지가 한 달에 두 번 만나는 그 턱 뾰족한 친구가 아버지한테 연락을 해왔던 것이다. 그는 아버지와의 약속을 훌륭히 지켰다.

아버지와 엄마를 따라 그 병원까지 갔다. 아버지와 엄마는 턱을 덜덜 떨고 있었다. 우리는 그 턱 뾰족한 사람 앞에 서 있었다.

"그래, 실종 당시 두 번씩이나 신문에 연고자를 찾는 광고가 나갔는데 그걸 못 봤단 말이요? 말두 안 되는 소리. 당신 도대체 직업이 뭐요?"

그 턱 뾰족한 사람이 아버지한테 삿대질을 하고 있었다. 아버지는 계속 손을 모아 빌었다. 그들의 연극은 만점이었다. 아버지는 병원 측에서 내미는 서류에 여기저기 지장을 찍었다.

그러고 나서 우리들은 그 미친 노파를 넘겨받았다.

엄마가 제일 먼저 고개를 돌렸다. 아버지는 넋이 나간 얼굴을 하고 두어 걸음 뒤로 물러섰다. 나 역시 그 자리에서 도망가고 싶은 생각으로 다리가 허청거렸다.

우리 집의 미쳐 날뛰던 그 노파가 아니었다. 더구나 그네는 결코 산 사람으로 보이지 않았다. 그러나 고개를 돌렸던 엄마가 노파의 손가락 마디에 헐렁하게 걸린 구리 반지를 찾아냈다. 아버지가 반지를 빼어 들고 짐승처럼 큿큿 울기 시작했다. 시집올 때 낀 반지, 손가락 마디가 굵어지는 바람에 죽어서 썩기 전에는 결코 빠지지 않을 것이란 구리 반지가 아버지의 손에 들려 있었다. 그처럼 노파의 몰골은 무섭게 변해 있었던 것이다. 아무리 환자고, 죽기 직전의 사람이라 해도 세상에 이처럼 피골이 상접한 흉악스런 몰골이 있을 수 있단 말인가. 노파에게 남은 것은 가죽이 덮인 뼈와 아직도 벌렁거리고 있는 볼

록한 배뿐이었다. 물론 노파는 우리들을 알아보지 못했다. 아버지가 노파를 등에 거뿐하게 들쳐 업었을 때 턱 뾰족한 사람이 다가와 아버지한테 눈을 찔끔해 보이며 귓속말을 했다.

"김형, 이제 증말 나한테 한잔 톡톡히 사야 해! 며칠 있으면 발 쭈욱 뻗구 잘 수 있을 거 아닌가 그 말씀이야. 히잇."

턱 뾰족한 친구는 그날 재수가 좋았다. 만약 아버지가 노파를 등에 업기 전이었다면 일은 크게 달라졌을 것이 너무나 분명했기 때문이다. 눈에 확확 불꽃이 튀고 있는 아버지의 험상궂은 얼굴을 보면서 나는 거듭 그 친구가 꿈을 잘 꾸었다고 생각했다.

아버지는 몹시 서두르고 있었다. 나는 아직 이처럼 서둘러대는 아버지를 본 적이 없었다. 그는 임박한 차 시간에 대어 가는 사람처럼 그 노파를 업고 병원의 언덕길을 허둥허둥 뛰어내려가고 있었다. 엄마 또한 늦을세라 아버지 뒤를 허겁지겁 뒤쫓아 뛰었다.

그러나 나는 병원 언덕에 망연히 선 채 어쩔 것인가 잠시 망설였다. 그네들의 뜀질에 끼어들어야 할 것인지 아니면……

문득 뒤를 돌아본 순간 내 눈길은 완강한 느낌으로 버티고 선 병원 건물의 직각으로 뻗은 선들과 부딪쳤다. 나는 그 직각의 선이 주는 단절감으로 하여 등골에 으스스 소름이 끼쳤다.

이날따라 큰길에는 사람이 많았다. 그들은 커다란 흐름을 이루어 도도히 흘러가고 있었다. 나는 그 흐르는 인파 속에서 아버지와 엄마가 벌이는 괴이쩍은 뜀질에 겨우 따라붙을 수가 있었다. 그리하여 우리 식구들은 미친 노파를 등에 업은 아버지를 앞세워 숨을 헐떡거리는 뜀박질을 함께 했던 것이다. 우리를 거슬러 가는 사람들이 이 괴이한 뜀박질을 흘끔거렸다.

"어머이, 정신 좀 차려유! 저 사람들 좀 보라니까유. 저게 모두 사람들이라구유."

아버지가 등에 걸친 노파를 흔들어대며 거듭거듭 외치고 있었다.

"어머이, 정신 좀 차리고 저 사람들 좀 보라니까유."

아버지는 진정 노파가 죽기 전에 사람 구경을 톡톡히 시키고야 말겠다는 듯 악을 썼다. 아버지의 그 외침은 새벽녘 초혼 부르는 사람의 그것처럼 애절한 떨림을 띠고 있었다. 그러나 노파는 아버지 등에 거머리처럼 납죽 엎드린 채 아버지가 흔드는 대로 흰 머리카락 부스스 흩날리는 머리통을 단 한 번도 들지 못하고 있었다.

"어머이, 왜 이래유, 저 사람들 좀 보라니까유!"

아버지는 몹시 안타까운 듯 노파를 더욱 거세게 흔들어대면서 거푸 같은 소리를 되뇌었다. 그렇다고 아버지의 뜀질이 중단되는 일은 결코 없었다.

"관수 아버지, 이게 증말 모두 사람들이야유?"

엄마가 우리들의 괴이한 뜀박질을 흘끔거리며 지나가는 사람들을 쳐다보며 헐떡거리는 목소리로 물었다. 아버지의 얼굴이 문득 뒤로 돌려졌고, 나는 그 눈길에 맞춰 히익 웃었다. 엄마의 말이 진정 우스웠던 것이다.

○1979년 『월간문학』 1월호

망각의 집

유대병 씨의 두번째 가출이었다. 그를 평소에 잘 아는 사람들이 입을 모았다. 그의 가출은 요즈막 부쩍 심해진 그의 건망증세로 미루어, 자기가 돌아가 안주할 자신의 가정이 있다는 걸 그만 깜빡한 것이 분명하다고. 그러한 조짐이 그의 가출 바로 전날 밤에 두드러지게 나타났음을 그의 부인이 입증하고 나섰다.

"그 양반 건망증은 원래 유명했지만요, 그날 저녁처럼 심하긴 또 첨이었다구요."

그네는 눈 화장을 조심스레 다독거리며 슬픈 표정을 지어 보였다.

"아버진 현실 도피자라구요."

스물한 살 나이에 비해 훨씬 나이가 들어 보이는 유대병 씨의 큰아들이 턱수염을 신경질적으로 잡아 뽑으며 말했다.

"아버지 정말 너무했다!"

고3인 둘째가 그룹 과외에 나가기 위해 책을 챙기며 불만스런 얼굴을 했다.

 "엄마, 나 어떻게 해? 선생님이 반공 웅변 원고 낼까지 써 오랬는데……"

 막내가 울상을 하고 징징거렸다.

 "그런 걸 아버지가 꼭 써야 되니?"

 유대병 씨 부인이 막내를 핀잔주었다.

 "그럼 그걸 누가 쓴단 말이야?"

 "형들이 둘씩이나 있는데, 왜 툭하면 아버지냐?"

 그네의 말에 퉁기듯 큰아들과 둘째가 나섰다.

 "엄마, 우리가 육이오를 겪었어요? 그런 걸 쓰게."

 "그냥 생각나는 대로 쓰면 되잖아. 빨갱이들이 무섭다구."

 "아아 잊으랴, 어찌 우리 이날을…… 우리가 겪지도 않은 그 날을 어떻게 생각하란 말이야."

 "그나저나 이 일을 어쩌면 좋으냐, 느 아버지."

 "어쩌긴요. 또 한 달쯤 푹 기다려보는 거죠 뭐."

 큰아들이 심드렁한 표정을 보이며 말했다.

 "아이구, 이 일을 어쩌면 좋아. 엄연히 관직에 있는 양반이 글쎄 이 무슨…… 이젠 느 아버지 끝장이다."

 그네의 한숨과 집 안 구석구석 음울하게 깔리기 시작한 어둠을 지워버리듯 막내가 전기 스위치를 넣자 실내는 대낮처럼 휘황해졌다.

 "외삼촌이 있잖아요. 아버지 후견인이 바로 외삼촌인데 뭘 그래요."

큰아들이 빈정거리는 투로 말했다.

"애, 외삼촌 애긴 꺼내지두 말아. 지금 느 외삼촌, 아버지 땜에 큰 망신을 당했다고 펄펄 뛰고 야단났어."

"네에? 아버지 땜에 외삼촌이, 그 위대한 분이 망신을 당해요?"

"글쎄, 아버지가 외삼촌한테 못할 짓을 했다는구나. 잘은 모르지만 아버지가 남의 돈을 어떻게 했다는 것두 같구……"

"아버지가요?"

"우리 아버지가 남의 돈을 먹구 도망을 쳤단 말이야?"

'망각의 집'이란 간판을 건 술집은 대만원이었다. 대만원인 술집에서 야금야금 조용히 술을 마시는 사람은 없다. 남들이 시끄럽게 떠들며 술을 마시고 있으면 이쪽에서는 더 큰 목소리로 와장와장 떠벌렸다. 서로 경쟁하듯 술안주로 말을 씹었다.

"모두모두 잊어버리고 싶어 그런대요."

그날 저녁 유대병 씨 옆의 여자가 말했다.

"여기는 망각의 집이거든요."

"잊어버리고 싶다니, 뭘."

"남자들은 모두 이래요. 술만 마시면 모두 백치 같다니까요. 마구 난폭해지구 막 때려부수고, 아니면 그냥 막 끌어안고. 그렇지 않으면 실없이 헤퍼지면서 인심을 쓰고 꼭 어린애처럼 그러거든요. 어느 쪽이든 그게 다 뭔가를 잊는 방법이라던데요."

"도대체 뭘 잊고 싶어 그러는 걸까?"

"뻔하지요 뭐. 술집에 들어서기 전까지의 모든 것."

"잊을 수 없는 소중한 것도 많을 텐데 왜 그 모든 걸 잊으려는 걸까?"

"부끄러워서 그런대요."

"뭐가, 뭐가 부끄럽단 말이야?"

"떳떳하지 못한 일이 있었던가 보죠."

그리고 여자가 장난스레 유대병 씨를 쳐다보며 말했다.

"여기는 속죄의 집이에요. 사람들은 모두 여기서 용서 받아요."

"술집에 안 들르는 사람은 모두 나쁜 사람들이란 뜻인가?"

"그럼요! 그 칙칙하고 음흉한 가슴, 생각만 해도 무서워요."

그네가 깔깔거렸고 유대병 씨도 따라 웃었다.

"미스 박이랬지?"

"왜 이래요? 선생님. 아무리 망각의 집이지만. 전 박이 아니라 윤이에요, 미스 윤."

"그랬던가. 어떻든 미스 윤은 이 망각의 집에서 무슨 일을 하는 거야?"

"돈을 벌어요."

그네는 깔깔거리던 얼굴 표정을 연극배우처럼 싹 바꿨다.

"술과 웃음을 팔아 돈을 버는군."

그네의 눈꼬리가 위로 치켜졌다.

"몸도 팔아요."

뜻밖에 그네의 얼굴은 밝았다. 그러나 그네의 얼굴은 결코 예쁘지 않았다. 유대병 씨는 우울했다.

"몸만 파는 게 아니고 저는 상대가 원하면 마음도 주어요."

"아무나 다 사랑할 수 있다는 얘기가 아닌가?"

"그래요. 사랑하고 싶은 사람들이 너무너무 많아요."

"정말 사랑할 사람을 만나 결혼도 해야 하고……"

유대병 씨는 그네의 얼굴에서 눈을 떼지 않으며 말했다.

"물론이죠. 좋은 사람을 남편으로 가지고 싶어요. 그러나 더 급한 건 고향에 돌아가는 일이에요."

"그렇지. 무단 가출자가 고향에 가고 싶은 건 당연하지. 그 래서 돈이 필요한 거고."

"고향에는 아버지와 엄마가 있어요. 위로 오빠 둘이 있었는데, 어려서 모두 죽었대요. 동생들이 넷이나 있어요. 그런데 돈이 없기 때문에 모든 게 뒤죽박죽이 돼버렸어요. 나는 늘 파리약을 뿌리고 싶은 충동을 느꼈어요. 문을 걸어 잠그고 파리약을 뿌린 뒤 한참 만에 문을 열어보면 그 불결하게 왱왱 달라붙던 파리들이 싹 죽어 있거던요. 일 년 열두 달, 방구석에 누워 있는 병든 아버지와 엄마 곁에서 아귀아귀 밥 싸움하는 동생들을 볼 때마다 파리약을 뿌리는 그런 생각을 했다니까요."

말을 끝내면서 그네는 괴이쩍은 소리로 짧게 ㅎㅎ 웃었다. 그리고 그네의 눈꼬리가 다시 치켜지는 걸 유대병 씨는 보았다. 그 얼굴이 유대병 씨를 우울하게 했다.

그날 유대병 씨가 집에 도착한 것이 열한시쯤이었다. 다른 때와 달리 아내가 밤 화장을 하고 있었다.

"당신 정말 너무했어요. 오늘이 무슨 날인지 알면서……"

토라진 얼굴 표정이었지만 그네의 손은 유대병 씨의 허리에 부드럽게 감겨들었다. 잠자리에 들지 않고 그의 귀가를 기다리고 있는 것은 아내뿐이 아니었다.

"아빠, 접때 얘기한 웅변 원고 어떻게 됐어? 반공 웅변 원고 말이야. 여러분, 이 동족상잔의 육이오 비극을 어찌 차마 잊을 수 있단 말입니까아!"

꾸민 목소리로 악을 쓰던 막내가 다시 말했다.

"아빠, 모레까지 꼭 써 가야 돼. 안 써 가면 큰일 난다니까."

응접실 의자에 앉아 신문을 뒤적이던 큰아들이 부스스 일어나 유대병 씨를 쳐다보지도 않고 제 방으로 사라졌다. 유대병 씨는 큰아들만 보면 숨이 가빠 왔다. 큰아들의 빈정거리는 눈길이 불쾌해 견딜 수 없었다. 세상 혐오증에 걸린 아이였다. 모든 걸 원리 원칙대로 보려들지 않았다. 어떤 일로 해서 대학에서 제적당한 뒤 그의 꽈배기 심보는 더해갔다. 큰아들은 하루 내내 집 안에만 박혀 으르렁댔다.

"아버지."

고3인 둘째가 세수를 하고 있는 유대병 씨한테 다가와 입에 손을 대며 소리 죽여 말했다.

"아버지, 잘됐어요?"

"뭐가?"

"정말 몰라서 그러세요?"

"정말 모르겠는데."

"어이구 답답. 아버지, 그게 어디 잊을 일이에요?"

"뭔데 그러냐?"

"아버지, 정말 그러지 말아요. 내가 형처럼 학교를 못 다니게 돼두 좋단 말이에요?"

아버지를 협박하고 있는 둘째의 어깨 너머로 밤 화장을 야하게 한 유대병 씨의 아내 얼굴이 나타났다.

"요놈에 자슥, 너 또 아버지한테 뭐 사달라고 떼를 쓰냐?"

그네가 둘째를 방에서 몰아냈다. 그리고 유대병 씨가 걸치고 있는 잠옷을 우악스레 벗겼다.

"당신 정말 오늘이 무슨 날인지 몰랐단 말예요?"

잠자리에 들자 그의 아내가 품속을 파고들며 코맹맹이 소릴 했다.

유대병 씨는 난감했다. 아무리 애써도 기억의 그물에 걸리는 오늘이 없었던 것이다. 오늘, 1978년 6월 19일 월요일, 작년의 오늘, 재작년의 오늘…… 그리고 더 멀리 그네와 인연의 줄이 걸린 이십몇 년까지 거슬러 올라가도 그네가 말하는 그럴듯한 기념일이나 약속의 그런 날이 떠오르지 않았다.

"당신, 정말 이럴 수가 있어?"

아내의 닦달은 잠자리에서까지 집요하게 이어졌다.

아내의 나이 마흔셋이었다. 아내의 생일이나 결혼기념일을 기억해내지 못해 매년 유대병 씨가 감수해야 했던 난감한 밤은 많았다. 지금 살고 있는 이층집을 짓고 처음 입주한 뒤 내실에 침구를 펴던 그 밤의 들뜬 기분을 그네는 다음 해 그날까지 생생히 지녔다가 바로 그 밤에 또 오늘이 바로 그날임을 확실하게 확인시키곤 했다.

"당신 정말 오늘이 무슨 날인지 몰랐단 말이야?"

그랬구나, 유대병 씨는 품에서 앙탈 부리는 그네의 몸을 넌지시 어루만지며 몇 년 전 새집을 갖던 그날 밤을 생각해냈다.

"아, 알았어. 오늘이 우리가 이 집 짓고 처음 들어온 날이구먼!"

"아니, 이이가…… 그건 늦가을이잖아요. 당신 정말 오늘이 무슨 날인지 모르는 거에요?"

그네의 몸은 쉽게 식지 않았다. 몸을 더 달구기라고 하듯 그네가 앙탈을 했다.

아, 드디어 유대병 씨는 기억의 그물에 퍼덕이는 한 마리의 새를 보았다. 그는 눈을 딱 감고 말했다.

"맞아, 오늘이 사 년 전 노인네 장사 치르던 날이군."

그래, 분명 그날 저녁 아내의 몸이 불처럼 뜨거웠지. 십 년 이상을 한집에서 살아온 반신불수의 노인이 죽어 장사를 끝내고 돌아온 밤, 그네는 정말 흐느껴 울면서 불타올랐다. 불쌍해요, 아버님이. 그네가 노인을 아버님이라고 부른 것이 그 밤이 처음이자 마지막이었다. 여보, 미안해. 유대병 씨도 잔잔한 슬픔 같은 걸 떠올리면서 아내와의 궁합을 서둘렀다. 임종에서부터 장사가 끝나는 시간까지 제대로 눈을 붙이지 못해 눈꺼풀이 천근만큼 무겁게 내리누르는 피로가 덮쳐들었지만 그 밤 그는 짐승처럼 아내와 어울렸다. 아, 결국은 죽는 것을. 죽은 이에 대한 연민이 궁합을 서두르는 아내의 몸을 향해 종우처럼 당당해졌던 것이다.

유대병 씨가 부친과 조모를 버려둔 채 집을 뛰쳐나온 것은 6·25 난리 때였다. 어머니가 헛간에 목매달아 죽어 있었다. 그 목매단 밧줄을 끌러내던 열여섯의 그가 어머니의 뻣뻣하게 굳어버린 시체를 안고 나뒹그러졌다. 느 애비가 죽일 놈이여. 할머니가 어머니의 길게 빼문 혀를 입속으로 우겨넣으려 애쓰면서 말했다. 제 장인을 죽인 불효막심한 놈, 천벌을 받을 게여.

니 애빌 내가 잡았다. 아버지가 말했다. 아버지는 자기 장인을 '니 애비'라고 불렀던 것이다. 그날 밤 어머니가 헛간에서 목을 맨 것이다. 면장을 지낸 적이 있는 외할아버지가 딸을 빼앗아간 사위한테 침을 뱉었다. 빨갱이놈 같으니라구. 사위는 장인을 결코 용서하지 않았던 것이다.

유대병 씨는 고향을 떠난 이래 단 한 번도 아버지의 소식을 못 들었던 것이다. 그러나 많은 세월이 흐른 뒤 집에 찾아든 반신불수의 비렁뱅이가 있었다. 그 늙은 비렁뱅이는 유대병 씨가 자기 아들이라고 단 한마디도 주장하지 않았다. 유대병 씨 또한 그 늙은이를 아버지라고 부르지 않았다.

"당신 정말 오늘이 무슨 날인지 모른단 말예요?"

그네는 남편의 몸에 불을 댕기기 위해 집요하게 파고들면서 다시 다그쳤다.

"오늘, 이십이 년 전 오늘, 당신이 날 뺏은 날이잖아. 날 정복한 날이라 그거예요."

아내는 그런 것을 기억하고 있었다. 빼앗겼다고, 아내가 즐겨 쓰는 말이긴 하다. 줬다고, 불쌍해서 줄 수밖에 없었다고. 물론 약혼식도 올리기 전 일이다.

첫 결합이 그랬다. 아빠가 '유'를 놓치지 말래요. 오빠도 그랬어요. 남자 마음은 꽉 붙잡아 매두어야 한다구요. '유'는 관운이 너무너무 좋을 거래요. 철없이 그네는 그 첫 경험의 날, 자기네 가족들의 계산을 폭로했다. 당시 유대병 씨는 독학으로 법학을 공부하는 수재였다. 그네의 안목 있는 가족들이 전망 있는 주를 산 것이다. 그리하여 그네가 빼앗겼다는 말은 정복이란 말과 동의어였다.

"당신 정말 이러기예요?"

그네는 불 꺼진 숯덩이인 양 식어버린 유대병 씨의 몸을 안타까워하고 있었다. 그러나 유대병 씨는 헛간에 목매달아 죽은 어머니의 시체를 끌어내리기 위해 안간힘을 쓰고 있었다. 밧줄이 풀리면서 그는 뻣뻣이 굳은 어머니의 시체와 함께 헛간에 나둥그러졌다. 니 애비가 죽일 놈이여. 할머니가 며느리의 길게 빼문 혀를 입안으로 우겨넣기 위해 손을 부들부들 떨고 있었다.

"당신, 정말, 정말 왜 이래요?"

그네는 더욱더 파고들며 애원하고 있었다. 사그라져가는 마지막 불꽃. 그는 그네를 넌지시 어루만지고 있었다. 그러나 헛일이었다. 아, 불결해 못 견디겠어요. 그 반신불수의 노인이 지싯지싯 찾아 들어왔을 때 그네는 기를 넘겼다. 여보 미안해. 유대병 씨는 그네의 종이 될 것을 맹세하며 무릎을 꿇었던 것이다.

"안 되겠어요. 당신!"

그네는 차갑게 불이 꺼져 있는 남편의 몸을 밀치며 신음처럼 내뱉었다. 그리고 몸을 고양이처럼 조그맣게 움츠려 돌아누웠다.

"당신, 요즘 참 이상해요."

냉랭하게 찬, 전연 남의 목소리였다.

"돈암동 오빠가 좀 만나자는데 왜 자꾸 피하기만 해요? 낮에

두 오빠한테서 전화가 왔는데 그럴 수가 있느냐구 야단이에요. 당신, 우리 오빠 멀리할 형편 못 될 텐데요!"

"아버지, 오늘은 정말 잊지 마셔야 해요."
새벽같이 집을 나가면서 둘째가 유대병 씨에게 말했다.
"잊지 마세요. 그 자식들한텐 아버지가 구세주라는 걸. 그 자식들을 살릴 수 있는 건 아버지뿐이란 말예요."
경찰서에 잡혀가 있는 제 친구 다섯을 살려내라는 것이다. 그룹 미팅을 위한 등산이라고 했다. 사내아이 여섯이 약속한 장소에서 여자아이들을 기다렸다. 그러나 여자아이들이 약속을 어겼다. 여섯이 아니라 하나가 더 많은 일곱 사람이었다. 문제는 하나였다. 지도교사란 명목으로 따라온 남자는 눈알이 개구리눈처럼 불거져 가지고 사내아이들을 아래위로 훑었다. 사내아이들은 험악하게 타오르기 시작했다. 여섯 명의 사내아이 중에 지혜 있는 아이가 하나 있었다. 그날 그 계책을 짠 것은 역시 유대병 씨의 둘째였다. 그의 계책에 따라 여자아이들을 계곡 아래로 유인해 내렸다. 여자아이들의 텐트에 남은 것은 30대의 그 남자와 텐트 근처에서 식물 채집을 시작한 한 명의 여자아이였다.
다섯 명의 사내아이들은 표범처럼 날쌔게 행동했다. 계곡 아래에서 여자아이들을 유인한 둘째는 적당한 시간에 그네들을 텐트로 올려 보냈다. 둘째의 알리바이가 성립된 것이다. 텐트에 돌아온 여자아이들이 본 것은 풀밭에 반듯이 누워 하늘을 쳐다보고 있는 벌거벗은 남자와 여자아이였다. 나일론 줄로 보기 좋게 결박당해 있는 그들의 나체는 너무나 신비스러웠다.

"챙피해서두 신고 안 할 걸로 계산했는데 그 병신들이……"

둘째가 유대병 씨 앞에서 식식거리며 한 말이다.

"일이 제대로 안 되면 그 새끼들이 모두 불어버릴 거예요. 제가 사후 처리를 책임지기로 돼 있다구요. 그 새끼들 멍청이 같이 날 하느님처럼 믿고 있다니까요."

이 사실을 아내가 알면 기절을 할 것이다. 유대병 씨는 떨리는 가슴을 진정시키고 있었다. 아내는 말하겠지. 관운에 액이 껴선 안 돼요. 그네는 허둥지둥 거액을 싸들고 동분서주하리라. 남편의 관운에 액이 끼는 걸 방관할 그네가 아닐 테니까. 딱 한 번 결정적인 액이 얼굴을 내밀었다. 그가 첫번째 가출했을 때였다. 남편이 돌아오지 않은 그 한 달여를 그네는 토끼처럼 지혜롭게 뛰었다. 그리하여 그 좋은 자리는 그대로 유대병 씨의 것일 수밖에. 그네는 그처럼 훌륭한 내조자였던 것이다.

"집에서 방금 전화가 왔었는데요, 사모님께서 하실 말씀이 있으시다고 곧 전화 좀 해달라시던데요."

방에 들어서자 아랫사람이 말했다.

"전화 받으세요. 돈암동이랍니다."

또 다른 아랫사람이 송화기를 막아 쥐고 말했다.

"아, 난데, 저번부터 부탁하던 거 오늘 끝장을 내주어야겠어. 거기 구내 다방에 그 사람이 가 있을 거야. 이봐, 좋은 자리 있을 때 잘 봐주라구. 유망한 친구니까 말이야."

유대병 씨의 손위 처남은 이렇게 말하고 일방적으로 전화를 끊었다.

"구내 다방에서 손님이 기다리고 계신답니다."

구내 다방에 와 기다리고 있던 돈암동 처남의 줄을 타고 온 사람은 유대병 씨를 보자 수없이 허리를 굽신대며 봉투를 내밀었다.

"돈암동 영감님께서 주신 소개장입니다."

그가 말한 돈암동 처남의 소개장은 고작 그의 명함 한 장이었다. 그리고 그 봉투 속에는 자기앞수표가 한 장 보였다.

"이거 뭡니까?"

그 사람이 어물어물 구렁이 담을 넘고 있을 때였다.

"여기 전화 받으세요."

구내 다방 카운터에서 유대병 씨를 찾고 있었다. 그는 수표가 든 봉투를 무심히 든 채 카운터로 달려갔다.

"아버지, 여기 학교 공중전화에서 거는 거예요."

둘째였다.

"아버지, 난 형처럼 되기 싫다구요. 아시겠어요. 아버지!"

그리고 전화는 일방적으로 끊겼다.

유대병 씨는 돈암동 손위 처남이 줄을 대어 보낸 사람이 기다리고 있는 테이블로 돌아가는 것을 잊었다. 그의 결정적인 건망 증세가 나타나기 시작한 것이 바로 이때부터였다. 그는 봉투를 손에 든 채 구내 다방을 나와 엘리베이터 앞에 섰다. 그의 사무실은 위층이었다. 아래로 내려가던 엘리베이터 문이 열렸다. 그가 거기 올라타고 문득 뒤를 돌아보았을 때 한 사내가 황황히 다가와 닫히기 시작하는 엘리베이터 문 사이로 외쳤다.

"구내 다방에서 기다리고 있겠습니다."

생판 기억에 떠오르지 않는 그 사내의 모습이 닫히는 문 저쪽에서 그림자처럼 사라졌다. 닫힌 벽 속에서 유대병 씨는 아득히 먼 망각의 늪으로 유영해 내리기 시작했다.

망각의 집에 그날 첫 술손님이 들었고 미스 박은 한눈에 그를 알아봤다. 두어 달 전쯤 남자가 찾아와 술집 이름이 좀 그렇다는 둥 도대체 무엇을 잊기 위해 술들을 그렇게 마시느냐는 둥 이쪽 세상의 그저 그렇고 그런 실답지 않은 얘기를 주고받다가 꽤 큰 팁까지 찔러주고 간, 점잖은 손님이라 그 잔상이 오래 남아있을 수밖에.

문제는 미스 박이 대번에 알아본 남자가 그때의 남자가 아니란 것이다. 분명 그때 사람인데 하는 행동거지가 영 그게 아니었다.

그가 망각의 집까지 온 동기부터가 이상했다. 느닷없이 눈앞에 수표 한 장을 불쑥 내밀며 그가 말했다.

"이거 누구 거요?"

누군가 자기 손에 쥐여준 것이 분명한데 그것을 언제 어디서 어떤 사람으로부터 받았는지 기억을 할 수가 없다는 것이다. 자기한테 그것을 준 사람을 꼭 찾아야 하는데 그것이 쉽지 않다는 말까지 했다. 하도 황당한 일이라 미스 박이 경위를 캘 수밖에.

"여기는 어떻게 알고 오셨어요?"

남자가 서슴없이 대답했다.

"지나가다가 간판을 봤어요. 망각의 집이라, 여기가 잃어버린 기억을 찾아주는 그런 집이 아닌가요?"

한눈에 정상이 아니었다. 미스 박은 불현듯 정상이 아닌 그 사람에 대한 관심이 생겼다. 두어 달 전 가졌던 호의적인 만남에 대한 미련이었는지 모른다.

"선생님, 집이 어디세요?"

그때까지도 수표에서 눈을 떼지 않고 있던 남자가 화들짝 놀란 얼굴로 미스 박을 쳐다봤다.

"어디서 오신 누구시냐구요?"

그러나 남자는 들고 있는 수표에서 좀처럼 눈을 떼지 않았다.

"누구냐니까요? 성함이 뭐에요? 김씨 박씨……"

그 순간 남자의 얼굴이 활짝 밝아졌다.

"내 이름을 안다구요?"

그가 들고 있는 수표 용지를 내던지며 미스 박을 향해 다그쳤다.

"내가 누구요?"

○『주간조선』, 1978년 7월 10일

여름 손님

삼십사 도를 내리 웃도는 불볕더위가 기승부리고 있었다. 혹혹 찌듯 덮치는 열기로 해서 하찮은 일에도 발끈 신경이 곤두서는 장마 뒤의 폭염이었다. 이 한여름 대낮 꺼벙이 같은 사내가 하나 대문으로 들어서고 있었다. 한눈에 알아냈다. 석두, 돌대가리 황석두가 틀림없었다.

"어이 땅개, 나 누군지 알겠어?"

이렇게 첫마디 운을 뗀 석두는 땀을 뻘뻘 흘리며 한 손에 낡은 비닐 가방을, 또 다른 손에 수박 한 덩이를 댈롱 쳐들어 올리며 성큼 댓돌에 올라서고 있었다.

"아이구, 이거 황석두 씨 아니오?"

어눌한 목소리로 허세를 떨면서 나는 얼결에 그가 댈롱 쳐들고 있는 수박 덩이를 받아 들었다.

한여름 손님은 호랑이보다 무섭다는 말도 있다. 아무리 가까운 사이고 그저 단 몇 시간 머물렀다 훌쩍 일어서 갈 그런 처지라 해도, 이 끈적끈적한 열기 속에 찾아온 손님은 반가울 게 없다. 공연히 짜증이 나고 거북스럽고, 인살 차려야 하는 안식구는 또 그 나름으로 무얼 내갈까 부담스러워 절절매고.

그런데 꿈에도 생각하지 않았던 어린 시절 고향 친구가, 그것도 별로 달가울 게 없는 그런 추억을 뒤꿈치에 덕지덕지 이겨 바른 채, 거기다가 조금도 탐탁잖은 몰골을 하고 나타나, 이 여름을 우리 집에서 나겠다는 환장할 수작을 부리고 있었던 것이다. 온몸의 피가 거꾸로 거슬러 올랐다.

그날은 마침 일요일이어서 나는 화문돗자릴 펴고 누워 고교 야구 TV 중계를 보며 더위를 식히고 있던 참이었다. 그때 석두가 들어섰고 나는 퍽 아쉬운 마음인 채 텔레비전 스위치를 눌러버렸던 것인데, 바로 그 순간 내 가슴에 죽어버리는 텔레비전 화면처럼 암울한 그림자가 스쳤다. 그것은 마치 예감처럼 무엇인가 어느 한구석이 허물어져 내리는 느낌이었다. 간난신고 헤아릴 수 없이 많은 고개를 허위넘어 사십 평생 이룩해놓은 이 안일의 뜰이 단번에 짓밟혀버리는 그런 막연한 두려움이었다.

"아주머이, 나 이 사람하구 부랄친구예유. 애 별명이 땅개였지우, 땅개. 히히……"

내 서재이자 응접실에 그를 맞아들여 대좌하고 앉아 몇 마디에 이미 화제가 바닥나 한심한 기분으로 땀 흘리고 있을 때 아내가 마뜩찮은 얼굴로 술상을 봐 오자 석두가, 제 소갤 제 스스로 떠벌렸다. 아내는 술상을 놓으며 내 얼굴을 쳐다봤다. 나는 내가 생각해도 멋쩍은 웃음을 그냥 힉 웃어 보였다.

"그래 맞아. 땅깨, 널 마지막 본 게 느네 으르신네가 돌아가셨을 때였지."

석두가 눈을 껌벅이며 말했다.

가정교사를 하고 있는 집으로 전보가 왔다. 아버지의 죽음 앞에 별 느낌이 없었다. '사아람이 그렇게 무정할 수가 있나, 공부도 좋지만…… 자네 으르신네 죽을막세 고생 많으셨어!' 석두 아버지가 내 불효를 나무랐다. 중학교 졸업장을 들고 곧바로 상경해서 오 년여 이따금 이쪽 주소만 알렸을 뿐 단 한 번도 아버지 앞에 나타나지 않았던 것이다. 아버지의 주검을 읍 공동묘지에 묻는 의식은 그의 인생이 치욕과 모멸로 얼룩졌듯 그것을 지켜보는 자식 앞에 적당한 굴욕감을 안겨주기에 족했다. 일가붙이가 네댓, 그 외는 모두 아버지와 비슷한 나이의 밑바닥 인생들이 터부룩한 턱에 막걸리를 묻혀가며 게걸거리고 있었다. '놈들, 내가 모두 연락을 했구만서두……' 그때 친구라곤 석두 하나뿐이었는데, 그는 제 아버지와 함께 뗏장을 떠 나르며 내 눈치를 봤다. 문상객 중에는 중풍으로 폐인이 되다시피 한 박 형사 아저씨가 지팡이에 몸을 의지하고 서 있었는데, 그는 유일하게 내게 부조 봉투를 내밀며 눈을 질금거렸다. '자네 대학 나와 돈 벌거든 빗돌이나 하나 세워드리게.' 산을 내려오면서 석두 아버지가 나를 훈계하고 있었지만 나는 날 듯 홀가분한 기분으로 너절한 인생들이 비석도 없이 묻혀 있는 공동묘지에 침을 뱉었다. 그리고 이를 갈았다. '너 이젠 고향에 증말 안 오겠구나.' 그때 석두가 내 심중을 꿰뚫어 보고 있었던 것이다.

"그래, 부산에선 언제 올라온 거요?"

나는 얼른 화제를 돌리고 싶었던 것이고, 마침 그가 부산에서 부둣가 잡역 일을 하고 있다는 소릴 들었던 기억을 살려낸 것이다.

"벌써 옛날이지. 여기 올라온 게 하마 오 년은 됐는 걸."

"뭐요, 오 년, 그럼 어디서?"

나는 필요 이상으로 놀란 척했고 깍듯이 '하오'를 함으로써 지금의 내가 옛날의 그 사람이 아니라는 것을 일깨워주고 싶었다.

"사천동에 살았어. 내가 올 땐 경기도였다가 얼마 전 서울시에 편입된…… 야, 이거 술 독한데."

그는 국산 양주병을 쳐들어 외국어로 된 상표를 훑어보면서, 술 이름을 입에 올릴 듯 우물거리다간 단념하곤, 과자를 집어 버적버적 씹으며 말했다.

"지난 장마 생각나나? 바로 내가 그 수재민일세."

그러면서 그는 ㅎㅎ 열없게 웃었다. 그 순간 나는 섬뜩했다. 수도 서울 한구석이 물에 꼴깍 잠기고 수백 인명까지 앗아간 좀 창피스런 물난리였지만, 그 실감이 지금 바로 내 눈앞에 있었던 것이다.

"그래, 가족은 다 무사하겠지요?"

"죽기가 쉽지도 않더군. 그래 마누라하구 애새끼들은 고향으로 내려보냈지. 아주 이참에 지금까지 못헌 효도도 허구. ㅎㅎ……"

나는 몰래 숨을 후우 내쉬면서, 그에게 술을 권했다.

"참, 춘부장님이랑 아직 다……"

"그렇지, 아직두 거기 사신다니까. 거머리 같은 양반들이 죽기루 고향 뜨길 싫어하니 으쩔 수가 읎었지."

"그럼 이번 수해에 집을 아주 잃은 거요?"

"뭐 집이랄 것두 못 되지만, 어떻든 홀랑했지. 나하구 우리 큰애하구 쌓아 세운 토담집이라 물 한번 들었다 빠지니까 그만이데야."

"그만하길 다행이오. 사람 안 상한 것만 해두. 참 아들이 많이 컸을 텐데……"

자손이 귀하다며, 중학교를 졸업하고 아버지를 따라다니며 막일을 하는 아들을 일찍 장가보냈다는 석두 아버지의 고집에 대해 들은 적이 있었다. 그 맏이가 잘 컸으면 스무 살쯤은 됐을 것이란 짐작을 한 것이다.

"응, 뭐……"

그러나 그는 우물우물 말꼬릴 사리며 얼굴에 잠깐 그늘을 까는 듯싶다간,

"야, 이거 드럽게 덥구먼."

그러면서 얼룩얼룩 때 끼고 후줄근한 남방을 벗어, 방구석에 놓은 자기의 낡은 비닐 가방 위에 던졌다. 역시 누렇게 때가 밴 조끼 러닝이 땀에 젖어 후줄근했다. 나는 선풍기를 그의 몸 쪽으로 고정시켰다. 그에게서 풍기는 역한 냄새를 피하고 싶었던 것이다. 석두는 후줄근 젖은 러닝을 들어 올려 가슴에 선풍기 바람을 넣으면서 휘휘 내 서재를 둘러보았다.

"야아! 자네 저런 높은 양반들헌테 표창두 많이 받았구먼그

래. 허긴 우리 중핵교 동창들 중에선 자네가 제일 출셀 한 셈이지. 돈깨나 주무르는 놈들도 있지만 그거야 다 제 부모 재산 물려받은 거구. 헌데 땅개, 자네야말로……"

그러면서 그는 나를 힐끗 쳐다보았다. 나는 큼큼 헛기침을 하며 가슴을 폈다. 야, 땅개 어쩌고 하면서 허튼수작을 떤 것이 바로 이만한 내 위치에 기죽지 않으려는 천인의 그 허세였음을 간파한 것이다.

출세. 그래, 나는 출세했다. 악착같이 뛰었다. '난 네놈한테 헐 일 다 한 거여.' 중학교 졸업장을 들고 들어온 저녁, 아버지는 술 취한 그 붉은 눈을 번득이며 공치살 했다. 그 뒤 나는 이를 갈면서 서울로 뛰쳐 올라갔던 것이다. 껌팔이, 신문배달, 행상 등 닥치는 대로 뛰었다. 기회를 놓치고 싶지 않았다. 누구에게나 기회는 온다고 믿었다. 찾아온 그 기회를 어떻게 놓치지 않고 잡느냐가 문제였다. 힘 있는 자에겐 무조건 허리를 굽혀라. 쥐뿔도 득 될 게 없는 자들은 사정없이 깔아뭉개 그것을 발판으로 딛고 일어서야 한다.

내가 일류 대학 배지를 달 수 있었던 것도, 가정교사로 전전하며 오히려 돈을 벌어가며 공부한 것도, 대학을 졸업하고 국가공무원 채용고시에 뽑히고 상사의 비위에 들게 헌신하고 동료를 무자비하게 버릴 줄 알고, 배경 있는 여자와 사랑 없이 결혼하고 그리하여 승진할 수 있었던 것도 이처럼 내 오기로 내린 뿌리만을 믿고 열심히 살았기 때문이었다.

"그래, 고향엔 언제 내려갈 참인가?"

이쯤에서 나는 적당히 그에게 얼마쯤 쥐어 보내야 할까를 계산하고 있었다.

"언제고 내려가긴 해야지. 허지만 당장 빈손으로 내려가려니 멘목이 읎구. 어떡허든 몇 달간 먹고살 돈은 쥐어야……"

"먹고살 돈?"

나는 부아통이 치밀어 올랐다.

"목구멍이 웬수 아닌가. 그 웬수놈의 서울 돈 좀 긁어가지구 갈 참이야."

"그래, 가족두 고향에 내려갔대면서 숙손 어딘가?"

"얘기가 나서 말이네만, 나 여기 자네 집에서 여름만 나세나. 이거 공방 같기두 한데…… 자네 애들하구 같이 쓰지 뭐. 실은 말이야, 내 자네 애기두 안 들어보구 이리루 전입신골 했지. 민방위 훈련도 있구, 또 마침 내가 일할 데가 조기 육사 입구 다리 놓는 공사장 있잖은가, 거기거든."

나는 바보처럼 그의 얼굴만 멍청하니 쳐다봤다.

그는 아직도 선풍기 바람을 때 낀 러닝 속으로 잡아넣고 있었다. 내 등에도 땀이 줄줄 흘렀다.

"아주머이가 좀 귀찮겠지만, 제기랄, 부랄친굴 괄세야 허시겠나. 아주머이, 안 그래유?"

여름 손님을 섭섭지 않게 떠나보낼 참으로 얼음을 채운 수박 화채를 들고 들어왔던 아내가 이제 무슨 소리냐는 듯 내 눈을 찾았다. 하릴없이 눈을 마주 댄 나는 또 실없이 히익 웃을 수밖에.

"난 자네가 내 하숙빌 대줄 테니 딴 데루 가라구 해두 안 가겠네. 자네하구 이렇게 아침저녁 얼굴 맞대게 된 게 어디 보통 일인가. 그리구, 욕하진 말어. 내 하숙빌 많이 못 내지만 찬값

이야 대겠네. 참, 저기가 목욕탕인 모양인데, 내 목간 좀 하구 올게. 이거 왜 이렇게 덥지?"

이러쿵저러쿵 혼잣소리로 떠벌리던 석두가 그의 낡은 비닐 가방에서 수건을 꺼내 들고 일어섰다.

어떻든 그는 우리 집 식객이 되었다. 그리고 그날부터 야금 야금 우리 집의 질서를, 어금니에 마뜩이 씹히는 우리 집의 안 녕을 뻔뻔스럽게 침해하면서 그 일자리라는 데를 꽤는 열심히 나가는 눈치였다.

아내의 신경질이 보통이 아니었다.

"불결해서 못 견디겠어요. 당신, 저 사람한테 무슨 죄 졌기 에 그렇게 끽소리 한 번 못해요? 그래, 우리가 저런 노동잘 하 숙쳐 먹고살게 됐어요?"

애들이 댓돌에 신발만 벗어놔도 파르르 옥박지르는 아내의 결벽성인데, 석두가 내 서재에다 너절한 여름 옷가질 걸어놓고 홀아비살림을 차린 뒤 집 안팎을 들락거리며 설치는 통에 그네 는 얼굴이 하얗게 질렸다. 애매하게 밥하는 애만 들볶았다. 그 런데 하루 아침은 아내가 정말 파랗게 질려 방으로 뛰어 들어 왔다. 석두가 또 변소 문을 노크 없이 열었구나 싶었더니 그날 은 그런 게 아니었다. 석두가 아내의 칫솔을 입에 물고 마당에 서서 벅벅 문지르고 있었던 것이다. 그는 가끔 칫솔모가 거의 다 닳아 누운 자기 칫솔을 우리 집 칫솔통에 함께 꽂아놓긴 한 모양인데, 그날 아침은 아예 아내의 것을 쓰고 있었으니 아내 가 그럴 만도 했다.

"이봐, 그거 다른 사람 칫솔일세."

내가 그렇게 일깨워주는 말에 돌아온 대답이 가관이었다.

"이런! 난 거기 여러 개 있길래 그게 공동 칫솔인 줄 알았지 뭐야."

"아빠, 저 사람 있잖아요, 간첩 같애요."

텔레비전 시국 드라마에 깊이 빠져 있는 애들이 석두의 일거 일동을 신기해했고, 그의 노동꾼 행색을 심히 수상쩍은 눈으로 살폈다.

"아빠, 땅개가 무슨 암호야?"

석두가 내 어렸을 적 별명을 부를 때마다 애들은 눈을 반들 거렸다.

"너 조심해. 기집애가 괜히 샐샐거리다간……"

아내는 밥하는 애한테는 물론 집 아이들한테도 석두를 가까 이하지 말라고 주의를 주었다.

"저 아저씬 옛날에 아빠네 집 일꾼이었단 말이야. 숙아, 너 아저씨가 오라구 해두 절대 방에 들어가면 안 돼!"

아내는 내게도 수차 협박성 경고를 잊지 않고 날렸다.

"나 정말 미칠 것 같아요. 당신마저 이상하게 보이구, 이웃 사람들 보기 창피해서 죽겠어요. 창피한 건 둘째 치구 이웃 사 람이 자꾸 이상한 눈으로 보는 덴 미치겠다니까! 당신 신분하 구 저 사람하구 글쎄 말이나 돼야 말이지!"

백번 동감, 아내의 말이 하나도 틀리지 않았다. 오히려 가슴 속에 서리서리 쌓여가는 노여움은 아내보다 내가 더하면 더 했 지 덜하진 않았을 것이다. 그러나 아내가 석두에게 아무 소리 못하듯 나도 당사자 앞에서는 쉽게 입이 열리지 않았다. 오직 그와의 대면 시간만을 피하기 위해 전전긍긍했을 뿐이다. 자기 신체의 치부를 거울 앞에 마주하고 서기 싫듯 나는 석두를 피하기 위해 무진 신경을 곤두세웠다.

그것은 앞으로 벌어질 어떤 사태에 대비한 예방조치일 수도 있었다. 아내도 나와 비슷한 생각에서 선수를 치고 있었다.

아내는 석두에 대해서 궁금해하는 몇몇 이웃 여자들에게, 석두는 옛날 우리 집안의 대를 잇는 소작인붙이며 지난번 수해를 당해 오갈 데 없는 불쌍한 처지라 형편이 필 때까지 와 있도록 했다는 것이다.

나는 좀 더 거시적인 안목으로 우선 출근길에 통장한테 들러 우리 집에 이러이러한 사람이 내 식객으로 와 있다는 걸 귀띔해놓는 일도 잊지 않았다. 근무처에선 우리 과 직원들에게 슬쩍 지나는 말로 수재민 구호사업 운운의 변죽까지 울려놓았던 것인데 그것이 우리 부서에서 발간되는 소식지 선행 미담란에까지 실렸다. 그래, 이게 바로 전화위복, 그 기회가 될 수 있다는 믿음까지 어금니에 지그시 물렸다.

나는 되도록 석두와 만나는 일을 피하기 위해 신경을 곤두세웠다. 그러나 이쪽 사정과는 아랑곳없이 석두는 아무 때 아무 데서나 불쑥 얼굴을 내밀었다. 어느 날은 욕실에서 샤워를 하고 있는데 불쑥 얼굴을 디밀어 히쭉 웃은 뒤 목욕을 함께 하자고 했다. 그렇게 벌거벗은 몸뚱일 마주해야 하는 곤욕스러운 경우가 있는가 하면 자기 방에서 딴 상을 받은 그가 그 밥상을 들고 우리 식구들이 식사를 하고 있는 내실로 들어올 때도 있었다. 특히 그가 들고 들어온 밥상에는 보이지 않는 반찬이 우리 밥상에만 있는 경우의 그 민망함이라니. 그러나 그는 그런 것은 개의치 않는다는 듯 거침없이 제 할 소리를 내질렀다.

"참, 자네 개장국 잘하나?"

나는 고개만 가로 흔들어주었다.

"그럼 글렀군. 낼이 말복이라 내 자네허구 그거나 한 그릇 함께 헐려구 했더니만…… 난 그눔의 개장국 먹을 때마다 돌아가신 자네 으르신네 생각이 나데."

그는 내 밥상에 놓인 오이냉국을 집어 들고 후루룩 마시고 나서,

"거 왜, 송장바위 개울 있잖아? 그 개울 옆 뽕나무에다가 자네 으르신네께서 개 모가질 대롱대롱 잡아매놓고 그눔이 죽을 때까지 밧줄을 댕기구 계시던 생각이 난단 말이야. 솜씨 한번 좋으셨지. 불에 슬슬 끄슬러가지구 내장을 삭 도려낸 다음 척척 각을 쳐 끓는 물에 집어넣던 으르신네 솜씨야말로 읍에서 따라갈 사람이 없었지. 우리가 고기 한 점 얻어먹으려구 개울에서 첨벙거리고 있음 자네 으르신네께서 눈칠 봐 슬쩍 던져주시곤 했지. 그때 그눔의 개고기가 왜 그렇게 맛이 있던지. 헌데 자네 식성이 변한 건가, 개장국을 잘 못하다니."

아내가 밥숟가락을 소리 나게 놓으며 내 쪽을 보았다. 그러나 나는 다른 때처럼 그와 눈길을 마주 대고 힉, 열없게 웃는 일까지도 할 수 없었다. 머리에 피가 곤두선 것일까. 아무것도, 정말 아무것도 보이지 않았다.

나는 이제까지 내 아버지에 대해서, 내 근본에 대해서 아내나 아이들에게 말한 적이 없었다. 물론 아내나 아이들이 내 근본을 알려고도 또 문제 삼지도 않았다. 우리들에게 중요한 것은 오늘 이 시간의 안일이었으며, 더 중요한 것은 내일이었다. 패배자만이 과거를 들먹이는 것이라고 믿었다. 쥐뿔도 득 될 게 없는 근본 생각하기, 그것이야말로 내 정신위생상 용서할 수 없는 일이었다.

그것은 내 근본에 대한 혐오였다. 내 아버지의 아버지도 중농의 소작인이었으며, 그 중농 집안의 어떤 부녀자와의 허튼 일로 해서 소작을 떼이고 읍에 나앉아 막일을 하다가 저세상 사람이 됐고, 아버지 역시 일자무식인 채 읍 사람들의 궂은일을 도맡아 했다. 그들이 아버지를 필요로 했던 것이다. 아버지는 시체 염하기, 무덤 파기, 대나무 쥐고 회다짐하며 선소리 주기, 읍 유지들 개 추렴에 개 잡아 삶아 바치기, 잔칫집에 돼지 잡고 교자상 나르는 일을 도맡아 하면서도 늘 신바람이 났다. 항상 술 취한 얼굴로 여기 번쩍 저기 번쩍 하다가 집에 돌아와서는 술주정이었다.

'이 망할 놈의 새끼야, 애비가 돌아왔으면 쳐다나 봐야지. 저런 저 옘병할 놈의 예편네 같으니라구.'

그럴 때마다 아버지의 발길질이 따랐다. 나는 이를 갈면서 아버지를 증오했다. 아버지의 눈이, 그의 마디 굵은 손가락이 싫었다. 그럴수록 마을 아이들 뒤를 쫓아다녔다. 돌림쟁이가 되는 것이 죽도록 무서웠던 것이다. 부잣집 아이들 편에 끼어서는 것이 그렇게 좋았다. 그 아이들이 내가 할 일을 맡겨주는 것부터가 그렇게 좋을 수가 없었다. 아이들이 석두를 싫어한다는 것을 알기 때문에 석두를 괴롭히는 일이면 무엇이든 앞장을 섰다.

그때 석두는 자기 아버지를 따라 일을 나가고 집에 없었다. 석두네 빈집에 쳐들어가, 집에 혼자 있던 석두의 계집애 동생을 애들 앞에서 발가벗겨 보인 짓도 애들 눈에 들기 위해서였다. 얼마 뒤 그 여자애가 무슨 돌림병으로 죽었을 때 석두가 날 찾아왔다. '야, 니가 내 동생 죽였지?'

그때 석두의 그 말에 내가 무슨 말로 그 자리를 얼버무렸는지, 그것을 생각하는 것조차 싫었다.

"자네 남한테 좋은 일 많이 하는 모양이지?"

물에 빠진 사람은 지푸라기라도 잡는다고, 몇 번씩 찾아와 아쉬운 소릴 하고 은근슬쩍 암시도 하면서 뭉기적대다가 돌아가는 밤늦은 손님을 배웅하고 돌아섰을 때, 마당에서 서성거리고 있던 석두가 말했다. 나는 그의 말을 듣는 순간 이놈이 말속에 칼을 꽂았지 않나 싶어 울컥 밸이 솟았다.

이웃 사람들도 그런 눈으로 우리 집을 기웃거렸다. 냉장고를 새것으로 바꿔 들여놓아도, 아내가 동창들과 계를 해 맞춰 들인 옷장에 대해서도, 심지어는 우리 집 애들이 좀 고급 장난감만 들고 다녀도 수군거렸다. 그러나 나는 항상 떳떳했다. 내 직권을 이용해서, 그것을 남용해서까지 남의 일을 거들어준 일은 결코 없었던 것이다. 다만 나를 찾아온 그 사람들을 위해 내가 한 일이 있다면, 그들에게는 보이지 않는, 법이란 수목으로 둘러싸인 그 수풀을 벗어날 수 있는 샛길을 일러주었을 뿐이다. 수목을 자르고 사슬을 끊고 빠져나가는 위법을 일러준 것이 아니고, 전문가인 내 눈에만 보이는 그 작은 샛길을, 그것도 어떤 비즈니스적인 대가를 기대하고서가 아닌 그냥 인간적인 그런 조언을 했을 뿐이다.

다행히 그 샛길을 잘 빠져나온 사람들이 감사의 표시를 할 경우 나는 그 일의 앞뒤를 재보아 양심에 가책이 없다고 생각되면 주저없이 그 후의를 받아들였다.

그런 면에서 나는 석두가 툭하고 던진, 남에게 좋은 일 하고 있다는 말에 동의하고 싶었다.

아내의 신경질이 극에 달했다. 석두가 우리 집에 기거한 지한 달이 넘어 있었고, 그는 차츰 이웃 사람들과 깊숙이 친해지고 있었던 것이다. 수해 이재민인 그를 사람들이 이용했던 것이다. 그가 일을 나가지 않는 날이나 일찍 돌아온 날이면 이웃 아낙네나 밥하는 애들이 우리 집을 기웃거리며, 아내를 백안시하던 그네들의 눈이 요사스레 풀리면서 자기들 애로 사항을 늘어놓았다. 막힌 하수구를 뚫어달라, 비가 새는 지붕의 기왓장을 바로 놓아달라, 방구들 뜯어낸 흙더미를 어떻게 해야 하느냐, 심지어는 식칼까지 갈아달라고 했다.

어떤 사람은 자기가 해야 할 동사무소의 제반가지 민원서류 떼 오는 일까지 부탁하는가 하면 지하실에 물이 나 범벅이 된 연탄을 쳐내는 일까지 석두의 손을 빌렸다.

물론 그네들은 석두가 애쓴 만큼의 인사 차림으로 돈을 내놓았다. 그럴 때마다 석두가 하는 말이 있었다. '이 집 주인이 내 둘두 읎는 부랄친군데 이거 동네 아주머이한테 이런 걸 받아야 쓰나유.' 그렇게 극구 사양을 하다간 결국 뒤통수를 긁적거리며 그 돈을 받았다.

　그때부터 나는 이웃 사람들의 눈길을 의식하기 시작했다. 걸음걸이에도 신경을 쓰게 되고, 바로 앞집 애가 힐끗 쳐다보고 인사만 안 해도 마음이 불편했다.

　아내는 아내대로 형편없는 이 변두리 이웃들이 이제까지의 격심을 버리고 허물없이 넘겨다보는 것이 어떤 면에서 반가운 느낌이면서도, 그들에게 얕잡아 보인 것이 아닌가 하는 생각으로 마음이 편치 않아 보였다.

　하루 저녁은 석두가 골목 끝 어느 집에 세 들어 산다는 젊은 부부의 애기 죽은 걸 직접 광목을 끊어다가 염까지 해가지고 먼 시립 공동묘지까지 가 묻어주고 돌아왔다. 며칠 전 병원에서 가성콜레라라고 진단 내린 걸 경험 없는 젊은이들이 손을 제대로 못 써 잃고 말았던 것이다. 콜레라 소리만 듣고도 애들을 그 근처에 얼씬도 못하게 한 아내였는데, 이건 아예 석두가 그 송장을 주무르고 돌아와 농구화에 묻은 붉은 산 흙을 마당에 탁탁 털고 앉았던 것이다.

　"내 입때까지 말은 안 했네만, 자네 좀 이상하단 말이야. 자네가 뭐 예수나 되는 것처럼 남의 일에……"

　석두는 내 어조가 귀에 거슬린다는 듯 변명을 늘어놓았다.

"저런, 자네 나 땜에 아주머이한테 야단맞았구먼. 아, 글쎄 말이야, 그 젊은 사람들이 어떻게 안됐는지. 나라두 나서지 않았음 그 없는 사람들이 애 잃은 설움에다 돈까지……"

"역시 자넨 구세주군!"

"이 사람이, 날 비웃는 거야? 하긴 내 솔직헌 얘기루다, 옛날 자네 으르신네나 우리 아버지가 남의 궂은일을 도맡아 한 게, 꼭 먹고살라고만 해서 그런 게 아니었구나 하는 생각이 들데나."

"그래, 자네두 그 양반들처럼 그런 일을 즐거운 마음으로 한단 얘긴가?"

"나야 뭐 꼭 그런 건 아니지만, 그때 그 양반들이야말로 자네 말대루 남이 싫어하는 그런 궂은일을 하면서두 맘이 편했던 건 틀림이 없네. 자네 말대루 그런 일을 즐긴 거지."

"즐긴 게 아니라 이용당한 거지!"

"거, 무슨 소리! 그건 이용당한 게 아니라 사람들이 그 양반들밖에 믿을 데가 없었다는 걸세. 그 양반들이 아니면 그런 일을 할 사람이 없었다 그 얘기야. 그렇게 그 양반들을 믿은 거라니까."

"믿음 좋아하네."

나는 코웃음 쳤다. 아버지가 한때 빨갱이의 앞잡이가 됐던 그 치욕스런 일도 결국은 그들이 아버지를 이용한 것에 지나지 않았던 것이다. 육이오가 터졌을 때 아버지는 붉은 완장을 차고 신바람이 났다. 지금까지 아버지를 부려먹던 사람들이 아버지를 두려워했다. 빨갱이들이 시키는 일은 어떤 궂은일도 해냈던 것이다.

학교 마당에 읍내 아이들을 모아들이기 위해 두부 종 같은 걸 치고 다닌다든가, 비행기 폭격에 죽어 거덜이 난 주검을 거두는 일도 아버지 몫이었다. 그 덕에 우리는 남산 밑의 낡은 초가집을 버리고 읍 연초조합 관사로 이사를 했다. 아버지가 그 연초조합의 관리인이 된 것이다.

그런데 어느 날 저녁 늦어 석두 아버지가 술에 취해 찾아왔다. 그는 다짜고짜로 아버지의 멱살을 잡고 주장질을 했다. '이놈아, 민심은 천심이여. 민심을 모르는 놈들이 그래 오래갈 것 같어?' 아버지가 지레 풀죽은 얼굴로 대답했다. '내가 뭔 나쁜일을 했다구 그러는 거여?' 그러자 석두 아버지는 아버지를 끌고 연초조합 뒷골목으로 피해 들어가 뭔가 티격태격 으르렁거리다가 돌아갔다.

그리고 며칠 뒤 밤을 타 석두 아버지가 사람 하나를 데리고 나타났다. 난리가 나기 전까지 경찰서 마당에서 유도를 가르치던 박 형사였다. 그의 얼굴엔 온통 수염이 덮여 무척 초췌해 보였다. 그는 아버지의 손을 잡고 굽실거렸다. 아버지는 아주 민망스러워하면서 박 형사 아저씨보다 더 굽실거렸다. '자네만 믿고 모시고 온 거네. 석두 아버지가 아버지의 등을 치면서 말했다. 그날부터 박 형사는 연초조합 창고 속에 숨어 살았다. 내가 밥을 나르며 그에게 바깥 정세를 알려줬다.

석두 아버지 말대로 정말 얼마 안 가 세상이 바뀌었다. 읍내 청년들이 아버지를 잡아다가 도끼자루로 팼다. 그러나 아버지는 박 형사 때문인가 사람들한테 맞아 죽지도, 징역살이도 하지 않은 채 우리가 먼저 살던 그 남산 밑의 초가집으로 돌아왔다. 이때부터 아버지가 전혀 딴 사람으로 바뀐 것이다. 눈을 멀뚱히 치뜬 채 하루 내내 방구석에 누워 바깥 출입을 하지 않았다.

난리가 나기 전까지 나와 친구로 지내던 읍내 아이들이 모두 나를 멀리한 것도 그때부터였다. 석두까지 나를 멀리하는 눈치였다. 아이들이 그러하듯 읍내 사람들도 아버지를 부르고 찾지 않았다. 사람들은 그때까지도 아버지를 무서워하고 있었는지 모른다.

그러나 아버지를 불러내어 일을 시킨 것은 석두 아버지였다. 말하자면 아버지는 석두 아버지의 조수 격으로 쓰였다. 그때부터 아버지가 또 다른 사람이 됐다. 툭하면 어머니한테 욕을 해대며 주먹다짐까지 하는 행패를 부리기 시작한 것이다.

그때 어머니는 계집애 동생을 갓 낳아 몸조릴 하고 누워 있었다. '이게 뉘 새끼냐?' 아버지가 어머니의 허리를 걷어찼다. 일을 나갔다가 돌아오면 한차례씩 그런 행패를 부렸다. '억울해유, 증말 억울해유.' 그런 어느 날 어머니가 계집애 동생을 품에 안은 채 홍수가 져 굽이치는 강물에 몸을 던졌다. 끝내 시체도 찾지 못했다. 박 형사 아저씨가 찾아와 사람들이 보는 앞에서 아버지를 두어 번 집어 던졌다. 아버지의 이빨이 몇 개 부러지면서 이상하게도 그때부터 읍내 사람들이 다시 아버지를 찾기 시작했다. 석두 말을 따르자면 우리 아버지는 어머니가 죽으면서 다시 읍내 사람들한테 신임을 얻었다는 것이다.

"당신 좀 이상해졌어요."

내가 달라지고 있다는 것을 일러준 것도 아내였다. 밥을 먹다가도 무슨 생각에 잠겨들기를 잘하는가 하면, 전에는 잠깐 다녀 나오던 화장실 이용이 요즘 들어 거의 한 시간 간격이라고 했다. 소화에도 배설에도 별 이상은 느끼지 못했다. 그냥 무슨 생각에 잠겨 있었던 모양이다. 무슨 생각을 하고 있나 생각하는 순간 지금까지의 생각은 가뭇없이 사라졌다. 출근길 차 속에서도, 사무실 책상에 앉아 결재 서류에 도장을 찍다가도, 공연히 한번 통겨보기 위해 밀쳐놨던 미결 서류함을 뒤적일 때도, 내게 뭔가 하소연하러 찾아온 사람의 얼굴을 대할 때도 내가 해야 할 일이 따로 있을 것 같다는 생각에서 안절부절 허둥거렸다. 아랫사람 앞에서도 공연히 어깨가 움츠러들고, 나를 불러들여 신뢰하는 눈으로 건너보며 미소하는 윗사람에 대해서도 뭔가 벨이 꼴려오는 그런 증세도 이즈음의 나 스스로가 자각한 변화 중의 하나였다. 분명한 것은 내가 무엇인가 정체를 알 수 없는 두려움에 떨고 있다는 사실이다. 집에서 석두와 맞닥뜨리는 시간을 되도록 피하고 있는 것도 그 두려움의 정체를 석두로 생각하기 때문일 것이다. 어떤 일을 내가 결정해야 할 그런 순간에 불현듯 석두의 얼굴이 떠오르곤 했다.

"당신 아무래도 저 사람 뒷조사 좀 해봤음 좋겠어요."

아내의 그 말이 나오기 전에 나는 이미 석두의 서울 생활 오 년여에 대해서 알아봤다. 그의 말대로 사천동에 머물면서 막일을 하며 하나도 이상할 것 없는 생활을 해온 게 틀림없었다. 수해에 집을 잃은 것도, 고향에 가족을 내려보낸 것도 그의 말이

맞았다. 아내의 걱정 중 하나가 어느 날 석두의 가족들이 우르르 몰려오지나 않을까 하는 것이다. 또는 석두가 쇠고랑을 찬 모습으로 끌려가지나 않나 하는 두려움도 없지 않았다.

아내가 그러하듯 나 역시 출근을 위해 옷을 입던 중 거울 속의 나를 발견하곤 소스라치게 놀라 허둥허둥 도망치듯 집을 빠져나가곤 했다.

아내의 신경질적인 전화를 받고, 평소 퇴근 시간보다 좀 빠른 시각에 내 집 골목에 들어섰을 즈음엔 하늘이 말끔히 개어 있었다. 이른 새벽부터 쏟아붓듯 세차게 내리던 비가 그친 것이다.

"그 사람 들어왔어?"

집으로 빨리 오라는 아내의 전화에 나는 석두가 집에 와 있는지부터 물었다. 그는 이른 새벽 비닐우산을 쓰고 집을 나간 채 내가 출근하는 시간까지 돌아오고 있지 않았던 것이다. 그 사람 지금 집에 있느냐구?

"있어요. 있어두 아주 여럿이 있으니까, 와봄 알 거 아녜요!"

그 여럿의 목소리가 비 갠 골목에 와자하게 울렸다. 그것이 노랫소리인지 그냥 악쓰는 소리인지 분간할 수 없을 정도로 시끄러웠다. 동네 아낙이 두엇 창문을 열고 우리 집 쪽을 기웃거리다가 머리를 숨겼다. 온몸의 피가 거꾸로 흘러 올라 머릿골이 띵했다.

나는 등신처럼 그들이 끄는 대로 그 난잡한 술좌석에 끼어 앉았다. 부엌 쪽에 아내의 얼굴이 나타났다. 하얗게 질린 그네를 향해 나는 히익 웃어 보였다. 내 웃음 때문인가, 그네의 눈에 팍팍 불꽃이 일었다.

석두는 많이 취해 있는 것처럼 보였다. 사 홉들이 소주병 네댓 개가 수라장이 된 방 한구석에 뒹굴고 있었다. 석두를 제외한 후줄근한 옷차림의 사내들이 앞을 다투어 내게 술을 따르며 제각각 혀 꼬부라진 소리로 뭔가를 떠벌렸다. 지나칠 정도로 자기 격하를 했다간 적당히 빈정거리고, 퉁퉁 되받고, 웬만한 대목에선 역겹도록 허세를 떨었다. 석두가 밥하는 애를 불러 소주 두 병을 더 가져오게 하고, 받은 잔을 다시 돌리고, 비아냥거리는 그들의 공격을 피해 적당히 응사를 하면서 나는 이 무뢰한들이 지난번 수해를 당한 그 사람들로서 석두를 중심으로 해서 일자리를 찾아 헤매는 떠돌이들임을 알아냈다.

"야, 오야붕, 이눔아. 니 증말 낼 고향에 갈락하나?"

"이놈이 우릴 버리구…… 좋다구, 가라구. 제기랄, 누군 왕년에 고향 한번 읊었다냐, 제기랄놈."

이처럼 그들은 벽에 기대앉은 석두에게 집중타를 가하다가 문득 그 화살을 나한테로 겨눴다.

"노형, 한 가지 물어봅세다. 뭔고 하니, 노형 자리 정도면 얼마나 힘이 있느냐, 요는 빽이 얼마나 튼튼하냐 이겁네다!"

"와이루를 얼마만큼 먹을 수가 있느냐 바로 그거지."

그들은 이처럼 안하무인 무너져 내리면서 거침없이 기어올랐다.

먼저 말을 꺼낸, 목소리 간간한 사내가 다시 말했다.

"내 처조카뻘 되는 사람 하나가 그눔의 자릴 믿구 거들먹대

134

다가 모가지가 떨어졌거든. 그리구서 제 말루 이실직골 하는데 그게 그럴듯해서 말입네다. 지가 어떤 늄한테 십만 원 받구 슬쩍 눈을 감아줬다면, 그 십만 원 쓴 늄은 그 십만 원의 백배나 되는 득을 본다고 하면서, 그 반면에 그 백배나 득본 늄 때문에 선량한 백성이 몇 천 명쯤은 피해를 입는다는 그 얘기였수다."

"고 백줄이란 놈이 쥑일 놈이란 말이제?"

그들은 소주잔을 들며 ㅎㅎㅎ 게걸스럽게 웃어댔다.

"제기랄, 우리 같은 하빠리 인생이야 그까짓 백이구 나발이구 신경쓸 거 없어 좋더라. 안 그래, 이눔아!"

눈이 빼꼼하게 째진 사내가 러닝을 겨드랑이까지 걷어올리고 앉아 떠들었다. 목소리가 깐깐한 사내가 말을 받았다.

"허지만서두, 이건 제엔장 늄의 꺼, 남은 땀 뻘뻘 흘리면서 일하구 있는데 삐까번쩍 자가용에 놀러 다니는 연놈들을 보면 공연히 눈깔이 확 뒤집힌다니까. 안 그러냐, 석두, 이 강원도 촌놈아!"

석두가 자기한테 날아온 화살을 재빠르게 잡아 되던졌다.

"말이 많으면 빨갱이여, 빨갱이!"

그 말이 불씨가 됐다. 술 취한 무뢰한들이 빨갱이란 말에 욱하고 나섰다.

"뭬라구, 내가 빨갱이라구? 이눔아, 말조심해! 빨갱이라면 이가 북북 갈리는 나여. 충청도 우리 고향에 가서 물어봐라, 우리 성님하구 아버지가 으트게 죽었는가."

목소리 깐깐이가 주먹을 쥐고 주장질하면서 으르렁대자, 그 기세를 타고 눈 빼꼼이가 술상을 걷어찼다.

"야, 석두 이놈아, 너까지 그따위 소릴 해? 우리 같은 놈들이 밸 꼴리는 소릴 쬐끔 지껄이면, 불평이라구, 빨갱이 같은 소릴 한다구 욱박지르구, 쉬쉬 입을 틀어막구…… 더구나 석두 넌 이번에 억울한 경을 뼈저리게 당하구서두 그따위루 입을 까냐?"

석두가 자기 앞에 뒤집어진 술상을 주섬주섬 챙기면서 말했다.

"야, 이눔들 송별연 한번 고약하구나!"

석두가 먼저 웃었고, 잠깐 사이를 두었다가 모두 키들키들 따라 웃었다.

술상이 새로 차려졌다. 그때 비로소 나는 이 집 주인 행세를 하기 시작했다.

"자, 새로 한잔허십시다. 이제부터 내가 내는 거요."

그들의 박수 소리에 맞춰 나는 호기 있게 밥하는 애를 불렀다.

그들과 술을 마시고 싶었다. 잔을 받는 즉시 마시고 제꺽 되돌려주고…… 얼마 뒤에 그 술 취한 무뢰한 중의 한 사람이 일어나 겨우 몸을 가누면서, 집에 환자가 있어 일어서야겠다며 몸을 일으켰다. 그는 나한테 죄송하다는 뜻의 혀 꼬부라진 소릴 수십 번도 더 한 뒤에 댓돌 위 흙투성이 농구화를 찾아 신으며 석두를 향해 말했다.

"석두, 잘 가라구. 아암, 가야지. 허지만 자네 고향 간다구 우릴 잊어선 안 되네. 먹구살 구멍 있으면 진작 연락해야 돼. 거 그리구, 자네 큰자식 잃은 걸랑 싸악, 아주 싸악 읊던 거루 잊어먹어야 해. 세상에 원통한 건 자네뿐이 아닌 거여!"

그는 이별의 순간을 꽤나 감상적으로 만들어놓은 뒤 사라졌다. 내가 그를 배웅하고 다시 돌아왔을 때 석두를 제외하고는 세 사내가 모두 꾸겨 쥐었다 던진 휴지 꼴을 한 채 곯아떨어져 있었다.

"나 낼 고향에 내려가려네. 자네네 신셀 더 지구 싶지만서두……"

석두는 나와 단둘이 마주 앉자 격에 맞지 않게 심각한 얼굴을 하고 말했다.

"글쎄, 오늘 술자릴 보니 그런 것 같군. 헌데 몇 달 먹고살 건 벌어가지구 간다구 하더니, 왜 포기했나?"

"자네 몰라서 그렇지, 나 자네네 집에 묵은 지 벌써 석 달 됐어. 그동안 우리 식구가 몇 달 먹고살 건 벌었어야. 혼잣몸이니까, 꽤 모으겠더군."

"우리 집에 하숙비두 꼬박 낸 모양인데, 그래, 지금 얼마나 있나?"

"한 팔만 원 뫘지!"

그 정도면 시골에 내려간 자기네 식구가 몇 달은 먹고살 돈이라고 했다.

"헌데, 내 꼭 알고 싶어 묻는 건데, 자네 왜 우리 집엘 왔나?"

"아, 부랄친구 찾아온 게 잘못이란 말이여?"

나는 그가 쉽게 입을 열지 않으리란 것을 짐작은 하고 있었다.

"그건 그렇구, 아까 저 사람들, 무슨 소리야, 자네 큰자식을 잃었다는 건?"

석두는 눈을 내리깔면서 자기 앞의 술잔을 들어 단번에 훅 들이켰다.

"자네 큰자식이 지난 수해 때 죽었군?"

내가 그의 술잔을 받으며 다그치자 그가 오래 뜸을 들여 입을 열었다.

"내 그냥 가려구 했네만, 기왕 얘기가 났으니……"

지나간 여름의 큰비로 사천동이 온통 물바다가 된 그 밤에 석두의 스무 살 된 큰아들이 자기가 나가던 공장 기계 틈에 낀 채 익사했다는 것이다.

"내 생각두 그렇구, 걔 친구들두 그러더구먼. 우리 큰애가 공장에 물이 덮치니까 그 기계 부속품을 구하러 들어갔을 거라구 말이야."

그러나 공장 측에선 그게 아니었다. 기계를 구하러 들어갔던 게 아니고 값나가는 기계 부속품을 훔치러 들어갔다가 죽은 것이 분명하다며 그 증거까지 내밀었다. 죽은 석두 큰아들 옆에 있었던 비닐 가방이며, 부속품이 탐난다고 친구들에게 평소 여러 차례 말하는 걸 들었다는 증인까지. 또 남들은 다 자기 집 이불 보따리를 들고 산으로 치뛰는데 왜 멀리 떨어져 있는 공장까지 왔었겠느냐는 심증까지 내놓았다.

"허지만 말이야, 내 생각으론 걔가 그날 밤에 뭔가 공을 하나 세우고 싶었던 게 아닌가 하는 거야. 걔가 그즈음 공장 사람들한테 좀 미움을 사고 있었던 모양이여."

공장 내 노조 관계로 해서, 석두 아들이 공원들을 충동질한 일이 있었다는 것이다. 석두 아들은 곧장 돌림쟁이가 돼버렸고, 그 일로 해서 늘 심적 부담을 받아오다가 그날 밤 어린 생각에 한번 큰 공을 세워 공장 사람들 앞에 나서보고 싶은 생각이 들었을는지 모른다는 것이다.

"어떻든 나는 죽은 자식 누명이라도 벗겨줄라구 공장 사람들과 며칠을 두고 싸웠지. 죽치구 앉아 버텨두 보고, 멱살두 잡아보구……"

그러나 일은 이미 끝나 있었다. 그대로 주저앉기가 원통해 관계 기관에다 그 누명을 벗겨달라고 하소연했다. 그러나 담벼락에 계란 던지기였다. 특히 공장 측에서 이미 손을 다 써놓아, 물어봤자 잇자국도 안 났다. 수해 상황을 취재하러 나온 신문 기자까지 붙들고 늘어졌지만 어차피 공장 측에서 보상금을 안 줄 수는 없을 것이니 그 선에서 조용히 끝내는 것이 좋지 않겠느냔 의견을 내놓았다. 연거푸 술 두 잔을 자작한 석두가 다시 입을 열었다.

"내가 하두 악착같이 물고 늘어졌더니, 공장 사람하구 나를 관에서 불러다 놓고 뭐랬는지 아나? 이봐, 당신 정신 있어? 당신 정상은 인정이 간다구 하더라두 말이야, 어디 이번 수해루 죽은 게 당신 아들뿐인 줄 알아? 자그만치 이백이야, 이백! 그 죄 없이 죽은 사람들두 누구한테 보상금 받은 줄 알아? 당신, 그러고 보니 죽은 아들 업구 부자가 되고 싶어 그러는 모양인데, 이러데. 한마디루, 내 정내미가 뚝 떨어졌네. 그때 자네 생각이 난 거야. 왠지 모르지만 자넬 만나고 싶었어."

"종로에서 뺨 맞고 한강에 분풀이하러 온 거구먼."

내 머릿속에 뭔가 확실한 게 잡혔다. 그가 석 달 전 찾아왔을 때 전원이 나가 꺼지는 텔레비전 화면처럼 암울한 느낌이 스치던 일과, 이즈음 나를 사로잡고 있는 그 정체를 모르는 두려움이었다.

"자넬 찾아보고 싶은 생각은 서울에 올라오면서부터 늘 했지. 허지만 먹구살려니 짬두 읎구 왠지 맘이 썩 안 내키데. 고향에 갈 때마다 자네 소식을 들었거든. 평이 영 안 좋데. 죽일 놈이라는 거야. 다 시샘해서 허는 소리겠지만 험담이 너무 심하데. 자네가 뇌물을 너무 많이 먹는다는 둥, 옛 부랄친구 알길 발가락의 때만큼도 안 여긴다거나, 고향두 조상두 모르는 쌍것이라는 거였어. 그 얘길 들음 괜히 내 부아가 치밀어 오르데. 자네 얼굴 안 변하는군."

그러나 나는 그냥 히익 웃었다.

"헌데 이번 수핼 당하구, 거기다 애까지 억울한 누명을 쓰구 죽구 나니까 공연히 밸이 꼴리더란 말이야. 제기랄 망해봐야 그게 그거지만서두. 허지만 내 토담집 있던 자리에 철망을 치데나. 거기가 나라 땅이거든. 이번 기회에 거기다가 제방을 쌓는다는 거여. 토담집 허물어진 자릴 보구 섰을래니 죽은 큰애 생각이 나서 못 견디겠데. 그놈하고 함께 지은 집이거든. 남들이 우릴 보고 형제냐구 했지. 자네두 알지만 내가 갤 일찍 됐잖은가. 자식이라구 귀여워해볼 경황두 읎었구, 남들 새끼처럼 멕일 걸 제대로 멕이길 했나, 국민핵꼴 졸업하군 입때까지 일만 죽두루 하다가……"

"그래, 우리 집에 와 있는 동안 속은 좀 풀렸나?"

나는 정색한 얼굴로 물었다. 그러나 이번에는 석두가 나를 향해 씩 웃었다. 그러면서 화제를 바꿨다.

"나 오늘 새벽에 내 큰애 묻은 델 다녀왔네. 그놈의 비를 다 맞았지. 갔더니 사람 맘이란 비슷한가 봐. 이웃에 살던 사람 하나가 그 빌 맞구 무덤에 엎드렸데. 저번 비루 애들 셋을 다 잃은 사람인데, 비만 쏟아지면 애들 생각이 나서 뛰어온다는 거여. 부모 마음이란 다 같겠지. 헌데 난 그 사람처럼 엉엉 울어지지가 않더란 말이여. 울 수가 읎었지. 그 자식이 누명을 쓰구 죽었기 때문이여!"

석두는 그 큰 손으로 눈등을 써억써억 문질러대고 있었다.

내가 전화를 받으러 내실에 들어갔을 때 아내는 부을 대로 부어 있었다.

"나야, 나. 김 과장이라니까."

같은 부서에 있는, 서로 아쉬워 잠깐씩 교분을 튼 그런 사람이었다.

"날두 좋고 해서 내일 낚시나 가자구. 친구가 자가용두 하나 빌려준대니까. 그러엄! 몸만 와. 거 사모님들은 욕하실 소리지만, 오늘 밤은 좀 곱게 자구 오는 게 좋을 거야. 거 왜 옥수장 미쓰 박 있잖아……"

그러면서 그는 징그럽게 웃어댔다.

"미안하지만 나 내일 시간이 안 되네요. 실은 고향에 성묘 좀 하러 가려구요."

"그렇다면, 내 친구 자가용을 쓰도록 허시지. 뭐 노는 차……"

나는 속으로 웃었다. 그리고 그의 말허릴 잘라버렸다.

"그럴 필요 없어요. 나 낼 친구하고 함께 가거든요."

수화기를 놓고 돌아섰을 때 나는 아내의 창백한 얼굴과 마주쳤다.

"당신 정말 이상해요. 저런 막노동꾼과 어울려 술을 마시지 않나, 당신 신분……"

"뭐야?"

나는 벼락같이 아내의 말을 자르면서 부르짖었다.

"뭐야? 이 쌍, 이런 육실허구 오라질 넌이! 친구도 모르고 조상도 모르는 개잡것이……"

이때 나는 보았다. 내 입에서 쏟아져 나가는 쌍소리를 흠뻑 뒤집어쓴 채 멍청히 서 있는 아내와, 그 아내를 향해 선 내 앞에 몹시 투명하면서도 두껍고 더러운 벽이 불에 타듯 일렁이고 있음을.

○1977년 『현대문학』 10월호

진화설(進化說)

좀 별난 개 사육을 하고 있는 무서운 사내가 우리가 새로 사서 이사 간 새집 아래층에 세를 들어 살고 있었다. 좋게 말해 아래층이지 실은 지하실이라고 해야 마땅한 그런 구조를 가진 집이었다. 외양상 도시 중산층의 자존심을 적당히 살려주면서 그런대로 실속도 있어 뵈는 속칭 미니 이층이라는 가옥 구조를 대충 아는 사람이라면 우선 제법 구색이 갖춰진 의연한 본새의 위층과 똑 세를 놓아먹기 알맞추 지어진 아래층을 연상해 볼 수 있을 것이다. 대낮에도 불을 켜야 하는 음습한 서너 개의 방들이 밀폐된 감방처럼 오밀조밀 붙어 있는 아래층 구조가 인상 깊게 남아 있으리라.

아내는 그 아래층이 세를 놓아먹기에 완벽한 구조를 갖추었다는 점에서 이 집을 택했고 나는 무엇보다 이 집의 위치가 공기 좋은 시 변두리 산 밑인데다 집터 또한 드넓은 게 마음에 들어 아내의 뜻에 동의했던 것이다. 그러나 아내가 무리를 해가면서까지 이 집을 산 데는 그네 나름대로의 큰 속셈이 있었다고 봄이 옳다. 당장은 허허벌판일망정 장차 개발 지구로서 부동산 투기에 전망이 좋은 곳을 택해야 한다는 복덕방 사람들의 조언을 고스란히 받아들인, 이제 바야흐로 복부인이 될 그런 충분한 가능성을 가진 아내의 야망이었던 것이다. 정말 우리가 산 집은 산 아래 택지 조성은 돼 있으면서 아직 서너 채의 집밖에 서 있지 않은 그야말로 개발 가능성이 큰 지대였다. 그러나 내 관심의 방향은 달랐다.

"그 지하에 어떤 사람이 세 들어 사는 거야?"

집을 바꿔보자는 발상에서부터 집 들보는 일은 물론 중도금을 치르는 일 등 그 모든 것이 전연 아내의 소관이라고 방관해왔던 나로서도 이제 한 지붕 밑에서 얼굴을 맞대야 하는 그 셋방 사람에 대한 궁금증은 당연했다.

"그 집 남자만 한 번 봤는데 꽤 무던해 뵈데요."

아내는 중학교 과학 선생이다. 사람 보는 눈이 어지간히 인색하고 꾀까다롭기로 이름난 아내의 입에서 '무던한 사람'이란 말이 나왔을 때 나는 어깨에 준 힘을 풀었다. 딱히 주인 행세를 하고 싶어서가 아니라 적어도 타인으로 인해, 이제까지 나를 던져 이룩한 내 가정의 안일이 눈곱만큼이라도 침해받기를 원치 않았기 때문이다.

아내가 무던한 사람이라고 말한 그 셋방 사람은 우리가 선택하여 세를 들인 경우와는 좀 다른 인연으로 맺어졌다. 즉 우리가 마음에 맞는 사람으로 골라 들인 게 아니라 집을 사기 전부터 그 집에 눌러 살아온 사람이었던 것이다. 집이 완공되기 전부터 지하실을 전세 내 살면서 집을 지은 사람이 다른 사람에게 팔고 다시 그 사람이 또 다른 사람 손에 넘기고…… 이처럼 집이 여러 사람 손을 거치는 동안에도 줄기차게 그 아래층을 고수해온, 말하자면 터줏대감과 같은 사람이었다.

"아래층 전세를 안고 사시는 겁니다!"

계약을 할 때 집을 파는 사람이 그런 다짐을 두었다고 했다. 재수가 좋았어요. 계약을 하고 돌아온 저녁 아내가 말했다. 세입자를 바꿔 들이는 번거로움도 없을뿐더러 소개비까지 줄 일이 없음은 물론 아래층 그 전세금이 턱없이 호되게 매겨져 있어, 이게 웬 떡이냔 것이다. 다른 집에 비해 두 배에 가까운 그런 전세금이 매겨져 적은 돈으로 큰 집을 사는 우리 형편에는 더할 수 없이 다행이라고 했다.

"뭣 하는 사람이래?" 우리가 산 우리 집에 주인처럼 버티고 살아온 그 사람에 대해서 일어나는 호기심을 결코 떨쳐버릴 수 없었다.

"혜나 아빠, 뭣 때문에 그런 데다 신경을 써요?"

늘 하듯이 아내가 뾰족한 목소리로 내쏘았다. 남자가 사소한 일에 얽매여선 출세가 어렵다는 얘기였다. 머쓱하게 물러앉은 내 앞에 아내가 명함 한 장을 내놓았다.

"이게 그 사람 명함이에요."

한국애완동물애호협회 부회장 최만대. 어딘가 좀 희떠운 구석이 있는 명함이긴 했어도 이런 명함이나마 박아 가지고 있는 신분이라는 데 우선 호감이 갔다.

"그 사람 전세 계약서에 도장 받아 가면서 그러데요. 집을 지켜주는 건 물론 지하실 연탄 보일러에 탄 갈아 넣어주는 건 자기네가 다 해주겠다고요."

맞벌이 부부로서 혜나 외할머니가 가끔 와 살림을 보살펴줄 뿐 늘 집을 비워야 하는 우리 처지에 이런 행운이 어디 또 있겠는가.

"집을 지켜주다니?"

"얼핏 들었는데, 개를 여러 마리 기른다나 봐요?"

"지난번 집 구경 갔을 땐 개가 없는 거 같던데?"

"나도 여러 번 드나들면서 개 같은 걸 본 기억은 없어요."

"아마 고급 개라 방에서 키우는가 보지?"

"방에 가둬놓은 개가 어떻게 도둑을 지켜요?"

아내가 말했고, 실상 우리에겐 그것이 그다지 중요한 문제가 아니라서 흐지부지하고 말았던 것이다.

어떻든 우리 내외는 지금까지 살던 작은 집을 팔아 좀 더 발전성 있고 본새 있는 큰 집으로 옮겨 앉는 문제에 있어서만은 의기투합, 사뭇 달뜬 상태에서 잔금을 앞당겨 치르는 등 그야말로 신바람 나게 이사를 했다.

이사를 간 그날 저녁 이삿짐을 옮겨준 친척들을 다 돌려보내고 오롯이 우리 세 식구만 남겨진 그 흐뭇한 시간, 아래층에 세든 그 사내가 우리 집에 나타났다. 그는 빨간색 무늬가 요란한 넥타이에 감색 계통의 양복으로 말쑥하게 정장을 하고 가루비누 한 봉지와 4홉들이 소주병을 하나 들고 있었다. 얼굴이 몸집에 비해 좀 작은데다 살갗이 가무잡잡한 것이 퍽 강인해 뵈는 인상이었다.

"선생이 이 집을 사고 오신 여덟번째 사람이오."

수인사가 끝나기가 무섭게 그가 첫마디로 던진 말이 그랬다. 몸집에 비해 얼굴이 작다는 느낌이었는데 이번에는 그 목소리마저 매우 낮았다. 아내가 그와의 첫대면에서 그를 무던한 사람으로 머릿속에 새긴 것은 아마 이 낮은 말소리 때문이었을 것이다.

"선생께서도 얼마 못 가 또 파실 테지요?"

입술의 움직임이 극히 작아 말을 할 때의 그 표정을 읽는다는 것은 쉽지 않았다. 그를 조심스러운 눈으로 살필 수밖에 없었다.

"내 말이 맞지 않소? 금방 팔아넘길 거 아니요?"

그가 다그쳤다.

"아, 아닙니다."

나는 손까지 휘저으며 허둥거렸다.

"그래요오?"

그가 빈정거리는 억양으로 말했다. 나는 곧 반격을 가할 필요성을 느꼈다. 아내가 주방에 있었던 것이다.

"그렇다면 최 선생님은 우리가 얼른 집을 팔기를 원하고 있는 겁니까?"

나보다 나이도 네댓 살 위로 보이기도 했지만 그의 위압적인 거동에 밀려 나는 그를 최 선생님이라고 높여 불렀다. 그가 내 도전적인 물음에 입가에 야릇한 미소를 떠었다.

"집을 팔고 안 팔고는 선생네 사정이고…… 나로서는 오늘 한 가지 분명히 해두어야 할 게 있어서 그렇수다."

"뭡니까, 그게?"

대답 대신 그는 양복 안주머니에서 무슨 서류 같은 걸 내 앞에 꺼내놓았다.

"선생은 이 금액을 전세금으로 안고 집을 산 거요. 여기 사모님 도장까지 찍혔고……"

"그건 알고 있습니다."

"그렇다면 선생은 왜 이렇게 전세금이 높은가 그런 걸 생각해봤소?"

내가 신경 쓸 일이 아니었다. 그러나 아내는 아직 주방에 있었다.

"자, 여기 보다시피 처음 전세금은 고작 이것밖에 안 되잖소?"

사실 그가 짚어 보이는, 도장이 여러 개 어지럽게 찍히고 여백이 온통 사람 이름과 무슨 단서를 단 글귀와 숫자로 꽉 찬 전세 계약서 맨 위에는 지금 전세금의 반쯤에 해당하는 액수가 적혀 있었다.

"선생이 아무리 들여다봐야 내 설명을 안 듣곤 뭔지 모를 거구먼."

그의 유일한 표정인 웃음기가 얼굴에 고물거렸다.

"알아듣기 쉽게 말씀드려서, 여기 몇 번씩 추가된 전세금은 내가 돈이 남아돌아 이렇게 많이 디민 게 아니라, 바로 이 집을 사고 판 사람들이 인심을 써준 거다 이 말씀이오. 아시겠어, 선생?"

"글쎄요, 아직 잘 이해가 안 갑니다."

하도 기가 찬 말이라 이해가 가지 않는다고 한 것이다.

"그까짓 게 뭐가 이해가 안 가요?"

술상을 가져다 놓으며 아내가 껴들었다.

"아저씬 가만히 앉아서 돈을 버셨다 그 말씀 아네요?"

"와하, 역시 우리 사모님은 대단하시구면!"

처음으로 그의 얼굴 근육 전체가 움직인 것 같았다. 말소리 또한 거침없이 높았다.

"자알 아셨습니다. 사모님, 바로 그겁니다. 잘들 아시겠지만 근자에 부동산 투기 억제책으로 꽤 까다로운 법이 많이 생겼잖소? 주로 전매 행위를 막자는 건데 아다시피 빠져나갈 놈은 다 용케 빠져나가게 돼 있더라 그겁니다. 예, 내가 고걸 노린 거요. 아, 아니지. 내가 노린 게 아니라 바로 이 집 주인이 일 년 동안에 자그마치 여덟씩이나 바뀌는 요지경 속에서 끄떡없이 버텨온 이 셋방살이 신세가 그렇게 만든 거지. 그 작자들 나 모르게 귀신같이 해먹으려 했지만 히힛, 어림 반품어치도 없는 소리지. 내가 바로 고런 귀신을 잡아먹는 귀신이란 말씀이야. 다 알아내는 방법이 있지. 우선 복덕방쟁이들 내 앞에선 고양이 앞의 쥐요, 쥐. 나 건드려봤자 즈덜한테 득 될 거 쥐뿔도 없다는 거 즈덜이 더 잘 알거든."

그는 숫제 반말지거리로 나왔다. 처음 대면 시의 그 인상은 어디에고 찾을 수가 없었다.

"하지만 아저씨, 집을 사고 판 사람들이 이렇게 모두 바보였던가요?"

아내가 그를 똑바로 쳐다보며 물었다.

"맞아요. 세상에 제 집 제 돈 가지고 팔고 사면서 남한테 뜯기기 좋아하는 놈 없지. 허나, 사모님 그 상대가 바로 나란 그 말씀이야."

"도대체 뭘 어떻게 해서 전세금을 이렇게 올려 썼냔 거예요?"

그는 아내의 시선에 맞바로 눈을 맞추고 말했다.

"그거야 다 그만한 켜가 돼 있지요. 뒤가 제린 놈이 이사 비용이라며 꽤 큰돈을 내놓을 때마다 난 거절을 한 거야. 나 이집에서 죽어두 이사 못 간다. 이거 셋방살이 억울해서 어쩌냐, 세무서 가서 하소연하겠다고 으름장을 놓으니까 그 작자들 손이 발이 되도록 비는 거야. 정 그렇다면 나 이사 비용 줄 그 돈을 전세금 더 올려받은 폭 대고 여기에다가 추가로 써라. 집을 사오는 사람이야 전세금만큼 까고 사는 거니까 손해 볼 거 없고…… 대개 머리 좋은 놈들이라 잘해줍데다."

그는 내가 부어놓은 술잔을 단숨에 들이켰다.

"허지만 고까짓 금액이야 즈덜 전매해서 남겨 먹은 것에 비하면 조족지혈이지."

술잔은 내게 권하면서 눈은 아내에게 가 있었다.

"사모님, 내가 가만히 앉아서 돈을 그냥 뜯어낸 걸로 아시는 모양인데 그게 그렇지가 않아요. 왜 그런고 하면, 즈덜 집 팔고 사는 데 내 힘 없이는 어림도 없지요. 그러니까 공존공생 원칙에다가 사회 평형의 원리 그대로요."

"집을 팔고 사는 데 아저씨가 어떻게 힘이 됐단 말예요?"

아내가 귤껍질을 벗기면서 말했다.

"사모님, 이제 지나간 애긴 안 하는 게 피차 좋겠고, 그것보다도 사모님께서 이 집 파시려면 사전에 나한테 상의하시는 게 좋을 거다, 이 말씀 하나 드리고 싶다 이거야."

"글쎄요. 우린 이 집을 아저씨한테 약점 잡힐 만한 그런 기간에는 안 팔 거니까 안심하고 계시는 게 좋을 거예요."

아내는 학교에서 빡빡머리 아이들을 다루는 그런 말투로 사뭇 단호했다.

"어이구 제발 그러셔야지. 선생네처럼 점잖은 양반들한테까지 내 추악한 꼬락서닐 뵈드리긴 나도 싫다 이 말씀이야. 하지만 이거 하나만은……"

그는 아직 내 앞의 잔이 따른 채로 있는 걸 확인하고 그대로 자기 잔에 술을 따르면서 말했다.

"이거 이사하시는 첫날부터 이런 안 좋은 애기는 안 하는 거지만 내 승미에 뭘 숨겨두는 게 질색이거든. 결론부터 말해서 사모님은 이 집을 속아 사셨다 이 말씀이야. 비싼 것도 그렇지만 이 집이 전망이 영 제로라 그겁네다."

"아저씨, 지금 누구 겁주는 거예요?"

"겁을 주다니요? 난 지금 사실을 알려주는 것뿐이오. 여기가 바로 지난번에 추가로 발표된 개발제한구역이란 걸 알려주려는 거요. 요 뒷산이 바로 수도권 방위에 중요한 요새거든. 아마 이 사실 아는 사람 그리 많지 않을 게요."

그는 정색한 얼굴을 하고 있었다. 아내는 껍질을 까던 귤을 상 위에 놓으며 발그레 상기된 얼굴로 말했다.

"정말 웃기시네요, 아저씨. 집을 사면서 그런 것도 안 알아봤을 것 같아요?"

"물론 알아보셨겠지. 그래 알아보니까 이 일대가 개발제한구역이 아닙디까? 이 집이랑 조 건너편 집까지 완공 검사가 떨어진 바로 작년 6월에 추가로 묶였다는 걸 알고 계시겠구먼.
그전까지만 해도 경기 한번 좋은 놈에 곳인데, 이제야 똥값이
지. 어수룩한 놈들이나 또 걸려들까……"

그는 차라리 느물거리고 있었다.

아내가 소주병에 덮개를 덮고 술상을 치우며 내쏘았다.

"아저씨, 이제 그만 내려가주세요. 우린 지금 몹시 피곤하다
구요."

아내의 얼굴이 정말 창백해 보였다.

"나 미스타 최요. 사모님이 자꾸 아저씨, 아저씨, 하니까 기
분 안 좋수다."

술상을 들고 주방으로 들어가는 아내를 향해 그가 다시 한마
디 했다.

"사모님같이 똑똑하고 예쁘장한 분이 몹쓸 것들한테 속은
걸 생각하니 안돼서 하는 얘긴데 낼 구청이랑 등기소에 댕기면
서 다시 한 번 알아보셔."

나는 현관을 나가 마당까지 그를 배웅했다. 그가 새삼스레
내 손을 힘주어 흔들면서 말했다.

"선생, 결례가 많았소. 내 워낙 말이 많소만 오늘따라 좋은
양반들 만나고 보니 믿는 처지에서…… 아무튼 낼 아침엔 내
가 우리 마누라와 함께 정식 인사를 드리리다. 지금은 마누라
가 밖에 좀 나가봐서……"

이상하게도 그의 말소리는 다시 처음처럼 차분하게 낮아져
있었다. 어둠 속이라 잘 분간이 안 갔지만 그 얼굴 표정 또한
아내의 첫인상대로 무던한 사람 그것이었다. 그는 정말 좋은

사람일는지도 모른다는 생각을 신음처럼 마음에 다지면서 계단에 발을 올렸다.

아내는 이불을 머리끝까지 뒤집어쓰고 꼭 죽은 사람처럼 움직이지 않았다. 그 옆에 혜나가 피곤한 얼굴을 보이면서 이불도 덮지 않은 채 몸을 웅그려 잠들고 있었다. 혜나야말로 요즘 우리 내외의 관심 밖으로 밀려나 있었던 것이다. 어찌 요즘뿐인가. 혜나는 늘 외로운 얼굴을 하고 있었다. 국민학교 3학년이 된 지금까지 혜나는 동생이 없었다. 아내가 단호하게 수태를 거절해왔다. 아직 아이를 둘씩 둘 형편이 아니란 거였다. 남부끄럽지 않을 만큼의 생활수준을 아내는 말하고 있었다. 가난한 것, 무식한 것은 아내한테 더없이 불결한 적이었다. 식모를 집에 들이지 않는 것은 남한테 내 집의 가난과 동물적인 생활을 보이지 않겠다는 그네의 철학 때문이었다.

아내는 항상 나한테 희망을 걸고 있었다. 회사에서 남들보다 더 많이 생각하고 움직여 윗사람의 관심 속에 들기를 바랐다. 우선 회사에서 가장 어린 나이로 부장 자리에 앉는 일이었다. 그러기 위해서 나는 그네가 시키는 대로 야간대학원에 등록했다. 엘리트 기업 임원이 될 그런 희망으로 야간 경영대학원을 선택한 것이다. 그네는 꿈이 큰 만큼 그 야망을 실현시키기 위한 계획이 치밀했다. 나는 가끔 아내가 자기 담임반 아이들의 환경 조사서를 집에까지 가지고 와 뒤적이며 수첩에 체크하는 것을 볼 수 있었다. 아내는 돈을 무섭게 움켜쥐고 일단 움켜쥔 것은 결코 헤프게 풀지 않았다. 한때 큰 기업을 운영하다 몰락한 그네의 아버지한테 배운 것이라 그네는 결코 무너지지 않을 것이다. 아내는 항상 에너지가 철철 넘쳐 축 늘어진 사람들을 경멸했다.

그러나 아내는 지금 아래층 사람이 다녀간 뒤 이불을 뒤집어 쓴 채 일어나지 않고 있었다.

"당신 정말 이 집 살 때 구청이나 등기소에서 잘 알아본 거야?"

나는 그네의 남편으로서 부아가 치밀었다. 집을 바꾼 명색이 내게 새로운 의욕과 힘을 불어넣기 위해서였다. 신경 쓸 거 없어요. 가끔 허락하는 잠자리에서 그네는 괴로움을 참으면서 말했다. 그러나 괴로운 것은 나였다. 나는 항상 당당하고 싶었다. 당당하게 그네를 거느리고 싶었다. 그러나 쉽지 않았다. 그네는 깊고 깊었다. 아무리 타올라도 그 불길은 꺼질 줄 몰랐다. 끊임없는 기름 줄기가 불길에 닿아 있었다. 나나 그네나 그네 몸에 불을 붙는 일을 겁냈다. 그네 역시 그 사실을 몹시 부끄러워했고 부끄러운 만큼 남편인 나를 동정하려 들었다. 신경 쓸 거 없어요.

당신이 그런 실수를 하다니. 정말 잘 알아보고 산 거야? 그러나 나는 아내가 결코 대답하지 않을 것을 알고 있었다. 그것이 그네의 자존심을 건드린 것이다. 내 안에서 뭔가 무너져 내리고 있는 느낌이었다. 아내의 절망이 내게는 천길 낭떠러지로 굴러 떨어지는 무서움이었던 것이다. 나는 아내에게서 구원받지 못하면 더 이상 살아갈 수 없는 그네의 분신이었던 것이다.

하루 내내 이삿짐에 매달려 피로가 천근 무게로 덮쳐 왔지만 잠을 이룰 수가 없었다. 새집을 사 이사한 날의 그 달뜨고 행복에 차야 할 시간이 온통 구겨 던져진 휴지처럼 내 옆에 뒹구는 것을 본다는 것은 괴로웠다.

그러나 아래층 사내는 지난밤 나와 헤어지면서 한 약속을 지켰다. 아침을 들기도 전인데 현관문을 두드려 나가보니 이번에는 그가 잠옷 차림으로 서 있었다. 그의 뒤에 얼굴과 몸집이 커 보이는 여자가 서 있었다. 몸집만 적당했더라면 썩 잘생긴 얼굴, 그렇게 맑은 눈을 가진 여자였다.

"두 분 다 출근하실 거라 이렇게 일찍 올라온 거요."

그는 방에서 출근 준비에 바쁜 아내를 부득부득 불러내고야 말았다.

"내 마누라요. 혹시 놀라시는 일 있을까 봐 이렇게 우정 인살 시키는 건데, 이 사람 귀머거리에다가 벙어리요. 허지만 성한 사람 뺨치지요. 인물두 이만하면 괜찮고, 몸이야 더 기맥히지만 말씀이야 히히."

그는 얼굴이 하얗게 질린 아내의 몸을 아래위로 훑어보면서 말했다.

"실은 이 사람이 내 셋째요. 어디 하나 가지고 감질나서 살겠습디까. 허지만 요즘에야 내가 이 사람한테만 빠져 있는 형편이요. 첫째 둘째한테야 왕년에 정 다 쏟아준 거, 그저 일 년에 한두 번 얼굴 내밀어만 줘도 감지덕지하는 형편이고, 또 지금 내 사업상 자주 가기도 뭣하고……"

나는 아내를 돌아다보았다. 그러나 그네는 지극히 정상적인 얼굴을 하고 있었다. 역시 아내였다.

"아저씨, 저번 전세 계약서에 기한을 육 개월로 했었지요?"

아내의 목소리가 냉랭했다.

"맞아요. 헌데 그 육 개월 후엔 나보고 나가달라 그거요?"

"그전에 나가주면 더 좋겠어요."

"하, 그럴 수야 있나아, 육 개월 후도 아마 어려울 거요."

"어렵다니요? 내 집인데 내 맘대로 못해요?"

"왜 못하겠소. 그런 맛에 남보다 비싼 돈 치르고 이 집 산 거 아니요? 하지만……"

그가 잠옷 차림인 채 소파에 걸터앉으며 다시 말했다.

"하지만 사모님, 그 많은 전세금에, 게다가 교통 나쁘고 도둑 무서운 이런 외딴 델 찾아 들어올 사람이 또 어디 있을 것 같소?"

"아저씨가 나가기만 한다면 다른 사람한테 싸게 놓을 거예요."

"그러실 테죠. 워낙 돈이 남아도는 분네라……"

"아무튼 돈 해놓을 거니 나갈 준비나 하라구요."

"사모님, 딱 잘라 말하겠소. 그건 안 됩니다. 내 사업상 여기 가 딱 안성맞춤이라 봐서. 이사 한 번 하려면 비용이 보통 아니지요. 내 식솔이 자그만치 오십 명이요. 눈뜨고 살아 있는 생명이라 그 말씀이야."

아내가 서둘러대기 시작했다.

"혜나야, 너 학교 갈 때 문 잘 잠그고, 학교 갔다 와서도……"

그네는 또한 내 출근까지 서둘러주면서 힁하니 집을 빠져나갔다. 아래층 사내는 탁자 위에 놓인 내 담배까지 뽑아 물면서 중얼거렸다.

"역시 부인이 대단하시구먼! 게다가 아주 미인이셔."

아래층 사내, 최만대가 개장수라는 것을 안 것은 그날 저녁 퇴근해서였다.

"아빠, 이리 와봐!"

대문을 따준 혜나가 잡아끄는 대로 집 뒤꼍으로 돌아갔다. 학교에서 먼저 돌아와 집 안을 돌아보다가 그것을 발견했다고 했다. 꽤나 놀란 듯 혜나가 내 뒤에 몸을 숨기며 속삭였다.

"아빠, 조심해!"

아내나 내가 집을 둘러보러 왔을 때 이런 것을 전연 알지 못했다. 퇴근길, 날이 저문 시간이었을 뿐만 아니라 80여 평이나 되는 넓은 집터를 소유하게 됐다는 그 달뜬 기분에 이런 상황을 상상도 할 수 없었던 것이다.

집 뒤꼍, 눈이 쉽게 안 닿는 블록담에 마치 닭장 같은 게 두어 개 세워져 있었다. 그것이 바로 혜나가 발견한 아래층 사내의 개 사육장이었다. 마치 외국 영화에서 보는 개 보관소처럼 견고한 철조망에 바닥에는 굵은 모래가 깔리고 그 위에 플라스틱 밥통이 보기 좋게 놓여 있었다. 우리가 사고 이사 온 우리 집에 이런 것이 있었던 것이다.

족히 30여 마리는 될 성싶은 개들이 어정거리고 있는 게 보였다. 어정거린다고밖에 생각할 수 없는 것이, 두 칸에 나뉘어 있는 30여 마리의 개들은 사람이 다가가는데도 별 반응이 없이 하늘을 쳐다보거나 아니면 모랫바닥에 점잖게 앉아 있었기 때문이다. 개 짖는 소리와 함께 굉장한 개 소동 개판을 예상했던 일이 완전히 빗나간 것이다. 다만 몇 마리의 개들이 철조망에 주둥이를 대고 우리들을 향해 가볍게 꼬리를 흔들었을 뿐이다. 개의 종류 또한 각양각색으로 마치 개 전시장에 온 느낌이었다. 혈통이 괜찮거나 뛰어나게 좋은 몸매를 가진 그런 개들이 아니었다. 그저 몸집이 큼직한 그런 잡종견들이 내 눈을 피해 어정어정 몸을 돌리고 있었을 뿐이다.

"이런, 드디어 보셨구먼."

그가 우리들 뒤에 나타났다. 양손에는 더운 김이 오르는 개밥이 가득 든 양동이가 들려 있었다.

"개가 처음 보는 사람한테 짖지를 않네요."

나는 이 모든 어처구니없는 사태를 되도록 내 속에서 삭여내면서 말했다.

"짖다니요? 이놈들이 집주인도 몰라볼 만큼 무식하지 않다 그 말씀이야."

그가 개밥을 요령 있게 개밥통에 떠 넣으며 말했다.

"짖지 않도록 훈련을 시킨 겁니까?"

"하, 선생은 우리 개들이 짖지 않는다는 사실에 지대한 관심을 가지고 계신가 본데, 맞아요. 우리 개들은 짖지를 않아. 짖을 필요가 없거든. 주는 걸 먹고 살이 찔 뿐이라구."

"취미로 이렇게 여러 마릴 키우시는 건 아니겠죠? 더구나 여긴 우리 집입니다. 남의 집에서 이런 부업을 하다니요?"

아내가 옆에 있었다면 이 정도의 말도 못한 채 주눅이 들고 말았을 테지만 나는 이때다 싶어 한껏 목에 힘을 준 것이다.

"부업이라니? 선생, 이건 내 부업이 아니라 내 필생의 연구이자 내 사업이란 말씀이야."

"결국 개장사가 아닙니까?"

"그렇다고 해두지. 하긴 내 밑에 대여섯 놈이 보신탕집이나 개소주집에 개를 대주는 일을 하고 있긴 하지. 하지만 이 개들은 그런 것이 아니란 말씀이야. 연구 대상이라구."

"도대체 뭘 연구합니까?"

"앞으로 몇 년 안에 우리나라 최초이자 최대의 식용 견양단지가 생길 거니 두고 보시오. 국민 건강을 위해 가장 자양분이 풍부할 뿐만 아니라 그 수익성에서도 외화 획득의 가능성이 큰 개와 염소를 단시일에 대량으로 생산해내는 대규모 사육장을 말하는 거지. 지금 그 시안으로 영양학적 동물학적 경제학적 사회학적 견지에서 연구 중이라는 것만 알고 있으면 돼요. 견양이 불티나는 그런 세월 곧 옵니다. 내 밑에 애들이 비공식적이지만 대충 집계한 바에 의하면 서울만 해도 무려 오백이십이 넘는 보신탕집과 삼백여 곳의 개소주집이 성업 중이라 그 말씀이야."

"그런데 강아진 하나도 안 보이는구먼요?"

나는 실로 어처구니없는 일로 해서 그에게 가졌던 적의를 깨끗이 잊고 있었다.

"그렇소. 역시 선생은 대화가 통할 만한 사람이오. 중요한 건 바로 강아지란 그 말씀이야. 강아지에서부터 모든 게 시작되는 거니까. 여기 있는 이놈들도 처음엔 강아지였지요. 이쪽 이놈들이 내 연구를 통해 얻은 개량 품종 제일호고 저쪽에 든 것들이 제이호 종, 그러나 이놈들보다 더 우수한 품종 시험이 지금 우리 방에서 진행 중이오. 이제 임신 중인 것에서부터 생후 이 개월까지의 강아지들 말이지. 또 지금 교배 계획 중인 것도 있고……"

"방에서 그런 일들을 하고 있어요?"

"물론 안 좋지요. 무엇보다 선생네 연탄보일러에서 나는 탄 냄새 때문에 연구에 막대한 지장이 있다구. 그러나 당장 어쩔 것이오? 돈이 좀 생기는 대로 교배실이라든가 강아지 보호실은 물론이고 큰 개 사육장들을 이쪽 담 밑으로 죽 붙여 지을 계획이오. 선생이나 부인께서 내 사업을 이해하게 되면 그 허락 맡는 일이야 쉬울 게고……"

나는 그날 저녁 학교에서 퇴근해 돌아온 아내를 붙들고 나와 혜나가 목격한 그 사실을 과장 없이 전했다. 뜻밖에도 그네는 별로 충격을 받지 않는 눈치였다. 그네가 허덕이고 있는 내 영혼을 구원해주리란 생각이 들었다.

"당신 지금 무슨 얘길 하고 있는 거예요? 낮에 그 얘기나 좀 자세히 해보라니까요."

역시 아내는 내 말을 귀담아 듣지 않고 있었다. 아내의 관심은 전혀 다른 것에 매달려 있었던 것이다.

"낮에 전화로 얘기한 그대로야. 지적도에도 등기부에도 아무런 하자가 없더라니까. 빨리 등기 신청이나 하라더군. 다만……"

"다만 뭐예요?"

"아래층 사람 말대로 이 지역 일대가 개발제한구역으로 추가된 건 사실이더라구. 곧 풀린다곤 하지만 당분간은 아무래도……"

출근해서 얼마 안 돼 나는 아내의 전화를 받고 자리를 떠 이곳저곳 뛰어다니며 알아보라는 것을 모두 알아보았다. 한마디로 집을 잘못 산 것만은 의심할 여지가 없었다. 다시 한 번 그 사실을 전하면서 나는 괴로웠다.

"혜나 아빠, 당신 이제 이 일에 신경 쓸 거 없어요. 내가 다 알아서 할 거니까. 당신 요새 대학원 며칠 안 나갔죠?"

아내는 그런 여자였다. 싱싱한 얼굴을 한 그네가 눈을 가늘게 뜨면서 다시 말했다.

"나, 저 아래층 야만인 좀 이용해 먹어야겠어요. 당신 정말 내가 하는 일에 신경 쓸 것 없어요!"

그네가 단호한 어조로 다짐 두었다. 옳은 얘기였다. 이제까지 그래왔고 또 앞으로도 그럴 것이다. 그러나 내 머릿속은 온통 수십 마리의 어정거리는 개들로 꽉 차 있었다. 그런 상태에서도 나는 한 가지만은 충고해두고 싶었다.

"그 사내를 이용해 먹겠다구? 당신 그 사람 우습게 보지 마!"

그러나 아내가 딴전을 부렸다.

"나 오늘 퇴근하는 길에 이 집 소개한 복덕방 사람 만났다구. 팍팍 따지니까 싹싹 빌데요. 우리가 낸 소개비 되돌려 받기로 했다니구요. 또 이 집 책임지고 팔아준다던데요."

"이 집을 판다구?"

"더 크게 당하기 전에 팔아야 해요. 적어도 밑지는 장사 안 할 테니 두고 보라구요."

"그럼 결국 또 한 사람의 희생자가 생기겠군."

"우리가 가해자란 말은 안 하는 게 좋겠네요. 나는 다만 더 좋은 집을 사고 싶을 뿐예요."

"이 집도 우리한테는 과분해!"

"혜나 아빠, 그런 사고방식 버리는 게 현명하다고 내가 수차 말했지요!"

"무능력한 사람은 싫다는 얘긴데, 그렇다고 당신 사고방식을 강요하진 마!"

"강요가 아니라, 남한테 업신여김 당하지 않고 떳떳하게, 그리고 사람다운 생활을 하면서 살고 싶어서 그런 것뿐예요."

사람다운 생활을 위해서라고 그네가 말했다. 그러나 나는 타오르는 기름불에 물을 붓는 그런 어리석음을 저지르지 않기 위해 입을 닫았다. 그네는 폭발 직전에 있었던 것이다. 불은 그네 스스로가 끌 것이다.

"아래층 야만인에 대해서도 다 알아봤다구요."

역시 그네의 불길, 그 중심이 그것이었다.

"복덕방 사람들 얘길 듣고 보니, 그 사람 순 악질 사기꾼이데요. 이민 브로커로 사기 쳐 먹다가 징역 살고 나온 지 몇 년 안 된대요. 그전엔 어느 지방 도시에서 전국 불구자 대횐가 뭔가를 연다고 별의별 장애자를 다 모아다놓고 여러 단체에서 돈을 뜯어내다가 들통이 났다는 거에요. 어쨌든 그런 머리 하난 비상한데다 배짱도 대단한가 봐요."

"그런 사람과 맞서서 이길 것 같아?"

당신이 좋아하는 타입이군, 차마 그런 말을 할 수는 없었던 것이다.

"맞서는 게 아녜요. 이용할 뿐이라니까!"

그때 혜나가 자기 방에서 공부를 하다가 달려 나왔다. 아래층에서 이상한 소리가 들린다는 것이다. 혜나가 벌벌 떨 만한 그런 소리였다. 마치 그것은 가슴을 후벼 파는 듯한 그런 아픔을 떠올리는 그런 강아지들의 비명이었다.

"기가 막혀서! 방에다가 강아질 키운다더니 이젠 아예 생째로 잡아먹는가 봐……"

아내가 하품을 하며 말했다.

이사를 가 꼭 두 주일이 된 일요일, 해 넘어갈 무렵이었다. 그때 우리 식구들은 아래층 사내의 쇼 한 토막을 구경했다. 마당이 시끌해서 내다보니 곱상한 모습을 한, 사십이 채 안 돼 보이는 여자와 그 여자와 함께 온 듯싶은 사내들 둘이 합세해서 아래층 벙어리 여자의 머리채를 휘감아 쥔 채 마당으로 끌어내는 중이었다. 그녀들이 지껄여대는 소리로 미루어 그 사내가 말한 첫째나 둘째 마누라가 분명해 보였다. 그녀들은 벙어리 여자를 무자비하게 짓밟았다. 그때서야 아래층 사내가 달려 나왔다. 두 사내가 달려드는 그를 쉽게 밀쳐냈다. 그 사내가 다시 달려들었다. 그러나 두 사내에 의해 다시 밀려났다. 그 순간 아래층 사내가 마당 한가운데 벌렁 나자빠졌다. 그리고 혓바닥을 내밀었다고 생각했는데 뻘건 살덩어리가 턱까지 밀려 나왔다. 혜나가 악 소릴 치며 눈을 가렸다. 사내가 시뻘겋게 피가 흐르는 입으로 짐승 같은 소릴 내질렀다. 벙어리를 짓밟던 여자와 두 사내가 비실비실 물러서더니 대문 밖으로 달아나기 시작했다. 그때서야 아래층 사내가 부스스 일어서더니 턱에 붙은 뻘

건 살덩이를 집어 팽개치며 침을 몇 번 뱉았다. 턱에 묻은 핏자 국을 손으로 문대며 그가 우리 현관 계단에 올라선 것은 그다 음이다.

"선생, 이거 좋지 않은 꼴을 뵈드려서 미안하우. 하기야 여편 네 여럿 거느린 놈치고 이런 꼴 안 당할 수야 없지!"

그가 분명한 발음으로 말했다.

"마침 쇠고기 재워놓은 게 있어서 한 점 물고 나왔더니 그 병 신들 겁두 많데!"

그렇게 느물거리고 섰던 그가 생뚱하니 내 아래위를 훑어보 면서,

"선생, 이렇게 저녁 햇빛 속에 서신 걸 보니까 퍽 약골이시구 면!"

어처구니가 없었다.

"선생, 몸이 좋아야 정력이 넘쳐나는 게고, 정력이 넘쳐야 매 사 의욕이 솟는 법이오. 거, 선생, 개소주 한번 잡숴보겠소? 한 서너 마리 과 먹고 나면 힘이 펄펄 날 거고만……"

"아저씨, 개소주가 정말 남자 양반들한테 그렇게 좋다면서 요?"

느닷없이 아내가 껴들었다. 활달하고 거침없는 목소리였다.

"와하, 사모님은 역시 개소주에 대해서 좀 아시는구면. 그렇 수다. 나 왕년에 뱀두 수백 마리 먹어봤지만 개소주 또한 뱀 못 지않아! 개소주란 건 큰 개 한 마릴 척척 각을 쳐 솥에 얹은 다 음 그 속에다가 한약 한 제, 토종꿀 한 병, 들깨, 대추, 밤 같은 걸 적당히 넣는단 말씀이야, 그러고 나서 솥을 봉한 뒤 한 서른

진화설(進化說)

시간 푹 끓여 중탕을 해가지고 짜내는 건데, 이놈에 것이 안 좋고 으쩔 것이여!"

"아저씨, 우리 혜나 아빠 체질에도 그게 맞을까요?"

"이런 맞다뿐인가! 선생 같은 분을 위해서 개소주가 필요한 거요. 내가 척 보기에 선생께선 기가 허해서. 쉬운 말로다 양기가 부족하다 이 말씸이야. 또 얼굴이 파리한 걸 보면 소화 계통두 영 안 좋으시구먼그래."

그 사내와 아내는 죽이 척척 맞아 더 오래 개소주며 보신탕 얘기까지 주고받았다. 가격은 물론 장안에서 개소주 잘 내리는 집까지 들먹였다. 나는 물론 그 거북스러운 자리를 피했지만 속으로 애써 웃음을 만들었다. 혜나 엄마가 지금 그 사내와 싸움을 시작했다고 생각했던 것이다. 아니나 다를까,

"참, 아저씨, 우리 이 집 팔려고 내놨는데 협조해주시겠어요?"

"저런, 내가 어디 복덕방쟁인가? 하지만 사모님이 구전조로 많이만 떼주신다면야 내 한번 뻑적지근하게 거들어드릴 순 있지!"

아래층 사내가 느물거렸고 다시 아내가 말했다.

"아저씨가 하고 계신 그 개 기르는 사업, 어때요? 전망이 좋아요?"

"좋다뿐이요! 왜, 투자하시겠어, 사모님?"

"도대체 아저씨 한 달 수입이 얼마나 돼요?"

"그거야 내 사업의 성격상 밝힐 순 없는 거고, 더구나 난 미래를 내다보고 사는 사람이오. 두고 보면 알 거요."

"미스터 최 아저씨, 나 그 개 구경 좀 시켜주시겠어요?"

"와하, 이거 영광입니다."

머리를 산발한 채 벙어리 여자가 뒤꼍으로 함께 돌아가는 사내와 아내의 뒷모습을 멀거니 바라보고 서 있었다. 어디선가 바람결에 야릇한 냄새가 풍겼다. 나는 코를 벌름거리며 그 냄새를 맡았다.

밤 9시쯤 된 시간이었다. 며칠 전 그때처럼 또 아래층으로부터 그 잡아 째는 듯한 강아지의 깨갱거리는 비명이 잇따라 들려왔다. 내가 더 참지 못하고 옷을 주워 입자 아내가 잠자리에서 말했다.

"뭣 때문에 자꾸 그런 데 신경을 쓰는 거예요?"

내가 잠을 잘 수가 없어서 그러는 거야. 나는 부아가 치밀었다. 흥, 신경 쓸 거 없다구? 내 힘으로 끌 수 없는 그네의 타오르는 관능의 불 앞에 내가 속수무책일 때마다 그네가 말했다. 신경 쓸 거 없어요. 나, 혜나 아빠 섹스 바라고 결혼한 거 아니니까.

강아지의 그 비명은 아래층 맨 구석방에서 났다. 문을 열어젖뜨리자 비릿한 냄새가 확 끼쳤다. 그가 손에 뭔가 든 채 나를 돌아보았다.

"어이구, 이거, 선생 어쩐 일이요?"

30촉 전등 불빛에 드러난 방바닥에 대여섯 마리의, 꼭 큰 쥐만한 강아지들이 오글오글 모여 어미젖을 찾는 시늉으로 서로의 몸을 파헤치고 있었다. 아직 눈도 제대로 뜨지 못한 갓난것들이었다.

"예방주삽니까?"

그의 오른손에 들린 유리 스포이트와 탁자 위의 약병을 번갈아 보며 내가 물었다.

"예방주사요? 하, 그렇구먼, 이것도 일종의 예방주사지."

그가 강아지 한 마리를 왼손으로 잡아 올렸다. 그는 손에 답삭 잡아든 강아지가 옴짝 못하도록 두 무릎 사이에 다잡아 낀 다음 강아지의 나부죽 늘어진 귀를 위로 젖혀 쥐고 그 벌름한 귓밥 한가운데다가 스포이트 끝을 넣었다. 시계 수리공이 그렇게 하듯 그는 눈과 손의 호흡을 정확히 조절하면서 스포이트 윗부분의 고무주머니를 조심스럽게 눌렀다. 그 순간 강아지가 실로 엄청난 비명을 내질렀다. 그러나 그는 더욱 강아지를 다잡아 쥐고 옴쭉 못하게 했다.

"보시다시피 이게 내 연구 중의 하나요. 이 약이 화학 기호로 에이치투에스오포하고 에이치씨엘 즉 시중에서도 구할 수 있는 황산과 진한 염산을 혼합한 거요. 문제는 이 혼합 비율인데 단 0.1mg의 오차만 생겨도 안 된다 이 말씀이야. 처음엔 실패두 오라지게 많이 했다니까."

"콩크 황산과 염산이라면 아주 위험한 화공 약품이 아닙니까? 살갗에 묻으면 피부 단백질이 파괴되고……"

"바로 그거요. 이걸 가지고 강아지 고막을 태워버리는 거라니까!"

"귀청을 파괴해서 강아지가 아무것도 듣지 못하게 한다는 얘기군요?"

"맞소, 이놈들 귀청이 망가진다는 것은 청각 마비를 의미하는 거고, 어디 청각뿐인가, 이 약품 혼합 강도에 따라서 개한테 가장 예민한 그 후각까지 마비시킬 수 있다 그거라니까. 바로 내가 이걸 연구했다 그 말씀이야."

그는 무릎 사이에 옴쭉 못하게 끼고 있던 강아지를 방바닥에 내려놓았다. 강아지는 대가릴 가슴에 처박고 뱅뱅 돌며 깨갱거렸다.

"고막이 파괴돼 듣지 못하는 개, 거기다가 냄새까지 못 맡는다? 그렇지만 짖을 수는 있을 거 아닙니까?"

나는 몸 전체로 치를 떨면서도 끝내 그것이 알고 싶었다.

"선생, 뭘 모르시는구먼. 이걸 생각해보면 될 거야. 즉 사람이 아주 어렸을 적, 그러니까 아무런 소리도 듣고 자각하지 못하던 때에 귀머거리가 되면 자연히 벙어리가 된다는 사실 말이오. 내 마누라가 바로 그 꼴이지만 말이야."

다시 다른 강아지 하나를 잡아드는 그를 향해 내가 헐떡이는 목소리로 물었다.

"그렇게 해서 얻는 이득이 도대체 뭡니까?"

그가 대답했다.

"뭔 이득이냐. 바로 그거여. 듣지도 짖지도 못하고 냄새 또한 못 맡는 개가 다른 것에 비해 얼마나 빨리 크고 그래서 그 수익성이 얼마나 높은가를 이 미스터 최가 연구하신다 그 말씀이야……"

나는 그가 떠벌리는 얘기에 더 귀를 기울이고 있을 수가 없었다. 그가 다시 강아지 한 마리를 잡아들고 스포이트를 조심스럽게 쳐들고 있었기 때문이다.

"선생, 나 좀 보실까."

그가 나를 불러 세웠다. 강아지를 다잡아 쥔 채 몸을 일으켜 내 쪽으로 돌아서며 말했다.

"그러찮아도 내가 선생을 한번 조용히 만나고 싶던 참이구먼."

강아지가 대가리를 그의 겨드랑 속으로 처박으며 바들바들 떨고 있었다.

"긴한 부탁이 하나 있어서 말씀이야……"

히히, 그가 짧게 웃었다.

"선생, 내 마누라 어떻게 생각하셔?"

나는 그 물음의 저의를 캘 양으로 짐짓 한 걸음 물러서서 그를 쳐다보았다.

"내 마누라 그거 벙어리 병신이지만 보기와는 영 틀려요. 육체적으루야 두말함 되려 우스운 거구, 고것이 정신적으루두 단수가 보통이 아니다 그 말씀이야. 헌데 요즘 요놈에 마누라님이 육체적으로 정신적으로다 나한테 불만이 많다 이 말씀이야."

힐끗 자기네 내실 쪽을 바라본 다음 좀 계면쩍은 얼굴을 한 채 그가 말했다.

"제엔장 남자끼리니까 내 하는 얘기오만, 나 요즘 요 만년필이 질질 샌다 그 말씀이야. 술집 갈보년들한테 잘못 걸려 고놈에 국제매독 맛을 톡톡히 보고 있다니까!"

"그래서요?"

나는 경계하는 마음을 늦추지 않은 채 도전적인 어투로 다그쳤다.

"그래서 하는 말씀인데, 나, 선생한테 부탁 좀 드리고자 하는 바는…… 선생, 자신 있으셔?"

그는 내 아랫배 부분을 스포이트 든 손으로 가리켜 보이며 눈까지 찔끔 감아보였다.

"아니지, 자신 있고 없고 따질 것 없이 선생께서 우리 마누라한테 선심 좀 베풀어달라 그 말씸이야."

나는 무심결에 얼굴을 붉혔다. 그러나 그 자리를 떠날 수가 없었다.

"물론 졸지에 이런 청을 드려 기분 과히 안 좋으실 거 내 다 안다구. 게다가 선생같이 학식 있는 양반이 내 청을 그렇게 쉽게 들어줄 리도 만무하고…… 하지만, 제엔장, 여보, 우리 탁, 터놓고 지냅시다. 그래 가지고설랑 좀 쉽고 재밌는 인생을 살아보자 이 말씸이야……"

"술 취하셨군요!"

내가 한 말은 고작 이것이었다.

"에이, 여보! 내가 술을 먹었다니, 술을 먹고 이런 중대한 연구를 한단 말이요? 말도 안 되는 소리."

그가 가슴에 안고 있던 강아지를 옴쭉 못하게 다잡아 쥔 다음 유리 스포이트를 강아지 귓속에 살짝 밀어 넣었다. 강아지가 무섭게 비명을 내지르며 그의 손에서 떨어져 나갔다. 방바닥에 떨어진 강아지는 예의 먼저 강아지들처럼 뱅뱅 돌지도 못한 채 몸을 거꾸로 뒤채며 코를 방바닥에 끌었다.

나는 그 자리에 붙박아 선 채 옴쭉도 할 수 없었다.

"내가 다 알지! 선생이 우리 마누라 탐내고 있다는 거."

"네에?"

"그렇게 놀라실 거 없시다. 원래 그게 약한 사람일수록 섹시

　　　진화설(進化說)

한 여잘 보면 사족을 못 쓰거든. 여잘 보는 눈 하나는 대단하다
는 거지. 선생이 바로 그런 형이셔. 왜, 내 말 틀렸소?"

"도대체 무슨 얘길 하는 겁니까?"

"무슨 얘기긴. 선생하고 우리 마누라하고 재미 좀 보게 눈감
아주겠다 이거지. 아까두 말했지만 우리 마누라 눈 한번 높아
가지고 선생같이 학식 있는 사람을 탐내고 있다 그 말씀이야.
꼭 육체적으로 놀아야 맛인가. 이 없으면 잇몸으로 씹는 거여."

나는 몸을 돌렸다. 그러나 이미 사내가 내 앞을 막아서 있었
다. 강아지 한 마리가 다시 그의 가슴에서 발발거렸다.

"선생, 나 지금 농담하고 있는 거 아니여. 날 잘 몰라서 그렇
지. 나 아주 아쌀한 사람이라구. 지금 내가 한 부탁 한번 들어
줘보셔. 후회 없을 거구먼. 참, 나 오늘 밤 외박할 거요. 마누라
가 투정한다고 해서 함부로 놀 수도 없는 처지라, 제에기랄, 작
부년들한테 얻은 병 그것들한테나 옮겨줄 수밖에!"

다시 강아지가 방바닥에 팽개쳐졌다. 나는 귀를 막고 지하실
을 뛰쳐나왔다. 내 아내와 우리 딸 혜나가 기다리고 있는 우리
의 집을 향해 헐떡이며 계단을 올랐다. 혜나는 잠들어 있었다.

그 옆에 아내가 엎드린 자세로 가계부를 적다가 허둥허둥 들
어서는 나를 힐끗 쳐다봤다. 나는 무너지듯 그네 옆에 주저앉
았다.

"왜, 무슨 일예요?"

아내가 자기 몸에 닿은 내 손을 떨쳐내면서 그냥 흘리는 말
투로 물었다.

나는 무슨 얘기부터 해줘야 할는지 갈피를 잡지 못하고 허덕

거렸다. 나는 그 사내가 떠벌린 그 더러운 얘기만을 빼고 내가 직접 눈으로 본 강아지의 비명에 대해 갈팡질팡 얘기하기 시작했다. 마치 어린 시절 밖에서 일어난 일을 엄마한테 일러바치듯 그렇게 열심히 주워댔던 것이다. 나는 진정 아내로부터 구원받고 싶었던 것이다.

그러나 내 얘기 중간을 자르면서 아내가 말했다. 심드렁한 그런 목소리였다.

"으응, 거긴 강아지 방이었구먼! 저번 날 그 옆에 방을 보여주는데 보니까 글쎄 거기가 개 교미시키는 방이라데."

"당신, 그런 걸 보고도……"

헐떡거리는 내 말을 다시 자르면서 아내가 말했다.

"그런 거에 왜 신경을 써요? 내 일만 해도 골치가 아픈데 왜 남의 일을 가지고 자꾸 그러는 거예요?"

그네는 가계부를 덮어 밀어 놓으며 몸을 이불 속에 반듯이 뉘었다.

"나, 내일 아침 일찍 일어나야 해요."

잠을 자야 하겠다는 것이다. 나는 말허릴 잘린 채 멀뚱하니 아내 쪽만 바라보았다.

아내가 벽을 더듬어 전등을 죽였다.

느닷없이 덮쳐든 어둠 속에서 나는 속수무책 머릿속이 하얗게 빈 느낌이었다.

잠을 잘 수가 없었다. 하나 둘 셋…… 백을 몇 번 계속해서 세어도 잠이 오지 않았다. 어린 시절 아름답던 그 추억들을 아리아리 되살려내도 잠은 좀체 올 것 같지 않았다.

진화설(進化說)

옆에 잠든 아내의 발가벗은 알몸을 머릿속에 그려보았다. 나는 고개를 흔들었다. 헛일이었다. 치욕으로 떨리는 가슴을 어루만져 잠재울 수 있는 건 아무것도 없었다. 나는 문득 배를 땅에 깔고 엎드렸다. 이것이었다. 가슴의 떨림이 차츰 가라앉으면서 마음 또한 조용히 가라앉는 것 같았다.

몸에 이상한 징후를 느끼기 시작한 것도 바로 그때부터였다. 꼬리 등뼈의 가장 아래 부분 미골에 약간의 통증 같은 게 오기 시작한 것이다. 그 통증은 이삼 분에 한 번씩 주기적으로 쿡쿡 쑤시듯 일어났다. 이상한 징후는 그곳뿐이 아니었다.

미골 부분과는 반대로 아랫배 근처 뿌리 있는 데가 뿌듯하게 힘을 뻗치고 있었다. 이러한 증세가 뚜렷하게 나타나기 시작한 것은 아래층 대문이 여닫치는 소리를 듣고 난 뒤라고 해야 옳을 것이다. 나는 계속 아래층의 기척에 신경을 곤두세우고 있었고, 드디어 그 사내의 외출을 확인하기에 이르렀던 것이다.

잠결이었나, 아니 꿈을 꾸고 있었는지 모른다. 내가 엉거주춤 몸을 일으킨다. 그것은 참으로 이상한 충동이었다. 네 발로 어기적어기적 기어다니고 싶은 충동으로 몸이 근질거렸다.

방바닥을 엉금엉금 기고 있는 내가 보였다. 형언하기 어려운 희열이 꽁무니뼈로 뻗쳤다. 나는 꼬리를 흔들어댔다. 꼬리를 흔들면 흔들수록 몸이 뜨겁게 달아올랐다. 나는 방문을 머리로 밀어 소리 없이 연 다음 암내가 풍기는 그곳을 향해 설렁설렁 기기 시작했다.

쿵쿵, 흙냄새를 맡았다. 수상한 냄새. 만원 버스를 내려 포장

174

되지 않은 흙길을 걷고 있었다. 나이 든 얼굴들이 청승스레 모여 앉은 야간 경영대학원을 다녀오는 길이었다. 어둠 속에서 누군가 내 손을 잡았다. 아빠! 내 손을 잡아 쥔 여자 아이가 울고 있었다. 엄마가 문을 걸었어. 아이가 울면서 말했다. 아이의 말대로 대문은 열리지 않았다. 대문을 열어준 것은 벙어리 여자였다. 몸집이 우람하지만 얼굴 윤곽이 뚜렷한 잘생긴 여자였다. 꼬리뼈에 불끈 힘이 주어졌다. 아래층에서 올라오던 그 야릇한 암내의 출처는 그네였다. 그 순간 나는 무엇인가 내 손등을 핥고 있는 걸 알았다. 어둠 속에 눈이 익자 나는 기겁을 하고 뒷걸음쳤다. 그러나 헛일이었다. 우리 집 마당이 수백 마리의 개들로 꽉 차 있었던 것이다. 수백 마리의 그 개들이 모두 사람처럼 두 발로 선 채 설렁설렁 걸어다니고 있었다. 꼬리를 흔들지도 않았다. 암팡지게 짖어대지도 않았다. 나는 그 점잖은 개들을 보자 엉겁결에 허리를 굽혀 네 발로 기기 시작했다. 말할 수 없는 희열과 아늑한 자유가 전신을 누비며 꽁무니뼈로 뻗쳤다. 수백 마리의 점잖은 개들이 내 주위를 어정거리고 있었다. 더 점잖은 개들을 본 것은 지하실 그 방에서였다. 그 방까지 나를 끌고 간 것은 벙어리 여자였다. 그네 눈에 파란 불꽃이 팔팔 일고 있었다. 그네가 가리키는 그 붉은 빛 조명 속의 방 안에 두 개의 벌거벗은 몸뚱이가 한데 엉켜 뒹굴었다. 더 분명하게 눈에 띈 것은 그들 옆에 정말 의젓한 자세로 궁둥이를 맞댄 두 마리의 개였다. 그 두 마리의 개가 방 한가운데 네 발로 기고 있는 벌거벗은 몸뚱이들을 점잖게 내려다보고 있었다. 신경 쓸 거 없어요. 뒹구는 몸뚱이 중에서 암컷 목소리가 말했다. 신경 쓸 거 없다니까요. 나는 더럭 겁이 났다. 지하실을 뛰쳐나오자 수백 마리의 개들이 두 발로 선 채 내 주위로 설렁설렁 모여들었다. 그 수백 마리의 의연한 개 무리 속에 전혀 낯을 알 수 없는 조그만 계집애 하나가 울고 있었다. 아직은 두 발로 선 채 울고 있었다.

○1979년 『문학사상』 6월호

암고양이의 식성

그 계집을 처음 만난 것이 진미옥이란 술집에서였다. 내가 조그마한 그 도시에 도착하기가 무섭게 준수 그놈이 나를 끌고 간 데가 바로 거기였던 것이다. 겉은 대단찮은 허드레 대폿집 같아 보였지만 꽤 번드레한 작부들이 서넛 설치는 품이 돈푼이나 있는 작자들이 은밀히 찾아듬직한 그런 바가지집이 분명했다.

"야, 너 중학교 훈장이 무슨 돈 있어 이런 델 드나드냐?"

작부들 반기는 품이 돈깨나 쓰는 단골이 아니고서야 그럴 수가 없어 내가 핀잔 반 선망 반 섞인 그런 말을 던졌을 때,

"잡아 잡수실 게 하나 있거든."

화투짝을 찾아 들고 마루를 건너오는 계집을 쳐다보면서 나는 한번 결심하면 뭐든 결딴내지 않고서는 결코 물러서지 않는 준수의 그 성깔을 생각했다.

숙이예요, 미경이에요, 한복으로 화사하게 차려입은 계집 둘이 치맛자락을 맵시 있게 다잡아 쥐며 신고를 했다.

숙이라고 제 소개를 한 계집이 준수 곁에 답삭 붙어 앉았는
데, 고것이 바로 암고양이같이 생겨먹은 계집이었다. 나는 화
투짝을 펴들면서 흘금흘금 그 계집을 뜯어보았는데 준수 그놈
이 눈독 들일 만큼 괜찮게 빚어진 얼굴이었다. 준수의 옛날 취
향이 변하지 않았다는 데서 나는 후우 한숨을 놓았다.
　키가 작고 얼굴이 가무잡잡하고 그래서 조금은 천박해 보이
는 그런 관능적인 계집, 185센티미터의 장신에다 팔십 킬로가
넘는 중량급 사내가 눈독 들이는 계집은 언제나 그랬다.
　술상이 들어오고 준수와 나는 거의 2년여를 서로 코빼기 한
번 못 보고 지낸 그 한심한 벽을 헐어내리기 위해 왕창왕창 마
셔대기 시작했다.
　온통 소름 돋치는 분노로 들끓던 대학 시절의 그 아픔들을
끄집어 올려 씹기도 했고, 우리가 유일하게 의기투합할 수 있
었던 술집 순례 때의 그 숱한 기행이며 종삼이나 청량리 588번
지에서 계집을 사던 지저분한 얘기들을 다투어 올렸지만 우리
들은 좀해 술이 취하지 않았다. 가끔 말짱한 눈으로 서로의 눈
속을 살피곤 했는데 그럴 때마다 멋쩍은 얼굴로 헛기침을 해댔
다. 뭔가 우리들 사이에 헐리지 않는 그 벽 때문에 우리들은 몹
시 껄끄러운 마음을 어쩌지 못해 안타까웠다.
　그러나 술이 있고 적당하게 음탕한 계집들이 요염하게 깔깔
거리는 방구석이었다. 첫 잔은 목이 말라, 둘째 잔은 몸을 돌보
아, 셋째 잔은 즐거워지기 위해, 넷째 잔은 미치기 위해서 마신
다는데 우리들은 그때 이미 넷째 잔을 마시고 있던 터라 아무
리 버텨보아도 헛일이었다.

"야, 이 새끼야. 그래, 계집 끼고 좋은 벼슬자리에 올라 거드럭대며 사는 맛이 어떠냐?"

준수가 도수 높은 안경을 벗어 상 위에 놓고 눈을 가늘게 떠 질금거리며 내 얼굴을 쳐다보았다. 그가 안경을 벗었다는 것은 제 속을 열었다는 것을 뜻한다. 이럴 때 머뭇거림 없이 문을 여는 것이 그의 공격으로부터 나를 지켜내는 최대의 방어라는 것을 나는 안다.

"나야 원래 거드럭대며 사는 게 내 인생 목표였으니까 별문제지만 너 이놈, 껑다리 준수야, 저 천정에 붙은 파리가 웃는다. 너같이 비생산적인 염세주의자가 2세 국민을 교육하는 중학교 선생질을 하다니, 너 이제 사람 된 거지?"

실상 내가 그를 찾아온 것이 그러한 변화를 직접 확인하지 않고는 잠자리가 뒤숭숭할 정도의 호기심 때문이란 게 솔직한 심정이다.

그러나 준수는 대답 없이 내 얼굴만 멍청하니 쳐다보고 있었다. 안경을 벗었기 때문에 그 수려한 얼굴 윤곽이 조금은 수척해 보였다. 나는 직감적으로 그가 옛날과 조금도 달라진 게 없다는 걸 읽어냈다. 정말 달라진 게 없다면 그는 이제 곧 눈알을 불안스레 굴리며 뭔가 초조해하는 그런 얼굴로 허둥대기 시작할 것이다. 그럴 때 그는 여자를 찾아 몸을 던졌다.

"너, 내 결혼 청첩장 받았지?"

내 물음에 준수가 서슴없이 대답했다.

"받았지만 축하해주고 싶은 생각이 없어 안 갔다."

"부러웠겠지!"

"넌 슬펐을 거고."

사실 그가 내 결혼식에 나타나지 않으므로 해서 마음 한구석이 몹시 찜찜했다. 그의 축하 없는 결혼이란 내 경우 괴로운 일이었다. 그 괴로움의 찌꺼기를 씻어버리기 위해 찾아온 내 저의를 그에게 속속들이 들춰내 보이고 있는 것 같아 얼굴이 달아올랐다.

"네가 버린 여자야!"

나는 참지 못하고 소리쳤다. 물론 아내의 순결 같은 걸 의심해서가 아니었다. 그러나 그것보다 더 모욕적인 건 그가 여자를 버렸기 때문이다. 정확히 말하면 그는 여자로부터 도망쳤던 것이다. 그는 항상 그랬다. 내가 완전하다고 보는 걸 그는 경멸했고 내가 불결하게 생각하는 걸 쫓아가 잡았다.

집안 좋고 교양 있는, 게다가 그림까지 괜찮은 여자가 우리 둘을 저울질했다. 언제나 그렇듯 나는 그의 수려한 풍모와 그의 키에 견줄 바가 못 되었다. 여자가 그를 잡았다. 그러나 이미 그는 도망쳐버린 뒤였다.

"이 새끼야, 너 내 마누라 영혼을 훔쳤지?"

내가 고함을 쳤다. 그 말을 하기 위해 기갈나게 마신 술이 아닌가.

물론 나는 아내가 그에게 영혼을 도둑맞지 않았다는 걸 의심하지 않았다. 고양이는 올라가 앉는 그 무릎이 그대로 주인이다. 도둑맞은 건 오히려 내 양심이었다.

"너 주정하러 나 찾아왔니?"

준수는 술상 위에 놓았던 안경을 더듬어 찾아 쓰며 말했다.

"아이, 재미없어라."

내 옆에 앉은 계집이 하품을 하며 다시 말했다.

"선생님들, 옛날 연적이신가 봐?"

그러나 준수 곁의 고양이 같은 계집은 무릎을 세워 거기 턱을 괴고 처음부터 끝까지 우리들 얘기를 경청하는 눈치였다.

"아이 재미있어라. 계속하세요."

고양이가 말했다.

"야, 너 오 선생한테 도장 찍혔지?"

나는 준수 곁의 그 고양이를 향해 화살을 날렸다. 그네가 입을 삐쭉했다.

"이 손님, 웃기시네."

"니 얼굴에 그렇게 씌어 있어."

고양이가 콧살에 주름을 잡으며 말했다.

"왜 자꾸 이러실까. 얘, 미경아, 너 나하고 바꿔 앉자. 그 손님 날 좋아하는가 봐."

"야, 이놈아, 난 처자식이 있는 몸, 거기 총각이나 잘 모셔라."

"누가 총각이라면 펄쩍 죽을 줄 알아요? 난 손님같이 임자 있는 사람이 좋더라."

"그래. 그놈, 돈도 많아. 부하를 거느린 벼슬아치구."

벽에 기대어 자는 줄 알았던 준수가 비아냥거렸다.

"맞다. 나는 중학교 훈장처럼 쩨쩨하지가 않아. 자, 너 숙이 몸값 얼마냐?"

양복 안주머니에 손을 넣어 돈을 꺼내는 시늉을 하며 내가 말했다.

"주시는 게 값이야요. 그리고 난 사랑도 필요해요."

경계와 호기심으로 둥그렇게 열린 고양이의 눈은 늘 저렇게 서늘하다.

"욕심이 많군. 그렇다면 역시 총각 쪽을 택하는 게 좋겠다. 난 내 마누라밖에 사랑하지 않거든."

"뭘 모르시네요, 총각들은 술집 여자들을 사랑하지 않아요. 여기 오준수 선생님도 그래요. 사랑이 다 뭐예요, 이렇게 덩치가 커다란 양반이 글쎄 됩데 사랑을 받으려고 어리광부리신다니까요."

작은 암고양이가 준수 가슴에 살포시 기대며 말했다. 그의 커다란 덩치에 비해 너무 작은 몸이다. 이왕이면 나는 그 고양이를 끼고 자고 싶었다. 그러자 불현듯 준수에 대한 적의가 되살아났다.

"야, 너 오준수를 사랑하는 거냐?"

"그래요, 나한테 돈을 주는 분이니까요."

"돈을 주면 마음도 주는 거냐?"

"그러믄요, 몸부터 주는 게 예윈데 이분이 원하지 않았어요."

"오히려 그 반댈 텐데? 저놈은 네 몸부터 원했을 거야."

"그렇지 않았어요. 이분은 오직 내가 사랑하는 사람들 목숨만을 구해주는 좋은 사람일 뿐이에요."

"사랑하는 사람이라니?"

"그래요. 난 여덟 식구 목숨을 구하러 술집에 나왔거든요. 난 내 식구들을 사랑해요. 내 식구들 목숨을 구해주는 사람은 더 사랑하구요."

술맛 잡치는 소릴 하고 있었다. 술집에서 술 따르는 계집이 말재주를 부려 자기의 천박한 현실을 미화하려는 그 희떠운 수작처럼 메스꺼운 게 없다.

어쨌든 나는 그 계집이 암고양이처럼 보였다. 암고양이를 가슴에 안고 벽에 기댄 채 졸고 있던 준수가 눈을 떴다.

"야, 술 더 먹자. 이 새끼, 시시하게 여자하구 입씨름이나 하구……"

준수의 말대로 우리는 다시 술을 마시기 시작했다. 이제는 바야흐로 음담패설을 안주로 진탕만탕 마셔댔다. 꺽꺽 박자 음정 맞지 않은 노래를 불렀고 계집의 젖가슴에 손을 넣기도 하면서 누가 먼저랄 것 없이 오늘 밤은 옛날 종삼처럼 한방에서 계집을 끼고 자자는 의견의 일치까지 이르는 단계에 이르렀다. 옆의 계집들도 거기에 동의했고, 우리들은 혼음불성한 가운데 계집들을 끼고 몸을 일으켰다. 우리 둘 사이의 그 두껍고 어색했던 2년 세월의 벽이 허물어진 것이다.

어떻든 나는 결혼하고 첫 외박에, 아내 외의 여자 몸속에 나를 섞은 것도 그것이 처음이었다. 새벽에 눈을 떠보니 그 꼴이었다. 여자는 이미 방을 빠져나간 뒤였다. 나는 무거운 머리를 흔들어 지난밤 내가 어느 여자와 잤는지를 기억해내려 애썼다. 나는 그 암고양이 같은 계집과 자기를 원했고 취중에 그 짓을 하면서도 그것이 줄곧 그 암고양이라고 생각했다. 지금 생각하면 그것은 준수에 대한 내 뿌리 깊은 적의였던 것이다. 나는 늘 그랬다. 아내와 잠자리를 같이하면서도 항상 그네의 영혼을 한 움큼 훔쳐간 준수에 대한 적의로 몸을 떨었던 것이다.

나는 내가 어느 계집하고 잤는가를 확인하고 싶었다. 간밤 맥주를 사다가 마시던 옆방 문을 열어젖뜨린 것은 그 때문이었다.

거기 준수가 있었다. 놀랍게도 그는 옷을 다 주워 입고 무릎을 꿇은 자세로 방바닥에 펴 있는 요를 내려다보고 있었다. 안경을 끼지 않은 그 질금거리는 눈이 요 바닥에서 떨어지지 않았다.

요 바닥에 계집의 흔적이 선명한 자줏빛으로 남아 있었다.

"드디어 잡아먹었구나!"

나는 신음하듯 중얼거렸다. 패배한 것은 나였다. 간밤 몸을 섞은 계집이 암고양이었다고 굳게 믿은 그 생각이 부끄러웠다.

어떻든 준수와 나는 요 바닥에 보이는 그 암고양이의 자줏빛 흔적을 내려다보면서 사뭇 감격했던 것이다. 그러나 그것은 헤픈 내 감상이었을 뿐이다.

준수가 벌벌 떨고 있었다. 눈알까지 불안스레 움직였다. 그걸 숨기기 위해 그가 안경을 썼지만 나는 그의 발작을 눈치챘다.

정확히 1960년 4월 20일, 내가 준수네 집에 갔을 때 그는 방바닥에 엎드린 채 벌벌 떨고 있었다.

어이구, 몹쓸 놈들! 준수 어머니가 그의 등에 붕대를 갈아매며 한숨을 쉬었다. 정확히 여덟 군데나 송곳에 찔린 등판이 과줄처럼 퉁퉁 부어올라 있었다. 병원에 가야겠어요. 나는 준수네 집에 갈 때마다 그런 말을 했다. 그러나 그의 집 식구들은 고개를 흔들었다. 내 목소리가 커질까 봐 손을 내저어 제지했다. 남이 알면 큰일 난다고 했다. 그렇게 겁쟁이들이었다. 세상이 바뀌어 준수 같은 애들이 영웅이 된 그런 때에도 그의 집 식구들은 여전히 쉬쉬했다. 천성이 심약한 사람들이었다. 당사자인 준수는 한결 더했다. 그는 불안스럽게 눈알을 이리저리 굴리며 두려워했다. 도무지 무서운 것이 없던 애가 그렇게 변한 것이다. 그날, 1960년 4월 18일 우리들은 국회의사당 앞 연좌데모를 끝내고 학교로 돌아오던 길이었다. 행렬의 꽁무니를 따르던 애들이 건장한 사람들에 의해 아스팔트 바닥에 픽픽 집어던져졌다. 나는 아예 인도로 숨어들어 행렬의 옆을 따라 뛰었다.

그리고 종로 5가에서 일이 벌어졌다. 난장판이었다. 인도에 뛰어든 나만은 말짱했다. 그리고 5가 으슥한 골목에서 버려진 준수를 발견했을 때 그는 이미 제정신이 아니었다. 그의 등이 온통 피범벅이었다.

그때부터 그는 모든 것으로부터 도망치는 생활을 시작했다. 그는 항상 뭔가 무서워하고 있었다. 그 무서운 것으로부터 그는 자기를 지키기 위해 계속 도망치는 생활을 택했다. 외아들인 그는 부모까지 버렸다. 그의 고향인 서울을 버리고 지방 도시로 내려간 것도 그의 도피 증세의 하나였다. 이상하게도 그는 그가 그렇게도 바라던 깨끗한 것, 완전한 것마저 용서하려들지 않았다.

나는 몹시 궁금했다. 이번의 경우, 그는 암고양이의 아름다운 그 자줏빛 흔적을 어떻게 받아들일 것인가.

그러나 나는 그날 곧바로 상경해 다시 행복한 내 일상으로 돌아왔다. 아름다운 아내가 있는 내 집에서 조금은 거드럭댈 수 있는 관리의 그 매력을 어금니로 자금자금 씹으며 더없이 행복한 나날을 보내느라 준수 그 어리보기 같은 놈은 물론 그가 잡아 잡수신 암고양이 같은 것은 아예 싹 잊고 있었던 것이다.

그러나 나는 서너 달 뒤에 다시 그 작은 도시로 가지 않으면 안 되었다. 먼저처럼 나 스스로 간 것이 아니라 준수가 편지를 내 자못 강경하게 나를 불렀던 것이다.

이번에 그가 나를 끌고 간 곳은 진미옥이란 술집이 아니라 그 진미옥에서 만난 암고양이가 살고 있는 셋방이었다. 어이없는 일이라 나는 그 손바닥만 한 작은 방에 들어서기 전에 준수의 얼굴을 빤히 쳐다봤다. 정말 어처구니없었다. 항상 그가 가까이한 계집은 작부나 창녀였고 그랬기 때문에 그는 언제나 단 한 번 출입으로 끝장을 냈던 것이다. 허겁지겁 집어먹고 즐긴 만큼의 돈을 던져주고 재빨리 도망쳐버리곤 하던 준수에게 이건 믿어지지 않는 일이었다. 같이 살지는 않아도 살림을 차린 거나 다름없는 방 안 정경을 둘러보면서 나는 망연자실 서 있었다.

"들어가세요."

그네가 내 등 뒤에서 말했다. 그네는 마치 친정오라비라도 맞듯 반가워 어쩔 줄 몰라 했다. 그 작은 몸뚱어릴 더욱 작게 움츠려 수줍음을 떨면서, 우리 둘이 방에 들어앉자 준수 덩치가 워낙 크기도 했지만 방은 꽉 차버렸다.

"너 어쩌다 이렇게 변했냐?"

준수를 향해 내가 신음처럼 중얼거렸다. 그네가 술안주를 장만하러 밖에 나가고 없었다. 대답 대신 준수는 담배를 꼬나물고 안경을 벗어 든 채 눈을 질금거렸다. 뭔가 마음이 괴롭다는 그런 표정이다. 그렇게 보아 그런지 얼굴이 석 달 전보다 수척해 보이는 것 같았다.

"너 나한테 결혼 승낙이라도 받으려고 오랬냐?"

나는 벽에 걸린 남자 파자마를 바라보면서 지레 넘겨짚었다. 속에서 자꾸 구역질 같은 게 치밀고 있었다.

"그래, 나 결혼하고 싶다."

그가 안경을 바로 고쳐 쓰면서 말했다.

"설마 이 여자는 아니겠지?"

나는 화가 난 목소리로 물었다.

"그래, 이 여자는 아니야."

"뭐라구? 이 여자가 아니면 그럼 또 누구야?"

나는 정말 놀랐다.

"나 좀 살려줘라."

그가 신음하듯 나지막한 목소리로 말했다. 숫제 그의 얼굴은 그늘이었다. 살려달라고 한 뒤에 그의 얼굴은 십 년은 더 늙어 보이게 초췌했다.

그때도 그는 이처럼 괴로운 얼굴을 보였다. 그놈 있는 데가 어디냐? 내가 고발해주겠다. 그러나 그는 겁먹은 눈으로 고개를 저어 내 제안을 거절했다. 자기 등에 송곳이 꽂히던 그날 이후 그는 이처럼 바보가 돼버렸다. 깡패 서넛에게 잡혀 골목으로 끌려 들어갔고 그는 거기서 자기만큼 덩치가 큰 사내를 만났다. 형님, 이 새끼 어떻게 할까요? 그를 끌고 온 깡패들이 덩치가 큰 사내를 향해 물었다. 죽여! 그 덩치가 잘라 말했고 그의 등에는 송곳이 꽂히기 시작했다. 준수는 그 사내 얼굴을 똑똑히 기억하고 있었다. 어느 날 그는 얼굴에서 식은땀을 흘리며 헐떡거렸다. 나 좀 살려줘라. 그가 사방을 두리번거리며 말했다. 그 덩치 큰 사내를 보았다는 것이다. 그때보다 더 당당하게 거드럭거리고 있더란 것이다. 지금 세상은 바뀌었다. 고발해버려! 내가 부추겼지만 그는 끝내 거절했다. 심약한 그의 가족들도 외아들이 살아 있다는 것만으로도 하느님 고맙습니다, 였다. 그러나 준수의 도망치는 생활은 그때부터 자못 심각한 방향으로 흘러갔던 것이다.

"저 오늘 밤 못 나간다고 전화했어요."

그네가 밖에서 돌아와 술상을 보며 방 안을 보며 말했다.

"못 나간다니 왜?"

준수가 부엌을 향해 부드럽게 말했다.

"서울서 최 선생님 오셨는데 어떻게…… 그리고 제 몸도 불편하고……"

"이 사람이 의사도 아닌데 뭘."

그는 내게 눈을 찔끔해 보이면서 말했다.

술상이 들어오고 우리들은 시시풍덩한 얘기를 나누면서 술을 마셨다. 나는 준수가 서울을 떠나기 전 그 사내를 만나고 난 뒤의 그 불안해하는 얼굴을 다시 보아야만 했다. 준수는 그처럼 헐떡거리고 있었다. 더구나 덩치가 커다란 놈이 조막만한 계집애 앞에서 쩔쩔매는 꼴을 보였을 때 나는 그가 나를 불러댄 이유를 빨리 캐내고 싶어 안달이 났다.

나는 새삼 방 안을 둘러보며 준수와 단 둘만이 있을 수 있는 묘책을 짜내기 시작했다. 자그마한 화장대 위에 놓인 트랜지스터라디오에서 이미자가 일본 가요풍으로 흐느끼고 있었다. 옷을 넣는 커다란 트렁크와 방 한구석에 놓인 스테인리스 요강, 얼굴 잘 팔리는 여배우의 천해빠진 포즈가 잡힌 사진 두어 장, 그리고 벽에 걸린 남자의 잠옷…… 이런 것들로부터 나는 빨리 도망치고 싶었다. 어쩌면 그것은 허여멀쑥한 허우대를 한 사내가 이런 좁은 방에서 숨쉬고 있다는 게 몹시 가슴 답답해 보였기 때문인지도 모른다.

"야, 이제 우리 나가서 한잔 먹자."

내가 제안을 했고, 대답을 한 것은 암고양이었다.

"그래요. 최 선생님 모시고 우리 유원지에 나가요."

준수가 구원이라도 바라듯 내 얼굴을 쳐다보았다.

"아닙니다. 난 막차로 올라가야 하고……"

우습지만 나는 얼떨결에 그 암고양이한테 경어를 깍듯이 쓰고 있었다. 어쩌면 그날 밤 내가 끼고 잤을는지도 모르는 그 계집을 향해서 말이다. 어떻든 나는 찰거머리처럼 준수 곁을 따라붙으려는 그네를 떼어놓기 위해 진땀을 빼야만 했고 급기야는 허튼소리까지 한마디 던졌던 것이다. 내가 그네의 동지임을 확인시키기 위함이었다.

"언제라도 나한테 연락하십시오. 이놈이 고분고분 말 안 듣거든 말입니다."

우리는 그네를 떼어버리고 자리를 바꿔 앉아 술을 마셨다. 그리고 그의 얘기를 들었다. 한마디로 그는 암고양이에게 오달지게 물려 있었던 것이다. 그는 지금 그네로부터 도망쳐야 할 입장이었다. 그가 도망칠 길은 그 암고양이를 떼어버림으로써만 가능했던 것이다.

그날 새벽 요 바닥 위에 선명하게 드러난 그 자줏빛 무늬가 문제였다. 준수에게 그 핏자국은 예삿일이 아니었다. 도무지 그런 일이 있어서는 안 되었던 것이다. 그가 허둥거리며 작부나 창녀를 찾은 것은 순결의 징표인 그러한 핏자국, 아니 그것보다 더 신성하고 완벽한 그 어떤 것으로부터 도망치는 일과 다르지 않았다. 그런 성스러운 것을 잃어버린 여자들을 만나는 일로 마음의 위안을 얻었다. 느닷없이 덮쳐오는 공포, 목을 옥죄는 그 두려움으로부터 그렇게 도망치고 싶었던 것이다.

그날 아침 그가 발견한 그 핏자국의 충격이 그랬다. 그 충격은 몸이 작은 그 여자에 대한 연민으로 바뀌었다. 그것은 자기가 그네에게 최초의 남자라는 걷잡을 수 없는 죄책감으로 왔다. 그는 그날 저녁 다시 그 계집을 샀고 그 앞에 무릎을 꿇었던 것이다. 그리고 울음을 터뜨렸다. 덩치가 커다란 허여멀쑥한 사내와 그 절반밖에 안 되는 계집이 서로 어울려 엉엉 울었다. 며칠을 그랬다. 내가 잘못했다, 준수의 그 말에 여자가 오 선생님 없인 전 못 살아요, 저 죽을 거예요— 했다.

문제는 그때부터였다. 그는 중학교 선생님이었다. 눈이 말똥말똥한 아이들이 그의 말을 하느님 말씀처럼 듣고 있었다. 그 아이들의 눈은 그의 현실이었다. 그의 현실이 정확한 목소리로 일깨워주었다. 어서 그 계집을 떠나라고. 그래서 그는 부랴부랴 그 계집으로부터 도망치기 시작했다. 그때 그는 여자로부터 도망치려는 자기를 누군가 미행하고 있다는 환상에 쫓기기 시작했다. 4월 18일 종로 5가의 뒷골목에서 만난 그 사내였다.

준수를 미행하고 있는 것은 종로 5가의 그 사내뿐이 아니었다. 저 죽을 거예요, 몸집이 작은 여자가 그렇게 소리치면서 학교 운동장에 서 있는가 하면 학교 교무실 전화 속에서 느닷없이 뛰어나오기도 했다.

준수는 그네들로부터 도망 다니는 일에 지칠 대로 지쳤다. 그는 서른다섯 나이였고 그와 가까운 동료 하나가 여자를 소개했다. 지방 방송국에서 일하는 그저 그렇고 그런 얼굴이었다. 그렇고 그런 얼굴이 준수에게 용기를 줬다. 그렇고 그런 여자와 결혼을 서두른 것이다. 그렇고 그런 몸을 가진 여자, 조짐이 좋았다. 준수는 그렇고 그런 여자와 자기를 닮은 아이를 만들고 싶었다.

"그런데 그 암고양이가 너를 괴롭힌단 말이지?"

"그래 그 여자를 만나면 난 숨이 막힌다. 내가 살인이라도 한 것처럼 몸이 움츠러들고…… 더 무서운 건 밤마다 꿈에 그 여자가 내 등에 송곳을 꽂는다는 거다. 저 죽을 거예요, 그러면서 내 등에 송곳을 꽂는 거야."

"안 만나면 될 거 아니냐!"

그것이 쉽지 않다고 했다. 전화를 따돌린 날은 교문 근처 어딘가에서 준수가 나타나기를 기다린다고 했다. 그렇게 자기를 기다리고 있는 여자를 보는 순간 그 앞에 무릎이라도 꿇고 싶을 정도로 마음이 무너진다는 것이다. 그런 날은 그녀의 셋방에서 그녀를 품고 잤고 여자가 등에 송곳을 꽂는 꿈도 꾸지 않았다.

그렇게 여자의 셋방에서 자고 일어난 아침 그는 그네가 주는 규격이 꼭 맞는 와이셔츠를 입었다. 그러나 그는 다음 날부터 구내 이발소 샛문을 통하여 퇴근을 했다. 계속 만나겠다고 한 그 전날의 약속을 어긴 것이다. 며칠을 그렇게 샛문 출입을 했다. 그러나 그것도 헛일이었다. 그는 그 샛문에서 그네에게 잡혔다. 말똥말똥한 눈을 한 아이들이 몰려들었다. 그는 그날 저녁 그네가 주는 넥타이와 내복 대신 먼저 입었던 옷들을 그네 방에 벗어놓았다. 몇 번 더 그런 숨바꼭질 같은 장난을 했고 그로 해서 그는 라이터와 양복과 구두까지 새것으로 갈아야 했고 헌것은 영락없이 그네의 방 쓰레기통 속으로 들어갔다.

"돈을 원하는 거구먼?"

"돈은 줬어."

"그런데?"

"결혼해달라는 거야."

"무서운 여자구나!"

"불쌍해."

"그렇게 불쌍하면 결혼하면 되잖아."

"나한테 안 맞아. 나 때문에 여자가 더 불행해질 거거든. 그리고⋯⋯"

"또 뭐야?"

"넌 믿지 않겠지만 그 사내가 이 도시에 나타났다. 너처럼 관리가 돼서 말이야. 나를 계속 미행하고 있어, 나는 무서워 견딜 수가 없다."

나는 비웃지 않았다.

"그래, 네 말이 맞을 거야. 그 사내가 너를 죽이러 온 거다."

그리고 넌지시 물었다.

"너 그 여자한테 겁줘봤니?"

준수가 어리둥절한 표정으로 내 얼굴을 쳐다봤다.

"여자란, 특히 그런 뻔뻔스런 계집은 네 식으로 다뤄선 안되는 거야."

"무슨 말인지 알아. 그래, 네 말대로 겁도 줘봤다. 겁보다 더무서운 짓도 해봤어. 그랬기 때문에 나는 더욱 무섭단 말이야."

준수는 자기네 학교 체육 선생과 그 여자에 대해서 의논한적이 있었다. 그거야, 나한테 맡기시오. 체육 선생이 자신 있게 말했다. 비열한 짓인 줄 알면서도 그는 모른 체 고개를 돌렸다. 같이 진미옥에 가서 술을 마셨고, 그다음은 체육 선생한테 맡겼다. 그러나 그 체육 선생의 코에 구멍이 뚫렸고, 그 무서운 이빨 자국이 쉽게 아물지 않아 아직 그 선생은 학교에 나오지 못하고 있다고 했다.

"여자를 죽일 결심까지 했지. 물론 나도 함께 말이야."

퇴근해보니 그의 하숙집 방에 그네가 기다리고 있었다. 처음 있는 일이라서 그는 망연자실 마당에 서버렸다. 선생님, 저 여자 술집 여자랍디다. 하숙집 아주머니가 쌀쌀하게 말했다. 혼자 살면서 딸 셋을 키우고 있는 여자였다. 그날따라 그를 찾아온 그네는 더 짙고 천박스런 화장을 하고 있었다. 내일은 내 짐을 이리로 모조리 옮겨 와야겠어요. 체육 선생의 코를 깨문 그이빨을 보이면서 그네가 말했다.

막상 결심을 하고 나니 마음이 차분히 가라앉았다. 그는 여자와 함께 저녁을 먹고 다방까지 들렀다가 택시를 잡아탔다. 그네들이 차에서 내린 곳은 도시의 남단, 6·25 때 끊어진 다리가 있는 강변이었다. 끊어진 다리에서 백여 미터 떨어진 강 상류 쪽에 다시 다리가 놓여졌고 그 다리 위로 군용 트럭들이 이따금 헤드라이트를 번쩍이며 지나갔다. 산책에 꼭 알맞은 그런 시간, 밤바람마저 싱그러웠다.

아까 보니까 내가 사준 넥타이가 아니데. 어둠 속에서 그네가 말했다. 그네는 준수의 커다란 덩치에 우산처럼 매달려 걸었다. 도대체가 균형이 맞지 않는 두 사람이었다. 그러나 강변의 시원한 밤바람이 그네의 머리카락을 흩날렸고 강물 소리를 실은 어둠이 그네들을 적당하게 조화시켰다.

이 넥타이 방송국 여자가 사준 거죠? 조금은 앙칼진 그네의 목소리가 준수 목에서 넥타이를 풀어내고 있었다. 방송국 여자가 말했다. 무서워요. 마주 앉은 다방에서 차탁이 뒤엎어지는 봉변을 당했을 때였다.

도도하게 흘러내리는 강물 소리를 들으면서 두 사람은 6·25 때 끊어진 다리 한가운데쯤 이르러 있었다.

선생님, 그만. 더 나가면 위험해요.

그네가 준수의 커다란 덩치에 매달렸다. 이번에는 준수가 그네의 두 팔을 다잡아 쥔 뒤 그 작은 몸뚱이를 끊어진 다리 허공 쪽으로 밀고 나갔다. 그네가 발버둥치기 시작했다.

같이 죽는 거야!

준수가 가볍게 말했다. 그는 정말 그럴 생각이었다. 끝없는 혐오의 불길이 그의 가슴을 넘쳐 손끝으로 뻗쳐 나왔다. 등판에 붕대를 감고 방바닥에 엎드려 장판을 잡아 뜯던 그런 분노였다. 죽여. 그렇게 말하던 제복 입은 그 사내의 얼굴을 그는 똑똑히 기억하고 있었다. 그 사내가 지금 자기 뒤 그 짙은 어둠 속에서 이쪽을 지켜보고 있다고 그는 믿었다.

죽여버릴 거다.

준수는 여자를 다리 끊어진 끝까지 밀고 나가면서 몇 번씩 중얼거렸다. 죽여버릴 거다.

선생님, 살려줘요!

그네는 발버둥치며 어둠 속에서 부르짖었다. 선생님, 살려줘요. 난 죽고 싶지 않아요.

그러나 그는 더욱 우악스럽게 그네를 강물이 있는 허공 쪽으로 밀고 갔다.

잘못했어요. 제가 잘못했어요. 애기를 떼겠어요. 선생님 애기를 떼겠단 말이에요.

그건 내 애가 아니야. 그렇지? 그건 내 애가 아니라고 말해봐.

아니에요. 이건 선생님 애기예요. 그렇지만 떼겠어요. 살려주세요, 선생님.

아냐. 그건 내 애가 아니야.

선생님 애기예요. 그렇지만 떼겠어요.

아냐. 그건 내 애가 아니란 말이야.

준수는 그네를 들어 올렸다. 어둠이 그네의 비명을 집어삼켰다. 멀리 강 상류 쪽 다리 위에 군용 트럭의 헤드라이트가 어둠을 찢고 있었다.

말해봐. 내 애가 아니라고!

아니에요. 이건 선생님 애기예요.

그 순간 준수는 손에 맥살이 풀렸다. 그는 그네를 풀어놓았다. 그네의 작은 몸뚱이가 시멘트 바닥에 널브러진 채 벌벌 떨면서 부르짖었다.

사, 사, 살려줘요, 선생님.

그는 하마터면 또 한 번 그네 앞에 무릎을 꿇고 울음을 터뜨릴 뻔했다. 그러나 그는 어둠 속에서 지켜보고 서 있는 그 사내가 다가오기 전에 일을 끝내야 했다. 그는 서둘러 주머니에서 준비했던 돈을 꺼내 시멘트 바닥에 널브러진 그네의 손아귀에 쥐여주면서 말했다.

애기를 떼. 그리고 날 잊어줘.

"잘했군. 그런데도 고것이 말을 안 듣는단 말이지?"

준수가 고개를 끄덕거리면서 말했다.

"그 뒤 며칠 동안 나는 그 여자를 만나지 못했어. 못 만나니까 더 불안하더군. 당장 무슨 일이 벌어질 것 같은 게 도저히 견딜 수 없었어."

"그래 자네 발로 찾아갔겠군."

"그랬지. 가보니까 살아 있었어. 방 안에 괴상한 부적이 여러 장 붙어 있었네. 애기를 떼라고 준 그 돈으로 무당을 찾아다니며 굿을 한 거야."

"자네와 합해질 수 있게 해달라고 귀신한테 빌었겠지. 그리고 그 여자는 죽어도 애긴 안 뗄 걸세. 그게 그 여자의 최대 무기일 테니까 말이야."

"맞아, 그 여잔 애기만은 뗄 수 없다는 거였어. 이제 더 이상 괴롭히지 않을 테니까 걱정하지 않아도 된다면서 말이야."

"작전상 후퇴라는 게 있잖은가?"

드디어 준수가 제 머리를 그러쥐면서 신음처럼 중얼거렸다.

"난 무서워, 나 좀 살려주게."

많이 마신 술이지만 전혀 취기를 느끼지 못했다. 덩치만 커다란 이 허여멀건 사내가 정말 불쌍하다는 생각이 든 것이다. 내 사랑하는 아내의 영혼을 한 움큼 훔쳤는지도 모르는 이 덩치 커다란 사내에 대해 처음으로 갖는 연민이었다. 마음에 심지를 꽂지 못하고 갈팡거리는 이 불쌍한 사내를 위해서 내가 해줄 수 있는 것은 오직 지혜를 주는 것뿐이었다. 그리고 용기였다.

"그래, 그 여자는 네 애기를 낳아서 어떻게 하겠다는 거야?"

그것은 중요한 일이었다. 그가 죽어 들어가는 소리로 대답했다.

"그냥 낳고 싶대. 낳아서 3개월쯤 뒤 내게 부쳐주겠다는 거였어. 라면 상자 속에 넣어 포장을 잘한 뒤 내 집주소나 아니면 내가 근무하는 학교로 부친댔어. 소금에 절여서 말이야. 그 여자가 그랬어, 소금에 절여 부친다구."

"협박도 여러 가지군."

"아니야, 그 여자는 제 말대로 하고 말 거야."

"그럴 것 같군."

그는 다시 머리를 감싸 쥐고 술상에 얼굴을 묻었다.

"문제는……"

나는 좀 머뭇거렸다. 이상하게 내 머릿속에 혼란이 생긴 때문이다. 소금에 절여진 갓난애가 보였다. 영락없이 나를 닮은 얼굴이었다. 불결한 것, 순결하지 못한 것에 병적으로 민감한 아내의 희고 가느다란 손가락이 라면 상자 뚜껑을 닫으며 와들와들 떨었다. 그날 진미옥에서 처음으로 술을 먹던 날 내가 데리고 잔 계집이 바로 그 암고양이었는지도 모른다는 생각이 불쑥 치밀었다. 나는 고개를 크게 저었다.

"문제는 그 여자 뱃속의 애긴데, 그게 자네가 만든 거란 말이지?"

그가 술상에 묻었던 얼굴을 들며 말했다.

"그래, 그건 내 애야."

"그게 자네 애라는 확증은 없잖은가?"

나는 좀 묘한 배반감으로 속이 뒤틀렸다. 그날 새벽 확인한 요 바닥 위의 그 선명한 자줏빛 자국이 떠올랐다.

"그렇지만 그 앤 내가 만들었어."

그의 목소리에 힘이 있었다. 그 순간 나는 결심했다. 그 앤 내가 만든 게 아니야. 나는 희고 가느다란 손을 가진 아내한테 소리 질렀다. 그러나 그 라면 상자를 다시 열 용기는 없었다.

"얘기는 간단하네."

"어떻게?"

"결혼하는 거야."

"결혼? 누구하고 말이야?"

"그 여자, 자네가 만든 애를 뱃속에 키우고 있는 그 여자 말일세."

"그건 안 돼. 난 그 여자가 무서워."

"무섭긴, 더구나 그 여자의 처녀를 빼앗은 건 자네였잖은가."

"그런데 그게 말이야……"

그가 새삼스레 쑥스러운 얼굴로 눈을 내리깔며 더듬거렸다.

"난 자네와 함께 그날 아침 확인한 그 핏자국을 그 뒤 또 한 번 보았어."

내 머릿속에 와르르 소용돌이가 일었다. 그러나 그 소용돌이 속에 말려들 수는 없었다.

"그거야 월경일 수도 있잖은가, 그 여자가 그렇게 말하지 않던가?"

"그랬어, 월경이라곤 안 그랬지만 상처가 난 모양이라고 말이야."

"상처?"

나는 준수의 커다란 덩치를 바라보면서 실없이 웃음이 나왔다. 웃으면서 말했다.

"내 말대로 해. 결혼하는 거야, 결혼하면 무서운 게 사라질 걸세."

"그러나 그 사내가……"

"그 사내?"

"그래, 나를 미행해 여기까지 온 그 사내 말이야."

나는 울화통이 치미는 것을 꾹 참았다.

"자네가 결혼하면 그 사내도 없어질 걸세. 그건 내가 보장하겠네."

그것은 내 체험이었다. 내가 아내와 결혼하기 전 내 마음속에 있던 그 꺼림칙한 사내의 그림자를 생각한 것이다. 그것은 준수 그놈의 그림자였던 것이다. 내 아내의 순결을 탐냈던 놈.

"결혼하겠네. 아아, 마음이 가볍군."

너무나 쉽게 마치 장난하듯 그가 말했다. 그러나 그의 표정은 진지했다.

일은 끝났다. 그러나 그것은 또 다른 시작이었다. 덩치만 커다란 이 사내가 그 여자와 결혼하기 위해서 넘어야 할 산은 그렇게 낮지가 않았던 것이다.

준수가 도망쳐 나온 그 고향을 되돌려주는 일, 그가 버린 그의 부모를 설득하는 일, 눈이 말똥말똥한 그가 가르치던 학생들…… 나는 그를 위해서 열심히 뛰었다. 아직도 꺼림칙하게 살아 있는 내 마음속 그 사내의 그림자를 지워버리기 위해서, 결국은 나 자신을 위해서 뛴 것이다.

그의 결혼식은 여러 가지를 고려해서, 그가 학교를 바닷가 외딴 마을의 신설 중학교로 옮긴 직후 서울에서 치러졌다.

결혼식, 그는 그 거추장스럽고 난감한 일을 생략하고 싶어했다. 그의 부모들도 그와 같은 의견이었다.

그러나 슬프게도 그것마저 그의 뜻대로 되지 않았다. 면사포를 써보고 싶은 배가 남산만 한 그 여자의 당당한 주장 때문이었다.

나는 사랑하는 아내와 함께 준수의 결혼식을 위해서 즐거운 마음으로 뛰어다녔다. 이제 라면 상자 같은 건 보이지 않았다.

내 마음속 그 사내의 그림자도 사라져가고 있었다. 잘됐어요. 아내가 말하곤 했다. 그럼 잘되구말구. 나는 아내를 애무하기 시작했다. 그네의 교양 있어 뵈는 희고 가느다란 손가락이 내 등을 어루만지고 있었다. 그 순간 나는 내 등판에 무수한 송곳이 내려꽂히는 환각에 사로잡혔다. 제기랄…… 나는 사랑스런 아내를 밀쳐내야만 했다.

"저 사람들이 그 여자네 가족들인가 보죠?"

준수의 결혼식이 시작되기 전 아내가 연민 가득한 눈으로 신부 측 좌석을 눈짓했다. 아내가 눈짓하는 그곳에 그 암고양이 같은 여자가 부양해온 가족 여덟 사람의 모습이 보였다. 눈이 먼 늙은 남자, 중풍 들린 듯 입이 돌아가고 한쪽 손을 떨고 있는 중로의 여인, 그리고 촌티가 뚝뚝 흐르는 올망졸망한 아이들.

"저것 좀 봐요."

아내가 징그러운 벌레를 보았을 때처럼 자지러졌다. 식장 입구가 떠들썩하면서 하객의 무리가 밀려들고 있었는데 그것은 모두 만난을 극복하고 집안 좋고 잘생긴 남자와 결혼하게 된 젓가락 인생의 승리를 축하하러 온 그네의 친구들이었다. 준수가 살던 그 작은 도시에서 버스까지 대절해 단체로 밀려온 하객들은 요란한 몸치장에 아귀아귀 씹어대는 껌만큼이나 몸짓 손짓에 거침이 없었다.

물론 식장에는 준수네 식구들도 와 있었지만 하나같이 죄지은 사람처럼 고개를 떨구고 있었다.

식이 진행되는 동안 장내는 자못 숙연했다. 왁자지껄하던 그네 측의 하객들 사이에도 어쩐 일인지 입을 다문 채 손수건을 꺼내 눈물을 찍어내는 여자도 보였다.

신랑의 얼굴도 딱딱하게 굳어 있었다. 가끔 안경에 손이 올라가는 것으로 보아 뭔가 불안해하고 있는 것도 같았는데 그것은 어쩌면 그가 식장 어느 구석에 숨어든 그 사내를 발견했기 때문인지도 모른다.

식이 끝날 때까지 식장에 들어온 사람들의 얼굴은 숙연한 식장 분위기에 어울리게 굳은 표정들을 풀지 못하고 있었다.

그러나 처음부터 끝까지 의기양양한 얼굴이 하나 있었다. 그것은 면사포를 쓴 신부였는데 그네는 신부 독사진을 찍는 차례에 이르러선 얼굴에 담뿍 웃음을 머금고 캘린더 속 여배우의 포즈가 무색할 정도의 멋진 자세를 취해 그네 측 하객으로부터 열렬한 박수를 받아냈다. 배만 뚱뚱하지 않았더라면 우리 내외도 박수를 쳐주고 싶을 만큼 당당한, 그런 멋진 자세였다.

결혼해서 바닷가 외딴 마을로 주거를 옮긴 준수한테서 단 한 번 편지가 왔다. 자기가 만든 그 애기가 세상에 태어났다는 소식이었다. 발가락은 물론 얼굴 등 몸 구석구석이 모두 자기를 그대로 빼닮았다고 했다.

그리고 그에게서 소식이 끊겼다. 그것은 내가 그의 소식을 알고 싶어 안달하지 않았다는 의미도 된다. 더구나 나는 좀 더 따뜻한 기후를 가진 남쪽 도시로 영전이 돼 내려갔고, 그 따뜻한 도시에서 내 사랑하는 아내와 함께 단란한 안일 속에서 더욱 거드럭거리며 살고 있었던 것이다. 그러나 준수의 소식을 모른 채 산 그 4년 세월이 한결같이 행복한 나날이었다고는 말할 수 없다. 어쩌면 그것은 준수에게서 온 편지에 그 애기가 자기를 꼭 닮았다고 알려온 그 내용에서 비롯된 일이었는지도 모른다. 나는 또다시 묘한 배반감과 죄의식 같은 게 뒤범벅된 그런 상태의 기분에 휩싸이곤 했다. 아내의 순결을 의심한 것도 그때부터였다.

"당신 그때 첫날밤 그 자줏빛 흔적 혹시 몸때의 그거 아니야."

내 말에 아내는 소녀처럼 슬프게 울었다. 아직 아이를 배보지 못한 아내는 그 일까지 덤으로 얹어 울었다. 그럴 때마다 나는 심통이 났다.

"여자가 수태를 못하는 건 딴 남자한테 영혼을 빼앗겼을 경우도 그렇다더라."

나는 되는 대로 지껄였고 두 사람 다 아무런 이상이 없다는 걸 병원에서 확인해 알고 있는 아내는 더욱 서럽게 흐느꼈다. 그네의 인격, 그네의 순결이 눈물에 씻겨 내리면서 뼈 앙상한 한 마리 고양이로 야아옹 슬픈 울음소릴 냈다.

그리고 나는 가끔 라면 상자 속에 든 죽은 아이의 얼굴을 보았다. 영락없이 내 얼굴을 닮아 있었다. 아내의 희고 가느다란 손가락이 라면 상자의 뚜껑을 덮고 있었다. 느닷없이 내 마음속 그 사내가 나타나 아내의 그 희고 가느다란 손을 잡기도 했다. 눈을 떠도 그런 것들이 쉽게 지워지지 않았다.

그럴 즈음 바닷가 그 외딴 마을에서 준수의 소식이 왔다. 꼭 4년 만에 듣는 그의 소식이었다.

바다낚시를 나갔다가 파도에 밀려 죽었다는 것을 알리는 그의 아내, 그 암고양이가 내게 보낸 소식이었다. 그네가 쓴 조잡한 필체의 편지 끝에 이렇게 적혀 있었다.

꼭 오셔야 해요, 우리 아이가 당신을 기다리고 있어요.

키를 넘지 않는 해송이 바닷바람에 가볍게 쏠리고, 파도가 눈부신 모랫바닥으로 이를 하얗게 드러내 보이며 기어오르고 있는 그림처럼 아름다운 마을이었다. 순백으로 칠해진 등대를 향해 갈매기 몇 마리가 끼욱끼욱 날아가고 있었다. 고깃배가 떠 있는 수평선 멀리서부터 불어오는 해초 냄새 풋풋한 바닷바람이 코끝에 싱그러웠다.

마을 사람들이 말하는 '오 선생님 사모님'은 파도에 뜯겨 밀려온 해초를 건져 올리고 있었다. 나는 이처럼 싱싱한 여자를 아직 본 적이 없었다. 원래 바탕이 검은 피부가 햇볕에 그을려 더욱 탄탄하고 윤기 있어 보였다. 물에 젖은 그네의 몸은 퉁기면 소리가 날 듯 팡팡하게 부풀어 있었다.

"그 사람 왜 죽었어요, 누가 죽인 거요?"

나는 애써 퉁명스럽게 물었다.

"누가 죽이다니요? 그이는 그냥 바다낚시를 나갔다가……"

"거짓말 말아요, 누군가……"

"아, 그랬을 거예요. 그이는 늘 헛소리를 했어요. 어떤 남자가 자기를 찾아 이 마을에 나타날 거라고. 꿈에 그 사람을 늘 만나나 봐요. 자다가도 소리를 지르며 일어나는 때가 많았으니까요."

"학교 근무는 잘했나요?"

"그럼요. 아이들이 얼마나 잘 따랐는데요. 그러나 사람들은 그이가 좀 정신이 이상하다고 수군댔어요."

그네의 젖은 몸이 바람과 햇볕에 말라가자 피부는 더욱 윤택해지고 몸은 더욱 핑핑 탄력 있어 보였다. 나는 심한 식욕을 느꼈다.

"선생님 혈액형 O형이 맞지요? 그이가 그랬어요. O형일 거라고."

나는 망연자실 그 자리에 선 채 움직일 수가 없었다. 파도가 밀려와서 내 구두를 적시고 심지어는 발목까지 적셔들었다.

"그이가 우리 아이 혈액형을 생물 선생한테서 검사했대요. 그날 그러던데요. 선생님이 O형일 거라고."

"엄마아아!"

마을 쪽에서 벌거벗은 아이 하나가 바닷가를 향해 달음박질로 달려오고 있었다. 숫제 발가벗겨 키운 양 온몸이 햇볕에 새카맣게 탄, 아주 작은 몸뚱이를 가진 아이였다.

아이는 자기 엄마 품에 답삭 안겨든 다음 곁에 서 있는 내 얼굴을 적의 깊은 눈으로 쳐다봤다.

이상하게도 나는 단 한 발짝도 움직일 수가 없었다. 그것은 미끼를 가슴에 안아 내보이고 있는 그 암고양이와의 눈싸움에서 이미 패배한 때문이었다.

○1979년 『월간중앙』 4월호

어떤 이별

하루 내내 땡볕을 쐬어 뜨겁게 달아오른 텍사스 골목에도 저녁 그늘이 서슴서슴 내려앉기 시작하자 조금씩 활기가 돌았다. 햇빛을 피해 숨었던 산해진미의 안주가 진열장 속에 물 좋은 빛깔을 가장하며 눈먼 사내들을 물어들이기 위해 진열돼 있었다. 문이 활짝 열린 술청 안에는 인형처럼 차려입은 꽃들이 라면이나 자장면으로 가벼운 저녁 식사를 끝낸 뒤 오래 씹어 단물 빠진 껌을 사생결단이라도 할 듯 그악스레 씹어대며 마지막 화장을 서두르고 있었다.

그러나 해 넘어간 골목에는 대낮의 그 뜨거움과 또 다른 열기가 훅훅 끼쳐 들었다. 내리 사나흘을 공치는 술집 주인의 심사 난 얼굴이나, 머리 고데 값도 못 뺀 꽃다운 인생들의 그 자포자기 한숨이 텍사스 골목의 또 다른 열기였다. 지랄, 지랄 같은 새끼들, 이 더운 여름밤에 뭣 하러 지랄같이 집에 일찍 기어들어간다는 거야? 도망치듯 텍사스 골목을 통해 산중턱 아파트 단지로 오르는 사내들을 향해 꽃들이 씹던 껌까지 길바닥에 찍찍 내뱉으며 투덜거렸다. 그러나 차츰 귀가하는 사내들의 바쁜 걸음마저 끊긴 텍사스 골목은 불경기의 그 음울한 열기로 숨이 막힐 지경이었다. 강풍 스위치에 고정된 선풍기만이 열없는 날갯짓으로 가라앉은 공기를 흔들고 있을 뿐, 며칠씩 손님을 맞지 못한 꽃다운 인생들이 슬며시 자신들의 천박 화사한 옷치장을 쑥스러워하며 서로의 눈길을 피하고 있었다.

"세상 사내들이 이제 술 안 처먹기로 작심을 한가베."

한양옥 마담이 큰 몸집을 나지막한 술청 안에서 궁싯궁싯 빼내 길바닥에 나서며 말했다. 건너편 허무옥집 빼빼 마담이 의자를 내다놓고 나와 앉아 신문을 뒤적이고 있었던 것이다. 빼빼 마담이 신문을 둘둘 말아 자기네 술청 안으로 집어던진 다음 말했다.

"누가 아니래, 이제 이 장사도 다 해먹었어."

"그래두 시내 한복판엔 꽤 된다든데……"

"아, 거기야 돈 많은 것들 몰려 사는 데 아니유, 돈 있는 사람은 또 있는 대루 싼 술집이 있는 게구."

"그렇다네. 안주도 싸고 술도 싸고……"

"월급쟁이들이 제 주머니 털어 술 먹으려니 그런 데밖에 갈 수 없잖은가 말이야."

"그전에야 월급쟁이들두 이 골목에 많이 안 왔던가 왜."

"그거야, 제 주머니 터는 게 아니니까 올 수밖에, 지금도 그렇지, 어떤 쓸개 빠진 놈이 멀쩡한 제 돈 내놓고 이런 데 와 술 처먹겠어?"

"허긴 그려, 정신 옳게 박혀가지고서야…… 그렇담 이젠 정말 장사 다 해먹었군."

"그래두 가끔 제 돈 내놓고 술 처먹으러 오는 것들이 아주 없진 않으니께 그렇게 실망은 말어야 혀. 옛날부터 계집 냄새 나는 데 사내 꾀게 마련이여."

"허긴 쟤들 바라구 오는 치들두 적진 않지!"

"가끔 꽁돈 생긴 작자들두 있을 게고……"

"꽁돈?"

"술집 계집 사타구니에 쑤셔 박아두 아깝지 않은 그런 돈 말이여, 그렇게 흥청망청 써야만 속이 후련한 그런 돈두 있으니께."

"그러나저러나 오늘두……"

"제엔장, 될 대로 되라지."

한양옥과 허무옥 마담이 약속이나 한 듯 휘휘 일어나 자기네들 술청으로 들어가버렸다. 여름 저녁의 혹혹 찌는 열기 속에 골목은 다시 죽음처럼 자오록 가라앉고 있었다.

이처럼 가라앉은 여름밤의 한 모퉁이가 벌렁벌렁 숨 쉬기 시작했다. 낡긴 했어도 엄연히 자가용 넘버가 붙은 포니 한 대가 미끄러져 들어온 것이다.

자가용에서 내린 사내들은 운전수까지 모두 다섯이었다. 그들은 차를 주차장으로 쓰는 빈터에 세워놓고 텍사스 골목 한가운데 서서 이 집 저 집 간판을 휘 둘러보기 시작했다. 이 집 저 집의 꽃들이 무더기로 쏟아져 나왔다.

"서방님, 기다렸다구요. 이리 드셔어."

"어마, 사장님, 그전에 여기 한 번 오셨잖아요? 저기 금남옥 말이에요."

다섯 명의 사내들은 꽃들의 유혹에도 아랑곳없이 그들 한가운데 선 삼십이 좀 넘었을까 한 사내의 동정을 살피고만 있었다. 그 사내는 다른 사내들과는 달리 머리를 짧게 깎고 얼굴도 유달리 수척해 보였다. 그 사내 혼자 손에 비닐 가방이 들려 있었다.

"인마, 빨리 결정해, 어느 집이야?"

비슷한 나이 또래긴 해도 넥타이에 정장까지 한 사내가 가방을 든 사나이한테 윽박지르듯 했으나, 말씨는 부드러운 편이었다.

"칠 년 전 와봤다는 그 집이 어느 집이냐?"

차를 운전하고 온 사내가 시큰둥한 얼굴을 하며 말했다.

"간판이 바뀌었을는지도 모르니까 잘 보라구."

이번에는 얼굴이 검고 깡마른 사내가 안경알을 번뜩이며 말했다.

"그래, 그 집이 있으면 으쩔 거여? 칠 년 전 그 계집이 거기 또 왔을 것 같아 그러는 거여? 시집을 간다구 그랬다는 계집이 으떠케 여기 또 있다구 믿는 게여?"

"그렇잖구!"

안경잡이의 말에 운전수가 맞장구를 쳤다.

"안 그런가 말이야. 그 계집이 설사 여기 있다구 하더라도 지금 뭘 어쩌겠다는 거야?"

그러자 넥타이 정장을 한 사내가 다른 사내들에게 입을 다

물라는 시늉을 해 보였다. 그러나 이들 함께 온 사내들과는 달리 가방을 든 얼굴이 수척한 사내는 여기저기 술집 안을 살펴 뭔가 기억을 더듬고 있었다.

드디어 가방을 든 사내가 허무옥으로 선뜻 들어섰다.

"허무옥이라…… 제엔장, 술집 간판 한번 드럽네."

나머지 네 사내들이 앞선 사내를 따라 허무옥으로 들어서며 중얼거렸다. 허무옥의 삐삐 마담이 얼굴에 활짝 웃음을 깔고 그들을 맞아 방에 방석을 깐다, 선풍기를 틀어놓는다, 아직 신발도 벗지 않은 그들의 윗옷을 벗기기라도 할 듯 신바람을 피웠다. 허무옥의 꽃인 김 언니, 애숙이, 미애는 술청 한구석의 골방에서 가슴 부푼 웃음을 키득거리며 서로서로의 몸 매무새랑 머리를 매만져주기에 바쁘다.

"우선 이거나……"

삐삐 마담이 방바닥에 화투 한 목을 밀어놓으며 밖으로 나가려 하자 넥타이가 마담을 향해 말했다.

"마담, 여기 생두부 좀 갖다주슈!"

"웬 생두부는……"

삐삐 마담이 방 안을 둘러보다가 머리를 짧게 깎은 사람을 발견하곤 흠칫 놀란 얼굴을 했다.

"두부가 없소? 없으면 사 오면 될 거 아냐!"

넥타이가 얼굴에 힘줄을 돋우며 말했다. 삐삐 마담이 황황히 홀로 돌아와 커다란 스테인리스 쟁반 위에다 생두부 두 모를 방 안에 들여놓았다. 젓가락 하나가 그 옆에 뎅그러니 놓여 있었다.

212

"자, 먹어라!"

넥타이가 그 쟁반을 머리를 빡빡 깎은 사내 앞으로 밀어놓았다. 그 사내의 얼굴이 약간 상기되는 듯하더니 방 안에 앉은 사람들 얼굴을 휘이 둘러보면서 젓가락을 들었다.

"그런 건 손으로 그냥 먹어야 해!"

넥타이가 말했다. 그 사내는 젓가락으로 생두부를 밤톨만큼 떼어 입에 넣었다.

"수고했다."

넥타이가 칼자국이 있는 턱을 쓰윽 문지르며 말했다. 운전수와 안경잡이 그리고 다른 한 사내들도 비슷한 말을 입엣소리로 중얼거렸다. 생두부를 입에 문 채 눈을 내리깔고 묵묵히 앉았던 그 사내가 젓가락을 쟁반에 다소곳 내려놓으며

"이렇게 다시 만나리라곤 생각하지 못했어."

"우릴 잘못 안 거다. 네가 우릴 배신하지 않은 이상 우리가 너를 배신할 리가 없다."

넥타이의 말을 안경잡이가 다시 받았다.

"네가 우릴 배신했더라면 넌 지금쯤 죽었을 거다."

빡빡머리의 사내가 아직 눈을 내리깐 채 더듬더듬 말했다.

"나는 당신들이 나를 배신했더라도 당신들을 용서했을 거요."

아무도 입을 열지 않았다. 잠시 침묵이 흘렀다. 그 침묵을 안경잡이가 깼다.

"칠 년이면 짧은 세월은 아니지."

"긴 세월도 아냐! 일생을 그 속에서 썩다가 죽는 놈도 많아."

넥타이가 몰아붙이듯 말했다.

그때 허무옥의 세 꽃들이 화사한 한복 차림으로 줄레줄레 방으로 들어서고 있었다. 그네들이 날아갈 듯 손을 벌리며 절을 할 채비를 하자 넥타이가 가로막았다.

"잠깐 잠깐! 너희들은 좀 이따가 술상이 들어올 때 함께 들어와!"

머쓱해진 그네들이 뒷걸음쳐 방을 빠져나가고 있을 때 코가 납작한 사내가 그네들을 향해 물었다.

"야, 느덜 진숙이라고 아냐? 칠 년 전 이 집에 있었던 애."

"이거 봐! 진숙이가 아니고 숙진이라고 했잖아. 배운 놈, 내 말이 맞지?"

빡빡머리는 아무런 표정도 드러내 보이지 않았다.

"칠 년 전이라고요? 이보세요, 사장님들. 아무리 이게 직업이라곤 하지만 칠 년씩 술집에 남아 있는 사람이 어딨어요?"

쫓겨나는 무안쩍음을 그런 걸로 앙갚음했다.

"이 집 마담은 알 거 아냐?"

"마담 언니도 그렇지요. 술장사를 한 군데서 칠 년씩 하는 사람은 없어요. 이 골목 술집들도 칠 년 전 사람들은 다 돈 벌어 다른 데 가고 지금은 하나도 없다구요."

"사장님, 칠 년 전의 그 숙진인가 진숙인가 하는 여자보다야 우리가 안 낫겠어요? ㅎㅎ."

그네들이 그런 식으로 물러가자 넥타이가 좀 전 배운 놈이라고 불리던 빡빡머리 사내를 향해 말했다.

"자네가 출소하면서 여기부터 오고 싶어 해 함께 오긴 했지만, 이보라구 세상은 자네가 생각하는 것하곤 달라. 칠 년 전

술집에서 만났던 계집을 못 잊어하는 그런 놈은 이제 이 세상 어디에도 없을 거다."

"형님, 원래 이 배운 놈이 그런 사람이 아닙니까요."

안경잡이가 농조로 받았다. 그러나 넥타이가 얼굴을 정색하며 휘이 바깥 동정을 살핀 다음 작은 목소리로 말했다.

"자, 이제 술상이 들어오기 전 우리 계산을 끝내자."

그러면서 그는 양복 안주머니에서 세 다발의 돈다발 뭉치를 꺼냈다.

"이게 칠 년 전 자네에게 돌아갈 몫이야. 그리고 이건……"

넥타이는 다른 쪽 주머니에서 또 한 다발의 돈 뭉치를 꺼냈다. 그것이 신호라도 되는 듯 안경잡이와 운전수 그리고 납작코가 뒷주머니에 손을 넣어 역시 넥타이가 꺼낸 크기만큼의 돈다발을 꺼내 배운 놈 앞으로 밀어놓았다. 그의 앞에는 순식간에 돈다발이 수북이 쌓였다.

"이 나중 것은 자네가 우리를 배신하지 않은 데 대한 감사의 표시일세. 물론 이것은 그 감사의 극히 일부에 불과한 것이고, 이후 우리들은 자네의 모든 것을 책임질 걸세. 자네가 원한다면……"

빡빡머리 배운 놈이 숙였던 고개를 번쩍 쳐들었다.

"형님, 나는 이제 그런 일에서 손을 떼기로 했습니다."

넥타이를 비롯한 다른 사내들이 서로 얼굴을 마주 보며 빙긋빙긋 웃었다.

"알고 있어. 자넨 역시 그런 일에 적격이 아니었어. 그러나 시간이 지나다 보면 자네에게 가장 잘 어울리는 일이 바로 그

런 일이라는 걸 깨닫게 될 걸세. 그때 찾아와도 돼. 자, 이 명
함……"

넥타이의 사내는 명함 한 장을 꺼내 돈다발 속에 찔러 넣었다.

"자, 어서 집어넣게, 내 앞에서 감상은 금물이야."

누군가 방구석에 놓여 있는 비닐 가방을 앞으로 내놓았고, 그
가방 임자인 빡빡머리의 사내가 주섬주섬 돈을 집어넣었다.

"자, 이제부터 배운 놈의 출소를 기념하기 위해 술을 먹는 거
다. 술값은 내가 낸다. 팁은 계집 주무른 놈이 각자 내도록!"

그렇게 시작된 술이다. 기분이 좋아 마시는 술도 있을 것이
다. 반대로 울적해서, 된통 나쁜 기분을 풀기 위해서도 마실 것
이며 때로는 화풀이로, 때로는 어떤 목적이 개입된 그런 사업상
의 이유로도 술을 마신다. 적어도 술이 어느 정도에 이르기까지
는 그 술을 마시는 동기가 거의 분명하게 드러나게 마련이다.
그러나 처음엔 사람이 술을, 좀 지나면 술이 술을 부르고, 나중
에는 술이 사람을 마시는 정도까지 이르게 되면 그때는 이미 술
을 시작한 동기 같은 건 아무의 낯짝에서도 찾아볼 수가 없게
된다. 가끔씩 오줌 싸러 나와 쳐다보는 밤하늘이 손바닥만 하고
곁에 앉은 계집이 그대로 양귀비며, 양귀비 잡아먹은 안록산의
간덩이보다 더 큰 간덩이가 세상만사 다 좋게 보이게 만들어놓
는 것이 바로 술이다.

그들 다섯 사내가 그렇게 마셨다. 처음엔 빡빡머리의 사내를
위해서 건배, 건배 하던 것이 나중에는 형님을 위해서 한 잔,
또 누구를 위해서 한 잔, 나중에는 누구 마누라가 조국을 위해
서 흘리는 그 귀한 멘스를 위해서 한 잔, 이처럼 중구난방 마셔

대기 시작한 것이다.

방에 들어온 허무옥의 세 꽃들, 김 언니, 애숙이, 미애도 처음엔 손님 기분을 돋우느라 한 잔, 좀 지나서는 들어온 주전자의 술이 쉽게 비워지지 않아 마담 언니한테 미안쩍어 덥석덥석 한 잔씩, 나중에는 술이 일깨워준 자신들의 신세가 서러워 또 벌컥벌컥, 이쯤 되면 술자리는 너나없이 자유 평등 개판이게 마련이다. 다만 삐삐 마담만이 계산서를 떼어놓고, 이 술값을 제대로 받을까 못 받을까, 마음을 졸이고 있었을 뿐이다.

술이 취한 사람들은 된 소리 안 된 소리 떠들어대게 마련이다. 누가 무슨 소릴 했는지. 누가 누구를 욕했는지 알 길이 없는 그런 소리를 버럭버럭 고함치듯 떠들게 마련이다.

그러나 이 날 밤 술자리에서 거의 입을 떼지 않은 두 사람이 있었다. 배운 놈이라 불리던 빡빡머리의 사내와 그의 맞은편에 앉은 애숙이었다. 빡빡머리는 술자리 초장부터도 말이 없었지만 술이 몇 잔 들어가 취하면서부터는 아예 벽에 기대 꾸벅꾸벅 조는 게 일이었다.

"걔, 술 주지 말아라."

넥타이 사내가 다른 사내들에게 주의를 주곤 했다. 안 먹던 술에 갑자기 취하면 무슨 일이 생길 수도 있다는 것이다.

"우리들 사업을 위해서도 우리는 이놈을 잘 보호해야 하는 거야."

술자리에서 또 한 사람 말이 없는 것은 애숙이였다. 그네는 남자들이 주는 술잔을 주는 대로 받아 잘 먹기는 했지만 남들 화제에 껴들거나 귀를 기울이지도 않았다. 그저 가끔씩 벽에 달린 달력을 쳐다보며 우울한 얼굴로 한숨을 짓곤 했다.

"애숙이 너 접때 그 편지 때문에 그러는 거니? 느 고향에서 온 편지 말이야."

김 언니는 애숙이가 덥석덥석 받아드는 술잔을 빼앗아 술 취한 다른 사람한테 넘기며 그렇게 물었다. 그러나 애숙이는 대답하지 않았다.

"야야, 시시하게 웃기지 말아라. 어느 년은 뭐 고향 없구, 부모 없구, 동생들 없다고 하더냐. 야야, 죽상 풀구 술이나 마셔."

벽에 기대 졸던 빡빡머리가 이제는 아예 모로 쓰러져 그대로 잠이 들었다.

"짜아식, 정말 많이 곯았구나, 그건 그렇구 말이다……"

안경잡이가 술자리에 끼인 세 여자들을 이리저리 훑어보며 말을 이었다.

"야, 누가 저놈을 책임지겠니?"

"어차피 갈 데 없는 놈 여기서 자게 내버려두세요, 형님."

안경잡이의 말에 넥타이의 사내가 고개를 끄덕거렸다. 그리고 먼저 안경잡이가 그렇게 했던 것처럼 술자리의 세 여자를 둘러본 다음,

"그래, 저 불쌍한 친구를 누가 맡을 거냐? 빈털터리 저 친구한테 좋은 일 할 사람이 누구냔 말이야? 물론 제 재주껏 저 친구한테서 팁을 뜯어내도 그건 무방한 거고……"

"저 가방 속이 전부 돈이라구! 히히."

운전수가 그렇게 말해놓고는 그걸 엄폐라도 하듯,

"어디 저 돈뿐인가, 칠 년 동안 한 방울 안 쓰고 정말 알토란

같이 아끼고 모은 게 또 있다구, 히히……"

"날 자꾸 쳐다보지 마세요. 난 여기 이 사장님 소유물이라
고요."

김 언니가 넥타이의 가슴에 가볍게 몸을 기대며 말했다.

"언니만 지조가 있수? 나두 이이가 이렇게 눈이 시퍼렇게
살아 있잖수!"

운전수 곁에 붙어 앉은 미애가 제 젖가슴 속에 디밀어진 오
천 원짜리 지폐를 꺼내 잽싸게 감추면서 말했다.

"그럼 이제 남은 건 너뿐이다. 어어랍쇼, 고거 남의 꺼라고
생각하고 보니 되게 예뻐구먼. 하지만, 하지만 말이여, 니가
저 친굴 모시겠다면 말이여……"

납작코가 애숙이의 치마 밑으로 손을 디밀어 넣으며 말했
다. 그러자 애숙이가 몸을 뒤로 비켜 앉으며,

"못 모실 것두 없지요 뭐."

사내들이 서로 마주 보며 놀랐다는 그런 표정으로 낄낄거
렸다.

"사냥개구먼. 냄새 한번 잘 맡는다 고거여."

"야, 너 백수건달 빈털터릴 정말 모시겠다 그거여?"

"누구나 다 처음엔 빈털터리예요. 물론 죽을 때도 빈털터리
로 가는 거고."

"공수래공수거라 그 말이지? 히야, 놀랐는데 이건 배운 놈
이 아니라 배운 년 보겠네."

"짝은 짝이구먼."

"히히, 돈은 없어두 고거 하나만 성하면 되겠다 고건가?

하긴 한 방울도 안 버리고 모으고 모은 것이 있으니께, 히
히……"

"그건 그렇고 형님!"

안경잡이가 이때까지의 해롱해롱하던 얼굴에 정색을 띠고
넥타이 사내를 향해 속삭이듯 말했다.

"형님, 오늘 형님이 돈을 얼마 갖고 나오라 해서 부랴부랴
나오긴 했지만 말입니다. 도대체 어쩌실 겁니까?"

"뭘 몰라서 그러냐?"

"도대체 저 친구한테 우리가 그 많은 걸 다 줄 필요가 있습
니까?"

"있쟎구!"

"정말, 아까 아침에 형님이 말한 것처럼 저 친구가 우릴 위
해서 또 그 일을 해줄 수 있을까요?"

"두말함 잔소리야. 그렇쟎으면 무엇 때문에 큰 밑밥을 주겠
는가 말이다."

"하지만 밑밥이 너무 크면 고기가 낚싯밥에 흥미가 없을
걸요."

"밑밥은 없어지게 마련이야. 그때까지 기다리면 돼."

"그 밑밥이 빨리 없어질수록 좋겠군요."

"그거야 물론이지…… 그러나 너무 엉뚱한 짓은 하지 마.
저 친구, 돈 쓰는 맛을 다시 알 때까지 기다리는 게 좋아!"

"역시, 형님은…… 히히."

그들은 서로 마주 보며 낄낄 웃었다. 그리고 이제까지의 그
억병으로 취한 얼굴을 거짓말같이 말짱한 얼굴로 바꾸면서 상

위의 잔을 높이 들어 서로 부딪친 다음 건배를 했다.

"자, 우리들의 내일을 위해서!"

사내는 눈을 뜨기가 무섭게 물을 찾았다. 애숙이가 물을 건네주자 벌컥벌컥 들이켠 다음 벌떡 일어나 햇빛이 비쳐 드는 창문으로 다가가 밖을 내다보았다. 옷을 입은 채 잠자리에 들었기 때문에 그의 여름 바지와 체크무늬 남방이 온통 수세미처럼 구겨져 있었다. 그는 한참 동안 밖을 내다보며 심호흡을 하고 나서 다시 방바닥에 주저앉으며 새삼 애숙이의 얼굴을 살폈다. 그리고 방 안을 휘 둘러봤다. 그는 자기 머리맡에 놓여 있는 비닐 가방을 느릿느릿 끌어당겨 아주 느린 동작으로 지퍼를 열었다.

"그대로 있을 거예요. 제가 밤새껏 그 돈을 지키고 있었으니까요."

간밤의 그 화사한 한복이 아닌 청바지와 미색 스웨터를 입고 방 한구석에 몸을 조그맣게 웅크려 앉았던 애숙이가 그렇게 말했다.

"이게 돈이란 걸 어떻게 알았나?"

"냄새가 났어요. 난 사냥개거든요."

"정말 사냥개라면 벌써 물어 가버렸을 텐데."

"제 주인 걸 물어 가는 사냥개도 있어요?"

"하……"

사내는 다시 컵을 들어 남은 물을 마시고 나서 말했다.

"미안하군. 정말 거기 앉아 밤을 새웠나?"

"괜찮아요. 전 올빼미예요. 밤에는 돈 벌구 낮에는 돈 버는 꿈을 꾸면서 자기만 하면 되거든요."

"돈을 벌려면 옷을 벗었어야지."

"이렇게 재수가 좋게 돈을 버는 날도 가끔은 있어요. 손님처럼 그렇게 억병으로 취하신 분들은 모두 남자 천사거든요. 설마 천사님이 옷 안 벗었다고 돈을 안 주시진 않을 거 아네요?"

애숙이가 웃으면서 말했다.

"술을 많이 팔아주면 아무 남자나 따라가나?"

"돈을 번다고 했잖아요."

"돈만 주면 아무한테나 몸을 준단 말이지?"

"몸만 주는 게 아니라, 저는 마음도 주어요, 돈 액수만큼요."

"돈이 그렇게 필요한 건가?"

"그런 질문을 받으면 저는 구역질이 나요."

애숙이의 눈에 파란 불꽃이 튀었다. 사내의 얼굴이 머쓱해졌다.

"실은 이 가방 속에 들어 있는 돈이 더러운 것이기 때문에 그러는 거야."

"더러운 돈은 없어요. 더럽게 벌고 더럽게 쓰는 사람이 더러울 뿐이지요."

사내는 새삼 무릎에 팔짱을 껴 몸을 동그랗게 사려 앉은 그네를 뜯어본다. 술좌석에서 본 것보다는 덜 고왔지만 술 취한 눈으로 보았을 때보다는 한결 더 괜찮구나, 하는 눈으로 애숙이를 뜯어보던 사내가 말했다.

"그래 맞아. 난 더러운 인간이야."

"더러운 사람한테서 화대를 받으려고 이렇게 일어나지 않고 있는 계집은 더 더럽구요."

사내는 정월달 눈 속에 핀 매화송이처럼 매몰찬 그네의 얼굴에서 눈을 뗀다. 그리고 허겁지겁 담배를 찾아 문다.

"지금 몇 신가?"

"일곱시 반이에요."

"무슨 요일이지."

"토요일."

"오늘이 며칠이야?"

"다음엔 몇 월 달이냐, 몇 년이냐 그렇게 물으실 거니까 아주 알려드리겠어요. 오늘은 일천구백팔십년 칠월 이십육일 토요일, 모든 사내들이 자신의 고향인 가정으로 돌아가는 가정의 날이에요."

"가정의 날? 그런 게 다 있었나?"

"마치 먼 외국에서 오신 분……"

외국에서 돌아온 사람 같다는 말을 하려던 애숙이가 멈칫 말을 끊었다가 이야기를 바꾼다.

"어젯밤 술자리에서 말씀하시던 숙진이란 여자, 선생님 애인이었어요?"

사내는 담배 연기를 창 쪽으로 후우 내뿜을 뿐 대답이 없다.

"그런데 소식이 끊겼군요? 선생님이 그 여잘 배신했나요, 아니면 그 여자가 선생님을 버렸나요?"

사내는 피우던 담배를 열린 창문으로 내던졌다. 그리고 애숙이의 얼굴을 쳐다봤다.

"아가씬 고향이 어딘가?"

"선생님 고향은요?"

"아가씨, 고향에 가고 싶지 않아?"

"가고 싶어도 못 가는 거예요."

"왜, 왜 못 가는 거야?"

"기다리는 사람이 많아서 못 가요."

"무슨 얘기야?"

"우리 식구 모두가 나를 눈이 빠지게 기다려요. 아시겠어요?"

"모르겠는데."

"꼭 듣고 싶어 그러신다면 말씀드리죠. 그들은 나를 기다리는 게 아니라 내가 가지고 내려올 돈을 기다리는 거예요. 사람 목숨이 달린 그런 돈을요. 아시겠어요?"

"아아, 그랬었군."

사내가 고개를 주억거리며 신음처럼 중얼거렸다.

"고향이 어디야?"

"전북 이리 밑 김제요."

"김제 어디?"

"그쪽에 대해서 잘 아세요?"

사내가 가방을 들고 벌떡 일어섰다.

"자, 나하고 함께 가지!"

"어딜요?"

"어디긴, 우리 고향 말이지."

"네에? 우리 고향이라구요?"

눈을 동그랗게 떠 놀라는 애숙이의 작은 어깨 위에 사내의 손이 가볍게 올려졌다.

"세상엔 이런 우연이 흔해, 내 고향두 그쪽이야."

"거짓말. 말씨가 틀려요."

"아가씨 말투두 그렇더군."

"서울서 오래 굴러먹어서 그래요."

"나두 마찬가지지. 자, 서둘러!"

"불쌍한 여자 놀리심 이담에 죄받아요."

"믿지 않는군. 자, 내 눈을 봐!"

사내의 손이 다시 한 번 그네의 동그란 어깨 위에 올려졌다. 애숙이는 고개를 치켜 그 사내의 눈을 보았다. 순한 눈 속에 어떤 그늘이 깔려 있다. 사내가 다시 말했다.

"고향이란 가고 싶을 때 느닷없이 찾아가는 데야. 나를 기다리는 사람들이 있기 때문에 가는 것이 아니고 내가 그 사람들을 보고 싶어 가는 데가 바로 고향이지."

애숙이가 눈을 내리깔며 고개를 가볍게 끄덕였다.

질펀하게 펼쳐진 여름의 들판을 호남선 열차가 내닫고 있었다. 나지막한 산언덕과 그 산언덕 위에 세워진 입간판이 온통 푸름 속에 선명한 모습으로 흘러가고 있었다.

"너무너무 좋아요."

차창 밖 풍경을 내다보며 그네가 거침없이 함성을 질렀다. 귀향 열차 속의 사람들은 누구나가 다 그렇게 들뜨고 눈이 빛난다. 보고 싶은 사람 만나러 가는 그 가슴 부푼 눈길들이 차창 밖 풍경을 담고 부드럽게 부딪쳤다.

"선생님, 선생님은 고향에 가는 게 즐겁지 않으세요?"

"왜 안 즐거워. 그러나 즐거워하는 아가씨를 바라보는 게 더 즐겁군, 정말 그렇게 좋은가?"

"그러믄요. 너무너무 좋아요."

"돈 한 푼 못 가지고 가면서?"

"상관없어요. 집에 가면 엄마 붙잡고 실컷 울 거예요. 동생들 손잡고 논둑길을 걸으면서 막 울 거예요."

"울기 위해 고향에 가는 건가?"

"그래요. 너무너무 울 게 많아요. 서울서는 울고 싶어도 울수가 없었거든요. 생각해보세요. 술 따르는 계집애가 찔찔 눈물을 짜면 그게 얼마나 꼴불견이겠어요?"

"그랬었군. 이제 보니 술집 아가씨들이 따라주는 건 술이 아니라 눈물이었군그래."

사내는 그네에게서 눈을 돌려 차창 밖을 멍청하게 내다보고 있었다.

"선생님, 지금 그 숙진인가 하는 여잘 생각하고 있는 거죠?"

"이리가 아직 멀었나?"

"이제 세 정거장 남았어요. 이리서 내리실 거예요?"

"아니, 나는 이 기차의 종점까지 가는 거야."

"고향이 김제라는 건 거짓말이셨군요?"

사내가 ㅎㅎ 짧게 웃으며 대답했다.

"내겐 고향이 없어. 고향이 없다는 건 어느 곳이나 고향이될 수 있다는 거야. 그래서 난 가고 싶은 데가 너무 많아."

"그렇게 떠돌다가 결국은 또 그 사람들한테로 돌아가는 거군요."

"그 사람들이라니?"

"어젯밤 그 사람들."

그는 고개를 저었다.

"내가 필요로 하는 건 휴식뿐이야. 피곤한 내 몸을 따뜻이 받아줄 고향에서의 영원한 잠."

"영원한 잠?"

애숙은 사내의 말을 되받아 중얼거리면서 문득 이 사내를 데리고 고향의 그 작은 정거장에 내리고 싶은 충동을 받는다.

"선생님, 우리 고향에서 함께 내려요!"

사내가 애숙이의 얼굴을 쳐다봤다. 그리고 쓸쓸하게 미소하며 고개를 끄덕거렸다. 그는 지나가는 열차 행상인에게서 아이스크림 두 개와 비닐봉지 속에 가공해 넣은 오징어를 샀다. 행상이 지나갈 때마다 먹을 걸 사 애숙이한테 내밀었다. 그리고 그 역시 애숙이처럼 거침없이 먹어댔다. 두 사람은 자주 마주보며 웃었다.

이리 못 미쳐 어느 간이역에 기차가 덜커덩 멎었다. 탈 사람만 몇 있을 뿐 내릴 사람이 없는 그런 조그마한 역이었다. 역구내의 측백나무가 맵시 있게 정지되어 있었다.

"아가씨, 이 가방 좀…… 화장실에 잠깐……"

차가 멎자 사내는 이제까지 무릎에 안고 있던 비닐 가방을 애숙이 곁에 놓고 일어섰다.

차가 떠날 채비로 기적을 짧게 울렸다. 사내는 아직 출구 쪽 화장실에서 돌아오지 않고 있었다.

그때 누군가 애숙이가 앉은 좌석 밖의 차체를 탕탕 두드리고 있었다. 애숙은 차창 밖 선로 옆에 우뚝 서서 손을 흔들어 보이고 있는 그 사내를 발견했다. 그네는 무심결에 몸을 일으켰다. 그러나 이미 기차는 빠른 속도로 움직여나가고 있는 중이었다.

○1980년 『소설문학』 8월호

광망(光芒)

창문마다 검은 커튼이 밖으로부터의 빛을 차단한 실내는 어둡고 썰렁했다. 얼마 전까지도 사진관으로 쓰인 듯싶은 이 방이야말로 저격 장소로선 그만이었다.

　구미도는 커튼을 반 뼘가량 옆으로 젖힌 창가에 바싹 다가앉은 뒤 창턱에 총구를 얹었다. 유리를 떼어낸 그 창구멍이 실내에 빛을 들이는 유일한 곳이기도 했다.

　이렇게 어둠을 등지고 앉아 기다린 것이 얼마나 되었을까. 이쪽 이층 건물의 그림자가 길 한복판에까지 나간 것으로 미루어 오후 세시는 됨직한 시간이다.

　건물 좌편 좀 떨어진 국도를 지나가는 군용트럭의 엔진 소리가 끊이지 않고 이어졌다. 휴전이 되었지만 사십 킬로미터도 안 되는 전방에서는 아직 총소리가 멈추지 않고 있었다.

　미도는 지칠 대로 지쳐 있었다. 긴장과 불안으로 오는 피로감이었다. 그렇다고 창밖 건너편 건물의 이층 다방으로 오르는 바깥 계단에서 결코 눈을 뗄 수가 없었다.

"정오부터 오후 네시 사이다."

몇 시간 전 아래층 지하실에서 미리 준비되어 있는 빨병을 흔들어 커피를 따르며 섀미잠바가 일러주던 말이다. 정오부터 네시 사이에 표적물이 나타날 것이라고 했다.

지하실에서 섀미잠바가 자기 시계와 시간을 맞추어 건네주던 그 시계를 가져오지 않은 걸 미도는 후회하고 있었다. 시계를 그곳에 그냥 놓고 온 것은 섀미잠바의 그 주도면밀한 지시 명령에 대한 반감, 충동이었다.

시간을 확인하고 싶은 조바심으로 입까지 바싹 탔다. 그렇다고 아래층 지하실로 내려갈 수는 없었다. 짧은 순간 모든 것은 결정적으로 지나가버린다는 것을 미도는 그의 생애에서 몇 번이고 체험한 바 있었다.

그냥 기다릴 수밖에 없었다.

미도는 벌떡 일어나 실내의 커튼을 확확 걷어붙이고 싶은 충동에 휩쓸렸다. 그 충동이 두려웠다. 그런 무모한 충동으로 야전병원 침대에서 연대장의 허리에 찬 권총을 빼들었던 생각을 한 것이다. 다시 찾아온 기회를 놓치고 싶지 않았다.

"넌 운이 좋은 놈이다."

총의 성능을 시험하기 위해 어느 산속에서 권총을 미도에게 건네주기 바로 직전, 섀미잠바의 사내가 한 말이다. 그 순간 권총이 자신의 손에 있었더라면 미도는 그의 얼굴에 한 방 갈기고 말았을 것이다. 그가 말한 그 운을 쏘고 싶었던 것이다.

그러나 권총을 받아들고 표적을 겨냥했을 때, 품었던 적의는 돌변했다. 그냥 살고 싶었을 뿐이다. 생명의 보장, 새미잠바가 그것을 약속했던 것이다.

"구 소위님, 우린 이제 독 안에 든 쥐야요."

구미도의 왼쪽 다리에 붕대를 감던 후생병이 속삭이듯 말했다. 이제 곧 결정적인 위험이 다가왔음을 감지한 체념일 것이다.

미도는 후생병의 말에 눈을 떴다.

눈 닿을 데 없이 쭉 퍼져나간 평원, 그 한 지점에 소대 병력이 집결해 있었다. 패잔병들을 인솔하고 있는 것은 하관이 빤 P대위였다.

P대위 말고도 미도 바로 곁에 연대장이 눈을 지레 감고 누워 있었다. 그러나 모든 통솔권은 이미 P대위가 맡고 있었다.

멀리 남쪽 능선에 바람꽃이 뿌옇게 피어올랐다. 포성이 꽤 먼 것으로 보아 아군은 이미 상당히 멀리 물러간 것이 분명했다.

그들은 무엇인가 기다리고 있었다. 그것이 뭔가 누구도 알 수 없는, 무엇인가 서서히 다가오고 있는 것을 그들은 느끼고 있던 것이다.

"자, 모두 눈을 감으란 말이다. 그러고 여기가 바로 우리 집이라, 그렇게 생각하는 기라. 홀렁 벗구 목욕을 했재? 그래, 그렇게 방바닥에 떠억 자빠져 있으면 따끈한 뭔가가 달라붙을 기라. 마누라도 여자 아닌가. 마누라가 막 킬킬대재? 꼭 죽은 줄 알았다구. 그렇게 마누라를 끼구, 난 살아 있단 말이다. 살아 있다 이거 아이가. 이 밤이 다아 새두룩."

얼굴이 검고 키가 큰 김 중사가 카빈총을 샅에 세워 들고 앉아 떠벌렸다. 그의 이마에 땀이 번질번질했다.

"으아, 발사, 그래, 그게 끝난 다음엔 말이다, 닥치는 대로 먹는 기라. 기름이 자르르 흐르는 하이얀 쌀밥에 풋콩이 드문드문 섞였음 더욱 맛있는 기라. 거기다 뜨끈한 불고기, 소위 불고기 백반이라 하는 기라. 게다가 약주나 한잔…… 히히, 삼복더위에 펄펄 끓는 개장국에 소주 한잔 들이켜는 맛이란……"

"중사, 닥쳐라!"

P대위였다. 어느 병사고 김 중사의 말은 더 이상 들을 수가 없었다. 곡식알을 입에 넣어본 적이 언제였던가. 떠벌리는 중사의 얼굴과 목이 땀으로 번질거렸다. 대위가 쏘아보자 중사는 한번 씩 웃고는 아랑곳없다는 듯이 말을 이었다. 허리에 찬 대검을 뽑아 만지작거리면서.

"이 칼에 있는 이 홈이 보이재? 이게 뭔 줄 아나? 배때길 푹 디려 찌르면 칼이 잘 안 빠지는 기라. 그러나 이 홈으로 공기가 들어가면서 말이다, 피가 주루룩 쏟아지면 칼 빼기가 한결 쉬운 기라."

김중사는 자기 옆의 눈이 큰 신병에게 제스처를 써가며 떠벌렸다. 신병은 입을 헤 하니 벌린 채 듣고 있었다.

천천한 동작으로 대검을 허리에 꽂은 다음 김 중사가 자신의 목덜미에서 무엇인가 끄집어냈다. 구두끈에 꿴 군번이었다. 그것은 햇빛에 번쩍 빛을 냈다. 중사는 짐짓 심각한 표정을 지으며 자기의 군번을 자세히 들여다보고 있었다. 그러다가 천천히 고개를 들어 옆에 앉아 있는 일병을 내려다보며 나직이 말했다.

"어이, 일병, 이 군번 여기 잘록 패어 들어간 부분이 뭔 줄 너

두 알 기다. 내가 뻗으면 말이다. 이놈을 내 이빨 사이에 대고 구둣발로 쿡 들여 차서 빠지지 않도록 박아주기 바란다. 어쩌다 가 네가 나보다 먼저 뻗으면 내가 그렇게 해줄 기라. 구둣발로 쿡 차서 말이다…… 일병, 고맙다구 미리 말해라. ㅎㅎㅎㅎ."

키들키들 웃고 있는 김 중사를 멍하니 바라보고 앉았던 일병 이 느닷없이 울음을 터뜨렸다. 그러나 키득거려 웃던 김 중사 가 웃음을 뚝 그치며 일병을 향해,

"야, 이 바보새끼, 니 정말 우나?"

그러나 일병의 울음을 멈추게 한 것은 P대위였다.

"전원 주목, 지금부터 전투 태세에 임한다. 이제 곧 아군의 옹호 공격이 있을 것이다. 옹호 공격 시 모두 저쪽 능선을 돌파 해야 한다. 능선 너머에 바다가 있다. 그곳에 아군 함정이 대기 하고 있을 것이다."

P대위가 가리켜 보이는 좌편 능선에 뿌옇게 바람꽃이 일고 있었다.

P대위의 말에 반응을 보이는 병사는 하나도 없었다. 벌써 몇 번을 속아왔던가. 무슨 꿈같은 소리냐는 듯이 그들은 몸을 일 으키려 하지 않았다.

거리에는 이따금 대여섯씩 짝을 맞춘 병사들이 보조를 맞추 어 지나칠 뿐 일반인의 통행은 드물었다. 간간 세찬 바람이 먼 지를 일으키며 거리를 휩쓸었다.

이편 건물로부터 약 삼십 야드 떨어져 있는 맞은편 건물들은 이층 다방을 제외하고 대개 문이 닫혀 있었다. 다방 아래층의

상점 문도 굳게 닫힌 채 다만 문짝 위에 쓴 4, 3, 2, 1이라는 숫자가 희미한 윤곽을 드러내고 있을 뿐이다.

다방 창문 모두가 커튼으로 빛을 차단하고 있었다. 수복이돼 주민들이 미처 다 들어오지 못한 이 도시에 가장 먼저 문을 연 것이 다방일 것이다. 전쟁 중이지만 다방은 잘되고 있는 것이 분명했다. 실상 전쟁은 이미 종식된 거나 다름없으니까. 전쟁의 종식과 함께 이 도시, 저 밀폐된 공간에서 집권을 위한 모의가 이루어지고 있을 것이다.

미도는 맞은편 건물의 이층 다방으로 오르는 계단의 층계를 다시 한 번 세어보았다. 경사가 급한 계단은 열네번째 층계에서 다방으로 들어가는 출입문 입구 계단참에 이르고 있었다. 계단은 꽤 오래된 듯 콘크리트 바닥이 닳아 번들거렸다. 난간에 댄 구리쇠 손잡이도 햇빛을 받아 번쩍거리고 있었다.

계단 좌편 골목에는 구두닦이 소년들이 구슬치기를 하고 있었다. 이따금 손님이 나타나면 그들 중 하나가 다방까지 쫓아올라갔다가 되돌아 나오곤 했다. 구두 한 짝을 얻어 들고 나오는 때도 있었지만 허탕인 경우가 더 많았다. 그렇게 허탕 치고 다방 계단을 내려올 때면 으레 아래로 침을 찍찍 내뱉었다. 또 때로는 계단을 부지런히 내려와 계단 오른편 구멍가게에서 담배를 사 들고 다시 다방으로 들어가기도 했다.

계단 바로 밑 구멍가게의 노인은 낡은 오버에 푹 몸을 묻고 팔짱을 낀 채 구슬치기에 여념이 없는 소년들을 바라보고 있었다. 사과 궤짝 두어 개를 포개어놓은 진열장에는 외제 담배와 껌 같은 게 널려 있었다. 노인은 팔짱 낀 손을 빼어 국방색 방

한모를 더 깊이 눌러썼다.

맞은편 건물 위로 펼쳐진 하늘은 티 없이 푸르고 건조해 보였다. 이편 건물의 그림자가 이미 길 한복판을 넘어서고 있었다.

구멍가게 노인은 드디어 팔짱 낀 두 무릎 사이에 얼굴을 묻은 채 졸기 시작했다. 거리엔 구슬치기를 하는 소년들의 주머니에서 쩔렁거리는 구슬 소리와 간간 스쳐가는 바람 소리뿐.

네시가 넘었을 것이다. 어떻게 해야 할 것인가. 섀미잠바가 말한 정오부터 네시 사이 그 이후, 표적물이 나타나지 않을 경우에 대해서 누구도 알 수 없었다.

나타날 것이다. 표적이 나타나 방아쇠를 당길 일만 생각할 일이다.

단 두 방의 실탄이 들어 있다. 이 두 방을 모두 그에게 적중시켜야 한다. 그것이 섀미잠바의 구 소위, 일등 사격수에 대한 믿음이기도 했다.

그런데 놈은 왜 아직 나타나지 않는 것일까. 두 사람이 함께 나타난다고 했다. 그 두 사람 중 여러 장의 사진에 의해 미리 얼굴과 인상을 익힌 사람을 향해 방아쇠를 당기라고 했다. 섀미잠바의 명령일 뿐 자신이 죽일 놈에 대해서 미도는 그 어떤 것도 아는 것이 없었다.

놈을 죽여야 자신이 살 수 있다는 그것 뿐. 하나의 끝이 또 다른 하나의 출구가 될 것이다. 그 출구 바로 앞에 섀미잠바가 서 있었다.

만약 그가 나타나지 않는다면? 미도는 이제 이 자문에 진력이 났다. 그가 나타나지 않으면……넌 운이 좋은 놈이다. 섀미잠바가 그렇게 말했다. 미도는 그 운을 향해 다시 한 번 총 가늠쇠에 눈을 맞췄다.

좌편 국도가 있는 방향에서는 차량들의 엔진 소리가 간간 이어지고 있었다.

이어 건조한 공기를 뒤흔들며 제트기 편대가 시가지를 가로질러 서쪽으로 사라져갔다. 구두닦이 소년들이 구슬치기를 멈추고 길 복판에까지 뛰어나와 하늘로 고개를 쳐들고 손을 흔들었다. 꾸벅꾸벅 졸고 있던 구멍가게 노인도 머리를 들어 게슴츠레 하늘을 쳐다봤다.

땅바닥에 드러누웠던 병사들이 하나둘 몸을 움직이기 시작했다. 바람꽃이 뿌연 서쪽 능선 상공에서 뭔가 이쪽을 향해 날아오고 있는 것이 보였던 것이다.

헬리콥터였다. 헬리콥터 한 대가 요란한 프로펠러 소리를 앞세워 병사들의 머리 위를 몇 바퀴 돌았다. 그리고 병사들로부터 수십 야드 떨어진 평지에 내려앉기 위해 다시 한 곳에 고정된 자세로 멈춰 날고 있었다.

그러나 몸을 일으켰던 병사들은 아무 일도 아니란 듯 다시 땅바닥에 주저앉으며 착륙 지점을 찾고 있는 헬리콥터를 바라보고 있었다. P대위와 하사관 한 사람이 헬리콥터의 착륙을 돕기 위해 이리저리 뛰고 있었을 뿐이다.

이인승 초소형 헬리콥터였다.

"휘유, 난 기권이다. 저기 올라타면 얼마나 무서운 줄 아나? 굉장히 무서운 기다. 저 높은 데서 뚝 떨어지면 뼈다구도 못 추린다 이거 아니가. 그래서 난 저거 안 탈란다."

김 중사가 농을 해댔지만 P대위는 그의 말을 묵살하면서 헬리콥터 앞으로 휘청휘청 걸어나갔다. 그리고 그는 외국인 조종사와 소리치듯 몇 마디 주고받았다.

이윽고 대위가 몸을 돌려 연대장 앞에까지 걸어와 두 발을 딱 모아 붙이며 경례를 했다.

"연대장님, 모시러 왔습니다. 어서 일어나십쇼."

지쳐 늘어졌던 연대장의 얼굴이 불그레하게 피어올랐다. 그러나 그는 병사들의 시선이 모두 자기 쪽에 모아져 있음을 알고 엉거주춤 일어나려던 자세를 멈췄다.

P대위가 난처한 기색으로 헬리콥터 쪽으로 얼굴을 돌렸다. 그러자 헬리콥터의 외국인 조종사가 입에 손을 모아대고 소리쳤다.

"여기 최고 상관은 누군가? 빨리 탑승하라. 사령부의 명령이다!"

"사령부의 명령입니다."

조종사의 말을 통역하던 대위가 맨 끝말을 다시 한 번 크게 외쳤다. 모두 들으란 듯이.

"사령부의 명령입니다!"

김 중사가 킬킬 웃었다. 순간 P대위가 허리에 찬 권총에 손을 얹으며 김 중사를 바라보았다.

P대위가 연대장을 부축해 일으키자 병사 한 명이 짝짝 박수를 쳤다. 김 중사가 다시 킬킬 웃고 있었다.

이윽고 연대장은 대위의 부축을 받으며 헬리콥터 앞으로 걸어갔다. 그 순간 미도의 가슴이 세차게 뛰었다. 후생병이 부상당한 왼쪽 발에 붕대를 갈아맬 때만 해도 견딜 수 없던 그 통증을 전혀 느끼지 못하고 있었다. 뭔가를 직감한 몸의 반응이었다.

번쩍, 빛을 본 것이다. 총열을 스친 햇빛이었다. 김 중사의 카빈총 총구가 연대장을 겨냥하고 있었던 것이다.

헬리콥터를 향해 움직이고 있는 연대장을 바라보느라 누구도 김 중사의 그 카빈 총구를 보지 못하고 있었다.

그 순간 미도가 본 것은 연대장의 움직임이다. 연대장이 돌연 헬리콥터 앞에서 이쪽으로 몸을 돌린 것이다. 미도는 연대장의 눈길이 자신의 눈길과 부딪쳤다고 생각했다. 미도는 자신을 향한 연대장의 그 눈길을 놓아줄 수가 없었다. 놓아줄 수 없는 게 아니라 이상하게도 연대장이 미도의 시선에서 벗어나질 못하고 있었다.

아주 짧은 순간이었지만 미도는 그때 연대장과의 그 눈씨름에서 번쩍 뭔가를 감지했다.

즉결 군법회의에서 재판관이,

"피고는 병문안 왔던 상관에게 살의가 있었는가?"

했을 때 미도는 헬리콥터 앞에서의 그 짧고 초조한 시간의 눈 맞춤, 그 느낌을 생각했다.

"그렇습니다. 연대장을 죽이고 싶었습니다."

생각에 없던 말이었다. 미도는 야전병원에 병문안 온 연대장에게 살의를 품은 적이 없었다. 살의가 있었다고 한 그 말이야말로 순간적인 충동, 그 발작이었다.

판결은 선명했다. 총살형.

미도는 두 손이 묶인 채 스리쿼터 트럭에 실려 형장으로 가고 있었다.

어느 곳에선가 차가 멈춰 섰고 한 사내가 미도 옆에 다가와 담배를 권했다. 미도는 입에 물려준 담배를 힘껏 빨았다.

"넌 지금 죽으러 가는 거다!"

담배를 권한, 얼굴의 선이 날카로운 사내가 씹어뱉듯이 뇌까렸다. 그 순간 차가 뛰어오르며 미도의 물려 있던 담배가 바닥에 떨어졌다.

사내가 천천히 담배를 주워 손에 들고 말했다.

"살고 싶은가?"

미도는 대답 대신 눈을 감았다. 다시 한 번 폐 속 그 깊이 담배를 빨고 싶었다.

사내가 새 담배 개비에 불을 붙여 미도의 입에 물렸다.

"넌 운이 좋은 놈이다. 너한테 또 한 번의 기회를 준다. 살고 싶은가 그대로 가겠는가?"

미도는 담배를 다시 한 번 깊게 빨아들이며 몸서릴 쳤다. 살고 싶었다.

미도는 그때 섀미잠바가 묵시적으로 제시한 조건에 고개를 끄덕였다. 그는 소위로 임관되던 그해 있었던 전군 사격대회에서 일등 사격수로 뽑혔던 것이다.

"그러면 이제 당분간 네 생명을 내가 맡아둔다."

그 생명줄을 쥔 섀미잠바가 주위 어딘가에 숨어 있을 것이다. 총을 맞고 계단을 굴러내릴 그 사람을 미도처럼 기다리고 있을 터이다.

적의가 없이도 사람을 죽일 수 있다. 그래, 살의가 없이도 사람을 죽일 수 있는 것은 충동이다. 제어 기능을 잃은 충동.

몸을 죄어오는 긴장뿐, 미도는 마음속에 그 어떤 욕구도 느끼지 못했다. 그렇게 외로웠다.

밖에서는 구두닦이 소년들이 지껄지껄 구슬치기를 하고 있었고 구멍가게 노인이 아직도 먼지떨이를 손에 든 채 졸고 있었다.

미도는 문득 이 위치를 떠나 저 아래 길바닥에 서 있고 싶었다. 구두닦이 소년들과 구슬치기를 하고 구멍가게에서 사이다를 사서 마시고 싶었다. 저 아래 골목 사람들과 너무 멀리 있어서, 방에 빛이 들지 않아서 외로웠다.

만취가 되어 친구들과 함께 창녀를 찾은 적이 있었다. 그런데 아무리 애를 써도 헛일이었다. 밑에 깔린 계집은 짜증을 냈다. 이거 뭐 이래, 옆방 함께 온 손님은 벌써 끝났잖아! 계집은 짝짝 껌을 씹고 있었다. 미도는 그 껌 씹는 소리에 집착하고 있는 자신을 자꾸 닦아챘다. 왜 그렇지, 전엔 안 그랬는데. 왜 자꾸 죽는 거야? 미도는 잔뜩 경멸에 찬 계집의 눈과 껌을 씹어대는 입언저릴 보지 않으려고 눈을 감았다. 그러나 끝내 일을 못 이룬 채 조소 섞인 계집의 시선을 뒤로하고 미도는 방을 쫓겨 나오고 말았다.

야전병원에서의 그 단절감. 삐걱대는 침대, 무표정한 군의관과 간호원의 흰 가운. 우뚝우뚝 막아선 흰 벽. 창문으로 스며든 저녁 햇살. 미도는 야전병원의 그 흰 벽 속에서 많이 외로웠다.

그런 어느 날 야전병원에 연대장이 나타난 것이다. 꿈을 꾸고 있는 것 같았다. 포로가 되었거나 전사했어야 할 연대장이 아닌가.

김 중사는, 아니 자신이 헬리콥터에 타는 것을 멀뚱하니 바라보던 그 병사들은 모두 어떻게 된 것일까.

야전병원을 찾은 연대장의 환한 얼굴. 그의 어깨에 빛나는 별을 보는 순간 미도는 눈앞이 아찔한 현기를 느꼈다. 그렇게 반가웠다. 연대장이 손을 내밀어 악수를 청했을 때도 서슴없이 그 손을 덥석 잡았던 것이다.

그러나 연대장이 병실에 나타났을 때 미도의 눈에 가장 먼저 띤 것이 권총이었다. 연대장 허리에 매달린 권총을 본 순간 미도는 김 중사가 헬리콥터 앞에 선 연대장을 겨냥한 격발 직전의 그 카빈총이 생각났던 것이다.

순간적이었다. 연대장 허리에 매달린 권총이 손에 잡혔다고 생각되는 순간 총성이 울렸다. 연대장이 아닌, 연대장 뒤에 서 있던 하사관이 풀썩 바닥에 주저앉는 것을 본 것은 그다음이었다.

미도는 의자에서 다시 몸을 고쳐 앉으며 밖을 살폈다.

구두닦이 소년들이 구슬치기를 하고 있는 옆 골목에서 누런 개 한 마리가 어슬렁거리고 나왔다. 놈은 소년들 옆을 슬그머니 돌아 계단 밑 구멍가게 앞까지 다가갔다. 까칠한 누런 털이 바람에 부르르 흩날렸다. 꼬리를 사타구니에 사려 넣은 채. 구멍가게 노인은 개를 발견하자 눈을 부라리며 쉿, 하는 표정을 했다. 그렇게 노인이 어떤 반응을 보이자 개는 사렸던 꼬리를 내

저었다. 그러나 노인은 한 손을 들어 위협적인 시늉을 했다. 그
제야 개는 꼬리를 다시 사리며 천천히 방향을 바꾸어 이쪽 건물
을 향해서 걸어 나오기 시작했다. 드디어 개는 설렁설렁 길을
건너 미도가 있는 이쪽 건물 쪽으로 자취를 감추었다.

조금 사이를 두고 방한모를 뒤로 젖혀 쓴 병사 셋이 빠른 보
조로 지나갔다. 구슬치기를 하던 소년들이 구두 닦으세요, 했지
만 그들은 거들떠보지도 않고 국도 있는 쪽으로 사라졌다.

병사들이 사라져 안 보이게 되자 그들이 사라진 쪽에서 잠바
차림의 청년 하나가 자전거를 타고 나타났다. 그는 머리를 앞으
로 한껏 내밀고 자전거의 페달을 세차게 밟으며 지나갔다.

간간 바람이 몰아쳤다. 미도가 들어 있는 방 안의 유리창이
드르릉 울렸다.

손이 시렸다. 그러나 저쪽 건물의 계단에서 눈을 뗄 수 없듯
이 총을 집어넣을 수는 없다고 생각했다. 쏴버려야 한다. 어서
그 시간이 와야 한다. 내일이 그 시간에 얹혀 오고 있었다.

새미잠바가 일러준, 표적물을 쏜 다음의 행동수칙은 간단했다.
곧바로 아래층으로 내려갈 것. 열려 있는 뒷문으로 나가는 것
은 자살행위. 그 뒷문은 저격 후 그곳으로 피했다는 것을 알리
기 위한 전략. 열린 뒷문 반대쪽 지하실로 통하는 통로 위에 놓
여 있는 드럼통을 밀고 들어가 다시 통로를 폐쇄할 것. 그 지하
실 한구석에 다른 은신처가 헌 책장 뒤에 있다는 것. 저격 장소
로 올라오기 전 미리 점검했던 수칙이다.

그렇게 숨어든 지하실 은신처에서 24시간을 보내면 된다고
했다. 그곳에서 보내는 동안 필요한 모든 것이 그 안에 갖춰져

있다는 것이다.

앞쪽 건물 다방 문이 열리며 누런 반코트를 걸친 사내가 담배 연기를 후우 내뿜으며 계단을 뚜벅뚜벅 내려오기 시작했다. 무슨 생각에 깊이 잠기기라도 한 듯 잔뜩 머리를 숙인 채 그는 계단을 내려와 담배를 땅에 던져 발로 눌러 끄곤 느릿느릿 걸어갔다. 그의 숙인 머리에 바람이, 골목의 썰렁한 바람이 불어왔다.

그 사내가 사라지자 구두닦이 소년들도 저희들끼리 무엇인가 의논하더니 구두통을 둘러메곤 국도 쪽으로 지껄지껄 사라졌다. 그들이 멀어져가는 모습에 멍하니 눈을 주고 있던 구멍가게 노인은 쿨럭쿨럭 기침을 했다.

구두닦이들이 그 현장에 없다는 것이 다행이다 싶으면서도 미도는 그들이 없는 골목의 그 적요가 더 싫었다.

미도가 다시 자리를 고쳐 앉느라 몸을 일으키려는 순간 지프차 한 대가 다방 앞에 나타났다. 그 지프차 속에서 두 사내가 내렸다. 그때 흰 커튼이 드리워진 채 열릴 줄 모르던 다방 창문 하나가 열리며 얼굴이 환한 여자가 아래를 향해 손을 흔들었다.

그러자 지프차에서 먼저 내린 밤색 오버의 사내가 그네에게 손을 흔들어 보였다. 그다음 그는 지프차를 향해 손짓을 했다. 지프차는 급히 뒤로 물러섰다가 다시 방향을 바꾸어 오던 쪽으로 사라졌다.

미도는 어찔어찔 조여드는 정신을 가다듬으며 방금 지프차에서 내린 두 사내에게 시선을 모았다. 표적물을 찾아야 했다.

밤색 오버가 차에서 내린 뒤 그를 따라 내린 사내는 검정 오
버에 중절모를 쓰고 있었다. 사진에서 본 인상과는 달리 사내
의 키가 작아 보였다. 키가 작은 그 사내가 제거 대상이었다.

그들은 다방으로 오르는 계단 밑까지 이르렀다. 이층 다방
창문을 열고 아래를 내려다보던 여자의 모습이 사라지면서 커
튼이 쳐졌다

섀미잠바가 말한 대로라면 저 밤색 잠바의 사내는 구멍가게
로 담배를 사러 갈 것이다. 그때 검정 오버의 키 작은 사내를
쏴야 한다.

계단 밑까지 함께 갔던 밤색 오버가 뒤에 선 키 작은 사내에
게 그대로 계단을 먼저 올라가라는 손짓을 한 뒤 구멍가게 쪽
으로 걸어갔다.

그러나 중절모의 키 작은 사내는 계단참에 그대로 선 채 밤
색 오버를 기다리겠다는 자세로 힐끗 미도가 있는 건물 쪽으로
눈길을 돌렸다.

그 순간 미도는 숨을 들이마셨다. 드디어 중절모가 계단을
밟기 시작한 것이다. 하나, 둘, 셋, 천천히, 최적의 조준 거리,
완벽한 찬스였다.

그러나 이상했다. 몸이 와들와들 떨리면서 표적물이 마구 흔
들렸다. 가늠쇠 위의 표적물이 아예 사라져버린 것이다.

담배를 입에 문 채 구멍가게를 나와 계단참으로 오르던 밤색
오버가 힐끗 미도 쪽을 일별했다.

그때 연대장은 김 중사가 자신의 뒤통수를 겨누고 있다는 사

245   광망(光芒)

실을 알 리가 없었을 것이다. 헬리콥터 앞에서 빛살처럼 꽂힌 구미도 소위, 그 부상병과의 눈길에서 벗어날 수 없었기 때문이다.

"본관이 명령한다. 저기 누워 있는 소위를 여기에 태워라. 그리고 지금부터 본관이 본 부대를 통솔한다!"

연대장이 헬리콥터로 다가가는 모습을 멍하니 바라보던 병사들이 술렁거리기 시작했다.

P대위가 나섰다.

"여기 타셔야 합니다. 사령부의 명령입니다."

그러나 연대장은 대위를 향해 소리쳤다.

"이유 없다. 빨리 저 부상병을 헬리콥터에 태워라! 다시 말한다, 여기선 내가 상관이다. 이제 우리들은 이 포위망을 뚫거나 아니면 옥쇄하여야만 한다. 전원 각오하라!"

이 돌연한 발언에 다시 병사들이 술렁술렁 몸들을 움직였다.

미도는 후생병에게 부축되어 헬리콥터 앞으로 다가가는 동안 등에 땀이 흘렀다. 그러나 한 번도 뒤를 돌아보지 않았다. 카빈총 총구를 헬리콥터 쪽에서 내리지 않고 있는 김 중사의 눈길과 마주치고 싶지 않았던 것이다.

미도는 계단참에 서 있는 중절모의 사내에게 어떤 식으로든 신호를 보내고 싶었다. 약 삼십 야드 이쪽에서 자기 목숨을 겨누고 있는 것도 모른 채 저렇게 무연할 수 있다니.

그를 쏘고 싶지 않았다. 적의가 없이 사람을 죽이는 일을 또다시 할 수는 없었다.

바로 그때 어디선가 개의 비명 소리가 들려왔다. 아래층이었다. 미도는 조금 전 어슬렁어슬렁 이쪽 건물 쪽으로 걸어오던 누런 개를 생각했다.

개 비명 소리에 잠깐 정신을 쏟은 순간 계단 열한번째 칸까지 올라선 중절모의 사내가 밤색 오버에게 무엇인가 말하고 싶어 하는 표정으로 밑을 내려다보았다.

밤색 오버의 사내는 셋째 계단에 한쪽 발을 올려놓은 채 입에 문 담배에 라이터를 켜대고 있었다. 그러나 라이터는 번번이 불이 일지 않았다. 미도는 라이터를 켜는 밤색 오버의 손이 떨리고 있는 것을 보았다.

내키지 않는다고 해서 안 할 수만 있다면 얼마나 좋을 것인가. 하나뿐인 생명을 포기하고 싶지 않았다. 모처럼 찾아온 좋은 운을 놓칠 수가 없었다.

가늠쇠에 다시 눈을 맞추고 방아쇠에 손가락을 걸었다. 숨을 고르고…… 명중해야 한다.

운의 또 다른 이름 우연. 그때 세 건의 사건이 동시에 일어났던 것이다.

중절모의 사내가 왼쪽 손을 쳐들어 손목에 찬 시계를 내려다봤다. 몇 시일까?

또 하나의 사건은 좀 전에 모습을 감춘 다방 창문의 그 얼굴 환한 여자가 다시 얼굴을 내민 것이다. 그 순간 미도는 그 여자의 눈길이 자신이 겨누고 있는 총구를 보고 있다고 느꼈다.

다른 또 하나의 사건은 그때까지 계속되고 있는 개의 비명이었다. 그것은 마치 날카로운 쇳조각으로 유리창을 긁어댈 때처럼 신경을 긁었다.

미도는 중절모 대신 밤색 오버의 사내를 바라보고 있었다. 드디어 밤색 오버의 사내가 담배에 불을 붙였다. 그의 입에 문 담배가 푸들푸들 떨고 있는 것도 똑똑히 보였다.

미도가 몸을 일으키자 그가 앉았던 의자가 뒤로 넘어졌다. 그는 어둠을 박차듯 힘껏 문을 열었다.

아, 빛이 있었다. 아래층 층계 입구, 층계참까지 햇빛이 뻗어 있었다.

미도는 심한 갈증을 느꼈다. 지하실 탁자 위에 있을 우유를 생각해냈다. 우선 갈증을 메워야 했다.

미도는 지하실로 내려가는 통로를 막고 있는 드럼통을 밀었다. 섀미잠바가 말한 대로 활짝 열려 있는 뒷문 쪽에서 개의 비명이 들렸다.

목이 탔다. 보장된 24시간, 그 은신처에 물이 있을 것이다.

끝이다. 또 하나의 시작인 끝을 향해 그는 지하실 이곳저곳을 더듬었다. 지하실 입구라고 짐작되는 지점에 반쯤 열린 문으로 빛이 들어오고 있었다.

그 열린 지하실 문 옆에 누런 개가 입에 게거품을 물고 쓰러져 있었다. 자신의 손에 권총이 들려 있는 것도 그때 알았다.

그는 신음하고 있는 개를 향해 총을 겨눴다.

방아쇠를 당겼다. 명중, 두 방 다 쏘았다.

미도는 미친 듯 대문 쪽으로 달려갔다. 빗장을 뽑고 길 가운데로 뛰쳐나갔다.

이곳저곳의 창문들이 열리고 사람들이 왁자하게 소리치고 있었다.

건너편 건물이 햇살에 빛을 냈다.

그는 이편 건물의 그늘을 벗어나 햇볕 속으로 뛰어들었다. 구멍가게 노인이 몸을 엉거주춤 일으키는 게 보였다. 미도는 다방으로 오르는 계단참에서 위를 올려다보았다.

중절모의 그 키 작은 사내를 만나고 싶었다. 시간을 확인하던 사내, 그 무연한 얼굴의 사람, 그의 손을 잡고 싶었다.

사내가 다방 출입문 입구에서 미도를 내려다보고 있었다. 미도는 그 사내를 향해 웃었다. 활짝 웃어 보였다.

그러나 중절모의 사내 거동이 심상찮았다.

"거기 서라!"

그 사내가 미도를 향해 소리쳤다. 그때 미도는 그 사내의 손에 들려 있는 권총을 보았다.

아, 난 당신과 악수를 하고 싶은데……

미도는 마지막 계단을 디디며 바른쪽 손을 그 사내에게로 내밀었다.

자기 손에 권총이 잡혀 있음을 비로소 발견한 것도 바로 그 순간이었다.

일순 그것은 빛이었다.

미도의 손에서 권총이 떨어지는 것과 동시에 그의 몸뚱이가 바람개비처럼 돌아 계단 난간에 허리를 꺾었다.

○1964년『현대문학』2월호

수렁 속의 꽃불

"자네는 운이 좋아. 자그마치 열세 명 지원자를 물리칠 수 있었다는 건 보통 일이 아니지."

그가 다시 말했다.

"자네 알고 있나? 그 많은 지원자 중에서 자네가 지명된 이유 말일세."

"모르겠습니다."

나는 윗사람을 향해 곧장 대답했다. 정말 모를 일이다.

정말 나 외에 그곳 근무를 희망한 사람이 있었다는 것이 도무지 믿어지지 않았다. 그것이 윗사람의 말대로 사실이라면 우리 안평시의 관리들 중에는 나처럼 탈속하여 은둔거사연하고 싶은 사람이 많다는 고무적인 결론이 된다. 그렇다면 그 많은 지원자들은 나와 뜻을 같이하는 동지임에 틀림없다. 동지가 있는 한 범속의 일상에서 분수에 맞는 즐거움을 얻지 못하고 권태와 회의의 늪에 빠져 허덕이다가 결국은 슬그머니 뒷전으로 처지는 그런 현실 도피자만이 갖는 자책의 쓸쓸한 외로움이 조금은 가시는 느낌이었다.

　나는 정말 삼 년째 맞는 짧은 관리 생활에 이미 걷잡을 수 없는 자기혐오를 느끼고 있던 참이었다. 나는 누구에게도 내 진실을 내주기를 겁냈다. 그리하여 나 또한 그네들로부터 사랑과 믿음을 얻어낼 수 없었다. 내 눈이 그네들 거짓 삶과 출세 지향의 그 악착스런 집착을 비웃은 만큼 나 역시 그네들로부터 버림받을 수밖에 없는 존재였던 것이다.

　나는 온실 속에서 자란 잎이 햇빛 속에 던져져 늘어지듯 나를 둘러싼 삶의 여러 현상 앞에 더 이상 견디지 못하고 녹다운된 상태였다. 나는 진심으로 갈망하고 있었다. 그것이 비록 잠시나마, 신뢰로 가득한 만남이 있는 삶, 오기와 끝없는 욕망의 불덩어리를 삭이고 조용히 가라앉은 생활, 질시와 배신이 아닌 사랑과 관용이 있는 아름다운 인생을 꿈꾸고 있었던 것이다.

　"자네가 뽑힌 이유는 간단하네. 젊기 때문이야. 거기다가 미혼이구. 조사해봤더니 자넨 고아나 다름없더군. 젊은 사람한테 딸린 식구가 없다는 것은 그만큼 유리한 점이 많은 게야. 이를 테면 식구들에게 쏟을 시간과 정열을 몽땅 자기 임무에 이용할 수 있다는 걸세. 그런 면에서 자넨 적격자였네. 자네가 그곳의 파견 근무를 자청하고 나선 것도 자신의 그런 강점을 살리고 싶은 젊은 사람의 야망이었다고 믿어 의심치 않네."

　나는 어리둥절했다. 뭔가 단단히 잘못된 생각들이 죄어진 나사를 틀어 잘 조립된 기계가 우당탕거리며 역회전하는 걸 바라보는 심정이었다. 또한 초점이 맞지 않은 피사체의 일렁거림을 보고 있을 때처럼 짜증이 났다. 내 윗사람은 도대체 지금 무엇을 내게 얘기하고 있단 말인가. 이 사람이 알아본 대로 정말 내게는 딸린 식구가 없다. 그러나 내게 그것은 결코 자랑스러운 일이 될 수 없었다. 나는 항상 손을 휘저어 무엇인가 나를 지탱할 수 있는 나뭇가지를 잡으려고 안간힘을 쓰는 꿈으로 시달렸다. 하지만 번번이 허탕이었다. 아무것도 손에 잡히지 않은 채 수렁의 어둠 속에서 허우적거리고 있었을 뿐이다. 내게 유일한 뿌리는 어머니였다. 그러나 그네는 내게 아무것도 알려주지 않았다. 내가 태어난 곳, 나를 이 세상에 있게 한 내 아버지와 그 아버지의 고향과 그곳에 담겨 있는 전설에 대해서 어머니는 단연코 입을 열지 않았던 것이다. 느 아부진 산지기였다. 산이라면 환장을 했던 양반이여. 아버지에 대해서, 내가 그처럼 연연해하는 내 뿌리에 대해서 그네가 일러준 것은 고작 그것뿐이었다.

"젊다는 것은 확실히 자랑스러운 거지. 하지만 말이야……"

윗사람은 눈을 가늘게 뜨고 내 아래위를 훑어보면서 말했다.

"젊다는 그것이 객기나 오기로 흘러서는 곤란하네. 중뿔나게 자기를 내세우고 마치 자기가 무슨 사회 정의의 사도인 양 뻗대는 꼴들 있잖은가. 그런 치들일수록 쉬 부러지는 법이야. 장래가 있는 젊은이라면 선배가 걸은 그 길을 조심조심 되밟는 그런 겸허의 미덕이 있어야 하는 거네. 세상 흘러가는 방향을 재빨리 잡아 그쪽으로 길을 틀 줄 알아야 한다는 얘기지."

"말씀, 명심하겠습니다."

그가 말하고자 하는 요지가 어렴풋이 잡히긴 했지만 한낱 산지기로 떠나는 사람을 앞에 놓고 할 소리가 고작 이것이란 말인가. 좀 한심했다. 그러나 그가 다시 말했다.

"내가 말하는 그런 전형적인 젊은이가 있네. 바로 자네가 근무할 거기 전임자일세. 그 사람이야말로 삼 년 전에 자네처럼 큰 뜻을 품고 그곳 근무를 자청해 나갔던 걸세. 그곳이 시유지로 됨과 동시에 우리 안평시의 특수 보호구역으로 지정됐을 때 그는 이미 모든 걸 알아버렸던 거야. 자기가 헤엄칠 수 있는 물을 얻은 거지. 어떻든 그 사람은 거기서 삼 년간 굉장한 일을 해냈지. 인근 촌락의 주민들과 마찰도 많았던 모양이고 거기에 따른 모함도 보통이 아니었지. 하지만 그 사람은 모든 걸 참고 견뎌낸 걸세. 결국은 그 젊은이의 뜻이 우리 시장님까지 감동시켰던 거야. 이제 그 사람은 현장에서 얻은 그 생생한 체험을 가지고 시장님 곁에서 행정 일을 맡게 된 걸세. 그 자리에 자네가 가게 될 거지. 자네도 알겠지만 거긴 우리나라 최대 최고의 풍치림을 가진 데가 아닌가. 자네가 바로 그 풍치림 보호지역 중에 한 곳을 책임 맡아 나가게 된 것이라 그 얘길세."

윗사람은 내게 생각할 여유를 주지도 않고 다그치듯 물었다.

"자네는 자네가 근무할 그곳에 대해서 어떻게 생각하고 있는가?"

나는 비로소 내 목을 옥죄어든 올가미를 본 느낌이었다. 내 첫걸음, 바닥으로 기는 연습부터 해두고 싶었다.

"현재로선 그곳에 대해 전혀 아는 바가 없어 말씀드릴 게 없습니다. 떠나기 전 풍치림보호과를 통해 모든 걸 숙지해두도록 노력하겠습니다."

그것은 사실이었다. 도시 미화과 철거계의 말단 자리에 있던 나로서는 그곳에 대해서 알 턱이 없었던 것이다. 다만 아는 것이 있다면 사유지로 되어 있는 그곳은 시 중심에서 무려 80킬로미터나 떨어진 곳에 위치한 '경치 좋은 산'이라는 정도였을 뿐이다. 그리고 내가 그 경치 좋은 산의 산지기로 가기로 돼 있다는 사실이 내가 아는 전부였다.

전철 종점이었다. 내가 내린 이 촌락이 바로 시 중심으로부터 80킬로미터 떨어져 위치한 우리 안평시의 위성 촌락 중의 하나였던 것이다. 먼저 시장들이 도시 계획상 인구의 적절한 수용과 도시 미화를 위해 무허가 주택을 일제히 철거함으로써 그 철거민들을 시 중심으로부터 80킬로미터 떨어진 곳에 집단 이주시켰던 것이다. 당장은 잘한 일이었지만 문제는 시간이 갈수록 심각해졌다. 비록 시 중심에서 밀려나 살고 있지만 그들의 거반이 생활 근거지를 시 중심으로 삼고 있었기 때문에 먼저 시장들이 노린 안평시의 순수성과 전통적인 것의 전수는 말짱 헛일이 되고 있었던 것이다. 그것은 시 중심에 사는 시민들에게는 꽤 위협적인 일이었다. 시민들의 긍지를 살리기 위해 취해진 사업이 이제는 시민들의 분노를 불러일으키는 결과까지 낳게 되었다. 위성 촌락의 위치 때문이었다. 대부분의 촌락이 산 좋고 물 좋은 데를 골라 이루어졌던 것이다. 그러다보니 휴일을 맞아 산과 강을 찾는 안평시의 시민들은 이맛살을 찌푸렸다. 흰불나방처럼 철저하게 자연경관을 해친 촌락 사람들에 대해서 그들은 분개하고 있었다. 산림 조경 허가를 받아 건물을 신축하는가 하면 모양 좋은 계곡의 바위에는 페인트로 자기

256

네 암자 안내문을 요란하게 써놓아 그 어지러움이 말이 아니었던 것이다. 거기다가 보기 드문 나무들이 아래 촌락 사람들의 화목으로 도벌돼 내려가고, 자연석이 마구 채취되어 도시로 빠져나갔다. 이쯤 되면 먼저 시장들의 인구 분산 정책은 완전 실패였다. 그리하여 풍치림 보호 문제는 이제 시장 선출의 새로운 이슈로 등장했다. 지금 안평시의 시장은 그것을 제때에 파악한 것이 분명했다.

전철역에서 약 이십여 분을 걸어 들어가야 천수산 입구가 나타났다. 늦여름 날씨이기도 했지만 나는 몹시 지쳐 있었다. 그곳 철거민들이 살고 있는 거리를 지나오는 동안 나는 비로소 안평시 시민들의 찌푸린 이맛살을 이해할 것 같았다. 원래 지정된 지역을 훨씬 벗어난 산비탈 여기저기에 무허가 건물이 난립하고 있어 헌데 앓는 아이들의 머리통을 보는 것처럼 마음이 꺼림칙했다.

산의 입구에 커다란 입간판이 세워져 있었다.

'천수산 풍치림 강력 보호구역. 보호 면적: 37ha 45. 보호 기관: 안평시 천수산 풍치림강력보호 관리반'

그리고 그 옆에 경고판이 붙어 있었다. 보호구역 내에서 제반 사항을 위반할 시는 법에 의하여 강력한 처벌을 받을 것이란 그런 내용이었다.

윗사람이 말하던 그 전임자가 나를 기다리고 있었다. 한마디로 야무지게 생긴 사내였다. 산을 지킨 사람답지 않게 얼굴이 희고 인상마저 준수해 보였다. 관록 있는 전임자라는 사실이

수렁 속의 꽃불

아니더라도 나는 이미 그의 빈틈없어 뵈는 외모에 압도당한 느낌이었다.

'풍치림 강력 보호지역 제1초소'

이곳이 내가 새로운 삶을 위해 자청해 찾아든 나의 주거지였다. 공기가 너무 좋아요. 지극히 사무적인 어조로 내가 해야 할 일을 일러주는 그에게 내가 한 말이란 고작 그것이었다. 솔직히 나는 그의 얘기에 귀를 기울이고 있지 않았다. 어디에 눈을 던져도 울울한 수목의 바다가 출렁이고 있었다. 나는 콧구멍까지 벌름거리며 내 눈앞에 펼쳐진 이 경이로운 세계에 온통 심취해버렸던 것이다.

"천수산에는 모두 다섯 개의 초소가 둘러 있어요. 여기 제1초소 외의 네 군데 초소를 지키는 사람들은 모두 내가 임명한 이 아랫마을 사람들이지요. 그 사람들은 오늘부터 마형의 지시를 받아야 하는, 우리 안평 시청의 임시 고용인들입니다. 처음부터 그 사람들 꽉 틀어잡지 않으면 되려 크게 물린다 그거요. 일에 이골이 나기 전에 주저 없이 갈아치우라 그 얘기요."

내 전임자는 그날 하루 종일 나를 끌고 천수산 일대를 돌았다. 나를 위해서라기보다 삼 년 동안 자기의 힘이 이룩해놓은 이모저모를 새삼 확인하며 마지막 일 마무리를 하고 있는 것으로 보였다.

"김씨. 그동안 수고가 많았수다. 내가 지금까지 봐온 초소장 중에서 김씨같이 성실하고 솔직한 사람은 처음이야. 약속한 대로 내가 시에 들어가 정식 직원으로 채용될 수 있게 노력할 거요."

그는 천수산 북쪽에 위치한 제2초소에 들어서는 40대 건장한 초소장을 마치 아이들 다루듯 했다.

제3초소에서도 그는 50대 남자를 상대로 제2초소 사람에게 한 말을 거의 그대로 되풀이했다. 그리고 그는 사무적인 일을 마지막으로 지시하고 있었다.

"박씨 관리 지역에서 올해 잣이 대략 스무 가마쯤 날 거요. 작년 여길 맡았던 초소장이 열여섯 가마 닷 말을 냈으니까 박씨처럼 철저한 양반이야 모르긴 해도 스무 가마가 문제 아닐 거요. 그리고 인건비를 줄이기 위해서는 되도록 아녀자들을 쓰도록 하는 게 좋을 거요."

제4초소에 들러 그는 관상수의 불법 유출 건에 대해서 신랄하게 캐고 들었다. 적단풍 세 그루가 인근 마을 사람들에 의해 뽑혀 다른 시로 흘러나갔다는 것이다. 제4초소의 젊은 초소장은 그 사실을 순순히 시인했다. 관리 소홀을 절감한다고 했다. 그는 그 젊은 초소장의 어깨를 가볍게 두드리며 위무했다. 그럴 수도 있는 게야. 그러나 그럴 수도 있다는 생각은 먼저 그 한 번으로 끝나야 해.

제5초소까지 돌아보는 동안 우리는 천수산 속에 있는 대흥사라는 절을 위시해 무려 삼십여 개의 사찰을 들르기도 했다.

"이 산속에 절과 암자가 모두 서른두 곳 있어요. 그중에서 등록된 것은 대흥사와 상원사 두 곳뿐이고 나머지는 모두 미등록 사찰이라는 사실을 알고 있어야 할 거요. 삼 년 전 내가 여기 왔을 때 이미 이 상태였다니까. 한발 늦은 거지. 우습지만 이런 미등록 사찰을 강력히 단속할 만한 법적 근거가 없기 때문에 애로 사항이 많았어요. 어떻든 삼 년 전 그 상태에서 더는 번져

　　수렁 속의 꽃불

나지 않게 하는 데만도 보통 힘이 든 게 아니었단 말이오."

실상 이런 것들을 절이라고 해야 할는지. 시멘트로 조잡하게 대형 불상을 만들어 세운 다음 불당이라는 것도 잡석을 쌓아 그 위에 슬레이트 지붕을 얹은 한심한 것이었다. 거기다가 법당 옆으로 살림집과 널찍한 마당에, 60여 평가량의 평지를 일궈 야채류를 심고 있었다. 우습게도 규모가 작은 암자들의 대부분은 특정 불교 종단에 속해 있다는 것을 야단스럽게 내걸고 있으면서도 절이 대개 그러하듯 불당 한 옆으로 토속신을 모시는 신당이 따로 차려져 있었다.

"이게 어디 불도를 닦는 절입니까. 먹고살기 위한 영리 수단이죠. 여기 주지들 자칭 도통하지 않은 사람 없고, 점술에다 사주 관상 모두 훤하지요."

그는 둘러본 사찰들에 대해 상당한 적의를 가지고 있는 것처럼 보였다.

"그런데 왜 이 산에 사찰들이 이렇게 많습니까?"

나는 기회를 보아 조심스럽게 물었다. 그러나 나는 솔직히 이 산에 절이 이처럼 많다는 사실에 대해 내심으로 무척 반가워하고 있었다. 어쩌면 이 산속에서 어머니를 만나게 될는지도 모른다는 생각이 불현듯 치밀면서, 전임자가 그처럼 적대시하는 사찰들이 내게는 그토록 경외의 대상으로 마음에 자리 잡는 이유를 알아낸 것이다. 내가 취직이 되고 나서 홀연히 자취를 감춘 어머니의 행방에 대해서 나는 마음속으로 항상 산을 생각하고 있었던 것이다.

"이 산에 절이 많은 건 사실이오. 그것은 구제받아야 할 중생이 많다는 걸 뜻하는 거지요. 저 아래 촌락 사람들 말입니다. 거개가 다 빈민들인데, 문제가 많아요. 가난하기 때문에 모두 갈팡거리고 있다구요. 그러니 절이 많을 수밖에요. 어디 많은 게 절뿐입니까. 아마 마형도 오면서 봤을 거요. 저 아래 촌락에 교회가 자그마치 스물두 개요. 그 종파만 해도 가지가지, 사이비 종교의 온상입니다. 교회에 못지않게 이 집 저 집 대문에 흰 깃발 세운 무당집도 헤아릴 수 없이 많다구요. 이처럼 무당과 교회가 많다는 것은 그곳 주민들의 낮은 생활수준과 정신적인 불안을 나타내 보이는 거겠지요. 하지만 여기 주민들 비록 인생의 낙오자요 실패자들이지만 안평시의 호화 맨션에 사는 사람들보다 인생철학은 깊다 그겁니다. 그들은 현재 자신들이 누리고 있는 삶을 좀 더 근원적인 것, 어떤 절대적인 힘에 의해서 언젠가는 구원받게 될 것으로 굳게 믿고 있어요."

"산만 관리하신 게 아니라, 이곳 주민들의 생활에 대해서도 훤하시군요."

산을 내려오면서 나는 솔직히 그를 달리 보고 있었다. 야망이 대단해 보였다. 아니나 다를까, 그가 자신의 꿈을 말하고 있었다.

"나는 여기서 많은 경험을 했어요. 이제 어떠한 부류의 사람들이라도 나는 그 부류 속에 들어가 그들을 움직일 수 있는 자신을 얻었다는 거요."

"앞으로 국회의원에 출마하심 되겠습니다."

내 말에 그는 이때까지의 딱딱한 얼굴 표정을 헤프게 풀면서 히익 웃었다.

산이 어둠에 싸여들고 있었다. 우리들은 벗어 들었던 남방셔츠를 다시 걸치면서 걸음을 빨리했다.

계곡을 거의 다 빠져나온 지점의 전나무 숲에 이르러 전임자와 나는 한 여자와 마주쳤다. 여자를 본 순간 나는 그 자리에 우뚝 서버렸다. 온몸에 화끈한 열기 같은 게 끼쳤다. 믿는 사람들이 혹간 몸에 불을 받는다는 게 이런 게 아닐까 싶은 그런 느낌. 어둑한 나무숲에서 얼핏 스쳐 본 그네의 얼굴이나 옷차림은 별다른 게 없었다. 그러나 나는 그네와 마주친 순간 그네의 모든 것을 만진 느낌이었다. 어머니. 그렇다. 그네를 본 순간 나는 어머니를 생각했던 것이다. 어쩌면 그것은 숲속을 걸으면서 어머니 생각을 하고 있다가 느닷없이 그네와 마주쳤기 때문인지도 몰랐다. 나는 시장 골목길 난장에서 간질 증세로 넘어져 몸을 뒤틀던 어머니를 보았다. 그네가 벌여놓고 팔던 풋고추와 마늘 등 갖가지 채소 그릇들이 땅바닥에 흩어져 뒹굴었다. 나는 침을 찍 뱉고 돌아서서 달리기 시작했다. 달아나버린 것은 실상 어머니였다. 내가 안평시의 관리가 되어 그네를 부양할 능력이 생겼을 때 어머니가 홀연히 사라져버렸다.

"형씨, 지금 지나간 그 여자 어때요?"

그네가 스쳐 간 뒤 망연자실 그 자리에 서 있는 나를 향해 전임자가 말했다.

"그거 미친년입니다. 마형 조심하시오. 가슴팍에 칼을 품고 다니는 계집이니까."

묻지도 않았는데 그가 그 여자에 대해서 들려주었다.

"남편이 있어요. 거의 송장이나 다름없는 폐인이지만 명색은 버젓이 남편이지요. 간경화증으로 사형 선고를 받고 오 년 전 병원에서 퇴원했는데, 어쩐 일로 아직까지 살아 있답디다. 하지만 요즈음은 다섯 가지 합병증 증세가 나타나 오늘내일한 다더군요. 그런데 저 여편네는 이처럼 어두운 저녁 무렵이나 특히 새벽 시간이면 산속을 헤매고 다니다가 내려가는 겁니다. 얼굴도 그만하면 반반하고 몸도 좋고 나이도 젊겠다…… 아무튼 그 여자 천수산 단골이라는 건 알고 있는 게 좋을 거요."

"미친 사람 같진 않던데요"

"마형, 보아하니 그 여자한테 반한 거 같아. 원래 산속에선 여자가 다 예뻐 보이긴 하지."

그가 키득키득 웃었다. 그리고 곧 자신의 그 이상한 웃음소리를 은폐라도 하듯,

"자, 마형, 저기서 우리 한잔하고 갑시다."

내가 근무할 제1초소에서 얼마 떨어지지 않은 위치에 꽤 널따란 유원지가 있었다. 잔디밭이 제법 넓은 산소 자리였다. 봉분의 규모가 제법 큰 묘지가 다섯이나 자리한 그 앞에 문무석상까지 세워져 있어 제법 세도 있던 집안의 묏자리가 분명해 보였다.

"이 천수산에서 유일하게 여기 묏자리 오백 평이 개인 소유로 돼 있는 겁니다. 우리 안평시의 가장 말발 센 시의원의 소유지요. 그의 선대조가 이 산을 나라에다 바친 것이고, 지금은 이 산이 시 소유로 넘어오게 된 것이나 산 아래의 위성 촌락의 택지를 내준 것도 다 그 시의원의 영향이었답니다. 사실 나는 이 묏자리 관리 문제로 해서 그분을 몇 번 만난 적이 있어…… 좌

우지간 마형도 이제 여기 책임을 맡은 이상 이 묏자리 관리에
도 신경 좀 써야 할 게요."

묏자리 앞 송림이 울타리처럼 둘러선 잔디밭 위에 군데군데
모여 앉은 사람들이 보였다. 하산하는 등산객들이 술자리를 벌
인 것도 있었지만 대부분 산 아래 촌락의 노인들이 바람을 쐬러
올라와 모여 앉아 이런저런 얘기들을 나누고 있었던 것이다.

"아니, 이게 누구야?"

전대 달린 앞치마를 두른 여자들이 네댓 우리 쪽으로 몰려왔
다. 마흔이 훨씬 넘어 뵈는 얼굴에 화장기가 짙었다.

"이봐요, 관리장 양반. 우리가 하루 내내 찾은 거나 알아요?"

"그놈의 송별연 한번 하기 힘들다."

"그러고 보니, 이 양반이 여기 책임자루 새루 오신 분이구먼."

"배 먹고 이 닦게 생겼구먼그래."

술기가 있어 뵈는 그네들은 되는 대로 떠들어대면서 우리 두
사람을 에워싸고 자리를 만들었다. 그네들의 장사 광주리가 한
군데 모아지고 거기에서 술이며 안주며 과일이 우리 앞에 놓여
졌다. 그렇게 해서 벌어진 술자리였다. 내 전임자는 그네들이
건네는 소주잔을 주는 대로 다 받아 마시고 있었지만 술이 취
할수록 정신은 말똥말똥해 보였다.

"이보라우요, 관리장니임. 그대 간다니까 이내 마음 심란혀
못살겠어라우."

"누가 아니래여. 우리 애인 간다는 소리 듣구 잠 못 이루고
뒤챈 밤이 을마나 되는 줄이나 아셔? 이 양반아."

"어쭈구, 자알들 놀구 자빠졌네. 아, 이 젊은 귀공자 양반이

눈이 뻐서 우리 같은 할망구 애인 한디여? 물 없으니께 쐬주나 먹고 속 달래여!"

"그려, 그건 사실이랑께로. 허지만 말이여, 이 망할 놈의 여편네야. 나도 젊었을 땐 헌다하는 놈 꿰차고 팔도강산 유람도 한 몸이랑께로."

"젊었을 때 얘기하문 뭘 해. 지금이 문제여 문제. 나 얼굴 이리 쭈그렁바가지가 됐어두 몸뚱이만은 싱싱하단 말이여. 헌데 우라질 사내놈들이 이 몸뚱일 알아줘야 말이제. 허긴 모르지. 우리 젊은 관리장 어른께서 눈 한번 찔끔 해주시면야……"

정말 그네의 말대로 앞가슴이 피둥피둥 풍만한 여인네가 술잔을 비우며 몸서릴 친 다음 내 전임자의 허벅다릴 꼬집었다. 그러나 전임자는 뭔가 심히 못마땅한 얼굴로 술잔만 비우고 있었다.

"그러고 보니 이 양반 지금 그 색시 생각하고 있구먼그래."

"맞아, 맞았어. 쬐끔 아까 그 색시 저 위로 올라가더라니!"

"어떤 여자 복두 많당께로. 고것이 으짤라고 우리 젊은 양반 이리 실심케 헌다요?"

전임자가 돌연 내 앞에 놓인 술잔을 들어 싹 비우면서 느닷없이,

"환장하겠다구요!"

이제까지 말똥말똥해 보이던 그런 정색한 얼굴이 아니었다. 그는 취해 있었다. 술주정을 하기 위해 우정 억병으로 술을 마신 사람처럼 사람이 달려져 있었다.

"아주머이들, 내 마음 잘 알잖아! 그래서 말씀인데 말이야,

나 여기 와서 그 미친년 때문에 병들었다구요. 나 최창배 그 미친년 때문에 스타일 싹 구겼다 이거야. 나 여기 와서 내 맘대루 못해본 거 없다구, 헌데 고놈에 기집년은……"

그는 입에 씹던 안주를 푸푸 뱉으면서 손까지 휘둘러댔다.

"아니여. 뭐니 뭐니 해도 그게 난 계집이니까 그런 거여. 열녀가 따로 있단가, 바로 그 색시가 열녀여. 아무리 갤갤 다 죽어가는 사람이지만 버젓이 남편은 남편이니게. 그런 유부녀가 으쩔 것이여?"

"이 아주머이 열녀 좋아하네. 지가 열녀라면 말이야, 집에 처박혀 있을 것이지, 왜 새벽같이 산속으로 기어든다는 게야? 새벽뿐인가, 제기랄 비라두 오는 날이면 그 빌 다 맞으면서 산속을 헤매는 꼴이란. 기집 젖어 늘어뜨린 머리채며 비 맞은 젖통 보고 환장 안 하는 사내놈 있을 것 같아?"

"그게 다 몸을 식히기 위해 그러는 거여. 누가 보니까 그 색시 소나무를 껴안고 돌더래요. 여북하면 그러겠어."

"저런 죽일! 아, 그럴 바에야 바다에 배 지나가긴데 뭘…… 소나무에 댈 거여? 그것이 고 씨언한 맛을……"

그건 그려! 옆에 앉은 오십대의 여자가 내 허벅지를 철썩 때리면서 킬킬거렸다. 꿈에 자주 여자를 안았다. 중학생이었을 때부터 그랬다. 거의 오르가슴에 이르러 잠을 깨곤 했다. 그네의 품속이었다. 발기한 내 남자가 그네의 손에 잡혀 있었다. 물론 그네는 잠결이었다. 나는 벼락같이 그네를 발길로 걸어 내찼다. 뻗치는 그 혐오를 어쩌지 못해 나는 혀를 깨물어 피를 입에 물었다. 그런 날 밤 어머니는 결코 다시 방에 들어오지 않았다. 추운 겨울이었고 그네는 밤새도록 밖에 웅크려 앉아 울었을 것이다. 내가 스물이 되었을 때 어머니는 내 색싯감을 물색하는 눈치였다. 나는 구역질을 했다. 여자란 모두 추한 것으로 보였다. 나 결혼 안 한다는데 왜 귀찮게 굴어요? 그렇게 내가 역정을 내면 어머니는 더 이상 입을 열지 않았다. 만약 그네가 단 한마디 그 문제에 대해서 입을 떼었다면 나는 단연코 발기를 모르는 내 남자를 드러내 보였을 것이다.

"형씨, 우리 잘 지내봅시다!"

풍치림 강력보호 제1초소에서 내가 제일 먼저 만난 사람은 아랫마을 불량배들로 보이는 패거리였다. 그들은 소주병까지 들고 와 지분거렸다. 자기들이 내 환영 턱으로 한잔 냈으니 이쪽에서도 신고를 해야 하지 않느냐 눈치였다. 나는 즉시 그들을 유원지의 그 이동 주보 아줌마들한테 끌고 가 술을 샀다. 아무래도 그들을 멀리해서는 안 될 일 같았기 때문이다. 그들은 대개 운동선수들이나 입는 트레이닝복을 입고 있었다.

"여기까지가 우리 연합도장 새벽 트레이닝 코스요. 우리들은 말씀이야, 얼마 전부터 저 꼭대기 약수터 있는 데다가 유료 체육장을 만들려고 그렇게 계획을 세워왔다 이 말씀이야. 그런데 그 관리장 새끼가 당국에서 허락을 맡아준다고 해놓고선 싹 가버렸다 이 말씀이야. 문제는 이제 형씬데 말씀이야, 형씨 보아하니 스포츠맨 타입인데다가 퍼스트 임프레이션이 아주 고만이란 말씀이야!"

"서론이 길다 임마! 요는 새 관리장으로 부임해 오신 마승기

대형께서 적극적으로 협조해주셔야만이 우리 가난한 시민들의 체력 관리를 위해서……"

"집어치라. 넌 또 무슨 놈의 말이 그렇게 기누. 형씨, 우리 당장 다음 달부터 저 꼭대기에다 체육장 차릴 거니 알아서 기라 이 말이여!"

그들은 술이 들어갈수록 기고만장했다. 내 기를 팍삭 죽이려 온 양 하는 말마다 으름장이었다. 돌아갈 때 그들 중 하나가 나를 은근히 불러놓고 말했다.

"형씨 전임자 그 사람, 우리 덕 많이 봤시다. 그 대신 물질적으로 우리한테 협조는 잘한 편이지. 실은 말이요, 이거 초면에 처음부터 이런 얘기 하는 거 안됐지만 말이야. 우리 저 아래 연합도장 3주년 기념 체육대회를 여는데 말이요, 거 경비가 부족해서 말이요. 형씨, 이번 기회에 기분 한번 쓰셨으면 해서 말인데, 한 이십만 원……"

곁에 있던 다른 사람이 껴들었다.

"이럴 때 기마이 한번 쓰라우요. 그까짓 돈, 가발 쓰고 내려오는 중놈의 새끼 하나 잘 구슬러대면 될 건데 뭐."

"하, 그거야 먼저 관리장 새끼 전매특허였지. 그게 다 우릴 믿구 한 수작이었걸랑."

"그리고 말이야 형씨, 저 똥갈보들을 조심하는 게 좋을 게요. 저것들한테 잘못 걸렸다 하면 개망신 당한다구."

그들이 말하는 똥갈보 그 여자들이 그날 저녁 해 다 저물어 내 처소에 몰려왔다. 나는 마침 밥을 짓고 있는 참이었다.

"아이구 이거, 우리 미남 총각님……"

그네들은 제 집 살림처럼 방을 정리하고 김치를 담그고 그릇을 닦는 등 부산히 움직였다.

　"아침은 몰라두 점심하구 저녁은 우리가 순번으로 봐드릴거니 염려 마셔."

　나는 뒤에 물러서서 그네들이 하는 대로 내버려둘 수밖에 없었다. 모든 것이 처음부터 그랬다. 사람들과의 만남에서 나는 내 의사와는 전연 관계없이 그들에게 압도당하고 있었던 것이다. 누구나 초임지에서 겪게 되는 일이려니 마음을 누그려 생각하려 해도 일은 맹랑하게 돌아가고 있었다.

　"아이구, 꼭 앓던 이 빠진 것 같다니까!"

　"누가 아니래여, 고놈의 새끼 가고 나니까 십 년 체증이 다확 뚫렸다니까!"

　그네들은 전임자에 대해서 말하고 있었다. 일부러 내 귀를 겨냥한 것이 분명한 그런 얘기였다.

　"고놈의 새끼, 예서 매 맞아 뒈지지 않고 살아 돌아간 것만해두 천행이랑께."

　"왜 그 사람을 그렇게 헐뜯는 겁니까?"

　듣자 하니 너무 한다 싶어 내가 한마디 했다.

　"헐뜯는 게 아니라니까. 고놈의 새끼가 벼룩의 간을 내먹은 놈이라면 말 다했지 뭐야. 이게 제 산인가, 이건 사사건건 참견을 하고 나서는데…… 우라질 놈……"

　"목구멍 거미줄 치는 게 무서워 쐬주 좀 팔아먹구 사는 게 뭔 죄여? 이놈의 산이 뭐 그리 대단하다구 눈에 불을 켜가지고 으르렁대는 꼴이라니. 이봐요, 새 관리장 양반, 고놈의 새끼가 매달 우리한테서 얼마씩 뜯어냈는지 알기나 해여?"

"아니, 아주머이들, 나라고 해서 그냥 눈감아줄 것 같아서 그래요? 전임자가 그러데요. 원칙대로 단속하라구……"

그네들은 흠칫 내 저의를 헤아리기라도 하려는 듯 입을 다문 채 나를 흘금거렸다. 어머니 얼굴처럼 비열한 웃음까지 담고 있었다. 남편이 없거나 남편이 있어도 그 덕을 못 보는 팔자 드센 여자들의 그악스러움, 그 밑에 깔려 있는 열등감이었다. 어머니는 가끔 입에 담지 못할 악담으로 이웃을 욕하고 나중에는 자기 자신까지 저주했다. 나는 늘 안타까웠다. 아버지가 있어야 했다. 몸집이 거대한 아버지가 어머니의 작은 몸뚱어릴 인형처럼 안아 올려 어루만진다. 게거품을 쏟으며 뒹굴던 어머니가 거짓말같이 말짱한 얼굴로 아버지의 목에 매달린다. 아아, 그런 아버지. 아버지가 돌아가셨으면 제사라도 지내야 할 거 아녜요? 아버지의 생사에 대해서 내가 넘겨짚을 때마다 어머니는 딴전을 부리곤 했다. 매사에 조심해서 살어!

새벽안개의 진원이 대흥사가 있는 언덕 아래 갈참나무가 우거진 골짜기였다. 좁은 계곡에서 피어오른 안개는 서슴서슴 전나무 숲의 바닥을 기어 산비탈 활엽수들 그 싱그러운 잎 사이로 흩어져 산 전체를 몽롱한 상태에 빠뜨리고 있었다. 안개 속의 새벽 산새 울음소리는 유별나게 쩡쩡 울렸다. 대흥사를 비롯한 여러 사찰에서 치는 목탁 소리가 어디라 방향을 가릴 수 없는 안개 낀 새벽 산속의 정적을 운치 있게 흔들고 있었다. 숨을 깊이 들이마시자 폐부 그 깊은 데까지 씻어내리듯 가슴이

가뿐했다. 새벽 등산객들은 일단 약수터에서 머물러 플라스틱 홈통으로 졸졸 흘러내리는 약수를 받아 마시고 있었다. 나는 약수터가 있는 등산 코스를 버리고 좀 더 외진 골짜기로 발길을 옮겨 나갔다. 다른 골짜기보다 안개가 더욱 짙게 깔려 몇 발짝 앞을 분간하기 어려웠다.

짙은 안개 속에 문득 어떤 움직이는 형체를 보았다. 나는 그 자리에 그냥 굳어버렸다. 자신의 심장 뛰는 소리를 듣기는 이것이 처음이었다. 천수산에 들어와 두번째로 마주치게 된 그네였다. 그러나 이번에도 나는 그네의 얼굴을 맞대고 쳐다보지 못한 채 몸이 홧홧 달아올랐다. 내 옆을 스쳐 내려가는 그네에게서 싸한 한기 같은 게 끼쳐 왔다. 흰 운동화와 청바지, 그리고 검정 스웨터, 내가 본 것은 그것뿐이었다. 내가 정신을 가다듬어 뒤돌아보았을 때 안개는 이미 그네의 흔적을 깨끗이 지워버린 뒤였다. 나는 그대로 하산하기 시작했다. 골짜기를 더 올라갈 흥을 잃었던 것이다. 나는 몸이 둥둥 뜬 기분으로, 걸음걸이는 오히려 몹시 휘청거렸다. 나는 몸에 이상한 조짐을 느끼고 있었다. 어머니가 내 몸을 휘감고 몸부림하던 그런 밤의 가슴 답답함 속에서도 야릇하게 느끼던 쾌감과 비슷한 것이었다. 나는 고등학교를 졸업할 무렵 해서야 비로소 어머니의 간질병 증세와 월경주기 때의 그 히스테릭한 욕설, 그리고 잠결에 내 남자를 더듬어대는 그네의 몽유병 상태가 상당히 유기적으로 얽혀 있음을 알아냈다. 내게 어머니의 그 세 가지 증세는 거의 같은 것으로 느껴졌다. 그것을 깨닫는 순간 나는 그네의 몸을 칭칭 옭매고 있는 숙명의 뿌리를 보았다. 이제 수렁 속에서 그네의 그 깊은 고통은 전연 자신의 것이었을 뿐이다. 아무도 그네를 건져내지 못할 것이다. 아버지. 나는 가끔 내 머릿속에 아버지를 그려보았다. 그러나 나는 단 한 번도 내 아버지를 본 적이 없었다. 내게 아버지란 존재는 어머니를 구렁텅이에 내던진 채 끝까지 모습을 드러내지 않고 있는 괴물이었을 뿐이다.

안개가 피어오르는 계곡의 그 맑은 샘물에서 양치질을 하다가 칫솔 자루가 부러졌다. 잇몸에서 피가 솟았다. 어머니를 생각한다는 것은 그처럼 정신 건강상 좋지 않았다. 생각의 끝은 언제나 그네를 발길로 걸어 내차는 그 혐오 가득한 전신의 떨림이었던 것이다. 나는 늘 고아원의 그 아이들을 부러워했다. 나를 묶어놓고 옥죄는 어머니라는 인류의 줄을 증오하고 있었던 것이다.

"문 좀 열어주세요."

잠 속에서 나는 아주 나직이 문 두드리는 소리를 들었다. 꿈을 꾸고 있었다. 안개 속을 둥둥 떠다니는 꿈이었다. 안개는 내가 끌어안은 여자였다. 나는 감미로운 애무를 끝내고 이제 황소처럼 부풀어 올라 안개 속을 꿈틀거리고 있었다.

"문 좀 열어주세요."

잠이 깬 순간 나는 창문 두드리는 소리와 함께 여자의 나직한 목소리를 들었다. 비로소 나는 내가 산속의 초소에 혼자 누워 있다는 것을 깨달았다.

손전등을 켜기 전에 옷을 대충 주워 입고 창문 쪽을 향해 수하를 했다.

"저예요. 문 좀 열어주세요."

안의 기척을 느낀 밖에서는 창문을 두드리는 대신 목소리를 좀 더 크게 했다. 느닷없는 불빛에 몸을 피하는 여자의 조그마한 몸뚱이, 이동 주보 아줌마들 사이에 섞여 있는 걸 한두 번 본 적이 있는 예쁘장한 여자 아이였다.

"산에 올라갔다가 길을 잃었어요."

생판 거짓말을 하고 있는 그네의 얼굴에 비굴한 웃음이 고물거렸다.

"여기서야 못 갈 거 없잖아. 어서 내려가!"

"무서워요. 저 아래 불량배들이 무섭단 말예요."

여자 아이는 창문에 발돋움을 하면서 방 안을 기웃거리며 다시 말했다.

"방에 누가 있지요? 그렇죠?"

나는 이미 방문을 열어놓고 있었다. 열린 방문으로 여자 아이가 다람쥐처럼 빠져 들어왔는가 싶었는데 보이지 않았다. 내침구 속에 몸을 집어넣은 그네의 새근대는 숨소리뿐이었다. 나는 방에 불을 켰다. 여자 아이가 몸을 감춘 이불이 더욱 다부지게 오므려졌다. 나는 차마 그 이불을 벗겨낼 수 없었다. 나는대신 커튼을 치고, 그리고 책상 앞에 앉아 책장을 넘기기 시작했다. 오 분여의 시간이 흐르는 동안 책 속의 글자가 하나도 눈에 들어오지 않았다.

"사람 무시하지 마세요!"

이불 속에서 앙칼진 여자 아이의 목소리가 또렷이 들려왔다.

"얼마씩 받았냐? 한 번 자는 데……"

갑자기 이불이 젖혀지고, 발딱 일어나 앉은 그네의 보송보송

수렁 속의 꽃불

한 얼굴이 불빛에 찡그려지고 있었다. 나는 그네의 눈에 팔팔 살기 같은 게 떠도는 걸 보았다.

"왜, 내가 잘못 알았나? 그럼, 몸을 팔러 온 게 아니었군."

"몸 팔러 온 게 맞아요. 그렇지만 돈은 필요 없어요. 돈 대신 기숙이네가 뺏어간 약초밭만 돌려주심 돼요."

그러고 보니 이 천수산 속에 약초 재배를 하고 있는 사람이 있다는 기록을 본 기억이 살아났다.

"약초밭을 돌려달라니? 그건 개인 소유가 아닐 텐데."

"맞아요. 지금은 그래요. 그런데 우린 그 약초 재배권마저 빼앗겼단 말예요."

나는 벽에 걸린 '약초 재배 수익금 지출 내역'이란 장부를 펴 보았다. 전임자가 삼 년 전부터 써온 일지 중의 하나였다. 앞 부분의 한 군데가 눈에 띄었다. '약초 재배인 손점수, 노령으로 태만, 소득 감소, 시 재산 손실 우려, 경질 필요성 상신 중, 새 경작인 물색 중.'

"아가씨 아버지가 손점수 씬가?"

"할아버지예요. 아버진 없어요. 그 약초밭은 우리 할아버지 가 이십 년 전부터 해온 거예요. 그런 걸 시에서 약초 재배는 못하게 됐다면서 빼앗았거든요. 먼저 있던 관리장이 그렇게 했 어요. 그러더니 글쎄 그 약초밭을 기숙이네가 몽땅 맡아서 재 배하지 뭐예요. 기숙이 기집애가 이 방에 와서 잤기 때문이란 말예요. 그 기집앤 즈 아버지가 약초 재배해서 번 돈으로 예물 을 엄청 해가지고 좋은 데 시집까지 갔다구요. 그 기집애 시집 을 가고 나서도 벌써 세 번씩이나 이 방에 와서 자고 갔단 말예요. 거짓말 아니에요. 아는 사람은 다 알아요."

나는 일어나 불을 껐다. 그리고 방문을 열었다.

"가, 어서 가라구! 이 더러운 것들!"

불을 끈 것은 잘한 일이었다. 그런 경우 소리를 지르는 내 얼굴을 그네에게 보이지 않을 수 있었다. 여자 아이는 내 고함에 어리둥절한 표정으로 비실비실 일어섰다. 그리고 들어올 때처럼 잽싸게 어둠 속으로 사라져버렸다.

그날 아침 나는 대흥사 주지로부터 아침을 함께하자는 전갈을 받았다. 나는 간밤의 그 떨떠름한 일을 머리에서 씻어내기라도 하듯 오라는 시간보다 빨리 대흥사 경내에 들어섰다. 나는 절이나 교회에 대해서 남다른 경외심을 가지고 있었다. 내게는 아무런 신앙심도 없었다. 그러나 마음속에는 항상 깨끗한 것, 조용하고 바른 것을 섬기는 사람들에 대한 선망으로 가득했다. 어린 시절부터 나는 그러한 것을 갖지 못하고 컸기 때문인지도 몰랐다. 어머니는 나의 전부였다. 내가 바라는 것을 그네가 전부 지니고 있어야 했다. 그네는 가진 것이 너무 없었다. 가난하고 외롭고, 입에 거품을 물고 나자빠지고. 내 신앙이어야 할 어머니는 한낱 혐오의 대상이었을 뿐이다. 아버지, 그렇다. 부끄럽지만 그것은 사실이었다. 솔직히 나는 아버지를 바라고 있었다. 아버지가 필요했다. 중심을 잡기 위해서도 그 뿌리를 만지고 싶었다. 가끔 어머니가 무의식중에 드러내는 아버지의 프로필은 썩 좋지 않은 것이었음에도 불구하고 나는 마음속에 가장 깨끗한 것, 가장 옳고 정직한 삶을 산 아버지를 그려

보고 있었다. 우습게도 난 교회의 목사나 절의 스님들을 볼 때마다 아버지를 생각했다. 적어도 아버지는 그런 이미지를 갖고 있는 사람으로 내 마음속에 살아 있었던 것이다. 그것이 내 신앙이었다. 삼 년 전 어머니가 자취를 감춘 뒤 나는 그네의 행방을 단 한 군데로 못 박아 생각해왔다. 어머니가 아버지를 찾아 전국의 교회나 심산유곡의 절을 헤매고 있는 환상이었다. 어머니가 찾고 있는 내 아버지, 그네의 지아비는 그런 사람이어야 했다.

"불편이 많으시겠습니다. 워낙에 큰 책임을 맡고 와 계시는 거라……"

육순이 넘어 보이는 주지승은 정말 세속의 모든 것을 씻어버린 그런 초연한 면모를 하고 있었다. 그는 조용조용 여러 가지를 말했다. 산에 대해서, 그는 산 이상의 정신 수양터가 없다는 걸 강조했다. 젊어 한때 전국 불도량을 순례하던 그 얻음이 있던 생활을 말했다. 그리고 요즘 더럽혀지는 산을 얘기하다가 불교계의 극심한 타락상까지 옮겨가고 있었다. 석가세존께서 어떤 목적을 위해서는 방편을 원용하도록 권하신 말씀을 핑계 삼아, 이를 원용하는 불자들의 신심이 절대 부족한데도 불구하고 시정을 내왕하며 금전만능 풍조를 산속까지 끌어들인 죄와 그 업보를 생각하면 가슴이 암울하다고 했다. 내가 천수산 속에 자리한 미등록 사이비 암자에 대해서 물었을 때 그는 이제까지의 조용조용한 어조를 바꾸어,

"다 그렇지는 않지만, 몹쓸 사람들 많습네다. 같은 불자로서 얼굴이 뜨거워 나다니기가 두려워요. 이제라도 당국에서 손을

써야 합니다. 이대로 더 가다가는 큰일이지요."

스님은 법당 아래 계곡까지 따라 내려와 배웅을 했다. 그는 앞서가는 나를 불러 세운 다음 장삼 소매에서 흰 봉투를 꺼내 내 손아귀에 쥐여놓곤 손을 풀지 않은 채 말했다.

"물리치지 마십시오. 산을 지켜주시는 데 대한 부처님의 뜻이올시다. 나무아미타불 관세음보살."

그는 내 손에서 자기의 포개 쥐었던 손을 떼어 다시 합장한 채 허리를 숙이고 석상처럼 굳은 자세를 보였다. 나는 얼결에 그 봉투를 주머니에 넣었다. 그리고 쫓기듯 그 계곡을 빠져나오기 시작했다. 나는 뭔가 내 내부에서 흔들리고 있는 걸 깨닫고 있었다. 아버지. 그렇다. 나는 이럴 때 절실히 아버지를 찾고 있었던 것이다.

누군가 내 앞을 막아서는 사람이 있었다. 첫날 인사를 나눈 적이 있는 어느 암자의 오십대 주지였다.

"대흥사에 다녀오시는 길이구먼요."

나는 그냥 지나쳐 오려고 했다. 그러나 그가 다시 내 앞을 막아서며 새삼스레 합장을 해보인 다음 말했다.

"그러잖아도 오늘쯤 찾아뵈려고 하던 참인데, 아주 잘 만나 반갑습니다."

그는 우선 늦게나마 이 천수산을 풍치림 강력 보호지구로 지정해놓고 관리 책임자를 상주시켜 산을 보호하는 시장님의 정책에 감읍할 뿐이라고 필요 이상 힘을 주어 말했다. 그리고 막대한 책임을 맡고 온 내 노고를 치하하는 뜻의 상투적인 인사를 늘어놓았다. 그는 수행의 길을 걷는 불자들의 어려움과 아울러 심산에 묻혀 면벽참선의 길을 걷는 것도 좋지만 불자는 모름지기 중생 구제의 길에 오름이 시급하다는 내용의, 이를테면 불교의 저변 확대를 강조하기도 했다.

"사실 먼저 관리장님께서 미등록 사찰을 정리하도록 상부에 보고하겠다고 늘 말씀허실 때마다 저희들은 몹시 안타까운 심정이었습니다. 저희들 사찰이 자연경관을 다소 해치고 심지어는 풍치림까지 훼손한 과거의 예가 없는 건 아니지요, 예. 허나 저희들이 그동안 해온 일 또한 그에 못지않게……"

자연이 다소 훼손됐다손 쳐도 그에 못지않게 민생의 고통을 함께 나누고 구제하고 교화시킨 행적이야말로 치하를 받아 마땅한 일이 아니냐는 것이다. 그는 더 솔직히 까놓고 말해서, 안평시의 철거민들이 갖는 그 원성을 눌러 무마시킨 공도 크지 않느냔 것.

"법당 옆에 살림집을 가지고 계시더군요."

나는 그의 얘기가 장황해지는 듯싶어 슬쩍 찔러보았다.

"예, 그렇습니다. 허지만 시내에 아낙을 몇씩 두고 가발을 쓰고 내려간다는 못된 중들도 있다고 합디다만 우리야 오히려 떳떳한 편이지요. 기독교에서 말하는 정신적 간음도 하지 않는 것이 우리 대처승들입니다, 예."

"큰 살림이시던데, 어떻습니까. 그 꼭대기까지 연탄 배달이 잘되는지요? 특히 겨울 같은 때……"

"아, 그러믄요. 어쩝니까, 배달비를 몇 배를 주고서라도……"

나는 그의 속이 빤히 들여다보여 견딜 수가 없었다.

"뭐, 듣자하니 연탄 수십 장을 쌓아놓으면 몇 넌씩 간다고 하데요. 우리는 이렇게 연탄을 쓰고 있다, 그렇게 위장을 한다면서요? 그거야 연탄 판매소에 가 알아보면 금방 밝혀질 거지만……"

나는 여유 있게 웃어 보이기까지 했다. 나를 불러들인 윗사람의 말대로 나는 선배가 걷던 길을 조심조심 되밟고 있음이 분명했다.

"다 알고 계시는구먼. 먼저 계시던 관리장한테 양해까지 얻은 거긴 하지만."

"양해를 얻었다구요?"

"먼저 관리장 양반이 그 문제로 애 많이 써주셨지요."

"시에서 묵인을 해주기로 했다고 하던가요?"

"뭐 정식으로 묵인이야 되겠습니까마는, 저희 천수산 불단 조합에서 매달 얼마씩 들여놓는 조건으로다가……"

"얼마씩 냈습니까?"

"뭐 많이야 낼 수 없고, 그저 시유지를 쓰고 있는 세금 정도로 생각하고 조금씩…… 염려 마십시오. 그러잖아도 저희 천수산 불단 조합에서 이번 새 관리장께서 부임해 오시는 걸 계기로 그 액……"

그러면서 그는 열없게 웃어보였다. 그러나 나는 우정 정색한 얼굴로 말했다.

"그 문제는 일단 상부에 현 실정을 보고하고 그 결과를 기다리는 게 좋을 것 같군요."

그러자 그 오십대 주지가 내 손을 잡았다.

"아이구 이거, 관리장님 왜 이러십니까. 그런 건 다 관리장님께서 적당히 해주셔야지 으쩝니까. 사실 저희들로서는 그쪽에서 꼭 그렇게 해야 한다고 하면 어쩌는 수야 없습지요, 예. 그러나 이런 건 있습니다. 참새도 죽을 땐 쩩 한다고…… 지금 세상, 뒤져서 밑 안 구린 놈 있답디까? 예, 거 말이 났으니까 말이지만 먼저 그 양반 우리 불단 덕 많이 봤습지요."

나는 하마터면 대흥사 주지 스님한테서 받은 그 흰 봉투를 바지 주머니에서 꺼낼 뻔했다.

"자, 내일쯤 조용히 찾아뵙겠습니다."

그 오십대 주지가 합장을 하며 허리를 깊이 숙였다.

초소에 돌아와 보니 방문 자물통 사이에 종이쪽지가 끼어 있었다. 퍽 달필이었다.

—마승기 대형.

각설하고, 어젯밤 재미 조오쑵데다. 처녀란 참 귀한 거지요. 참, 지난번 부탁드린 연합도장 체육대회 찬조금 건……

나는 방에 들어서기가 무섭게 벌렁 드러누웠다. 벽에 줄레줄레 걸린 장부들이 도깨비처럼 난무하기 시작했다. 인계를 받던 날 대충 뒤져봤지만 일절 하자가 없는 장부들이 나를 비웃듯 일렁이며 춤을 추고 있었다. '풍치림지구 순찰구획도' '풍치림 내 미등록사찰 일람표' '풍치림 내 무허가건물 대장' '비품대장' '풍치림 훼손대장' '산불 단속 일지' '퇴폐행락 단속 일지' '보호구역 내 유실수 및 약초 재배 수익지출 내역'

제2초소 김씨는 초소 앞 계곡의 널찍한 바위에 누워 낮잠을 자고 있었다. 아래 세상이 휴일이 아닌 날은 이처럼 산 전체가 한껏 한가로웠다.

"오셨구먼유."

인기척에 놀라 깬 김씨는 내 방문을 심드렁한 자세로 맞았다. 첫날 그와의 대면 시, 전임자를 맞던 그런 황공해하는 기색이라곤 추호도 보이지 않았다. 어쩌면 그의 그런 거만스러움은 이제 같은 산지기 입장에서 볼 때 자신이 나보다 한결 많은 걸 알고 있는 데서 오는 당연한 시위였는지도 모른다. 그런 면에서 나는 그에게 처음부터 한 수 꺾이고 들어야 할 입장이 분명했다. 사실 나는 그를 찾아 여러 가지를 들어둘 필요를 절실하게 느끼고 있었다.

산을 관리하는 데 어떤 면에서 애로를 많이 느꼈느냐, 산 아래 주민들이 이 풍치림에 대해 가지고 있는 생각은 어떠한 것이며 그들과의 마찰을 피할 수 있는 최선의 방법은 무엇이냐 등등 나는 그런 기본적인 것부터 알고 싶었다. 그러나 그의 대답은 지극히 간단했다.

"지내보심 다 아시게 됩니다요."

그래놓고 나서 그는 오히려,

"관리장께선 빽이 꽤 좋으신 모양입니다."

동문서답이었다. 나 역시 질 수는 없었다.

"이래봬도 십삼 대 일의 경쟁을 거쳤으니까요."

"그랬겠지요. 이렇게 좋은 데 오기가 어디 쉬웠을라구요."

"여기가 그렇게 좋은 뎁니까?"

그는 내 물음의 저의를 헤아리려는 듯 잠시 시간을 두었다가,

수령 속의 꽃불

"아, 좋다뿐입니까. 공기, 우선 좋지요, 게다가 이 경치, 이거 어서 또 봅니까?"

"그리고 또 뭐가 좋아요?"

그러나 그는 그 이상 넌덕을 떨지 않았다. 나 또한 그의 비위를 더 건드리지 않으려 신경을 썼다.

나는 그날 그에게서 내 전임자의 과히 상서롭지 못한 지난날의 업적 몇 가지를 들어야 했다.

"솔직한 얘기루다 나 그 양반이 시키는 일이면 뭐든지 다 했지요. 이 산속의 좋다는 돌 아마 백 차도 넘게 실어냈지요. 그렇다고 그걸 내다가 판 건 아니지요. 아마 안평시의 좋은 집들 치고 정원에 여기 자연석 안 들여간 집 없을 겁니다. 어디 돌뿐인가요. 잘 아시겠지만 이 천수산에는 희귀한 나무들이 많잖습니까. 저기 저런 적단풍 하며…… 좌우지간 많이도 캐냈지요."

"그래 우리 안평시가 그 좋은 집들이 그런 좋은 나무를 캐가는 걸 그냥 보고만 있었단 말입니까?"

"진상 퇴물림 없는 법이지요."

요는 전임자가 했던 그런 일을 도맡아서 하는 게 자기의 소임이었으니, 알아서 하라는 그런 투로 얘기를 몰아가는 김씨였다. 그는 아주 탁 터놓고 말했다.

"그렇다고 해서 나 중간에서 단 한푼도 내 주머니에 넣은 거 없습네다. 돌멩이 한 개라도 어따 다른 데 빼돌렸으면 내 성을 갈 놈이오. 허지만 이제 나두 생각이 좀 달라졌수다. 그 점 관리장께서 미리 아시구 계시는 게 피차 좋을 것 같아서 말씀드리는 건데……"

무슨 일이건 시키는 대로 할 것이니 그쪽에서 조금 뭣한 눈치가 보여도 아예 눈감아달라는 엄포였다. 이건 혹 떼러 갔다가 오히려 혹 붙이고 온 셈이 되었다.

　나는 허둥지둥 산허리를 돌아 내 초소로 돌아왔다. 며칠 전 문틈에 끼어 있던 불량배들이 두고 간 메모 쪽지가 문득 생각났다. 그 생각은 마치 천정에서 떨어져 내린 쥐가 얼굴을 스치고 지날 때의 그 섬뜩함 같은 것이었다.

　어쩌면 그것은 잠 속에서 어머니의 그 거친 숨결과 안타까워하는 손길이 사타구니를 스쳤을 때의 혐오처럼 견딜 수 없는 치욕이었다.

　연합도장 체육대회 찬조금 건.

　그러나 그런 쪽지가 끼어 있어야 할 문틈에 오늘따라 두툼한 봉투가 눈에 띄었다.

　시에서 내려 보낸 공문서였다.

　내가 제2초소에 다녀오는 사이 시에서 사람이 나왔다 간 모양, 초소 주변에는 담배꽁초가 서너 개 떨어져 있었다.

　나는 공문서의 겉봉을 조심스럽게 뜯었다. 이곳 파견근무를 나와 처음 접수한 공문이었기 때문에 얼마간 긴장이 되기도 했다.

　제목: 시영 풍치림 관리지구 근무 자세 각성 촉구.

　내용: 시의 명예를 걸고 작금 벌이고 있는 시 산하 풍치림 강력 보호지구의 중차대한 책임을 맡아 파견 근무 중인 관리장들이 근간 다음과 같은 비위 사실로 하여 세간의 비난과 원성이 높은바 이를 지적 경고하는 바이니 차후 이러한 불미스러운 일이 발생 시는 이유

여하를 불문 엄중 문책할 것임.

1. 풍치림 지구 내 무허가 건물 신·증축을 불법으로 묵인하여주고 금품을 받는 사례.
2. 관리장의 직권을 남용하여 인근 주민들의 재산에 피해를 줌과 아울러 인권을 짓밟는 행위.
3. 풍치림 내의 자연석 및 희귀목을 불법으로 반출하는 사례.
4. 풍치림 내의 수익성 작물 및 유실수 판매 상황 부정확.
5. 풍치림 내에서의 주류 판매 행위로 인한 풍기 문란 및 미풍양속의 해침을 막는 데 태만한 사례.

내 전임자의 교활한 눈이 나를 쏘아보고 있었다. 부르르 몸이 떨렸다.

안개가 대단했다. 저녁 안개가 단 대여섯 발짝 앞도 분간할 수 없이 짙게 깔려 있었다. 산새들이 깃을 찾아든 그런 저녁, 산속은 안개로 하여 더욱 갈앉은 느낌이었다. 안개의 그 한쪽 유원지에서 깔깔거리는 행상 아낙네들의 웃음소리가 산의 정적을 흔들고 있었다.

나는 마치 안개의 기둥처럼 죽죽 뻗어 올라간 낙엽송 우거진 숲에서 자오록이 낀 안개가 무엇인가에 의해 휘휘 일렁이고 있음을 주의 깊게 내려다보고 있었다.

얼마쯤 뒤에 나는 안개를 헤치고 숲을 찾아든 것이 바로 그 여자임을 직감적으로 알아냈다.

나는 몹시 서둘러댔다. 그네와의 만남에서 으레 나타나는 그 아찔한 현기증 증세가 보이기 전에 일을 끝내야 했던 것이다.

　그네는 생각보다 쉽게 허물어졌다. 그것은 마치 물이 가득 든 물사발이거니 하고 힘주어 들었다가 막상 빈 물사발의 그 가뿐함을 느꼈을 때의 허망스러움 같은 것이었다.

　내가 그네를 안고 넘어졌을 때 그네는 일체의 저항을 보이지 않았다.

　그렇다고 몸을 굳게 닫은 채 나무등걸처럼 내던져진 그런 무감각한 상태라고 할 수도 없었다. 스스로 몸을 여는 그런 자세는 더욱 아니었다.

　그러나 나는 서서히 나의 남자를 다스려가고 있었다. 그것은 놀라운 일이었다. 남자의 뿌리가 이처럼 거센 힘으로 땅속 깊숙이 파고드는 그 감미로운 작업을, 그 일을 내가 해내고 있던 것이다.

　나는 아주 정확하고 완만하게, 그러나 징을 내리치는 망치의 그 힘찬 동작으로 뿌리를 뻗어가고 있었다. 그리고 얼마 안 있어 나는 뿌리를 향해 땅속 그 깊은 데 숨었던 샘 줄기가 서서히 터져 오름을 느낄 수 있었다. 여자가 몸을 꿈틀거리기 시작하는 순간부터 나는 더욱 완만하고도 힘찬 동작으로 뿌리를 뻗고 있었다. 신경 마디마디에 기꺼움의 바늘이 꽂혀 경련을 시작했다.

　드디어 그네의 목구멍 그 안쪽 깊숙한 데서 신음 같은 게 가쁘게 터져 오르고 있었다. 그러나 나는 서두르지 않았다. 서서히, 아주 서서히 나는 더욱 당당해지고 있었을 뿐이다.

　그 순간 나는 실로 묘한 환각 상태에 이르고 있었다. 내가 아버지였다. 기억에 없는 아버지의 생생한 실체가 지금 당당한 동작으로 여자의 가쁜 신음 소리를 다스리고 있었던 것이다. 내가 찾던 아버지가 바로 나라고 생각한 순간부터 나의 뿌리는 더욱 장대한 힘으로 뻗쳐 샘의 그 깊은 데를 향해 굳건한 줄기를 세우고 있었던 것이다.

아아, 하고 그네가 내 등을 그러쥐기 시작했을 때 나는 드디어 사정없이 내 몸을 그 불길 속에 던져 넣었다.

어머니가 웃고 있었다. 아버지가 포만한 상태의 그런 얼굴로 땀 밴 어머니의 머리카락을 쓸어넘겼다. 어머니의 얼굴은 더할 수 없이 안락한 가운데, 자비로움까지 띠고 있었던 것이다.

"아이구, 관리장님, 이 밤에두 산을 살피구 다닌데유?"

무덤 앞 잔디밭 자욱한 안개 속에 그네들이 켜놓은 칸델라 불빛이 희뿜하게 어른거렸다.

"나 관리장 아니고 산지기예요."

내가 생각해도 내 목소리는 싱싱했다.

"그럽시다, 산지기 양반. 술 한잔 안 팔아줄려?"

그네들은 이미 혀가 꼬부라져 있었다.

"만났겠네! 산지기 양반, 저 꼭대기에서 그 여자 못 봤는 기여?"

다른 여자가 말했다.

"죽었당께. 그 여편네 병든 서방이 엊그제 콕 죽었씨야."

○1979년『한국문학』3월호

하늘 아래 그 자리

1

수려한 강산의 한여름 그 푸름 속으로 구불구불 그림처럼 뻗어 나간 하얀 길 위를 걷고 있었다. 강의 흐름을 따라 굽이굽이 절경을 이룬 협곡의 그 깎아지른 듯한 절벽 틈틈이 허공을 향해 가지를 펼친 노송과 갈참나무 고목들, 더 안쪽 기슭으로는 무슨 나무라 가릴 것 없이 한데 어우러진 숲이었다. 그 울울한 녹음 밑을 돌돌 굴러내린 골짜기 물이 강바닥 돌이끼까지 선명히 드러내 뵈는 해맑은 강물에 허리를 질러 합류하고 있었다. 부채꼴로 펼쳐진 흰 모래밭이 물빛을 더욱 푸르게 했다.

그 청청한 강물까지 내려가 몸을 담그지 않아도 가슴은 아름다운 강과 산속에 숨 쉬고 있다는 흥분으로 하여 한껏 들떠 있었다. 얼굴에, 목에, 등줄기를 타고 땀이 비 오듯 흘렀지만 그럴수록 마음은 쇄락(灑落)했다.

잘한 일 같았다. 하루 한 회밖에 운행하지 않는다는, 읍에서 하암리까지의 그 낡은 버스를 아예 포기하고 팔십 리 시골길을 걷기로 용단을 내린 나 자신에 대해서 처음으로 갖는 신뢰였다. 타박타박 뜨거운 신작로를 걷느라 발바닥에는 물집이 잡혔지만 나는 지금 영혼의 깊은 데 잠들어 있던 내 몸속의 새로운 지각의 샘을 파는 기분이었다.

"차암 좋습네다!"

신작로가 시나브로 꺾이면서 한결 깊숙한 골짜기가 울울하게 펼쳐 보이는 지점에 이르러 그가 또 한 번 말했다.

차암 좋습네다! 나와 동행을 시작해서 사오십 리를 함께 걸어오는 동안 그는 벌써 몇 번째 이 짤막한 탄사를 거듭했다. 그가 벙어리가 아닌 것을 밝혀낸 것도 그 짤막한 탄사였다. 탄사와 함께 그가 많은 말을 했다. 산촌 길, 수려한 강산에 대한 흥분이었을 것이다. 쳐다볼수록 괴상한 늙은이라는 생각이 들었다.

한마디로 인도의 간디가 연상되는 그런 몰골이었다. 큰 허우대에 비해 살갗이 너무 메마르고 가죽만 덮여 있다는 인상이었다. 광대뼈가 유난히 튀어나와 퀭한 눈이 더욱 깊게 보였다. 거기다가 그는 정말 신기할 만큼 땀 한 방울 흘리지 않았다. 일생 동안 흘릴 체내의 수분을 한꺼번에 다 짜낸 듯이 그의 수염 없는 얼굴은 언제 바라보아도 맨송맨송했다. 그의 나이가 그 몰골에 비해 한결 젊을는지도 모른다는 생각을 하게 된 것은 그의 눈빛 때문이었다. 깊숙이 들어앉아 괸 물처럼 잔잔해 뵈는 그의 눈빛은 가끔 뭔가를 열망하는 듯한 눈초리로 사물을 핥듯 뜯어보곤 했다.

할아버지의 눈이 그랬다. 중풍으로 십 년을 꼼짝없이 누워 지내며 오늘내일하는 할아버지의 눈은 늘 그렇게 맑고 잔잔했다. 십 년을 자리에 누워서도 끊임없이 움직여 당신이 살아 있음을 알려주고 있는 그 눈은 팔십 고령답지 않게 빛을 내고 있었다. 그 빛은 항상 무엇을 열망하고 있는 사람의 타는 듯 강렬한 것이었다. 할아버지는 십 년 전 고혈압으로 쓰러질 때 반신마비와 함께 완전한 언어 장애를 일으켰다. 아버지의 돈, 그리고 한방 의학의 전통적 권위에도 불구하고 할아버지의 몸 상태는 십 년간 그대로였다. 십 년 동안 당신은 한 음절의 분명한 단어도 구사해내지 못했다. 할아버지의 유일한 언어는 눈을 통해 이루어졌다. 할아버지를 돌보기 위해 고용된 아저씨는 할아버지의 대변자였다. 대변이 보고 싶다고 그러시는군요. 막내 손주님이 보고 싶다고 그러시는 거예요. 막내 손주인 내가 할아버지의 감각이 살아 있는 쪽 손을 잡는다. 손에 힘이 주어진다. 일어나 앉고 싶다고 그러시는 겁니다. 할아버지의 몸은 무겁다. 원래 풍채가 좋은데다 장복을 하는 한약이 보약인 것 같았다. 그러나 근래 할아버지는 모든 약을 거절했다. 약그릇이 들어오면 할아버지의 눈은 단호하게 거절의 빛을 띠었다. 가끔 아버지가 할아버지 방에 들른다. 할아버지의 눈이 천정을 향한다. 꼭 죽은 사람처럼 표정이 없다. 보기에 정말 민망할 정도다. 마음이 좀 편찮으시니까 의원님께서 나가주셨으면 하시는 겁니다. 고용된 아저씨가 할아버지의 눈이 말하는 걸 전해준다. 방이 탁해. 환기 좀 잘하시오. 아버지가 퉁명스럽게 말하고 일어선다. 할아버지가 누워 있는 방은 넓고 컸다. 아버지를 찾아온 고향 사람들이 제일 먼저 들르는 곳이기 때문이다. 아버지의 표밭인 고향 사람들이 하루도 거르는 일 없이 찾아온다. 할아버지의 눈이 가장 맑고 빛나 보이는 시간이 바로 고향 사람을 바라볼 때다. 고용된 아저씨가 어느 날 내게 말했다. 할아버지가 고향에 무척 가고 싶은가 봅니다. 나는 할아버지의 눈을 내려다보았다. 나를 그윽이 쳐다보는 할아버지의 잔잔하게 가라앉은 눈 그늘, 그 밑에서 서서히 불타오르는 것이 보였다.

할아버지의 눈을 닮은 그런 중늙은이와 함께 시골길을 걷고 있었다. 여름 한낮의 도보 여행의 내밀한 즐거움이 바로 그 사람과의 동행임을 나는 마음속에서 부인하지 않았다. 사실이었다.

차암 좋습네다!

아무리 뜯어봐야 이 풍진세상을 도시 노동자로 찌든 인생이거나, 어디 읍내 시집간 딸네 집에 다녀오는 시골구석 똥구멍 째지게 가난한 농부로밖에 보이지 않는 그런 늙은이가 가던 걸음을 멈춰 서서 새삼스레 휘이 산천을 둘러보며 좋다, 좋다 탄사를 연발했을 때 나는 그의 얼굴을 뻔히 쳐다보기까지 했다. 이 얼마나 격에 어울리지 않는 우스꽝스런 수작이란 말인가. 그러나 나는 차츰 그의 짤막한 탄사와 아름다움에 도취된 사람의 절박한 모습을 통해 경건하고도 절실한 무엇인가가 내 가슴으로 차오르는 것을 느낄 수 있었다. 나 역시 그가 하듯 걸음을 멈춰 새삼스레 눈앞의 강과 산을 휘이 둘러보며 심호흡을 했다. 그가 하듯 길가의 잡풀 고갱이를 뽑아 잘근잘근 씹어 풀 냄새를 맡는가 하면 산비탈 여기저기 터지듯 빨갛게 익은 산딸기를 한 움큼씩 따 입에 넣기도 했다. 바람이 스치는 풀잎 하나 돌멩이 하나라도 예사로이 지나치고 싶지 않았던 것이다. 그것은 내가 다니는 대학 캠퍼스의 멋지게 꾸민 조경에 찬사를 보내던 그런 것이 아니었다. 더구나 그것은 아버지의 차로 우리 식구들이 주말이면 찾아들던 서울 근교의 근사한 유원지 풍광이나 동해안 바다를 보기 위해 고속도로 위를 내닫던 속도의 쾌락에서도 누릴 수 없는 신명, 그 탐닉이었던 것이다.

눈에 잡히는 모든 것에서 의미를 찾으려 했다. 실상 내 눈에 잡힌 그것들은 내가 바란 이상의 의미를 영락없이 던져주곤 했다. 양지받이 산기슭 어느 무덤 앞을 지나며 죽은 사람들을 생각했다. 나보다 앞서 오래전 이 길을 걸어간 사람들이다. 그들이 지나간 저 산과 물길, 그때 그들이 어떤 찬사를 던지고 갔던 저 산과 물은 옛 모습 그대로이다. 새삼스레 이 길을 지나간 죽은 사람을 생각할 필요도 없었다. 내 옆에 걷고 있는 저 노인이 있지 않은가. 몰골 형편없는 저 늙은이가 나보다 더 오래 이 세상을 살았다는 일, 내가 보지 못한 저 수려한 강산에 나보다 먼저 탄사를 보냈다는 사실 앞에 나는 압도당한 느낌이었다.

마음이 트인다는 것은 이런 경우를 두고 한 말인지도 모른다. 나는 그것을 느꼈다. 그것은 부끄럼으로부터 왔다. 부끄러웠다. 낮과 밤의 얼굴이 달랐던, 아니 지금도 그것이 혼란스러운 나의 젊음. 묵묵히, 일사불란한 모습으로 임무를 수행하는 그들을 향해 돌을 던지던 순간의 눈앞이 아찔한 살기와 증오, 나는 항상 스크럼의 앞줄에 끼어 정의의 투사임을 자부했다.

나는 항상 앞장을 섰다. 그래야만 직성이 풀렸다. 그러나 집에 돌아와 나는 가장 음전한 얼굴을 한 아버지의 공범자가 됐다. 아버지의 부와 권세를 등에 업고 아버지가 행하는 갖가지 비행을 감싸주고 합리화하는 아버지의 아들인 나. 나를 비롯한 우리 형제들은 아버지의 부와 힘이 매일매일 치솟는 그 상승 곡선에 매혹되고 있었다. 누가 뭐래도 아버지는 위대했다. 우리는 3선 국회의원 자리를 지키는 위대한 선량의 자식들이었던 것이다. 그런데 이번 5월 선거의 뒤끝이 안 좋았기 때문에 아버지는 몹시 화가 난 얼굴을 했다. 가장 압도적인 숫자로 당선되었으면서도 아버지는 이번 선거를 치르고 난 뒤 계속 신경질이었다. 아버지의 표밭에서 올라온 참모들의 얼굴이 밝지 못했다. 아버지가 그들을 향해 언성을 높였다. 언성을 높인 만큼 아버지는 고액의 수표를 끊었다. 수표를 받아든 그들은 할아버지한테 인사하는 것마저 잊은 채 황황히 물러갔다. 여름에 접어들면서부터 집 안 구석구석에는 침침한 안개 같은 게 서려 있었다. 외갓집의 높은 사람들을 만나기 위해 엄마는 초조한 얼굴로 전화통 앞에 있었다. 미국에 있는 형들한테서는 노린내 나는 엽서가 날아오거나 혀 꼬부라진 소리로 국제전화가 걸려왔다. 집 안에서 변함없이 눈빛이 맑은 건 오직 할아버지뿐이었다. 할아버지께서 고향에 무척 가고 싶은가 봅니다. 고용된 아저씨가 말하지 않아도 나는 이제 할아버지의 눈이 말하는 걸 읽을 수 있었다. 할아버지의 고향 사람들 출입이 뜸해진 이즈음 할아버지는 항상 멍청한 눈빛 그 그늘 밑에서 무엇인가 불태워 올리고 있었다.

"아버지, 저 하암리나 갔다 올 거예요."

이틀에 겨우 한 번 그 얼굴을 볼까 할 정도로 바쁜 아버지한 테 내가 말했다.

"거긴 왜?"

그렇게 퉁명스럽게 받던 아버지가 곧 어조를 바꿔 말했다.

"그래, 잘 생각했다. 문중 사람들한테 내 대신 인사나 하 구…… 그런데 그 상암리 촌놈의 새끼들이 말썽인 모양인데, 그쪽은 아예 상종도 말아야 한다."

나는 항상 아버지의 마음을 잘 헤아려 그의 가려운 데를 잘 긁어주곤 했다. 아버지의 적진에 들어가 적의 동태를 살피고 오겠다는 내 의사를 충분히 읽어낸 아버지가 상당히 많은 돈 을 내놓았다. 어떤 계집애든 하나 끼고 며칠은 즐길 수 있는 돈 이었다. 그러나 나는 할아버지의 방에 들어가 할아버지의 눈을 보는 순간 내 애초의 계획을 포기했다.

"할아버지, 저 하암리에 갔다가 올 거예요."

귀까지 어두운 할아버지를 향해 나는 악을 쓰다시피 말했다. 할아버지의 눈이 반짝 빛났다.

"학생이 고향에 가신다니까, 좋으신 모양입니다. 일으켜 앉 히세요, 일어나고 싶다고 그러시네요."

고용된 아저씨가 말했다. 나는 할아버지의 무거운 몸을 일으 켜 안았다. 할아버지는 감각이 있는 쪽 손으로 내 손을 힘주어 잡았다. 그러나 근래 그 손아귀의 힘이 아주 미미했다. 나는 할 아버지가 이제 얼마 더 살지 못할 거라고 생각했다. 할아버지 는 내게 기대앉은 채 채광이 잘된 유리창을 통해 매연이 자욱한 밖의 하늘을 내다보았다.

"할아버지, 제가 하암리에 갔다 와서 거기 얘기 많이 해드릴게요."

내 눈에 초점을 맞추는 할아버지의 눈에 순간 번쩍 빛나는 게 보였다. 나는 할아버지를 조심스럽게 자리에 뉘였다. 그리고 아버지에게서 받은 돈을 고용된 아저씨에게 내밀었다.

"아버지가 특별히 드리는 거예요. 할아버지 더 잘 보살펴드리라구요."

내가 읍에 도착했을 때 버스 정류장까지 사람을 내보내 나를 불러간 사람이 있었다. 읍에서 유력한 기관의 장으로 있는 사람이었다. 내가 아는 한 그는 아버지의 비밀 참모였다. 아버지는 내가 하암리에 간다는 것을 미리 연락했을 것이다. 그런 것이 아버지의 힘이었다.

"상암리에서 조금 말썽이 생긴 모양인데, 거기 가더라도 일절 상관을 않는 게 좋을 게요."

아버지의 비밀 참모가 내게 저녁을 사주며 말했다.

"하암리 가는 차는 내일 오후 2시에 있으니까, 오전 중엔 내 차로 흥국사 계곡이나 가 놀다 오시지."

나는 여관을 몰래 빠져나와 허름한 식당에서 아침을 먹은 뒤 곧장 하암리를 향한 도보 여행길에 올랐다. 몰골이 괴상한 그 중늙은이를 우연찮게 만난 것도 그 길에서였다.

"아저씬 어디까지 가시는 거예요?"

읍의 남단을 끼고 흐르던 강물 줄기가 우촌면 쪽을 향해 흐름을 바꾼 지점의 신작로 위에서 다시 그를 보았을 때 나는 더 견디지 못하고 신경질적으로 물었다. 그를 처음 본 것은 읍을 벗어나는 다리를 건너 약수터 근처에서였다. 그는 인적이 없는 풀밭에 앉아 우촌면 쪽으로 도도히 흐르는 강물을 내려다보며 비닐봉지에 든 빵을 먹고 있었다. 나는 그를 그냥 읍내의 걸인 정도로 생각하고 그 옆을 무심히 지나쳤던 것이다. 그런데 얼마쯤 갔을까, 나는 등 뒤에 인기척을 느꼈다. 약수터 길가 풀밭에 앉아 빵을 먹던 늙은이였다. 섬뜩한 기분이 들어 나는 걸음을 빨리했다. 산모퉁이를 돌아가 뒤를 보았을 때 그는 이미보이지 않았다. 나는 땀을 닦으며 다시 정상적인 걸음을 했다. 산모퉁이를 두 개쯤 돌아선 지점 길가 도랑물에서 세수를 하고 일어서 보니 다시 그 늙은이가 나를 지나쳐 가고 있었다. 그의 걸음은 느렸다. 나는 부지런히 그를 지나쳐 걸었고 그 늙은이는 또 뒤처지기 시작했다. 이제는 그를 완전히 제쳐놓았거니 생각하고 얼마쯤 걷다가 보면 그는 어느새 내 뒤에 와 있곤 했다. 그러고 보니 그의 걸음은 보는 것처럼 그렇게 느린 게 아니었다. 그렇다고 빠른 걸음은 더욱 아니었다. 그는 처음부터 같은 걸음걸이 그 속도로 걷고 있었던 것이다.

"아저씬 어디까지 가시는 거예요?"

나는 그와의 기분이 별로인 숨바꼭질을 단념하면서 그에게 말을 걸었던 것이다. 세 번씩 거듭 묻기까지 그는 대답하지 않았다. 귀머거리나 벙어리일는지도 모른다는 생각을 하면서 다시 그를 쳐다보았다. 그는 나 같은 사람은 전혀 관심에 두고 있지 않는 듯했다. 한결같이 일정한 걸음을 하면서도 그는 계속 산과 계곡의 숲을 신기한 듯 휘둘러보았다. 나는 어느새 그의 그 느릿한 걸음에 말려들어 그 옆에서 나란히 걷고 있었다.

"차암 좋구먼!"

또 그 탄사. 물론 산과 계곡의 절경에서 눈을 떼지 않은 채였다. 나는 바싹 약이 올랐다.

"도대체 어디까지 가는 거예요?"

내가 볼멘소리로 다그쳤다. 그가 뜻밖에 나를 돌아보았다. 거듭거듭 몇 번인가 내 얼굴을 뜯어보았다. 몰골과는 달리 비교적 부드러운 느낌을 주는 얼굴이었다. 갈색을 띤 그의 눈이 잔잔하게 갈앉아 차라리 초연하다는 느낌까지 들었다. 그는 검은 비닐가방을 다른 손에 바꿔 쥐면서 다시 한 번 얼굴을 쳐다봤다.

"젊은인 어디까지 가우?"

할아버지의 고향 사람들에게서 늘 듣던 질박한 억양이었다. 할아버지를 찾아오는 하암리의 문중 사람들이 할아버지 방에 들러 문안을 하던 그 투박한 말투. 그러나 사람들은 할아버지의 문안 때와는 달리 아버지를 만나면 목소리를 낮춰 비굴한 웃음소리까지 담았다. 할아버지가 내려야 할 결정도 아버지가 내렸기 때문이다. 할아버지는 우리 집에서 영국의 실권 없는 여왕처럼 권위의 한 상징적인 존재였을 뿐이다. 아버지는 할아버지의 권위를 후광처럼 뒤에 지고 매사에 막강했던 것이다.

"저 하암리까지 가는데요."

내 목소리가 공손해서인가 그가 새삼스러운 눈으로 내 얼굴을 다시 한 번 쳐다봤다.

"역시 맞구먼유, 젊은인 하암리 김씨 문중 자손이 분명하시구먼그래."

　나는 무의식중에 어깨를 으쓱 추켜올렸다. 그것은 우쭐한 기
분일 때의 버릇이었다. 내가 두 살 때 떠난 하암리를 형들과 함
께 아버지 차로 갈 때마다 나는 형들처럼 어깨를 으쓱거렸다.
나이 많은 사람이 알은척한다고 해서 고개를 숙여선 안 돼! 아
버지가 우리들한테 말했다. 아닌 게 아니라 나이 지긋한 사람
들이 아버지 옆에 몰려와, 할아버지 내려오셨습니까, 당숙 오
셨습니까, 그렇게 깍듯이 예우를 차렸다. 어, 별일들 없었나?
새파랗게 젊은 아버지가 그들 예우에 걸맞은 거동을 보일 때
우리 형제들은 공연히 어깨가 으쓱했다. 어린 시절 하암리를
방문했을 때 우리 형제들의 우쭐거림은 아버지가 있었기 때문
이었다. 내가 차츰 알게 된 바로는 아버지의 의연한 거동은 우
촌면 일대를 호령하던 할아버지 것을 물려받은 것이다. 우촌면
면장을 오래 지낸 할아버지의 그 위세는 할아버지의 아버지,
더 거슬러 올라가면 하암리에 처음 들어와 터잡아 산 먼 조상
할아버지의 것일 것이다. 내가 어렸을 적에 할아버지가 그 조
상 할아버지의 얘기를 했다.

　아주 높은 벼슬을 하던 조상이다. 나라에 반역이 생겼다. 그
대역죄인이 무리를 이끌고 강원도 땅까지 쫓겨와 하암리와 상
암리 일대에 주저앉아 다시 일어날 것을 꿈꾸고 있었다. 정감
록에서 말하는 그런 지세의 명당을 찾은 것이라 반드시 민심
이 따를 것이라 믿었다. 그 대역죄인을 잡아들이라는 중차대한
분부를 받고 벼슬 높은 분이 직접 나서서 하암리까지 왔다. 대
역죄인을 상암리에서 잡아 기세등등하게 돌아가는 길에 비로

소 하암리에서 읍에 이르는 그 좌우 절경에 눈이 갔다. 빼어난 지세에 취한 그 벼슬 높은 분이 외쳤다. 침산대수의 길처가 바로 예로고! 이렇게 찬탄을 연발하더니 결국 만년에 벼슬을 내놓고 모든 식솔을 이끌고 하암리에 들어와 자손을 퍼뜨려 대를 이어 번성했다는 이야기였다.

"아저씨두 하암리까지 가시는 겁니까?"

나는 그가 김씨 문중 사람은 아니더라도 상암리 사람이거나 아니면 요즘 부쩍 많이 는 하암리의 타성바지 중의 한 사람일 거라고 못 박아 생각했다.

그러나 그는 내 물음에 동문서답을 했다.

"예서 하암리까진 아직두 먼 오십 린데, 그래 줄창 걸어가실 참인가유?"

"지금 걸어가고 있잖습니까!"

"신작로가 이렇게 훤히 뚫리구, 지금은 뻐슨가 뭔가 하는 차두 있다구 합디다만……"

그러고 보니 버스가 읍에서 떠날 시간쯤 돼 있었다.

"아저씬 여기가 초행이에요?"

"아니지요. 초행이 아닙네다. 허지만 세상이 많이 변해놓으니까 길두 이렇게 변하고…… 초행이나 다름없구먼유."

나는 그의 짧은 한숨 소리를 놓치지 않았다. 우리는 그쯤에서 신작로를 버리고 샛길로 들어섰다. 그가 자기 마음대로 택한 길이었다. 소나무 울울한 고개 초입이었다. 우리들 맞은편에서 시골 사람 둘이 중중거리며 내려오고 있었다. 땀 좀 들여갑시다. 그가 고갯길에서 우리 쪽으로 내려오는 그 시골 사람들을 우정 피하기라도 하는 듯 개울 후미진 곳으로 내려갔다. 그러나 나는 그 자리에 선 채 고개 위에서 내려오는 사람들을 바라보았다. 먼 길을 떠난 사람들의 차림은 아니었다. 그들은 나를 흘낏거리며 그냥 지나쳐 갔다. 어, 물 차다! 그가 개울 그 아래서 물 묻은 손으로 얼굴을 닦아내며 올라오고 있었다.

"나는 마가요, 마필굽네다."

느닷없이 그가 자기소개를 했다.

"저는 김세범입니다."

나도 얼떨결에 이름을 대며 꾸벅 고개를 숙여 보였다. 그가 먼저 나를 향해 머리를 숙였지 않나 싶었기 때문이다. 그렇게 우리들은 고개 초입의 샛길을 오르면서 우스꽝스럽게 수인사를 했다.

"춘부장님 함자가?"

"빛광 자에 법모……"

"광, 모…… 그렇다면 젊은이 조부님 돌림자가 실을 재 자가 맞겠구먼유?"

"맞아요. 실을 재, 임금왕변에다 쓰는 옥돌 민 자, 재민……"

그는 걸음까지 멈춰 서서 고개를 크게 주억거렸다.

"우리 아버질 잘 아세요?"

"광모 어른이야 어릴 때부터 서울 가 공부를 하신데다 결혼두 게서 하시구 고작 일 년에 두어 번 고향에 내려오신 걸유."

그는 길섶에서 뒷다리 한 짝이 없는 방아깨비를 잡아 들고, 그 길고 민숭한 방아깨비의 얼굴을 들여다보면서 다시 말했다.

"재민 으른께서야 참 난 분이셨지요. 난리 전까지 면장두 지

내시고, 하암리 김씨 문중의 중심 어른이셨지요. 그런 양반이 아드님을 따라 서울로 갈 리가 있겠어요? 아드님이 서울서 가끔 내려오시면 돌아앉아 말두 안 하셨지요."

할아버지가 서울에 올라온 게 꼭 십 년 전이다. 본인의 의사와는 상관이 없이 아버지가 모셔온 것이다. 문중의 어떤 일로 읍내 군수를 만나러 갔다가 마침 고혈압으로 쓰러져 읍내 병원에 업혀 나온 할아버지를 직접 서울로 모셔왔던 것이다.

"지금 생존해 계신다면 아마 팔십은 넘으셨을 테고……"

할아버지의 생사를 묻는 눈치였다.

"아직도 서울 우리 집에 살고 계셔요."

살고 있다는 표현부터가 불손했다. 이미 오래전 모든 것을 버린, 아니 모든 것으로부터 버려진 할아버지를 생각하면 뭔가 마음이 크게 뒤틀렸다. 할아버지는 내 어렸을 적 그 할아버지가 아니었기 때문이다.

마필구 노인은 손에 쥐고 들여다보던 뒷다리 한 짝 없는 그 늙은 방아깨비를 길에서 좀 벗어난 숲에 놓아주며, 할아버지의 생존 소식에 자못 감회가 깊은 얼굴을 했다. 그가 뭐라고 입을 움직였다. 그러나 내 귀에까지 그 뜻은 전달되지 않았다. 그가 더 큰 소리로 말했어도 마찬가지였을 것이다. 길가 숲과 산기슭 녹음 속에서 우는 참매미와 쓰르라미 소리로 귀청이 따가울 정도였다. 산새의 지저귐까지 뒤섞여 정말 대단한 산의 교향곡이었다. 그러나 그러한 어우러진 소리들은 분명 산이 내는 소리는 아니었다. 매미와 산새의 그 대단한 울음소리는 산의 침묵을 가리기 위한 속임수였다.

적요. 산의 침묵이 그랬다. 그리고 햇빛, 푸름을 뒤집어쓴 채 산은 그렇게 의연했다. 무한대로 펼쳐져 파도 철썩이는 밤의 해변에 섰을 때 나 자신의 존재가 모래 한 알의 의미로밖에 남지 않던 그 허허로운 느낌 이상의 것을 나는 지금 산속에서 몸 전체로 느끼고 있었다. 산의 음전한 침묵 속에 감춰진 시간과 그 시간이 수놓은 질곡, 그 역사의 피륙이 눈앞에 펼쳐지고 있었다.

"지금 서울 계시는 학생의 조부님께서도 대단한 어른이셨지만, 증조부 되시는 분께서는 좀 다른 면으로 이름난 어른이셨다고 들었습네다."

개화 할아버지의 얘기였다. 증조부는 문중에서 볼 때는 분명히 이단자였다. 읍에다 향교를 지어 제사를 지낼 만큼 유교 사상이 짙은 문중 사람들한테 그 할아버지의 개화병이 먹혀 들어갈 리가 없었다. 우촌면과 하암리에다 외국인 선교사를 불러들여 예배당을 세운 것도 증조부였다. 성황당을 불사르고 마을 사람들의 상투를 자르려 덤볐다. 그리고 상암리 사람들을 사람 대접해서 가까이한 것도 증조부였다. 그러한 증조할아버지가 용서될 턱이 없었다. 단신으로 마을을 떠나 만주에서 전전하다가 해방이 되자 거지가 되어 하암리에 돌아와 결국은 선산에 묻히긴 했다. 그 개화 할아버지가 저질러놓은 문중의 권위 추락에 대한 멍에를 지고 위신 회복에 동분서주한 이가 바로 할아버지였다. 할아버지는 당신의 아버지가 심어놓은 그 좋지 못한 평판을 씻어버리기 위해 여러 가지로 애썼던 모양이다. 면장 자리를 오래 맡아 한 것도 그런 쪽에서 생각할 수도 있었다.

또한 증조부가 상암리 사람들의 버릇을 잘못 들여놨다는 문중의 노여움을 삭이기 위해 상암리 사람들을 하암리 마을길에 얼씬도 못하게 하는 일에 앞장을 선 것도 할아버지였을 것이다.

"우리 할아버지 그 이전부터 두 마을이 앙숙이었다고 들었는데요."

"물론이지요. 한쪽은 지체 높은 양반이라고 거드럭댔을 거고 또 한쪽은 그들대로 없는 사람이 있는 사람들한테 갖는 그 배배 꼬인 속 좁은 생각을 가지고 맞서 살았을 거니까유."

전해지는 이야기에 원래부터 상암리에 터 잡아 앉아 사는 사람들은 그 옛날 대역죄인을 따라왔다가 떼죽음을 당할 때 구사일생 목숨을 건진 사람들의 자손이라고 했다. 더 분명한 것은 일제 때 돈 많은 일본 사람이 금광을 벌였을 때 전국에서 모여든 뜨내기 광부들로 이루어진 마을이 바로 상암리라는 것이다. 그렇게 뜨내기 인생들이 터 잡아 살다 보니 그 아랫동네 땅 있고 식자 있는 하암리 사람들이 경계를 하며 살 수밖에.

상것들! 하암리 사람들은 마을에 담을 쌓고 아예 상암리 사람들과 상종을 하려 들지 않았다. 그들이 하암리에 내려오는 것을 반길 리가 없었다. 상암리 사람들은 하암리 담이 높을수록 기를 써서 그 담을 넘었을 것이다. 담을 넘어 들어와 보니 그곳에 상암리 사람들이 가지지 못한 것이 그득했을 터, 그렇게 해서 생긴 도둑질이었다. 논바닥에 쌓아놓은 볏단이 축나는가 하면 누런 마을의 개가 남아나지를 않았다. 그런가 하면 하암리 부녀자가 상암리에 있는 뽕밭을 마음대로 올라가지 못했다. 더 큰 문제는 하암리 문중 선산이 제대로 남아나지 못했다는 것이다. 산의 나무가 땔감으로 잘려 나가는가 하면 웬만큼 경사진 산비탈은 불을 놓아 화전을 일구었다. 워낙 산간벽지라 관의 손길이 제대로 미칠 수가 없었다. 늘 산불 연기가 하늘을 덮었다. 관을 대신해서 그것을 말리고 나서는 것은 언제나 하암리 문중 사람들이었다. 그보다 더 두려운 것은 상암리 사람들이 하암리 김씨 문중의 선산에다 암장을 하거나 혈을 판 다음 쇠꼬챙이 같은 걸 박아 지맥을 끊을는지도 모른다는 우려였다. 사실 일본 사람이 상암리 돌산에다 금광굴을 판 것이 김씨 문중의 지맥을 끊은 것이라 해서 식음을 전폐하고 누워 병이 돼 죽은 문중의 선조도 있었던 모양이다. 어떻든 문중에서는 사람을 풀어 선산을 지켰다. 그러다 보니 상암리 사람들과 늘 충돌이 생겼다. 상암리 사람들에게 몰매를 맞아 거적주검이 돼 돌아온 사람도 있었다. 그러나 일제 말 금광이 바닥이 나 폐광이 되기 직전까지만 해도 그런대로 괜찮은 편이었지만 막상 살 방책을 잃자 문제는 한결 심각해졌다. 다른 데 금광을 찾아 떠나야 할 사람들이 모두 그 자리에 주저앉았던 것이다. 하암리의 풍성한 들판과 고래등 같은 기와집이 상암리 사람들의 발길을 잡은 것이다. 이곳에 눌러앉는 것이 언제고 저들처럼 되고 싶다는 선망과 그것을 이루고 말겠다는 오기였다. 우선 당장 그들은 입에 풀칠하기 위해 옛날부터 터 잡아 앉아 움집이나 통나무집을 짓고 사는 토박이 사람들처럼 산을 아무데나 파헤쳤다. 가막골에 들어가 아름드리 참나무를 베어 참숯을 구워 그것을 읍내에 내다 팔기도 했다. 양귀비 같은 약재를 심어 읍내 한약방에 대주는 사람도 있었다. 좀 재주 있고 약삭빠른 사람들은 상암리에 있는 하암리 사람의 논을 소작을 내어 살았다. 그렇게 눈을 뜨기가 무섭게 호미 자루를 잡고 땀을 흘렸지만 그들의 생활은 나아지지 않았다. 아이들은 늘 배고프다고 징징거렸고 머리가 좀 굵은 아이들은 칡뿌리나 옥수수 대궁을 씹어 허기를 면했다.

상암리 사람들이 기다리는 것은 하암리에 초상이 나는 일이었다. 하암리의 장삿날에는 상암리의 부녀자들까지 몽땅 내려와 우우 몰려다니며 떡 한 개라도 더 입에 넣으려고 눈을 번들거렸다. 남정네들은 돼지를 잡고, 산역을 맡아 묏자릴 파고, 상여를 메고, 그 장사 뒷설거지 등 궂은일을 하는 동안만은 배가 고프지 않았던 것이다. 5일장이나 7일장이 다 끝날 때까지 그들은 아예 일손을 놓고 하암리에서 배를 불렸다. 그러나 이것도 다 두 마을이 그런대로 사이가 괜찮은 잠깐 때의 일이었다. 어떤 일로 두 마을이 으르렁거리기 시작하면 적어도 몇 년간은 철천지원수가 되어 등을 돌리고 살았다.

"뭐니뭐니 해도……"

마필구 노인이 고개를 오르다 말고 골짜기의 머루덩굴 속 개울로 내려서며 뜸을 들였다. 나도 그를 따라 땀에 젖은 남방셔츠와 러닝을 벗어 물에 헹군 다음 햇볕 있는 데에 널고 웅덩이에 들어섰다. 뜨거운 대낮인데도 머루덩굴 속 웅덩이의 물은 뼛속까지 찼다. 새끼손가락만한 피라미들이 거뭇거뭇 몰려와 몸을 쪼았다. 마필구 노인은 돌을 조심스럽게 뒤져 붉그죽죽한 가재를 집어 들었다 곧장 놓아주곤 했다. 그는 꼭 어린애같이 가재 잡기를 즐기고 있었다.

그때 우리들이 들어 있는 웅덩이 저쪽 길 위에 지게 위 소쿠리 한가득 참외를 짊어진 사람이 나타났다. 참외를 보자 갑자기 심한 시장기를 느꼈다.

"뭐니뭐니 해도 두 마을이 큰 싸움을 벌였던 건……"

가재 잡기 놀이를 하던 마필구 노인이 길 쪽으로 등을 돌리며, 먼저의 얘기를 다시 꺼낼 기세였다. 그러나 나는 시장기를 참을 수 없어 맨몸인 채 지게 위에 참외를 진 사람 쪽으로 달려갔다. 팔 것이 아니라 산에 심어뒀던 걸 오늘 따다가 마을 사람들과 나누어 먹을 것이라고 했다. 돈 백 원을 억지로 그에게 찔러주고 참외 다섯 개를 얻었다. 웅덩이에 참외를 둥둥 띄우며 내가 말했다.

"금강산도 식후경 아닙니까."

"허, 줄참외구먼. 이게 맛이 그만이지요."

그는 기다렸다는 듯이 참외를 집어 주먹으로 쳐 두 조각을 낸 다음 으적으적 먹기 시작했다.

"내, 이놈의 참외를 꼭 십팔 년 만에 먹어보는 겁네다."

물에 떠 있는 참외를 두 개째 집어 들며 그가 말했다. 나는 참외를 먹다 말고 그의 얼굴을 다시 쳐다봤다.

"아저씬 어디 외국에서라도 돌아오시는 거예요?"

그가 산천을 둘러보며 내뱉던 그 탄사의 뜻이 짚일 것도 같았다.

"외국이요? ㅎ, ㅎ, ㅎ ㅎ."

그것을 웃음이라고 해야 할는지. 나는 그의 그 괴이쩍은 웃음소리를 들으면서 등골이 오싹했다.

"하, 좋은 시상이구먼!"

멀리 산기슭 신작로에 읍에서 두시에 출발했을 낡은 시외버스가 붕붕거리며 기어오르는 게 보였다.

"나 때문에 학생이 저 자동찰 못 타는 게유?"

우리들은 고개의 지름길에 들어서 있었기 때문에 그 아래 신작로와는 거리가 꽤 있었다. 그러나 나는 그의 물음에 대답하는 대신 되물었다.

"옛날엔 여기 저런 버스도 없었을 거 아녜요? 십팔 년 전 말입니다."

"차가 뭡니까. 그땐 소달구지 하나 겨우 다닐 정도였는 걸유."

그가 쉽게 대답했다. 십팔 년 전에 그가 소달구지를 끌고 이 길을 걸었을는지도 모른다. 소달구지 위에 걸터앉아 꾸벅꾸벅 졸았을 수도. 그의 십팔 년 세월이 개울물 소리로 살아나고 있었다.

고개를 거의 다 오른 산등성이 한 옆에 잔솔밭이 있고 그 가운데 무덤이 대여섯 기 옹기종기 붙어 있었다.

"저 묏자리가 예서 봄 대단찮지만 저 아래서 올려다봄 꽤 좋은 자립네다."

그가 가리키는 대로 산 아래쪽을 내려다보니 여름 오후의 햇빛 속에 자우룩 가라앉은 산야의 풍경이 그럴듯해 보였다. 문득 마필구 노인이 아까 웅덩이에서 몸을 씻기 전 꺼냈던, 묏자리 때문에 두 마을이 큰 싸움을 벌였다는 얘기가 생각났다.

"아까 묏자리 때문에 상암리와 하암리 사람들이 싸웠다는 얘기 좀 해주시겠어요?"

하늘 아래 그 자리

실상 나는 옛사람들의 풍수 사상에 대해서 상당한 호기심을 가지고 있었다. 부모와 자식 간의 감응의 원리를 따라 조상의 뼈를 통한 생기 얻기, 그것이야말로 가장 동양적인 생각이 아닐까 싶었던 것이다. 마치 나무의 줄기와 뿌리를 튼튼히 하여 좋은 열매를 얻고자 하는 것과 다를 바 없는 이 장풍득수의 사상이 마음에 와 닿았던 것이다. 생기를 얻기 위해 인간의 뿌리라 할 수 있는 조상의 뼈를 어느 곳에 묻어야 할지 심사숙고하는 묘지 풍수야말로 얼마나 웅숭깊은 지혜란 말인가. 모랫바닥에 내린 나무의 뿌리와 부엽토가 새카맣게 썩어 거름이 된 좋은 흙에 뿌리를 둔 나무의 잎사귀와 열매를 생각해볼 일이다.

"학생도 으르신네들헌테 대충은 들어서 알고 있을 것이오만……"

그는 잠시 말을 끊고 얘기의 실마리를 잡는 듯 뜸을 들였다. 사실 나는 우리 하암리 김씨 문중의 선산인 은장봉의 묏자리를 두고 문중 사람들이 할아버지를 찾아와 얘기하는 소리를 여러 번 들은 적이 있었다. 물론 할아버지는 멀뚱한 눈으로 그들의 얘기를 듣고 있는 것 같은 자세를 하고 누워 있었고 문중 일의 결정은 언제나 아버지가 내렸지만, 할아버지 앞에서 문중 사람들은 오래전에 그 은장봉 묏자리 때문에 상암리 사람들과 충돌이 생겼던 일을 가끔 입에 올렸다. 그 얘기를 들어보면 언제나 상암리 사람들의 잘못이었다. 상것들이 분수를 모르고 날뛰었기 때문이라고.

다 양보를 해도 선산만은 지켜야 합니다. 아버지가 문중 사람들의 비위를 맞추었다. 아버지는 아버지의 표밭에서 단 한 마을도 다른 당을 지지하는 표가 나와서는 안 된다는 걸 참모들한테 강조하곤 했다. 그런데 상암리를 비롯한 하암리 근처의 마을이 대단한 기세로 머리를 든다는 문중 참모들의 말에 아버지는 모든 걸 다 양보해서라도 표를 지켜야 한다고 말했다. 그까짓 선산이 문젭니까? 아버지가 처음에 그런 말을 했다가 문중 사람들이 몰려와 할아버지의 방에서 방바닥을 치며 며칠간 농성을 벌였다. 할아버지가 아버지를 외면하기 시작한 것도 그때부터였을 것이다. 문중 참모들을 그 지경으로 만들어서는 아버지의 마지막일 것이 분명했다. 현명한 아버지였다. 어떠한 일이 있어도 선산의 단 한 뼘도 양보해서는 안 됩니다. 아버지의 혀는 신비로웠다. 문중의 어른들 얼굴이 벌겋게 상기됐다. 아버지는 물론 그 선산의 치산에 상당한 돈을 넣었다.

내가 알고 있는 묏자리에 관한 얘기는 하암리 쪽의 입장에서 본 고작 그런 정도의 것에 불과했다. 그러나 그것은 우리 형제들을 항상 우쭐거리게 만들었다.

상당히 오래 뜸을 들인 뒤 그가 입을 열었다.

"아저씬 그때 어느 마을에 사셨어요?"

내가 말허리를 자르자 그가 말했다.

"좌우지간 내 얘기나 들어보시구설랑……"

그러고 보니 그가 어느 쪽 사람인가 하는 것은 얘기를 듣다 보면 짐작이 갈 수도 있을 것 같았다.

"상암리에서 가장 오래 수명을 누리신 노인 한 분이 돌아가실 때 유언을 했지요."

백두 살까지 장수한 노인이었다. 아흔아홉 살이 되면서부터 새까만 머리털이 돋아나고 아이들 젖니 같은 게 잇몸을 뚫고 하얗게 솟아나 보는 사람마다 신기해하면서도 섬뜩한 느낌을 어쩔 수가 없었다. 그 장수 노인은 죽기 서너 해 전부터 만나는 사람마다 손을 잡고 유언을 했다. 사람들은 그의 유언을 들을 때마다 망령된 노인네의 헛소리라고 허수로이 들을 수가 없었다. 금광이 생길 때 겨우 열예닐곱 정도의 나이로 상암리에 들어와 구십 년에 가까운 세월을 상암리에 살면서 단 한 번도 마을을 벗어나보지 못한 노인이었다. 백두 살까지 장수는 했다고는 하지만 차라리 일찍 죽는 게 나았을 그런 기구한 일생이었다. 상암리에 들어오던 그해에 독사에 물려 한쪽 발을 잘라내 절름발이로 평생을 살았다. 사람들은 그의 기구한 일생을 아는지라 유언을 들을 때마다 터무니없는 청인 줄 알면서도 꼭 그렇게 해주마고 언약을 했다.

은장봉 김가네 선산 있잖은가, 그 김가네 선산 조금 못 미쳐 골텡이가 끝나는 데 언덕배기가 하나 있지, 상암리와 하암리가 한눈에 내려다보이는 데야. 게다가 날 묻어주는 게여.

그 언덕배기 노송이 둘러선 자리에 묻히고 싶다는 유언이었다. 물론 거기 은장봉에 묻히고 싶다는 뜻을 자식들한테 넌지시 전하고 죽은 노인은 그전에도 많았다. 은장봉뿐 아니라 그럴듯한 데를 미리 점찍어두곤 입버릇처럼 거기 묻히고 싶다는 얘기들을 했다. 그러나 어느 자식 하나 부모의 그 마지막 뜻을 들어줄 수가 없었다. 자기들 힘으로서는 어쩔 수가 없는 남의 산이었기 때문이다. 김씨네 문중이거나 국유림이었다. 이것저것 가리지 않고 고인이 원하는 데다 묘를 쓰는 사람도 없지는 않았다. 그러나 그것이 얼마나 무모한 짓인가를 사람들은 오랜 세월을 통해 뼈아프게 터득하면서 아예 못 오를 나무는 쳐다보지도 않았던 것이다.

상암리 사람들이 묻힐 수 있는 데는 폐광 너머 돌산뿐이었다. 그런데 이번 장수 노인은 좀 달랐다. 백두 살까지 산 노인에 대한 예우로라도 그래야 했겠지만 그가 살아생전 그처럼 간절하게 입에 올린 묏자리였기 때문에 사람들은 이제 그 노인은 죽어서 당연히 그곳에 묻히는 걸로 알고 있을 정도였다. 장수 노인은 자기가 4대 독자라 했다. 어떻게 여자 하나를 만나 5대 독자를 낳아 서른 살이 되던 해에 장가를 보냈다. 그 5대 독자가 바로 장가가던 그해 여름 장마에 은백내 강물에 휩쓸려 끝내 시체마저 찾지 못하고 말았다. 다행히 씨는 남기고 죽었다. 그런데 그 유복자가 뱃속에서부터 소경으로 태어났다. 엎친 데 덮친 격으로 소경 자식을 낳아놓은 며느리가 도망을 쳐버렸다. 홀아비 신세에 눈먼 손자를 그런대로 키워 손주 몸에서 7대 독자인 증손자를 겨우겨우 얻어내면서부터 자기가 묻힐 데를 입에 올리기 시작했던 것이다. 손이 귀한데다 단명하지 않으면 병신 자식이 생기는 건 조상의 묏자리가 좋지 않아서 그렇다는 거였다. 기왕지사 조상의 무덤이 어디에 있는지조차 모르는 바에야 자기 뼈나마 생기가 순조로운 곳에 묻어 자손에게 영화를 내리고 싶다는, 백번 수긍이 가는 유언이었다.

그 장수 노인의 증손자인 육손이는 소경 아버지와 함께 증조할아버지의 유언을 들었다. 마을 어른들을 붙잡고 증조할아버지의 뜻을 전했다. 그러나 마을 사람들은 막상 장수 노인이 죽고 나니 난감한 표정을 감추지 못했다. 전날의 언약을 마음에 걸려 하면서도 선뜻 어떻게 하자는 방도를 내놓지 못했다. 요는 신중을 기하자는 데 의견을 모아, 우선 장수 노인의 손자인 소경을 하암리에 내려보내 사정을 해보라 했다. 육손이와 함께 하암리에 내려간 소경은 무릎을 꿇고 빌었다. 그 언덕배기 한 귀퉁이만 내주신다면 백골난망 그 은혜를 갚겠다고 했다. 그러나 물어봤자 잇자국도 안 날 일이었다. 그냥 허허롭게 쫓겨 올라오는 수밖에. 이번에는 마을의 상노인 대여섯이 내려가 사정사정했다. 역시 어림도 없는 일이었다. 거기다가 하암리 젊은 사람들한테 삿대질까지 당하는 무안을 당하고 수염을 벌벌 떨며 돌아왔다. 이쯤 되자 마을의 젊은이들이 눈에 불을 켜고 일어섰다. 이를 갈아붙이며 오기로라도 그냥 물러설 수 없다는 거였다. 상여를 메고 은장봉을 향했다. 일이 그렇게 될 것을 미리 짐작한 하암리 사람들이 은장봉 초입에 지키고 섰다가 상여를 세웠다. 은장봉에 단 한 발짝도 들여놓을 수 없다는 거였다. 입으로만 옥신각신하다가 결국 마을로 상여를 돌렸다. 그러나 그 밤으로 은장봉 그 언덕배기에다 암장을 했다. 다음 날로 당장 파헤쳐진 송장을 여우가 구멍을 뚫어 썩은 내장이 흐치흐치 나왔다. 또 묻고 다시 파헤치고…… 결국은 두 마을 장정들이 몽둥이를 들고 패싸움을 벌였다. 쌍방에 크게 다친 사람이 여럿 나왔다. 그 일로 해서 상암리 사람 하나가 시름시름 앓다가 죽었다. 그 죽은 사람을 돌산에 묻는 날 저녁에 상암리 사람들이 하암리 사람 하나를 몰매를 놓아 그 자리에서 죽였다. 결국은 관에서 나와 일을 수습했는데 결과는 뻔했다. 상암리의 참

패였다. 남의 산에다 암장을 한 죄에다, 여럿이 몰매를 놓아 사람을 죽인 죄였다. 더욱 억울한 것은 과거에 하암리에서 있었던 도난 사건을 하나하나 따져 모두 상암리에 덮어씌운 것이다. 상암리 사람 여럿이 일 년여를 두고 그 먼 읍까지 불려 다녔다. 불려 다니는 정도가 아니라 마을의 장정 예닐곱이 몇 년씩 옥살이를 했다. 관은 관대로 상암리 사람들의 목을 죄었는가 하면 하암리에서는 아예 상암리 사람들과 상종을 하려 들지 않았다. 상암리 사람들이 하암리의 마을 한가운데를 다시 지나다닐 수 없게 되고, 하암리 사람의 논을 얻어 부치던 사람이 소작을 떼인 건 물론이다.

"네 증조할아버지가 묻히고 싶어 한 데가 어딘지 한번 가보기나 하자."

장수 노인의 눈먼 손자가 육손이를 앞세워 은장봉에 올랐다. 여우가 파헤쳐 흐치흐치 문드러진 장수 노인의 시체를 어쩔 수 없이 돌산에 묻고 나서였다. 그때까지 그 소경은 단 한마디 자기 의견을 내지 않고 마을 사람의 의견을 따랐다. 그는 그런 사람이었다. 할아버지의 유언을 못 이루게 된 것이 모두 자기가 눈먼 병신이기 때문이라고 깊이 체념한 눈치였다. 하암리 사람들을 원망할 게 없다면서. 그는 육손이한테 하암리 사람들을 미워해서는 결국 손해만 보게 될 것이라고 늘 말해온 위인이었다. 그는 육손이한테 끌려 산을 오르면서 좌우의 지세라든가 전망을 자주 묻곤 했다. 육손이가 눈에 보이는 대로 좌우 지세를 설명해줄 적마다 그는 크게 고개를 주억거렸다. 은장봉뒤로 두류산과 팔봉산이 마치 병풍을 펼친 듯 둘러쳐 있다든가 이 언덕배기에서는 상암리와 하암리가 한 마을처럼 가지런히 보이며, 은백내 강물이 띠를 두르듯 두 마을을 감싸고 돈다는 얘길 들으면서 그는 얼굴까지 벌겋게 달구면서 고개를 주억거렸다.

"네 증조할아버진 보통 분이 아니시다. 여긴 천하에 드문 명당이여, 명당."

그가 한숨을 길게 늘여 쉬며 말했다.

"저 꼭대기 김가네 묏자리보다두 더 명당이어유?"

육손이는 눈먼 아버지한테 김가네 족산의 위치를 일러주었다.

"게나 예나 다 한 맥인 거여, 어디랄 것 없이 다 좋은 자리지. 같은 지맥이라니까. 사람으로 말할 것 같으면 몸에 피가 고루 흐르고 있듯이 땅속에도 기가 흐르는 게야. 피가 도는 길을 혈맥이라 하듯 이 땅의 생기가 통하는 길을 지맥이라 하는 게다. 생기가 왕성하게 통하는 것은 우선 남주작 북현무의 형상에다 좌청룡 우백호로 사방 어딜 둘러보나 기가 맥맥히 뻗쳐 나간 지세를 갖추고 있게 마련이야."

육손이 아버지는 움푹 들어간 눈을 껌벅거리며 쩝쩝 입맛까지 다시다가 다시 한숨을 몰아쉬곤 했다.

"그럼 여기다가 우리 상암리 사람들이 묘를 쓰면 저 꼭대기 김가네 지맥이 끊기나유?"

육손이는 하암리 사람들의 주장이 사실인가 알고 싶었던 것이다.

"말 같잖은 개소리!"

소경이 느닷없이 부르짖었다.

"망할 놈들, 즈 배때기만 부르구 즈 자식새끼들만 잘돼야 허는 법이 어딨다는 거여?"

육손이는 눈먼 이의 이처럼 으르렁거리는 소리를 처음 들었다. 눈먼 이의 푹 꺼진 눈꺼풀이 파르르 떨리고 있었다.

"어디 두고 보라지, 이놈에 하암리 놈들!"

육손이는 아버지의 그런 무서운 얼굴을 보면서 부르르 몸서리를 쳤다.

그 눈먼 이가 결국 몇 해 가지 않아 하암리 사람들에게 몰매를 맞았다. 김씨 문중 사당 기둥 밑에 짚으로 만든 목이 없는 꼭두각시를 묻었던 것이다. 방자를 이에서 끝낸 것이 아니라 이번에는 김씨네 선산 그 묏자리까지 기어올라가 무덤마다 그 봉분 꼭대기에다 바늘을 쌈지 채 묻다가 걸린 것이다. 눈먼 이는 몰매를 맞고 사람들 손에 떠메여 돌아와 앓으면서도 이를 부득부득 갈았다. 그렇게 이를 갈며 뒤척이며 앓던 이가 결국 숨을 거두었을 때 육손이는 몸서리를 쳤다. 김씨 문중에 대해서 그렇게 원망 한마디 없던 이가 그 언덕배기의 산자리를 보면서부터 전연 다른 사람으로 바뀐 사실이 무서웠던 것이다. 새카만 머리털이 돋고 아이들 젖니 같은 게 솟던 증조할아버지의 죽은 귀신이 붙었다고밖에 생각하지 않을 수 없었던 것이다.

"느 증조하라버이 귀신두 무섭지만, 느 아버진 저승에 가서 두 눈을 못 뜰 게여. 원통한 눈먼 귀신이 을마나 무서운 줄이나 아냐?"

상암리 사람들이 이제 이십 나이에 들어선 육손이를 부추겼다. 원수를 갚는 게 자식된 도리라는 거였다. 이제 세상 법이 달라져, 관에다 아버지를 때려 죽인 하암리 사람들을 고소하면 저놈들이 크게 욕을 볼 것이라 했다. 마을 사람들이 주먹을 부르쥐고 육손이를 부추겼다.

그러나 육손이는 사람들 사이를 빠져나와 혼자 하암리로 내려갔다. 김씨 문중의 종가집 마당에 무릎을 꿇고 엎드려 빌었다. 눈먼 아버지의 시체를 옛날 증조할아버지가 묻히길 원한 은장봉 중턱의 그 언덕배기 한 귀퉁이에 묻게 해달라고 빌었다. 증조할아버지가 죽었을 때 눈먼 아버지가 했던 것처럼 무릎을 꿇고 그렇게 간절히 빌었던 것이다. 그때 아버지가 그랬던 것처럼, 죽은 이를 거기 묻게만 해준다면 백골난망 그 은혜를 잊지 않겠다고 거듭거듭 빌었다. 그러나 김씨 문중 사람들은 오히려 눈을 부라리며, 눈먼 이가 생전에 한 그 끔찍한 방자를 두고 분을 삭히지 못하고 있었다. 그들은 육손이를 향해 네놈은 눈까지 멀쩡하니 앞으로 무슨 짓을 할는지 모른다고, 지레 엄포부터 놓았다.

육손이는 그들 앞을 순순히 물러났다. 억울하다거나 원한이 뼛속으로 스미는 그런 물러섬이 아니었다. 마음은 오히려 평온했다. 오래전부터 그는 김씨 문중 사람들의 의연한 기세, 그 위엄 앞에 머리를 들 수가 없었다. 죽은 아버지를 돌산 할아버지 무덤 옆에 묻으면서도 그는 마을 사람들이 툴툴거림을 오히려 달래려 들었다. 상암리 사람들이 생각하는 것처럼 그렇게 하암리 사람들을 미워할 수가 없었던 것이다.

"아저씨가 육손이시죠?"

나는 그의 얘기가 거의 종국에 이르렀다고 판단한 순간 단도

직입으로 잘라 말했다. 개울에서 참외를 먹을 때 이미 그의 왼손 엄지손가락 근처에 기형적인 손가락 하나가 더 붙어 있는 걸 확인했던 것이다.

다만 나는 그가 그 와중에도 하암리 사람들을 미워하지 않았다는 그 말을 놓고 많이 혼란스러웠을 뿐이다. 가지지 못한 사람의 가진 사람을 향한 그 연연한 선망, 그 정체에 대한 깊은 의구심이기도 했다.

마필구 노인이 내 앞에서 일부러 우리 할아버지의 애기를 꺼냈다는 생각이 스쳤다. 막강한 적 앞에 백기부터 들어 보인 그 저의가 짚일 것도 같았다. 적이 아직 살아 있다는 것, 살아 있지만 이제는 모든 것이 끝났다는 인생무상, 그 허망일 수도 있었다.

그러나 싸움은 끝나지 않았다. 죽은 목숨의 할아버지 위에 아버지가 있다. 아버지는 할아버지를 타고 앉아 오래전부터 그 표밭에서 노다지를 캐왔다. 아버지의 표밭은 막강하다. 그러나 세상이 달라지고 있다. 아버지를 무너뜨리기 위한 바람이 불고 있다. 5월 총선에서의 압승에 덫이 있었다. 그 발단이 상암리다. 상암리는 결코 아버지의 표밭이 될 수 없었던 것이다. 그리고 죽어가는 할아버지의 적 육손이가 지금 돌아오고 있는 것이다.

아저씨가 육손이시죠? 내가 그렇게 다그친 것도 할아버지를 위해서였는지도 모른다. 그러나 할아버지가 죽어가는데 할아버지의 적은 십팔 년 세월의 역사를 그 퀭한 눈 속에 담고 이렇게 당당히 귀향하고 있지 않은가.

마필구 노인은 더 이상 말하지 않았다. 입을 꾹 다물고 그 형편없는 몰골을 어기적어기적 놀려 내 앞을 걷고 있었다. 마음이 조급해졌다. 내 머릿속에 뒤죽박죽으로 엉켜 있는 이 늙은이에 대해서 나는 서둘러 정리를 해야 했기 때문이다. 그러나나는 단 한 가닥의 실마리도 풀지 못했다. 십 년 전 서울에 올라온 할아버지의 입에서나 할아버지를 찾아온 문중 사람들에게서 이 늙은이에 대한 이야기를 들은 기억이 나지 않았다. 기억하고 싶지도 않았다. 십팔 년 만에 고향에 돌아온다는, 그동안 그가 끼고 산 세월의 사연은 더더욱.

우리는 말고개 위에 멈춰 서서 땀을 들이면서 저녁 햇빛 속에 자우룩 갈앉은 아랫마을을 내려다보았다. 나는 슬쩍 마필구 노인의 옆얼굴을 훔쳐보았다. 저녁 햇빛 속에 그림처럼 착 갈앉아 보이는 그 아랫마을이 바로 상암리와 하암리였던 것이다. 생각했던 대로 그의 얼굴은 굳어 보였다. 나는 조금 초조해지기 시작했다. 그가 다시는 더 입을 열지 않을는지도 모른다는 생각을 한 것이다.

"자, 그러면 젊은인 먼저 내려가보시우."

넋이 나간 사람처럼 아랫마을을 내려다보고 앉았던 마필구 노인이 말했다. 나는 몹시 당황했지만 일부러 표정을 감추며 그를 쳐다보았다.

"아저씬 안 가실 거예요?"

그러나 그는 대답하지 않았다. 그는 내가 처음 만났을 때의 그런 무뚝뚝한 표정을 한 채 고개 아래쪽 여기저기를 굽어보고 있을 뿐이었다.

"나도 여기서 쉬었다가 아저씨 내려가실 때 함께 가겠어요."

내가 시치미를 떼고 말했다. 그가 곧 내 말에 반응을 보였다.

"괜한 생각 말구 어서 내려가시게유. 참, 재민 으르신네 뵙거든 꼭 잊지 말구 말씀이나 전하셔. 육손이가 또 왔다구요."

워꾹, 워꾹, 워, 워꾹.

해가 넘어가면서 휘휘한 느낌을 몰아오는 고개 아래 골짜기에서 뻐꾸기 한 마리가 천천한 날개짓을 하며 잣나무 숲으로 날아들었다.

할아버지가 아버지의 음모를 눈치채고 있는 것 같았다. 애써 아버지를 외면하는 할아버지의 냉랭한 얼굴 표정이 그랬다. 당신이 죽어 은장봉 문중 선산에 묻힐 수 없다는 것을 눈치챈 것이 분명했다. 당연히 문중 선산에 모셔야 할 할아버지를 서울 근교 공원묘지에 모시기로 한 아버지의 그 고집 앞에 문중 사람들마저 손을 든 기미가 분명했다.

서울 근교 공원묘지 오백 평을 매입하던 날 아버지는 낚시 도구를 손질하면서 엄마한테 말했다. 거기 가까운 데 참붕어가 우글우글한, 기가 막힌 저수지가 있다는 것이다. 아버님은 낚시 안 좋아하시잖아요. 엄마의 우스갯소리에 아버지가 손질하던 낚싯대를 들어 보이며 히익 웃었다.

고갯길을 투덕투덕 내려오면서 나는 몸을 가누기 어려울 정도의 피로를 느꼈다. 그냥 어디에고 주저앉고 싶었다. 외로움이었다. 뭔가 텅 빈 것 같은. 마필구 노인을 고개 마루턱에 남기고 혼자 고갯길을 내려오면서부터 그랬다. 몇 번이고 돌아다보고 싶은 것을 참아낸 것이 문제였을까. 그렇게 부끄러웠다. 목숨이 꺼져가는 할아버지 앞에서 내가 할 수 있는 것은 아버지를 미워하는 것뿐이었다. 아버지의 모든 것이 싫었다. 그러나 아버지를 미워하면서도 할아버지에게 외면당해 늘 언짢은 기색을 보이는 아버지에게 달려가, 아버지, 할아버지는 곧 죽을 거예요, 그런 말을 하고 싶어 얼마나 조바심쳤던가. 이미 가 버린 세대의 조그마한 정의를 위해서 나의 전도를 흐리고 싶지는 않았던 것이다. 스크럼의 앞줄에 끼었다가도 나는 늘 쉽게 풀려나곤 했는데 그것이 바로 강자를 선망하는 내 철학 때문이었다. 그래서 아버지는 항상 나의 적이면서도 내게는 없어서 안 될 나의 힘이었다.

여름 늦은 오후의 깊은 산속, 혼자 남겨진 그 휘휘함 속에서 나는 온통 벌거숭이가 된 것처럼 부끄러웠다. 나는 비로소 걸음을 멈추고 몸을 돌려 마필구 노인과 헤어진 그 고개 마루턱을 올려다보았다. 그러나 이미 한참 멀어진 고개 마루턱은 거기가 어디인지 방향마저 가늠되지 않았다.

2

마필구 노인은 저녁 어둠에 잠겨들기 시작하는 고갯길을 터벅터벅 내려가는 김가네 종갓집 그 젊은이가 눈에 보이지 않게 된 지가 오래됐지만 그 자리에서 일어설 줄을 몰랐다. 고갯길의 산모퉁이를 몇 개 돌아 내려가면서도 결코 한 번도 뒤를 돌아보지 않는 그 젊은이에게서 새삼 아직 생존해 있다는 김가네 어른의 의연한 기개를 본 것만 같았다.

　더욱 힘들었던 것은 김가네 젊은이와 익수의 얼굴이 겹쳐 보인 일이다. 길에서 젊은이를 처음 만난 순간 익수를 생각했다. 익수가 세 살 되던 해에 집을 떠났으니까 지금 익수 나이 스물한 살, 아까의 그 젊은이가 익수로 보인 것도 당연했다. 한여름 녹음방초 고향 찾아가는 시골길을 걸으면서 차암 좋다, 탄사가 터진 것도 옆의 젊은이가 익수라고 생각해서였다.

　그래, 아까 그 젊은이처럼 익수도 훤칠한 키에 얼굴도 훤할 터. 노인이 길을 걸으면서 몇 번씩 젊은이의 얼굴을 훔쳐본 것은 뭔가 마음에 개운치 않은 구석이 있어서였다. 십팔 년 세월, 열몇 군데의 형무소를 옮겨 살면서 늘 마음이 개운치 않았다. 세 살 때 마지막 본 익수의 얼굴이 지금은 어떨 것이라고 어림잡히지 않았기 때문이다. 머리에 얼굴을 떠올릴 적마다 그 모습이 달랐다. 분명한 윤곽을 가지고 나타나는 것은 백일해로 피골이 상접한 세 살 때의, 마지막 본 얼굴뿐이었다. 퀭한 눈에 비쩍 마른 몸뚱이, 부스럼 자국이 덕지덕지 않은 머리. 예닐곱 살 아이가 콧물을 빨면서 남의 집 부엌을 기웃거리는 것이 보였다. 자기 키만한 지게를 지고 은장봉 골짜기의 노송 아래 언덕에 서서 하암리를 멀거니 내려다보고 있는 아이도 보였다. 칡뿌리나 옥수수 대궁을 질겅질겅 씹다가 밤나무 밑에서 잠이 든 아이 얼굴도, 소경 늙은이에게 지팡이를 짚여 가지고 마을을 돌아다니는 아이도 보였다. 고작 머리에 떠올린 익수의 모습이 바로 자기 어릴 때의 그 모습이었다.

　당연히 죽을 것으로 체념한 것이 무기징역 선고로 구제받았을 때 그는 하늘에 감사했다. 비록 철창 속에서나마 평생을 사람답게 살겠다는 다짐을 하고 나니 마음이 한결 가벼웠다. 그러나 징역살이가 생각보다 쉽지 않았다. 벽 속에 갇혀 사는 일이 결코 쉽지 않다는 것을 깨닫게 되는 시기가 제일 견디기 어려웠다. 그는 자기와 함께 무기형을 받은 사상범이 형을 선고받은 3년 뒤에 벽에 머리를 박아 죽는 꼴을 봤다. 억울해요, 억울해! 그 사상범은 죽기 한 달 전부터 계속 그 말만 입에 올렸다. 죄에 비해 형이 무겁다는 게 아니었다. 그는 3년간 상당한 심경의 변화를 보여 모범수로 인정을 받은 사람이었다. 그러나 그는 터무니없는 걸 요구하기 시작했다. 뛰고 싶다, 운동장이나 산 같은 데를 몇 시간이고 뛰게 해 달라, 삶은 계란이 먹고 싶다, 무슨무슨 음식이 먹고 싶으니 먹게 해달라, 누구누구의 얼굴이 보고 싶다, 이런 놈을 만나 배때기를 쑤셔놓고 싶다, 여자를 품고 싶다, 목욕을 하고 싶다, 면도를 하고 싶다, 오늘은 늦잠을 자게 해다오, 이런 잡다한 요구를 했다가 그것이 무시되었을 때 그는 으르렁거렸다. 대개의 무기수들은 사형을 면한 것을 우선 천행으로 알고, 그리고 감옥 생활을 몸에 익히면서부터 차츰 삶에 대한 무서운 집념으로 눈을 번들거리게 마련이다. 그러나 차츰 자기가 살아 있다는 그 자체가 인간이 누려야 할 그런 성질의 삶과는 너무나 거리가 멀다는 것을 체득하면서부터 몸부림치기 시작한다. 그것이 무기수들의 고비였다.

마필구 노인은 한창 나이에 그런 절망적인 고비의 순간을 이겨내는 방법을 벌써부터 터득하고 있었다. 익수의 얼굴을 떠올려보는 시간이 바로 그 구원의 시간이었다. 머릿속에 잡혀드는

게 고작 자신의 어린 시절의 그 천덕구니 모습에 불과한 것이
었지만 그는 몇 년 세월을 온통 익수의 환상으로 살았다. 그는
차츰 익수의 모습을 머릿속에서 마음대로 바꾸어놓고 바라다
볼 수도 있게 되었다. 하암리 애들이 입는 좋은 옷을 이것저것
입혀도 보았다. 학교 운동장에 우두커니 서 있는 익수가 보였
다. 쟤들처럼 뛰어라 이눔아! 말타기 놀이의 말이 되어 사자처
럼 뛰어오르는 애들을 허리에 받고 고꾸라지는 익수가 보였다.
좀 더 어른이 된 익수를 떠올려보기도 했다. 우촌면 면사무소
책상에 의젓하게 앉아 있는 익수가 보였다. 저 사람 부친이 마
필구여, 하암리 사는 육손이가 바로 익수 저 사람 부친이라니
까. 다른 장면이다. 마필구 어른, 저기 양반이 자제분이라면서
유? 상암리 사람들이 순경 한 사람을 가리켜 보인다. 왜 아닌
가, 저것이 내 자식일세. 그러면서 그는 장죽을 어깻죽지에 꽂
고 하암리 텃논 그 질펀한 못자리에 물꼬가 트여 물이 쏟아져
드는 걸 내려다보고 있다. 이처럼 그는 하암리 사람이 돼서 하
암리 넓은 들판을 바라보고 있는 것이 좋았다. 어릴 때부터 상
암리와 하암리가 경계를 이루는 은장봉 언덕배기에 서서 하암
리를 내려다보는 것이 좋았다. 멀리 둘러선 높직한 산들이 바
람꽃에 뿌옇게 싸여 있는 게 마치 하암리 김가네 기와집 안방
에 둘러친 병풍 속의 그림 같았다. 앞에는 상암리와 하암리를
띠처럼 두르고 도는 은백내 강물이 굽이굽이 햇빛 속을 흐르고
있었다. 하암리는 질펀하게 펼쳐진 깻들에서부터 마을 목넘이
서낭당 있는 데까지가 온통 논이었다. 그 벌판 한가운데를 흐
르는 개천을 양옆으로 몇 아름이 넘는 정자나무가 마을 한가운

데 우뚝, 고래등 같은 기와집이 서너 채 마을 풍광을 번듯하게 그려냈다. 하암리 마을에 들어가 단 하루라도 살다가 죽는 게 꿈이었다. 번듯하게 들어가 살진 못해도 하암리 처녀와 결혼을 해 하암리 사람이라는 말을 들으며 살고 싶었다. 상암리 젊은 이가 둘씩이나 하암리의 처녀를 꿰차고 도회지로 도망을 쳤다. 그러나 그는 떳떳하게 하암리 처녀와 결혼을 하는 게 소원이었다. 서른한 살이 됐을 때까지 그는 그 꿈을 버리지 못했지만 몇 대 독자에 하암리 사람들한테 매 맞아 죽은 그 소경 귀신이 무섭다고 하암리는 물론 다른 어느 곳에서도 아예 혼담이 들지를 않았다.

그놈의 자식 속을 모르겠단 말이야. 하암리 사람들은 자기들을 만날 때마다 필요 이상 허리를 굽히고 굽실거리는 마필구를 이상한 눈으로 봐라봤다. 덩치가 남달리 큰 그가 늘 하암리에 내려와 비실거리자 옛날 일을 마음에 되새긴 하암리 사람들은 지레 경계하는 눈빛을 했다. 그럴수록 그는 하암리 코흘리개 아이들한테까지 굽신거렸다. 아이들이 육손이를 놀리느라고 산 벼랑에 있는 새알을 꺼내 오라고 해도 그는 쉽사리 그 청을 들어주었다. 누가 시키지 않아도 틈만 나면 하암리에 내려와 하암리 사람들 농사일을 도왔다.

하늘이 무심할 수 없었던 것일까, 마필구에게 뜻밖의 기회가 왔다. 그가 그처럼 원하던 하암리 여자를 아내로 맞게 된 것이다. 은백내 제방에서 꼴을 베고 있었다. 귀융소 있는 데서 무슨 소리가 들려 낫을 집어던지고 달려갔다. 귀융소 웅덩이에 사람이 빠져 허우적대고 있었다. 깊어야 허리에도 안 차는 그런 웅덩이였다. 건져 안고 보니 하암리 탑골 과부집 딸이었다. 읍으로 시집을 갔다가 얼마 못 가 소박맞아 집으로 돌아와 처녀나 다름이 없는 여자였다. 물소리만 들으면 발작을 하는 간질병이 문제였다. 그날도 웅덩이 물에서 몸을 씻다가 생긴 발작이었을 것이다. 물을 먹어 눈을 뒤집어쓰고 늘어진 여자를 안고 마을 한복판을 가로질러 뛰었다. 탑골 과수댁은 다 죽은 딸을 봉당에 내려놓고 역시 그 옆에 나자빠진 육손이를 보고 기절초풍을 했다. 탑골 과수댁은 김씨 문중의 여자였다.

김씨 문중이 발칵 뒤집혀 육손이를 묶어놓고 닦달질을 했다. 그때 정황을 아무리 늘어놓아도 막무가내였다. 상암리 상것이 김씨 집안 여자를 그것도 속곳만 걸친 젊은 여자를 안고 마을 한가운데를 지났다는 사실에 대해서 그들은 치를 떨었다. 그들은 마필구가 여자를 얼결에 범한 뒤 그게 무서우니까 물에 처넣었다가 다시 생각을 바꾸어 집으로 데려왔다는 거였다.

기가 막힌 것은 정신이 돌아온 여자가 마필구를 향한 마을 사람들의 매질에도 이렇다 저렇다 일의 경위를 밝히지 않고 입을 다문 일이다. 더 기막힌 것은 마을 사람들한테 매를 맞고 소달구지에 실려 상암리까지 올라오면서 히죽이 웃던 마필구였다.

두어 달 뒤 하암리 탑골 그 과수댁이 상암리로 사람을 보냈다. 자기 딸을 데리고 살지 않겠느냔 거였다. 과수댁으로서야 산같이 든든한 남정네를 집안에 들이게 되었으니 그 이상 좋을 게 없었다. 마필구가 드디어 하암리 사람이 된 것이다.

하암리 사람이 된 지 얼마 안 돼 마필구가 하암리 일대의 문중 산을 관리하는 자리에 올랐다.

육손이가 은장봉 산지기가 됐대여!

놀란 것은 정작 상암리 사람들이었다. 아무리 자기들 일가붙이가 됐다고 하더라도 그렇게 쉽게 육손이를 믿어버린 하암리 사람들을 이해할 수가 없었다. 어떻든 그들은 자기들 생계와도 직접 관계가 있는 일인지라 하암리 산지기가 된 육손이에 대해서 기대 반 시샘 반의 눈길을 보낼 수밖에 없었다.

참말루 어렵구먼!

육손이는 산지기 일을 맡고 나서부터 가끔 아내한테 말했다. 문중 산이 워낙 여기저기 많이 널려 있는데다 문제점이 한두 가지가 아니었기 때문이다. 그는 자기가 맡은 일이 얼마나 어렵고 괴로운 일인가를 알게 되었다.

조심해야 할 거에유.

그의 아내는 눈을 내리깔며 말했다. 그네는 문중에서 남편한테 산지기 자리를 준 그 속셈을 어렴풋이는 짐작하고 있었다. 그러나 그것을 남편한테 함부로 발설해 착한 남편의 마음을 다치게 하고 싶지가 않았던 것이다.

육손이는 상암리에 있는 은장봉 쪽의 산을 둘러보는 게 제일 괴로웠다. 가막골 사람들은 참나무를 마음대로 베어 숯을 구워 읍내로 몰래 내다 팔았다. 문중에서는 단 한 그루의 참나무도 베지 못하도록 막으라고 했다. 가끔 읍내에서 산림 간수가 들어와 육손이에게 제 권한의 막중함을 과시하면서 자기 대신 그 일을 해줘야 한다고 어깨를 뚜덕였다. 문중 산뿐이 아니라 그 곁의 국유림까지 온통 육손이의 책임이었다.

그러고 보니 어느 쪽이든 한쪽을 선택해야 하는 경우가 생겼다. 마음 복잡하게 쓸 것이 없었다. 그는 무슨 일이 있어도 하암리를 버릴 수는 없다고 생각한 것이다. 김씨 문중 산에 화전을 일구다 산불을 낸 상암리 사람을 잡아다가 읍내 관에다 넘기는 일도 서슴없이 해냈다. 백 가마도 더 날 잣이 상암리 사람들 때문에 제대로 수확을 못 거둔다고 해서 육손이는 몽둥이를 들고 잣나무 산을 이리저리 뛰기도 했다. 장마철을 이용해 아름드리 전나무를 도벌해서 은백내 강물에 뗏목으로 띄우는 상암리 사람들과 멱살을 잡고 드잡이를 벌인 게 한두 번이 아니었다.

뭐니뭐니 해도 제일 어려운 것은 김씨 문중의 선산을 지키는 일이었다. 선산에 상암리 사람들을 단 한 사람도 얼씬 못하게 하라는 거였다. 그의 증조할아버지가 묻히고 싶어 한 그 언덕배기는 더 말할 나위도 없었다. 선산에서 나무를 베는 것은 물론 검부러기도 못 긁게 해야만 했다. 만약 그들 선산 어느 곳에 상암리 사람들이 암장을 하거나 선산 묘에 불경한 짓을 하는 게 발견되면 그길로 하암리를 뜰 각오를 하라는, 산지기를 맡길 때의 하암리 사람들의 준엄한 말이 있었기 때문이다.

그는 자기가 할 수 있는 일이면 어떠한 일이든 마다 않고 하암리 사람들을 위해 충실한 산지기 노릇을 했다. 자기 산이요, 자기가 심고 가꾼 나문인들 그렇게 정성을 들일 수 있을까 싶을 정도로 산과 그 산에 있는 모든 것을 아끼고 보살폈다.

저런 죽일 놈! 저놈이 어떻게 저럴 수가 있어?

상암리 사람들이 이를 갈았다. 제 증조부 일이나 소경 아버지의 그 기막힌 일을 생각해서라도 그럴 수가 있느냔 것이다. 가재는 게 편이라고, 제가 비록 하암리에 빌붙어 사는 신세가 됐다고 하더라도 본색이 상암리 놈이 분명한 것이 어떻게 그럴 수가 있느냐고 모두 주먹을 부르쥐었다. 가막골에서 숯을 구워 생계를 잇던 사람들이 결국은 육손이 등살에 못 견뎌 그곳을 떠나면서 이를 갈았다. 근동 산에서 땔나무를 하지 못하고 아주 깊은 산까지 들어가야만 하게 된 상암리 장정들이 육손이에게 몰매를 놓기도 했다. 그러나 육손이는 매를 맞아 다친 발을 절뚝거리면서 은장봉을 지켰다. 산만 그렇게 열성으로 지키는 게 아니었다. 하암리 부녀자들이 상암리까지 나물을 뜯으러 왔다가 사내들한테 희롱을 당하는 눈치면 눈에 불을 켜고 나서서 그네들을 지켰다.

애아버이, 그 사람들헌테 그렇게 웬술 져서 어떡헐려구 그래유?

그의 아내가 어린애를 안고 앉아 징징 얼굴에 그늘을 깔았다. 그는 이미 애아버지가 돼 있었던 것이다. 떡두꺼비 같은 아들이 그를 쳐다보며 벙글거리고 있었다.

역시 밭이 좋고 물이 좋으니까……

그러나 육손이는 자신의 팔자가 펴고 거기다가 이목구비 멀쩡한 아들까지 두었다는 게 가끔 믿어지지 않았다. 사는 게 재미있으면 있을수록, 이게 아닌데, 이게 아닌데, 모든 것이 분수에 넘치는 것만 같아 불안하고 무서웠다. 언제고 자기는 하암리에서 쫓겨나 그 지긋지긋한 상암리로 되돌아갈는지도 모른다는 의구심이 가시지 않았다. 또한 아들놈이 멀끔하게 잘생긴 그만큼 7대 독자에서 대가 끊일는지도 모른다는 불길한 생각까지 불쑥 치밀곤 했다. 그럴 때마다 그는 산속으로 들어갔다. 산속에만 들어가면 힘이 뻗쳤다. 꽥꽥 마음대로 소리도 지를 수 있어 좋았다.

그는 상암리 사람들과 맞붙어 싸울 때마다 하암리 사람들이 상암리 사람들을 적대시하는 이유를 알 것 같았다. 상암리 사람들의 배배 꼬인 심보는 물론 매사 사리를 가리기보다 욱하고 내지르기부터 하는 무례의 막돼먹은 성깔들, 그 천덕구니들의 가진 사람들에 대한 뿌리 깊은 적대심을 본 것이다. 그것은 그런 적개심을 몇 겹으로 감추고 산 자신과의 만남, 그 부끄러움이기도 했다.

거, 육손이 그 사람, 생각했던 거보다 신실허이!

육손이가 상암리 사람들한테 미움을 받는 그만큼 하암리 사람들은 육손이를 좋게 보았다. 육손이의 청이라면 웬만한 일이면 거의 다 들어줄 정도로 그들은 그를 믿었다. 상암리 사람들이 하암리 장삿날 다시 상여를 도맡아 메게 된 것도 육손이의 공이라면 공일 수도 있었다. 하암리 마을 정자나무 밑을 마음대로 지나다녀도 시비를 걸지 않았다. 상암리 아이들이 은백내 하류 백송정 모래밭까지 내려와 놀아도 패싸움이 붙지 않았다. 한 집 두 집, 상암리에 있는 하암리 사람들의 논을 상암리 사람들이 소작 맡기도 했다. 돈을 모은 상암리 사람이 하암리 사람의 밭을 사기도 했는데 옛날 같으면 어림도 없었다.

즘말에 밭이 났는데, 자네가 사게.

그는 하암리 사람이 땅을 팔 기미만 보이면 부리나케 상암리로 치뛰어 살 만한 사람을 물색해 귀띔을 했다. 그리고 상암리 사람한텐 아무리 비싼 돈을 내놔도 팔지 못하겠다고 고집을 부리는 하암리 사람을 구슬려 흥정을 붙여 일을 성사시키기에 남의 일 같지 않게 열성이었다. 일이 잘되어 술 한잔을 얻어 마신 날이면 그는 세상을 얻은 듯 거나한 기분이 돼 집으로 돌아오곤 했다.

그러나 아직도 대부분의 상암리 사람들은 육손이에 대해서 마음 깊이 미워하는 감정을 버리지 못하고 있었다. 물론 그들이 그토록 싫어하는 하암리 사람들의 종이 되어 쓸개마저 버린 육손이가 그들의 자존심을 크게 상처 냈다는 데도 문제가 있었지만 이제는 완전한 하암리 양반 행세를 하는 그에 대한 아니꼬움이었다. 분명 육손이의 덕을 본 사람도 시간이 지나고 나면 남들이 다 미워하는 그에게서 덕을 봤다는 게 마음에 걸려, 막상 돌아서서는 육손이를 외면하기 일쑤였다.

제 놈 증조부 땜에 내가 옥살일 몇 해를 했는데, 제 놈이 그럴 수가 있어?

그들은 옛날 일을 꼬치꼬치 들추어내어 육손이가 옛날을 잊고 오만 불손해진 사실을 떠올리며 분개했다.

그놈이 다 무슨 꿍꿍이가 있을 게여. 그러지 않고서야 저렇게 정성일 수가 없다니까!

하암리 사람들을 위해서 물불을 가리지 않고 뛰는 육손이를 놓고 사람들은 그에게 다른 엉큼한 욕심이 있어서 그럴 거라는 이야기들을 했다. 그들 몇 사람의 생각이 맞아떨어진 건 6·25 사변이 터지던 그해 봄이었다.

이놈이 벌써 세 살이여!

육손이는 아들놈을 배 위에 앉혀놓고 아이 엄마 쪽을 돌아보며 말했다. 그는 늘 아내가 아들을 더 낳아주기를 바라고 있었던 것이다. 그러나 아이 엄마는 고개를 젓곤 했다.

당신네 집안이 손이 귀하다면서……

그러니까 더 낳아야지!

조상의 산자리가 안 좋으면, 자식이 귀하다던데……

아이를 더 못 낳는 것을 남편 조상 탓으로 돌렸다. 그럴 때마다, 이러다간 우리 마씨 집안이 머지않아 대가 끊길 게여. 그렇게 늘 쭝쭝거리던 증조할아버지의 말이 생각나 말문이 막히는 육손이였다.

그러나 이즈음은 그게 아니었다. 그는 술을 자주 먹고 집에 들어와 큰소릴 쳤다.

이제 당신 아들딸 주렁주렁 낳을 거니까 염려 말라구!

그게 그렇게 맘대루 되나유? 손이 워낙 귀한 집안인 걸.

손이 귀하다니? 이제 두고 보라구. 우리 마씨 집안두 끗발 날릴 날 있을 거니까. 다 제 먹을 복은 타구 나는 거니까 당신은 쑥쑥 빼놓기만 하라구.

술만 먹으면 늘 이렇게 큰소리치던 육손이가 결국 일을 저지르고야 말았다. 하암리 김씨 문중을 발칵 뒤집어놓은 사건이었다.

능지처참을 할 놈 같으니라구!

호랭이 아가리에다 개를 뀐 게여.

어이구, 저놈 저 엉큼이라니!

육손이는 사람들이 내쫓는 대로 마을을 순순히 떠났다. 상암리로 다시 옮겨 앉을 처지는 더욱 못 되었기 때문에 그는 면사무소가 있는 우촌면으로 내려앉았다. 그 이상 더 먼 데로 떠나고 싶지 않았던 것이다.

우촌면에 식구를 데리고 내려온 육손이는 사람이 달라졌다. 술을 퍼마셔야만 잠을 잤다. 십 년 수도를 하루아침에 망친 일이 그를 괴롭혔다. 엎친 데 덮친 격으로 그해 봄 하나밖에 없는 아들놈이 당나귀 기침에 걸려 눈을 뒤집어쓰고 컹컹 숨넘어가게 기침을 해댔다. 몸이 대꼬챙이처럼 빼빼 말라 가는 게 사람 노릇하기는 다 틀린 듯싶었다. 아이 엄마의 발작도 더 잦아졌다. 그럴수록 그는 술을 퍼마시고 우촌면 장에 내려오는 하암리 사람들을 찾아다니며 행패를 부렸다. 집에 돌아오면 아이엄마의 옆구리를 발길로 내질렀다. 모든 게 보기 싫었다. 서러워서, 정말 서러워서 못 살겠다고 술을 퍼마시며 엉엉 울었다. 어떤 때는 며칠씩 집을 나가 은장봉 일대의 산을 헤매다가 돌아오기도 했다. 갤갤 죽어가고 있는 아들놈을 끌어안고 쿵쿵거려 울기도 했다. 하암리를 쫓겨난 일이 그렇게 원통했다. 이놈의 세상 왜 이다지도 불공평하단 말인가. 근본적으로 뭔가 잘못된 게 있는 것 같았다. 억울하고 억울해서 가슴을 떨다가 보면, 그 일을 하암리 김씨 문중에 일러바친 사람에 대한 미움이 치받쳐 올랐다. 그것이 상암리 사람 짓이 분명하다고 믿었다. 폐광 그 위쪽 돌산 공동묘지에서 유골을 파내는 걸 볼 수 있는 것은 오직 상암리 사람들뿐이었다.

그가 증조부와 아버지 유골을 상암리 그 돌산 기슭에서 파내어 그네들이 생전에 그처럼 원했던 은장봉 그 언덕배기에다 암장을 한 것은 결코 김씨 문중에 대한 적대감이 있어서가 아니었다. 그곳에 뼈를 묻어 김씨 문중 선산의 지맥을 끊으려는, 하암리 사람들이 생각하는 그런 원한은 꿈에도 없었다.

그가 은장봉 언덕배기에다 증조부와 아버지의 뼈를 몰래 묻은 것은 수 년간 산지기 직을 맡아 좋은 산자리를 볼 수 있는 눈이 트이면서부터였다. 어깨너머로 보고 주워들어 익힌 풍수지리에서, 바람을 피하고 물을 구하기 쉬운 그런 장풍득수의 명당이 눈에 딱 짚인 것이다. 하암리 은장봉 김씨 문중의 그 선산 바로 밑의 언덕배기가 명당 중의 명당이었다.

그가 열예닐곱 살 때 그 언덕배기에 서서 좌우를 돌아보며 그냥 막연하게 그 자리가 좋다고 생각한 바로 그 자리였다. 트인 그의 눈에 은장봉 그 일대가 영락없이 사람의 형상 바로 그 것이었다. 애를 밴 여자의 벌거벗은 몸뚱이. 은장봉 중턱이 그 임부의 젖가슴이라면 그 풍만한 젖가슴에서 아래로 미끈하게 흘러내리던 능선이 다시 두 갈래로 갈라져 그 허벅지 한쪽은 하암리로 다른 한쪽은 상암리를 딛고 선 형국이었다.

증조부가 백두 살에 눈을 감으면서 그렇게 묻히기를 원한 그 언덕배기야말로 그 임부의 허벅지가 갈라져 내리는 안쪽의 깊숙한 음부의 바로 위쪽 불두덩이었던 것이다. 이제야 그는 김씨 문중 사람들이 그 언덕배기를 놓고 그처럼 펄펄 뛰는 이유를 알 것 같았다. 잣나무 다보록하게 우거진 음부에서 생기가 뻗쳐 아래로 흐르는 것처럼 골짜기에서 비롯된 물줄기는 하암리 은백내 강물에 합류해 들면서 하암리의 그 질펀한 들판을 휘감아 돌았다. 증조부의 안목은 물론 그 언덕배기에 서서 이를 부득부득 갈던 눈이 먼 아버지가 생각났다. 그는 어금니로 쿡쿡 비집고 올라오는 웃음을 억누르면서 일어섰다. 아무것도 생각할 것 없었다. 그는 수리봉을 내려오는 즉시 귀신에 홀린 듯 상암리 돌산으로 갔고, 거기서 죽은 이들의 뼈를 추려 은장봉 그 언덕배기로 올라갔다. 증조부와 소경 아버지의 원귀가 씌웠는지도 모른다. 자식이 줄레줄레 퍼져 집안이 번성하고 여보란 듯 떵떵거리고 살고 싶다는, 오직 그 한 가지 소망.

어렸을 때 그는 하암리 마을로 죽은 닭 세 마리를 들고 걸어간 적이 있었다. 상암리 아이들이 야밤을 타 하암리에서 닭서리를 해온 것이다. 닭을 잃은 하암리 사람들이 상암리에 올라와 엄포를 놓았다. 닭을 잡아간 놈이 직접 닭을 가지고 와 사과를 하고 용서를 빌지 않으면 우촌면 주재소에 고발을 하겠다는 거였다. 하암리 사람들은 개 몇 마리에 닭이 몇 마리가 없어진 지난 일까지 조목조목 적어 와 그대로 변상을 시키겠다고 으름장을 놓았다. 상암리 어른들이 일이 크게 벌어지는 게 싫었던지 아이들을 모아놓고, 훔쳐 온 닭을 당장 가져다주라고 했다. 그러나 어느 아이도 나서지 않았다. 닭을 가지고 내려가면 닭서리에 상당한 벌을 받을 게 뻔했기 때문이다. 벌을 받지 않는다 쳐도 누가 스스로를 도둑이라고 자처해서 그 모욕을 참아낼 것인가. 육손이는 함께 닭을 훔친 아이들의 얼굴을 쳐다보았다. 아이들이 모두 자기를 쳐다보고 있다는 걸 깨달았다. 그 순간 그는 자신도 모르는 사이에 죽은 닭을 들고 나섰다. 당연히 자기가 해야 할 일처럼 생각되었던 것이다.

증조부와 소경 아버지의 유골을 그 언덕배기에 암장하고 나서도 누군가 할 일을 자기가 당당히 해냈다는 생각이 어금니에 지긋이 짚였다. 그러나 그 일을 아내한테도 이야기할 수가 없었다. 아내의 젖을 빨고 있는 아들이 어서 장성해 애비가 한 일을 알아줄 그날만을 기다릴 참이었다.

그러나 며칠이 못 가 그 일이 들통났다. 감쪽같이 덮은 뗏장이 들춰지고 뼈가 산자락 여기저기 던져졌다. 그는 파헤쳐져 나뒹구는 뼈를 줍느라 이리저리 뛰었다. 흩어진 뼈를 주워 모으는 것까지는 누구도 막으려 하지 않았다. 은장봉에 하얗게 올라온 하암리 사람들이 당장 때려 죽여야 한다고 펄펄 뛰면서 욕을 퍼부었다.

알고 보니 은장봉 언덕배기에다 뼈를 암장한 것은 육손이뿐이 아니었다. 그 언덕배기 세 군데서나 사람 뼈가 무더기무더기 쏟아져 나왔다. 육손이가 산지기 직을 맡은 뒤에 생긴 일인 게 분명해지면서 이제 그 일까지 책임을 져야 할 판이었다. 하암리 사람들은 세 군데서 파헤친 뼈를 한데 모은 다음 빈 쌀가마니에 넣어 가지고 내려갔다. 그러나 상암리 사람 누구도 그것이 자기네 조상이라고 나서는 사람이 없었다.

저놈, 저 육손이 농간이여!

오히려 상암리 사람들은 자기들이 암장을 했다가 들통이 난 일을 육손이 탓으로 돌렸다. 조상 뼈조차 못 추린 그 한을 육손이한테 뒤집어씌운 것이다.

육손이는 겨우 주워 챙긴 유골을 안고 은장봉을 내려왔다. 상암리 사람들이 증조부와 아버지가 묻혔던 돌산 입구를 막고 있었기 때문이다. 묻혔던 그 자리로 돌아갈 수도 없는 유골이 묻힌 곳은 은장봉과 은백내 강물을 건너다보이는 수리봉 중턱이었다.

ㅎ,ㅎㅎ······

그는 십팔 년 만에 다시 수리봉 그 중턱에서 어둠에 싸여 전혀 형상이 잡히지 않는 은장봉 쪽을 바라보았다. 갑자기 다리에 맥이 빠지면서 그 자리에 주저앉을 것만 같았다. 지금 이 순간을 위해 바둥바둥 이어온 목숨이 아니던가. 처음 무기형을 선고받고, 난리 뒤의 제대로 틀이 잡히지 않은 형무소에서 자기가 살아서 나갈 것이라고 꿈에도 생각하지 않았다.

자신이 이렇게 살아 돌아올 수 있는 것은 증조부와 아버지 유골을 묻었던 은장봉의 그 언덕배기 덕이었다. 비록 얼마 되지 않은 날이지만 자신이 조상 유골을 옮겨 묻던 그 언덕 생각만 하면서 산 것이다. 그 언덕만 생각하면 주먹에 힘이 쥐어졌다. 은장봉의 힘찬 지맥 아래 불두덩의 생기가 그때 수리봉에서 그것을 바라볼 때처럼 온몸으로 뻗쳤다. 지금도 거기 조상의 뼈가 그대로 묻혀 있을 생각만 해도 ㅎㅎ. 조상의 뼛조각 몇 개를 생각하면 가슴이 벅찼다. 그때 하암리 사람들이 암장한 증조부와 아버지 뼈를 파내 집어던질 때 뼛조각 몇 개가 그 자리에 그대로 남아 있는 것을 발견했던 것이다. 여기저기 던져진 유골을 수습하면서 확인한 그 뼛조각 위에 흙을 슬쩍 얹던 생각만 해도 가슴이 뛰었다. 그 언덕배기를 배경으로 아들놈의 얼굴을 떠올리면서 철창 속의 세월을 살았다.

아들 얼굴을 떠올리면서부터 더 구체적이고 현실적인 것이 머릿속에 그려진다. 가끔 옥 밖에 사역을 나갔다가 보게 된 까만 빛깔의 승용차가 하암리 마을로 들어선다. 승용차는 마을 어귀를 미끄러져 들어가 정자나무 밑을 지나 상암리 쪽으로 치닫는다. 길옆에 사람들이 죽 늘어서서 손을 흔든다. 만세를 부르는 사람도 있다. 상암리와 하암리 사람들이 한데 어울려 있다. 드디어 승용차가 은장봉으로 오르는 입구에 멈춰 선다. 이때부터 가슴이 쿵쿵 뛴다. 두려웠다. 그는 생각을 더 잇지 못하고 일어서서 좁은 방 안을 어정거린다. 애써 다른 생각을 떠올리려 한다. 그러나 모두 헛일이다. 가슴은 더욱 뛰고 숨까지 차온다. 더 참지 못하고 생각의 끈에 다시 매달린다. 승용차가 섰다. 사람들이 우우 몰려들어 자동차 속을 들여다본다. 좀 나서라구, 썩 비켜서라구! 그가 외친다. 그러나 사람들은 더 극성스럽게 달라붙는다. 비켜요, 비켜. 생각은 늘 이 대목에서 끝이다. 문을 열 수가 없다. 아들이 아닌, 전혀 낯선 사람이 내릴 수도 있다는 두려움이다. 그 두려움이 승용차 대신 은장봉 그 언덕에 그를 세운다. 은장봉 꼭대기 언덕에 봉분이 커다란 묘가 있고 그 상석 앞에 젊은이 내외와 거기 딸린 아이들이 줄레줄레 절을 올리고 있다. 가슴이 뛰기 시작한다. 젊은이 내외와 아이들의 얼굴을 보는 것이 두려웠다. 사시사철 늘 머릿속으로 만난 그네들이 아닐 수도 있다는 두려움이었다.

하루에도 여러 번 일어나는 은장봉의 그 환각 상태가 심한 날이면 어김없이 그의 아내가 면회를 왔다. 그는 십팔 년 동안 정확하게 아내의 얼굴을 마흔네 번 볼 수 있었다. 처음 삼 년 동안 그네는 일 년에 단 한 번씩 면회를 왔다. 늘 그렇듯 표정 없는 얼굴로 남편의 얼굴을 멀뚱히 쳐다보다가 말 한마디 없이 돌아가곤 했다. 그는 일 년에 한 번씩 아내의 얼굴을 볼 때마다 원망스럽다는 말 대신 눈물부터 흘렸다. 그 역시 아내처럼 단 한마디도 입을 열 수가 없었다. 그러나 삼 년이 지난 후 그네는 만 삼 년간 일절 얼굴을 보이지 않았다. 죽지 않았으면 다른 데 재가를 해 갔으리란 생각이 들면서부터 어깻죽지에 힘이 빠졌다. 죽었는지 재가를 해 갔는지, 가부나 알고 싶어 출소하는 사람 편에 소식을 넣었지만 어떤 답도 듣지 못했다. 더욱 알고 싶은 것이 아들놈 소식이었는데 면회를 올 때부터 그 이야기를 아예 입에 올리지 않던 아내에게 이제 와서 그 문제를 따지고 들 길도 없었다.

그의 아내가 면회를 온 것이 다시 삼 년이 지나서였다.

익수가 소핵교 3학년이에유.

삼 년 만에 얼굴을 보인 그네가 입을 떼어 말한 것이 그 한마디뿐이었다. 바깥세상을 떠난 지 실로 육 년 만에 듣게 된 아들 소식이었다.

살아 있었구먼!

그의 가슴은 몹시 뛰었다. 그러나 그네는 더 이상 말을 하지 않았다. 그때부터 그네는 일 년에 네 번씩 면회를 왔다. 계절이 바뀔 때마다 한 번씩 나타나는 아내를 향해 그는 여러 가지를 묻고 싶었다. 삼 년 동안 왜 한 번도 오지 않았는지, 재가를 했으면 지금 어디 가서 살고 있는지, 익수는 누구를 닮았으며 공부는 제대로 하는지. 사실 그는 그 짧은 면회 시간을 위해 몇 달 전부터 이러이러한 것을 물어보리라 작정을 하고 기다리는 것이었다. 그러나 막상 그네를 만나면 단 한마디도 입을 뗄 수가 없었다. 그네의 얼굴을 쳐다보기만 하면 말문이 막혔다. 그네는 전연 남이었다. 옛날에 몸 섞어 산 그네가 아니었다. 원래 과묵하긴 했어도 그처럼 매몰찬 얼굴은 결코 아니었다. 간질로 해서 음울한 그늘이 깔린 얼굴이긴 했어도 그처럼 철저하게 무표정한 얼굴은 아니었던 것이다. 그는 그네의 얼굴을 쳐다볼 수가 없었다. 자기가 이때껏 살았다는 사실이 부끄러워졌다. 그네의 신세를 저 꼴로 만들었다는 그런 자책감 같은 건 별로 없었다. 그는 그저 그네의 얼굴을 보기만 해도 의기소침해졌다. 이제까지 벽 속에서 환상으로 떠올린 그 승용차와 은장봉 묘지의 풍경이 쑥스러워 그는 고개를 들 수가 없었다.

쥑일 년!

그는 면회 온 아내를 만나고 돌아서서 복도를 걸으며 중얼거렸다. 가슴이 떨렸다. 암장했던 증조할아버지와 아버지의 뼈가 파헤쳐지고 곧장 하암리를 쫓겨나 우촌면에 살면서 뻗쳐 오르던 살기가 다시 치민 것이다. 더구나 그네 앞에서 단 한마디 입을 열지도 못한 자신에 대한 혐오였다. 그는 그렇게 며칠을 안절부절 못하고 끙끙거렸다. 검은 승용차도 은장봉 묘지의 젊은 이 내외 모습도 더 이상 나타나지 않았다. 꼭 아내에 대해서만은 아닌 분노가 온몸 구석구석에서 솟아올랐다. 그는 어떡하든 살아서 밖에 나가고 싶었다. 그대로 죽을 수는 없다고 이를 악물었다. 그렇게 이를 악물면서부터 이상하게 다시 은장봉으로 치닫는 검은 승용차와 묘지의 풍경이 되살아났다. 그때부터 그는 생각이 바뀌기 시작했다. 자기가 저지른 일에 대해서 단 한 번도 죄의식 같은 걸 느끼지 않았던 그가 갑자기 깊이 참회하는 것 같은 언동거지를 했다. 그가 전향할 기미가 보이자 사람들이 물었다.

또 그 세상이 된다면 어떻게 살고 싶소?

내 이름으로 된 논을 대여섯 마지기 부치는 거유. 그리고 자식놈 출세하는 거나 보면서 사는 거지유.

그는 모범수였다. 이제 삼 년만 더 살면 바깥세상에 나갈 수 있도록 그에게 기회가 주어졌다. 마지막으로 옮긴 지방의 교도소에 그네가 면회를 왔다.

이제 삼 년 남았네!

그가 의기양양한 얼굴로 말했다. 그네의 얼굴 역시 환했다. 그가 용기를 내 물었다.

지금 사는 데가 어디여?

그네의 얼굴이 다시 어두워졌다. 새삼 그는 아내가 많이 늙었다고 생각했다.

하암리도 이젠 많이 변했겠지?

그네가 걸려들었다.

하암리를 뜬 지 벌써 십육 년두 넘은 걸유.

십육 년이라고 했다. 숫자 개념이 전혀 없는 그네의 입에서 나온 말이다. 십육 년이면 난리가 끝나고 자기가 잡혀 들어오면서 그네 또한 곧장 하암리를 떠난 것이 된다.

익수 아버이, 부탁이이에유. 여기서 나오더래두 자식 찾을 생각은 아예 말아야 해유.

그날 마지막 면회에서 그네가 뜬금없이 한 말이다.

그날 이후 출소하는 날까지 삼 년여를 아내의 얼굴도, 소식도 듣지 못했다. 그런데도 그는 이상하게 마음이 평온하게 가라앉았다. 아내가 원망스럽지 않았다. 어쩌면 다시 아들 얼굴을 볼 수 없을는지 모르는 일인데도 마음은 이상하게 평온했다. 세상 모든 일이 그렇게 짜 맞춰져 돌아가고 있다는 느낌이었다. 십팔 년 세월로 모든 것을 끝낸 뒤 고향에 돌아간다는 감격이 그렇게 컸던 것이다.

지난, 그 여름 난리가 문제였다. 조상 유골을 은장봉 그 언덕에 묻은 죄로 하암리를 쫓겨나 우촌면 면소재지에서 술로 울화를 달래고 있는 어느 날 붉은 완장을 찬 사람들이 찾아왔다.

오늘부터 동무가 하암리 책임자요.

그가 원래 상암리 사람이라는 그 출신성분과 하암리에서 쫓겨난 내력을 환하게 알고 있는 사람들이 씌운 감투였다. 좋은 세상이 왔다고 했다. 그동안 가지고 싶은 것을 못 가진 서러운 한을 마음껏 풀 수 있는 그런 세상이 왔다는 것이다.

하암리 인민위원회 위원장 겸 우촌면 내무서 하암리 연락원. 그날로 아내와 아이를 데리고 비워놓고 떠난 하암리 집으로 돌아왔다. 하암리로 돌아오는 것을 내내 꺼림해하는 눈치의 아내를 향해 큰소리까지 쳤다.

옛날에 웬수진 놈 찾아 개 패듯 패 죽여두 죄 안 되는 세상이란 말이여.

그런 세상 그런 끔찍한 일이 하암리에서 일어나서는 안 된다는 생각에서 자신이 그 일을 맡고 나섰다고 큰소릴 한 것이다.

그냥 하는 소리가 아니었다. 세상이 바뀌면서 하암리가 상암리 사람들한테 개 패듯 짓밟힐 것이 뻔한, 그 화를 누군가는 막아 내야 한다는 그런 심산이 아주 없지 않았던 것이다.

들던 대로 하암리가 쑥밭이 되고 있었다. 상암리 사람들이 눈에 불을 켜고 하암리를 돌아쳤다. 육손이는 우선 바뀐 세상에 눈이 뒤집힌 상암리 사람들을 진정시키는 일부터 했다. 그러나 그가 하암리 반동분자를 두둔한다면서 삿대질을 해대는 사람도 있었다.

그저 협조만 잘해주시면……

그는 마을 사람들을 만날 때마다 협조만 잘해주면 자기로서도 마을을 위해 최선을 다하겠다고 했다. 그러나 그를 대하는 사람들의 눈이 그게 아니었다. 모두가 그를 피했다. 막상 맞닥뜨리게 되어도 그들은 진심을 주지 않았다. 어제의 그 위풍당당하던 얼굴에 비굴한 웃음이 흐르거나 되도록 만남을 피하려 했다. 그들은 상암리 사람들에게 그동안 당한 일까지 모두 그에게 뒤집어씌우는 눈치였다.

더 견디기 힘든 것은 상암리 사람들까지 육손이가 든 칼자루 앞에 겁을 먹고 거리를 두는 일이었다. 탑골 그의 집에 개미 새끼 하나 얼씬거리지 않았다. 그의 장모가 장독대에서 떨어져 몸져누웠어도 누구 하나 문병을 오지 않았다. 세 살짜리 아들은 아직도 기침병으로 컹컹, 껍데기만 남았지만 이런저런 약을 쓰라고 일러주는 사람이 없었다.

완장을 찬 외로움이었다. 그 외로움이 서슴서슴 분노로 치밀어 올랐다. 세상사람 모두가 자기를 따돌린 뒤에서 손가락질을 하고 있다는 생각이 들 때마다 눈에 불을 켜고 반동분자 색출에 나섰다. 눈에 보이는 것이 없었다. 위에서 지시가 내리기도 전에 마을을 발칵 뒤집어엎었다. 그때 그는 누가 보아도 미친 개였다.

3

마을은 온통 매미 울음소리였다. 산과 강이 조화롭게 둘러선 하암리 마을은 그처럼 극성스런 매미 울음소리에도 불구하고 강을 따라 질펀하게 누운 들판의 벼 익는 냄새 속에 자우룩 갈앉은 느낌이었다. 시골 사람들은 어디에서든 쉬지 않고 움직였다. 그렇지만 그들의 움직임은 도무지 분주스럽다는 인상을 주지 않았다. 결코 느린 걸음걸이가 아닌데도 마냥 여유가 있어 뵈는 그런 걸음이었다.

그러나 나는 이처럼 차분하게 갈앉은 마을의 한낮 속에서 시골의 맑은 공기와 아름다움에 빠져들 만큼 마음의 여유를 얻지 못했다.

마을에 도착하는 저녁부터 나는 가깝고 먼 것 가릴 것 없이 꽤 많은 일가친척들의 방문을 받아야 했다. 응당 내가 먼저 찾아 나서야 할 어른들마저 나보다 앞서 찾아와 내가 숙소로 잡은 당숙네 안방에 떠억 버티고 앉아 절 받을 채비를 했다. 그들은 한결같이 할아버지의 요즘 건강을 꼬치꼬치 캐어묻는 것으로 시작해서 아버지의 근황 쪽으로 화제를 돌려갔다. 그들은 내 입을 통해서 지난번 있었던 선거에서의 문중 사람들의 공로를 확인받고 싶어 했다. 또한 그들은 요즘 서울에서 말썽이 되고 있는 아버지의 문제에 대해서 몹시 궁금해하는 그런 얼굴들을 했다. 그러나 나는 아버지가 내게 부탁한 그 흔해빠진 공치사 한마디도 해줄 수가 없었다.

이미 나는 마을에 들어서는 순간, 할아버지의 고향이며 아버지의 표밭의 근원이기도 한 그네들 생존의 터전에 발을 디뎠다는 감회로 하여 몸과 마음이 뻣뻣이 굳어 있었던 것이다. 그것은 마치 대기층을 벗어나 성층권 비행에 돌입한 순간 공기 밀도의 감소로 인해 산소 부족을 느낄 때의 그런 공포 같은 것이었다. 할아버지의 눈 그늘 밑에 꺼지지 않고 살아 있는 그 번뜩이는 불씨의 의미는 무엇인가. 또한 아버지가 해 보인 그 기적과 어쩌면 아버지 시대의 종말의 한 서곡이 될는지도 모르는 말썽의 현장에 숨어들어 적정을 엿보고자 했던 나의 당초 계획은 말짱 헛것이었다. 그들은 할아버지의 지금 안부가 문제일 뿐 할아버지가 이룩한 지난날의 위업에 대해서 퍽 인색했다. 더욱이 그들은 아버지의 문제에 대해서도 내 입을 통해서 뭔가 캐어내려 기웃거렸을 뿐 자신들의 생각을 좀처럼 내비치지 않았다. 우촌면이 전국 최고의 투표율을 나타냈음은 물론 한 입후보자에게 쏠린 표가 80.9퍼센트라는 놀라운 기적에 대해서도 약속이나 한 것처럼 누구도 입을 열지 않았다. 하물며 말썽의 빌미가 된 상암리 사람들의 투표권 박탈이라는 전근대적 사건에 대해서 뭔가 얻어들으려는 내 계산은 크게 빗나갔다.

마을에 도착하는 그 저녁부터 다음 날 아침나절까지 나는 실로 많은 문중 사람들을 만날 수 있었지만 그것은 빈병 속을 들여다보는 것처럼 공허한 것이었다. 내 또래의 젊은이들의 호의적인 영접에서조차도 쌓인 벽을 쉽게 허물려 하지 않았다. 그들은 견고한 벽을 쌓아놓고 그 벽 저쪽에서 조심스럽게 손을 내밀며 내 눈치를 살폈다. 여차하면 벽 아래로 몸을 감추고 영영 모습을 보이지 않을 것처럼. 그것이 슬펐다. 슬픔이라기보다 허허벌판 한가운데 내던져진 느낌이었다.

그러나 나는 그네들과의 만남을 통해 분명한 사실을 하나 찾아낼 수 있었다. 아버지의 적은 상암리 사람들뿐이 아니라는 것, 하암리 문중 사람들 중에도 이미 상당수 아버지를 떠난 사람이 많다는 사실의 확인이었다. 아버지 스스로 뿌린 씨, 거둔 것이 그랬다. 할아버지의 멍한 눈 속에 가끔 번뜩이던 아버지에 대한 적의 또한 하암리 사람들의 그것과 크게 다르지 않았다는 생각이다.

"방법에 있어서 다소 무리가 있었던 모양이지만 그건 꼭 좋은 사람을 뽑아야 한다는 많은 사람들의 욕심이 좀 과했던 거라구."

은장봉 선산을 오르면서 국민학교 교감인 당숙의 말이다. 사람들과의 그 공허한 만남에 질려버린 나는 당숙을 재촉하여 마을을 빠져나와 좀 그럴듯한 의미를 건질 생각으로 조상들 묘를 둘러보고 있었다.

당숙은 아버지의 표밭에서 일어난 불미스러운 일에 대한 나의 끈질긴 추궁을 용하게도 피해 나갔다. 그의 논리를 따르자면 아버지는 좋은 사람이었다. 내 고장을 위해서, 내 나라 내 민족을 위해 몸을 내놓은 그런 선량이었다. 나는 당숙의 얼굴을 곧바로 쳐다볼 수가 없었다. 아버지를 가장 가까이서 많이 알고 있는 나로서는 당숙의 말이 듣기에 여간 거북한 게 아니었기 때문이다. 불행하게도 나는 아버지의 전부를 알고 있었다. 내가 아는 한 아버지는 전형적인 정치꾼일 뿐 국민의 공복으로서 단 한순간이라도 나라와 민족을 생각하는 그런 위인은 아니었다. 그러나 아버지에 대해 말하는 당숙의 표정은 더할 수 없이 진지했다. 어쩌면 아버지의 실상을 너무나 잘 알고 있는 내가 이제까지 아버지의 모든 것을 거역하지 못한 채 오히려 완벽한 그의 편이었던 것처럼, 당숙 또한 아버지의 권력과 부가 온통 아버지 개인의 현세적 영화를 위해 사용된다는 것을 번연히 알면서도 문중이라는 하나의 결속된 힘의 필요성 때문에 나처럼 아버지의 편에 서는지도 모르는 일이었다.

"아무리 그렇지만 그러한 전근대적인 비행이 우리 문중에서 일어났다는 건 용서할 수 없어요."

앞서 걷던 당숙은 걸음을 멈추며 내 말의 진의를 캐려는 듯 내 얼굴을 돌아다보았다.

"무슨 말인가, 비행이라니?"

당숙이 쉽게 걸려들었기 때문에 나는 서슴없이 다그쳤다.

"상암리를 비롯해서 몇 개 부락이 단 한 사람도 투표에 참가하지 않았는데도 선거인 명부에는 물론 투개표 결과에서는 모두 투표를 한 걸로 돼 있다면서요?"

"저쪽 사람들이 그렇게 떠든다고 하데만, 흑백은 법이 가릴 일이지."

"아무튼 아버지가 지나치게 문중을 이용한 게 사실이잖아요?"

"아닐세, 아버지가 문중을 이용한 게 아니고 문중에서 아버지를 내세운 거라네."

　나라를 위해 큰일을 할 사람이 아버지 말고 다른 사람이 없다는 당숙의 확신에 찬 목소리가 그렇게 듣기 싫지만은 않았다. 당숙은 당숙대로 세상 속의 아버지를 바라보는 눈이 있을 거란 믿음 같은 것이었다.

　내가 싫은 것은 당신을 위해 할아버지가 쌓아 올린 탑을 딛고 서서 그 성을 허문 아버지의 야망이었다. 나라를 위하고, 이 땅의 백성을 위한다는 허울 좋은 명분을 주렁주렁 매단 정치꾼들의 '말의 정치, 말의 애국', 그 위선이 싫었다.

　물론 할아버지 역시 내가 생각하는 그런 큰 것만을 위해 살았다고는 할 수 없다. 일제 말 할아버지가 가문의 권위를 위해서 그들이 주는 행정직을 맡았던 것부터 결코 잘한 일은 아니었다. 더구나 증조할아버지가 젊은 혈기로 엉클어놓은 그 인습적인 가문의 권위 추락을 회복한다는 명분으로 할아버지가 상암리 사람들의 생활과 인권까지 짓밟았던 일은 아무래도 떳떳치 못한 일이었다. 그러나 할아버지는 당대는 물론 폐인이 된 지금까지도 당당했다. '문중을 위해서', 그렇다. 할아버지에게는 그러한 당당한 명분이 있었다. 비록 상암리 사람들에게 못할 일을 했으면서도 그것은 적어도 할아버지 한 개인의 영달을 위한 것은 아니었던 게 분명하다. 그러나 아버지는 달랐다. 문중이라는 결속된 힘을 오직 아버지 당신의 영예를 위해서 수단과 방법을 가리지 않고 썼다는, 그 누명에서 결코 자유롭지 못했다.

선산으로 오르는 길은 활엽교목이 빽빽이 우거진 사이로 볼품 있게 뻗어 있었다.

"어디쯤에요? 상암리 사람들이 그렇게 탐냈다는 그 명당 말이에요."

막상 산에 들면 나무를 보되 숲을 보지 못한다는 말을 실감하면서 나는 그럴듯한 지점에 이를 때마다 사위를 휘둘러보았다. 산을 오르면서 계속 육손이 노인을 생각했다. 그의 증조할아버지가 그처럼 묻히고 싶어했다는 땅, 그의 눈먼 아버지가 이를 갈아붙이며 저주했던 은장봉 선산이 아닌가.

"백부님께서 하암리를 떠나신 지 벌써 올해루 꼭 십 년째네."

상암리 사람들이 탐냈다는 그 명당의 위치를 묻고 있는 내 말에 그는 엉뚱하게 나왔다. 아마 과거의 그 달갑지 않은 얘기에 말려들지 않으려는 속셈인 모양이었다.

"할아버진 이제 얼마 안 있어 여기 하암리로 다시 오실 텐데요 뭐."

내가 시치미를 떼자 당숙은 무슨 소리냐는 듯 내 얼굴을 돌아다보았다.

"돌아가심 할아버질 여기 은장봉에 모실 거 아네요?"

할아버지, 제가 하암리 갔다 와서요, 거기 얘기 많이 해드릴게요.

귀가 막힌 할아버지를 향해 내가 악을 쓰다시피 말했을 때 분명 할아버지의 눈에는 뭔가 번득이는 게 있었다. 나는 늘 그렇게 잔인했다. 식물인간이나 다름없는 할아버지의 의식 속에 아버지를 미워할 본능적인 증오를 불어넣기 위해 음모를 꾸며

온 것이 나였다.

"이제 백부님께서야 여기 와 묻히시긴 틀렸네. 김 의원님이 그 뜻을 바꾸기 전에야. 허지만 아마 김 의원님이 그것만은 양보하지 않을 걸세."

당숙은 그것을 양보라고 했다. 할아버지의 묏자리를 서울 근교의 공원묘지에 마련해놓은 아버지와의 다툼에서 손을 들어버린 문중 사람 중에는 당숙도 끼어 있었던 것이다. 아버지의 고집을 꺾지 못한 자기들의 무능을 그들은 양보라는 말로 자위하고 있었던 것이다.

"아버지는 이제 서울로 선거구를 바꿀 생각이신가 봐요. 문중의 간섭이 너무 심하다고 늘 그러시던 걸요. 아버지는 이제 문중의 간섭을 받을 만큼 약하지 않거든요."

당숙이 당치도 않은 소리라는 듯 잠깐 내 얼굴을 쳐다보았다. 그러나 당숙은 내 말에 대꾸하지 않았다. 후원이란 말 대신 간섭이란 말을 쓴 나 자신이 스스로 답을 찾으라는 그런 시위 같았다. 어쩌면 할아버지 편에 서 있는 나를 저어하고 있는지도 몰랐다. 할아버지는 하암리 얘기가 나올 적마다 내 눈에다가 초점을 맞추며 속셈을 알고 싶어 했다. 그러나 나는 할아버지가 폐인이 된 이래 단 한 번도 할아버지의 편에 선 일이 없었다. 집안 식구 중에서 할아버지의 곁에 가장 많이 붙어 있었던 것은 아버지의 눈을 의식해서였다. 할아버지의 마음을 움직일 수 있는 것은 오직 나뿐이었던 것이다. 그리하여 아버지는 할아버지 곁에 있는 나를 항상 신뢰하는 눈으로 바라보았다. 실제로 나는 우리 삼형제 중에서 아버지의 모든 것을 가장 근사하게 빼닮았다는 이야기를 많이 들었다. 어쩌면 나는 아버지보다 한 단수 높은 정치가가 될 수 있을는지 모른다.

잣나무가 빽빽하게 우거진 짙푸른 그늘을 벗어나자 치산이 눈에 띄게 잘된 언덕이 나타났다. 자그마한 언덕이 온통 잔디로 덮여 있어 마치 도시 주변의 어느 공원에 온 느낌이었다. 육손이 노인이 말하던 그 언덕이었다.

"바로 여기가 그 명당자리군요?"

말해놓고 나서 나는 몸을 돌려 멀리 윤곽이 뿌연 수리봉 쪽을 바라보았다. 하암리 남단을 지그시 감싸 도는 은백내 강물 줄기가 햇빛 속에 구불구불 긴 몸체를 번쩍거리고 있었다. 나는 새삼 사람의 손이 많이 간 흔적이 역력한 언덕의 잔디 위를 서성거렸다.

"여기에다 이렇게 잔디를 심어 깨끗하게 해놓은 건 저 위쪽 마을 사람들이 암장을 못하게 하기 위해서겠죠?"

"그런 이유도 아주 없진 않네만, 그거보다 원래부터 예가 예사 데가 아니기 때문일세."

"그럼 저 꼭대기 우리 선조들 모신 데보다 여기가 더 좋은 자리란 말이에요?"

당숙이 선뜻 대답했다.

"당연한 얘기지!"

"그럼 여기다가는 왜 묘를 안 쓰는 거예요?"

"안 쓰는 게 아니라, 아직 여기 묻힐 어른께서 나타나시지 않았기 때문이라네."

"예?"

"믿어지지 않겠지만, 문중에 전해 내려오는 말씀이 있다네. 여기에 묻힐 분은 정일품 벼슬 이상이어야만 한다는 얘기지."

당숙의 표정은 끝까지 근엄해 보였다. 그러나 이 잔디밭 언덕에 묻힐 어른이 정일품 벼슬 이상이어야 한다는 말을 할 때의 그의 억양은 어딘가 모르게 겸연쩍어하는 그런 구석이 보였다.

"그럼 그분이 여기 묻히신 다음엔 우리 문중에서 대통령도 나오겠네요?"

나는 그냥 농을 하고 있었을 뿐이다. 그러나 당숙은 얼마 전 겸연쩍어하던 억양을 은폐라도 하듯 잘라 말했다.

"물론이지, 우리 문중이라고 대통령 안 나오란 법 없지!"

웃고 있는 아버지 얼굴이 떠올랐다. 조상들이 쌓아올린 성을 믿고 선 성이 흔들리고 있는데도 아버지는 웃고 있었다.

"상암리 사람들이 있는 한 그런 높은 벼슬을 할 어른이 나오긴 힘들 텐데요?"

"문중에서 높은 어른이 나오는 거하고 상암리 사람들하고 무슨 상관이 있단 말인가?"

"상관이 있잖구요. 아버지만 해도 지금 아주 힘들게 돼 있잖아요."

당숙은 다시 내 얼굴을 힐끗 쳐다봤다. 풀리지 않은 숙제를 놓고 고개를 갸웃거리듯 그는 도무지 이해가 안 간다는 그런 표정을 지우지 못하고 있었다. 나는 화제를 다른 데로 돌릴 필요성을 느꼈다.

"여기 하암리 사람들은 산자리가 좋아 입때까지 전염병 같은 것이 단 한 번도 안 돌았다면서요?"

"맞는 말이네. 전염병뿐인가, 난리 때 피난처가 바로 옐세."

"그럼 육이오 때 여긴 피해가 없었겠네요?"

"그야 아주 없지는 않았지. 인민군두 지나가구……"

"그때는 지방 빨갱이가 그렇게 무서웠다면서요?"

"무섭다마다!"

"그럼 여기두 그런 사람이 있었을 거 아녜요? 특히 상암리 사람들이 대단했을 텐데요."

"무서웠지. 세상이 바뀌고 나니까 모두 제정신이 아니더군, 허긴 그 미쳐 날뛰던 사람들이 좀 수그러들긴 했지만."

"어떻게요?"

"진짜 빨갱이가 나타난 거지. 육손이라구, 원래 상암리 사람인데 난리 바로 전까지 하암리에 내려가 하암리 사람 행세를 하고 살더니만…… 좌우지간 여러 모로 수상쩍은 사람이었지."

"육손이란 그 사람이 그렇게 무서웠나요?"

언덕배기 잔디밭에 앉아 담배 한 대를 핀 다음 당숙이 몸을 일으켰다. 잔디밭이 끝나는 산기슭은 노송이 대여섯 그루 실한 가지를 늘어뜨리고 있었고 그 위로는 자잘한 소나무밭이 었다.

"빨갱이가 안 무서울 수가 없는 거지. 하암리에 내려와 미쳐 날뛰는 상암리 것들을 올려 쫓은 것까지야 좋았네만……"

"그런데요?"

"워낙 원한이 많은데다가 떠억 감투까지 썼으니…… 하긴 난리 끝나고 나서 일부에서들은 육손이가 하임리를 구했다는 말들두 하데만."

당숙은 육손이가 완장을 차고 저지른 일을 들춰내기라도 할 기세더니 갑자기 생각을 바꾼 듯 말길을 돌렸다.

"아무튼 그 사람 부역자 아닌가. 그 죄로 지금 무기징역을 살고 있을 거네."

내가 그 사람을 엊그제 고향 오는 길에서 만났다는 이야기를 꺼내기엔 상황이 너무 늦었다. 하긴 좀 떨어진 자리에 숨어 모른 척 내숭떨며 세상을 바라보는 일도 괜찮다는 생각이다.

송장메뚜기 한 마리가 얼굴에 붙었다. 얼결에 놀라 잡아 쥐자 손바닥 속에서 꼼지락대며 끈적끈적한 액체를 뱉었다

"징역 사는 그 사람 가족은 어떻게 됐나요?"

"가족?"

"그래요. 그 사람 가족이 지금 어딘가 살고 있을 거 아네요?"

땀 젖은 손수건을 남방 칼라 안쪽 목에 둘러대면서 당숙은 반듯하게 놓인 돌층계를 오르고 있었다. 어느 명소를 오르는 길 못지않게 품이 많이 든 산길이었다. 산길 양옆으로는 키만큼의 잘 다듬어진 향나무가 도열해 있었다.

"가족이 있었지. 헌데 그게 또……"

"어째서요?"

"좌우지간 그 사람 가족이 이 고장에 살고 있지 않는 것만은 확실하네."

"그럼 지금 어디 살아요?"

"그걸 아무도 모른다니까. 육손이 처 되는 아주머이하고 아들 하나가 있긴 했네만."

"여길 떠난 지 오래됐군요?"

"오래됐지. 육손이가 잡혀가고 일 년쯤 뒤에 그 아주머이가 애를 데리고 온다 간다 말없이 마을을 떠났으니까."

"마을 사람들이 무서워 살 수 없었겠지요. 아예 쫓아냈거나?"

"결국 그런 셈이지. 좌우지간 그 아주머이 팔자야말로……"

돌층계에 걸터앉으면서 당숙이 그때 일을 이야기했다. 인민군이 북쪽으로 쫓겨 올라가면서 남편이 곧바로 잡혀갔다. 남편이 잡혀가자 읍내로 시집을 갔다가 소박맞아 왔을 때처럼 탑골집에 박혀 얼굴을 내밀지 않았다. 장독대에서 떨어져 허리를 다친 과수댁 역시 옴짝 못하고 누워 있어 그때까지 기침병을 앓고 있던 세 살배기 육손이 아들만이 가끔 낡은 문창호지를 쥐어뜯으며 손가락을 밖으로 내밀 뿐 집은 흉가나 다름없이 휘휘했다. 굴뚝에 연기가 오르는 걸 보았다는 사람이 없었다. 그러나 마을 사람 누구 하나 육손이네 집 형편을 살피러 가기는커녕 서로 쉬쉬하며 아예 그쪽을 외면하고 살았다. 난리가 끝나면서 부역자 집안이 모두 그런 대접을 받았던 것이다.

"어느 날 새벽에 마을 사람들이 감두리 버덩에서 육손이 처를 발견하지 않았겠나. 뻘거벗은 몸뚱이 위에 미군 담요가 하나 덮여 있더래. 그 옆에 미국 놈들이 던져준 깡통이 서너 개 있고. 알고 보니 그 아주머이가 밤중이면 먹을 걸 찾아 감두리 미군 부대 주변을 헤맸던 모양이야. 쓰레기 파묻은 걸 파내다가 당한 거지 뭐겠나."

당숙이 일어섰다. 그러나 나는 앉은 채 당숙을 쳐다봤다.

"꼭 미군들이 그랬다고는 볼 수 없잖아요. 마을 남자들도……"

"마을 사람들이 미쳤나? 그리구 그 아주머이는 우리 집안 사람이었네."

"그 아주머니가 집안 사람이면 육손이도 전연 남이 아니잖아요?"

당숙은 내 말에 더 대꾸하지 않았다. 나는 서둘러 얘기의 원점을 찾기 위해 어조를 누그러뜨렸다.

"그럼 그때 그 일을 당하고 나서 마을을 떠난 거군요?"

"딱 한 번 왔었지. 허리 병신이 된 그 어머이가 그다음 핸가 죽었는데, 어디서 그 소식을 들었는지 장사가 다 끝난 한참 뒤 잠깐 얼굴을 보인 뒤론 지금까지 종무소식이라네."

"그럼 그 아들도 그동안 여길 한 번도 안 왔겠네요?"

"뭘 바라구 여길 와. 아마 죽지 않고 어디 살아 있다면 자네만한 나일 테지만……"

산길에서 만나 잠시 동행한 그 노인이 가끔 나를 쳐다볼 때의 그 퀭한 눈 그늘 밑에 번득이던 빛, 이제야 그 의미가 짚였다. 그가 산골길을 걸으면서 내뱉던 탄사도 십팔 년 만의 귀향, 그 핏줄을 확인하기 직전의 감회가 아니었겠는가.

나는 새삼스러운 기분으로 산 아래 원경으로 펼쳐진 마을을 굽어보았다. 두 마을은 어디랄 것 없이 구석구석 조화를 이뤄 말 그대로의 별유천지 비인간이었다.

"여기, 자네 증조부님 모신 자리 아닌가."

그동안 몇 번 성묘를 왔던 데가 왜 이리 낯설까. 은장봉 상봉 조금 못 미쳐 그럴듯한 구릉들은 모두 무덤이었다. 이런 것이 바로 족산이로구나, 고개를 주억거리며 이 엄연한 역사 앞에서 사뭇 숙연해진 내게 당숙이 규모가 꽤 큰 무덤 하나를 가리켜 보였다.

　나는 개화 할아버지의 무덤 앞에 엉거주춤 무릎을 꿇었다. 한 가문의 이단자가 되면서까지 개화 바람을 일으키는 데 자신의 모든 것을 던졌던 분이다. 어쩌면 증조부는 눈이 파란 선교사에게 온통 영혼을 주장질당하고 있었는지도 모른다. 선교사의 무엇이 증조부의 영혼을 그처럼 잡아 쥐었는가. 그것이 무엇이든 증조부가 그처럼 남의 생활 방식에 탐닉할 수 있었던 것은 당신 나름의 꼿꼿한 마음의 심지가 서 있지 않으면 불가능했을 것이다. 적어도 자신의 부귀와 영달을 생각했다면 그런 일은 애초에 어림도 없는 일. 오히려 증조부는 당대의 권위와 부귀영화의 덧없음을 누구보다 먼저 꿰뚫어 볼 수 있는 눈을 가지고 있었을 것이다. 증조부는 문중으로부터 추방당한 뒤 당신의 웅지를 펼 수 있으리라 생각했던 만주 황량한 벌판에서조차 끝내 아무것도 얻지 못한 채 삼십여 년 세월을 방황했다. 해방이 되자, 하릴없는 걸인 신세가 되어 고향에 다시 발을 디뎠고, 그때 증조부는 이미 제정신이 아닌 상태였다. 그는 조국의 해방이 자기에 의해서 이루어졌다고 공공연히 부르짖었다. 당신 스스로를 예수라고까지 일컫는 등 증조부가 고향에 돌아와 벌인 행각에 문중 사람들을 모두 머리를 내저었다. 결국 증조부는 당신의 아들에 의해 집 안에 감금되기에 이르렀다. 집 안에 갇히고도 그는 으르렁거리며, 때로는 단식까지 벌여 당신 아들을 괴롭혔던 모양이다. 그러나 할아버지는 눈 하나 깜박하지 않았다. 나는 어렸을 때 왕고모가 늘 하던 말을 잊지 않고 있었다. 우리 오라버니 무서운 거야 세상이 다 아는 걸. 그처럼 가문을 위해서 어떠한 이단자도 용서할 수 없었던 할아버지의 그 길 또한 겉보기처럼 떳떳할 수만은 없었을 것이다. 어떻든 증조부는 고향에서 눈을 감았고, 당신의 아들 손에 당신이 그처럼 무너뜨리려 발버둥친 가문주의의 상징인 선산에 묻혔던 것이다. 그리고 오랜 시간이 흐른 지금 증조부의 무덤은 마음의 심지를 꽂지 못하고 갈팡거리는 당신의 한 피붙이의 가슴으로 뭉클 다가왔다

　하암리에 머문 이틀째 되는 날 나는 문중 사람들의 관심 밖으로 완전히 밀려나 있었다. 나는 비로소 긴장의 줄을 온몸에서 서서히 풀어내며 어정어정 마을을 돌아다닐 수 있었다. 그러나 이미 마을은 어제까지의 그 마을이 아니었다.

　육손이가 마을에 나타났다는 소문이 떠돌기 시작한 것이다.

　"그 사람이 지서에 왔었다는 게 정말인가?"

　나한테 조카뻘 되는 김 순경이 당숙네 집에 얼굴을 내밀었다. 내가 하암리에 도착하던 저녁 읍에서 온 경비 전화로 이미 내가 올 것을 미리 알고 5시에 도착하는 버스 시간까지 마을에 알린 사람이다. 김순경은 당숙의 물음에 대답했다.

　"차석이 직접 만났다니까요."

　"차석은 육손일 모를 거 아닌가?"

　"그럼요, 알 리가 없지요. 그렇지만 육손이가 제 입으로 자기 이름이 마필구라고 하더라니까요."

　"허허, 그래 지서엔 뭘 하러 왔다던가?"

"그냥 신고하러 왔다고만 하더래요. 마필구가 왔다고, 육손 이라면 이 근동 사람은 다 알 거라고 하데요. "

"신고라니?"

"자기가 교도소에서 출감했다는 걸 알리는 거겠죠."

"그런 걸 꼭 알리게 돼 있나?"

"웬걸요. 그런 출소자는 오히려 우리가 파악하고 있어야 하 는 건데."

"거 이상하군. 그래 차석은 뭐라고 했대?"

"뭐라고 하긴요. 마침 읍에서 경비전화가 와 그걸 받고 보니 그 사람이 온데간데없더랍니다."

"그래, 그 사람이 지금 어디 있는지 전혀 모르고 있단 말이 지?"

"봤다는 사람은 더러 있는데, 그 사람이 일부러 사람들의 눈 을 피하는 모양이에요."

"도대체 무기징역 산다는 사람이 어떻게 여길 왔다는 겐지. 그거 참."

"아무튼 이제 또 한 번 떠들썩하게 됐다니까요."

"왜?"

"요즘 상암리 사람들 심상찮다고 그러셨잖아요. 거기다가 그 사람까지 나타났으니. 그전에도 그 사람 나타나면 틀림없이 무슨 일이 생겼다면서요?"

당숙은 더 이상 대답하지 않았다. 서리서리 엉겨 오르는 담 배 연기를 멀거니 바라보며 생각에 잠긴 그런 얼굴이었다.

촌수가 꽤 먼 이장이 굳이 점심 대접을 하겠다고 찾아왔다.

시골집치곤 살림살이가 번듯했다. 선거 전에 무슨 일로인가 아버지를 찾아왔을 때의 시골티가 꾀죄죄하게 흐르던 그런 구석은 전연 보이지 않았다. 약간은 허세 섞이긴 했어도 할 말은 하고 살아야 한다는 식으로 땅땅 큰소리치며 가끔 호쾌한 웃음을 웃어대기도 했다. 나와 함께 초대된 장거리의 변씨란 사람도 아버지를 찾아온 적이 있었던 게 분명한데 그는 일절 내게 그런 내색을 보이지 않았다. 어떻든 두 사람은 처음에는 나를 의식해서인지 할 소리 못할 소리를 조심조심 가리더니, 낮술이 벌겋게 오르자 입이 걸어지기 시작했다. 육손이 노인 얘기로 화제가 번졌다.

"이제 일은 난 거야."

"일난 건 자네 같은 사람이지. 명색이 이장 아닌가. 요즘 거드럭대는 꼴이라니!"

"예끼, 이눔!"

"왜, 겁나지? 더구나 자넨 김씨 집안 대변자라면서? 봐라 이제. 꼼짝없이 오늘 밤 육손일 만나게 될 거니."

"그래, 날 찾아와서 누굴 죽였으면 좋으냐구 물을 게다. 그럴 때 내가 자넬 잊을 수 있겠냐? 죽일 놈은 장거리 양주장하는 변가놈이라고 해 줄 테다. 돈 좀 벌었다고 으스대는 꼴이라니!"

"야, 이눔아 돈 번 것두 죄냐?"

"죄가 아니면? 죄치구 제일 큰 죄다 이눔아. 다 그러더라. 양심 제대로 가진 놈 돈 버는 거 봤느냐고."

"야, 이눔, 똥줄이 타니까 이젠 되려 앰한 사람 잡으려구 날

뛰네."

"두고 보면 될 거 아니여. 육손이가 노리고 온 게 우리 김씨 문중인지 아니면 너같이 배때기 툭 불거진 놈인지."

"내 배때기보다 니놈 눈먼 영농 자금 타다가 꿀떡한 거, 그걸 따지러 왔을 게여."

"예끼 이눔아. 생사람 잡지 말어. 남의 얘기 할 게 아니라 이 놈아, 가짜 술 만들어 떼돈 번 니놈이야말로……"

"얼씨구 이놈 입 한번 잘 놀린다. 그래, 우리 서루 들춰내기 할려? 우선 이번 선거 때 말이여……"

나는 얼른 자리를 일어섰다. 농으로 시작돼 농으로 끝날 것이긴 해도 얘기의 추세가 그닥 달가울 게 되지 못했던 것이다.

마을이 온통 들떠 술렁거렸다. 아이들은 아이들대로 수런수런, 어른들은 쉬쉬 아이들 입단속을 하는 시늉을 하면서도 됩데 마을 분위기를 흉흉한 쪽으로 몰아갔다.

"느덜은 죽었다 깨두 몰러. 옛날 빨갱이가 을마나 무서운 줄은 느덜은 모른다 그거여. 그래, 그 빨갱이가 나타났단 말이여."

아이들은 어른들한테 주워들은 얘기에다 제멋대로 바람을 넣었다.

"옛날 옛날에 육손이란 빨갱이가 우리 마을 사람들을 백 명두 더 죽였대."

"총알이 아깝다구 상암리 금광굴에다 가둬놓고 송곳으로 목을 찔러 죽였대. 그리구 그 피를 막 빨아먹구……"

"그래, 지금두 비만 오면 광골에서 귀신 우는 소리가 난대."

"우리 큰아버지 팔 하나하구 눈 한 짝 없는 것두 육손이가 그랬대 머."

"공갈치네. 야 임마, 그건 난리 끝나구 느 큰아버지가 수류탄으로 고길 잡다가 그랬다드라."

다른 아이들 몇 명이 숨을 헐떡거리며 달려왔다. 육손이를 직접 본 아이들이었다.

"있잖아유, 수리봉 아래 송학정물에서 우리가 멱을 감구 있었거든유, 그런데 말이에유. 그 사람이 나타난 거에유. 첨엔 그 사람이 빨갱인지두 몰랐지 뭐에유."

자기들이 옷 벗어놓은 자갈밭에 웬 늙은이 하나가 쭈그려 앉아 자기들 목욕하는 걸 멀거니 바라보고 있더란다. 처음 보는 사람인데다 그 몰골이 사뭇 험악해 보였다. 아이들은 우루루 물속에서 나와 젖은 몸에 서둘러 옷을 걸치자 검은 비닐 가방을 가슴에 안은 채 쭈그려 앉았던 노인이 아이들을 향해 말했다.

"아주 똑같어, 빼닮았어!"

신발을 손에 들고 여차하면 달아날 준비를 한 아이가 노인을 향해 물었다.

"뭐가유, 뭐가 똑같아유?"

"모두가 그려. 느딜 하라버이나 아부이들 애들 쩍 모습 그대로여."

"우리 할아버지랑 아버질 알아유?"

"알다마다!"

그러면서 노인은 수리봉으로 건너가는 여울목 쪽을 바라보며 혼잣소릴 했다.

"강바닥이 얇아졌어. 그 옛날 그게 아니여."

노인이 아이들한테 수리봉 쪽을 가리켜 보이며 말했다.

"야들아, 저기 저 위쪽 수리봉으로 건너가는 여울목 있쟈?
느덜 옛날에 거기서 사람 죽은 거 알구 있냐?"

노인이 바라보고 있는 수리봉 쪽 여울목이 수리봉이 던진 저
녁 그늘에 반쯤 잠겨 있었다.

"저기서 누가 죽었는데유?"

"으른들이 그 얘길 안 해준 게로구나. 바로 저기서 송가네
형제가 죽었어야."

"송가네 형제, 그게 누군데유?"

"옛날에 있었다. 저 아래 물레방앗간 하던 집인데……"

"그런데 왜 그 사람들이 죽었어유?"

"난리 때다. 그 사람들이 물레방앗간에다가 국군을 숨겨뒀
거든. 그걸 알구 우촌면에서 인민군들이 잡으러 오니까 저리루
도망치다가 총을 맞은 거지."

"인민군이 쐈나유?"

"그래, 인민군이 딱콩 총으로 쏴대니까 저 여울목을 건너던
송가네 형제가 벌렁 나자빠지더구나. 여기 느덜이 멱감던 송학
정 물이 온통 핏물이었다."

아이들은 으스스 몸서릴 치며 그 늙은이의 눈을 따라 방금
자기들이 나온 물속을 들여다보았다.

"그걸 직접 봤어유?"

한 아이가 다그쳐 물었다.

"그래, 이 눈으로 똑똑히 봤다. 우촌에서 인민군을 데리고 온 게 바로 나거든."

눈 껌벅거리며 그 늙은이의 말뜻을 새기던 아이들이 서로 얼굴을 마주 보며 두어 걸음씩 물러섰다.

"물속에서 송가네 형제를 건져다가 묻은 데가 바로 저기 미루나무 안 있냐. 그래 거기 미루나무 옆에 불룩한 언덕이 바루 그 시체가 묻힌 데다."

아이들은 강변 논 있는 데의 둔덕 우뚝 하늘 높이 치솟은 두어 아름드리 미루나무 쪽으로 눈을 돌렸다. 아직 거기까지는 저녁 산그늘이 먹어 들지 않아 미루나무 옆 돌무더기 위에 덮인 찔레 덩굴이 햇빛을 받아 선명히 드러나 보였다.

"난리가 그렇게 무서운 거여. 국군 숨겨준 그 사람들이나 전쟁 끌려나온 나이 어린 그 인민군들두 불쌍허구……"

노인이 비닐 가방을 옆구리에 끼고 천천히 몸을 일으키며 혼잣소리를 했다. 아이들이 우우 물러서며 서로 눈짓을 했다.

"세월이 글렀던 게여. 그놈에 나쁜 세월이 난리를 일으켰다 그 말이여."

아이들은 누가 먼저랄 것 없이 손에 신발을 움켜쥔 채 마을 쪽으로 내닫기 시작했다. 뜀질이 시원치 않은 꼬마들은 당장 죽을 것처럼 헐떡이며 큰 아이들 뒤를 쫓아 붙었다.

간첩이다 간첩, 간첩이 나타났다. 마을이 보이는 강둑까지 올라온 아이들은 숨을 헐떡이며 송학정 쪽을 내려다보았다. 수리봉 산그늘에 완전히 잠긴 여울목 한가운데쯤에 그 노인이 서 있었다. 그는 수리봉 쪽을 향해 사타구니까지 차오르는 여울목

물을 옷을 입은 채 철벙철벙 건너고 있었던 것이다.

"저 가방에 든 거, 저게 수류탄이라구!"

비닐 가방을 든 노인이 여물을 거의 건넌 지점에서 이쪽 강둑의 아이들을 향해 손을 흔들어 보였다.

아이들 몇이 송학정 개울에서 육손이 노인을 본 것을 마지막으로 며칠째 노인의 행방이 묘연했다. 상암리 사람들은 육손이가 하암리 어느 집에 머물 거라고 했고 하암리 사람들은 그가 당연히 상암리에 있을 거라고 했다. 두 마을 사람들이 모두 육손이가 자기 마을에 머물 이유가 없다고, 그가 자기네 편이 아니라는 것을 애써 말하고 싶어 했다.

지서 순경들까지 육손이의 행선지를 묻고 다닐 정도였다. 출소자의 소재를 파악하지 못했다가 돌아올 책임을 생각해서였을 것이다.

하암리에 와 머물고 있는 내 소재지를 알고 있는 김 순경이 당숙네까지 찾아왔다. 서울 소식을 가지고 온 것이다.

"빨리 상경하시라는 전갈입니다."

"왜, 무슨 일이 있대요?"

조카뻘 되는 사람이지만 나보다 나이가 연장인 그에게 차마 해라를 할 수가 없었다. 아버지가 알면 호통이 떨어질 일이다.

"읍에서 경비 전화로 연락이 왔기 때문에 자세히는 모르겠지만……"

나는 이미 휑뎅그렁한 방에 누워 있는 할아버지를 머릿속에 떠올리고 있었다.

"재민 으르신께서 막내 손자님을 찾고 계신답니다."

결국 할아버지의 임종이 가까웠다는 것이다. 그러고 보니 내가 그네들의 고향에 내려온 것은 할아버지의 죽음과 아버지의 파멸을 예견한, 그 무너짐의 진원을 확인하기 위함이었는지도 모른다. 나는 할아버지의 죽음을 두려워하고 있었다. 십 년 전 할아버지가 폐인이 되어 드러눕고 많은 사람이 문병을 올 때부터 나는 할아버지의 죽음을 생각해왔다. 나는 두 가지를 다 바라고 있었다. 종가 집안의 권위의 상징인 할아버지가 다시 회생하여 불같이 호령하며 아랫사람들을 다스려줄 것과, 인습의 가문주의 상징인 할아버지의 그림자가 이제 그만 집안에서 자취를 감춰주길 바라는 두 갈래 마음의 갈등이었다. 나는 이러한 이율배반적인 마음의 충동을 즐기고 있는 나 자신을 내려다보고 있었다. 마음의 뿌리 만지기, 그것이 내가 하암리에 온 진짜 이유였다.

"김 의원님께서 읍으로 직접 연락을 하셨답니다."

"결국 큰아버님께서……"

당숙이 혼잣소리로 중얼거리며 심란한 얼굴을 했다. 김 순경이 내게 물었다.

"오늘 밤 올라가시겠다면 산판 차 나가는 것도 있고, 또 변씨네 양주장 스리쿼터를 읍까지 이용하실 수 있도록 조처해보겠습니다."

"그럴 거 없어요. 할아버지께서 그렇게 쉽게 돌아가시지 않을 거니까요. 낼 아침 아홉시 버스로 갈 거예요."

할아버지가 정말 그렇게 빨리 돌아가시지 않을 거란 확신을 내 마음에 심고 나니까 정말 할아버지는 영원히 살아 계실지도 모른다는 생각이 들었다. 그러나 나는 대문을 나서는 김 순경의 뒷모습을 보면서 다리에 힘이 풀리는 것을 어쩔 수가 없었다.

육손이 노인에 대한 소문의 그 뒤숭숭함 속에 할아버지의 임종이 가까웠다는 소식은 문중 사람들에게 좀 별난 감회를 일으킨 것 같았다.

"그 난리 때 날뛰던 놈들도 큰아버님 앞에서는 입도 벙긋 못했으니까."

모여든 문중 사람들 앞에서 당숙이 말을 꺼냈다.

"허긴 그때 상암리 놈들이 큰아버님을 묶어가지고 깻들 송가네 물레방앗간까지 끌고 가긴 했지만서두."

"맞네, 그때 육손이만 우촌면에서 올라오지 않았으면 참으로 끔직한 일이 벌어졌을 거구먼."

"죽여두 내 손으로 죽일 거라면서 상암리 놈들을 쫓아 보낼 때만 해두 큰아버님이 꼭 육손이 손에서 죽는구나 했다니까."

"아, 그 판에두 어른께서 육손이한테 여북하셨어야 말이지. 니놈이 여길 또 어떻게 왔느냐고 호령호령해댔으니 말이야."

문중 사람들은 할아버지가 김씨 가문을 위해서 벌인 이 얘기 저 얘기를 순서 없이 엮어나갔다. 할아버지는 우상이었다. 할아버지 시대, 흔들림 없던 김씨 가문의 전성시대에 대해서 그들은 꽤나 연연했다. 그러나 그들은 한숨을 섞어 쉬며 서서히 현실로 떠오르고 있었다.

"세상에 뭐루두 으쩔 수 읎는 게 사람의 목숨인 게여."

"그나저나 우리 문중에서 그런 어른 또 나기도 힘들 게야."

"정말 안타까운 건 으르신께서 살아생전 고향에두 한 번 못 다녀가셨다는 거야."

"말이 났으니까 하는 얘기네만, 돌아가신 뒤도 어디 고향엘 오시겠던가."

"내 바른 말루다 그 문제만은 김 의원이 절대적으루 잘못 생각한 거라 그 말이야."

"아 그럼, 잘못 생각이구말구!"

놀라웠다. 할아버지를 서울 근교의 공원묘지에 모시겠다는 아버지의 계획에 고개를 끄덕인 당사자들이 이처럼 돌변해 아버지를 공격한다는 것이 믿어지지 않다. 그것은 언제부터인가 가문의 총책을 맡은 아버지에 대한 도전이라고밖에 생각하지 않을 수 없었다. 더 놀라운 것은 그처럼 철저하게 내 앞에서 입을 떼지 않던 지난 5월 선거 이야기를 슬금슬금 끄집어내기 시작한 일이다.

"세상일은 다 순리를 따라야 하는 법인데, 꼭 그렇게까지 할 필요가 있었느냐는 얘기들이 많더라니까."

"하두 맹랑한 얘기가 들리니까 맥살이 빠져서 어디……"

"어디 소문뿐이어야 말이지. 그놈에 신문에두 나는 걸 보면, 아주 근거 없는 얘기만은 아니라는 말들두 있다니까."

"김 의원이 미국으루 재산을 다 빼돌렸다는 소문이 읍에 파다하게 났더라니까 글쎄."

"여기 작은조카가 와 있네만 큰조카들이 외국에 공부 나가 거기 영주권을 가지고 있는 걸 가지구두 말들이 많데."

"젊은 사람들두 모여 앉으면 그 얘기야. 김 의원이 고향을 버릴 심산이 아니고서야 그럴 수가 없다는 거지."

"오늘낼하는 으르신넬 선산 아닌 객지에 모시겠다구 하는 것부터가 그런 얘기 나올 만두 하지."

"게다가 저번 선거 뒤끝이 영 찜찜하단 말이야. 처리는 잘 허시겠지만서두, 하두 흉흉해 놓으니까 이거 어디."

"상암리 것들이 내일 읍으루 나간다는 얘기가 들리데. 그동안 별놈의 문서를 다 만들어 가지고 도장까지 일일이 다 받아 놨다는 게여."

"여기 장터 사람들두 몇이 거기다가 도장을 눌렀다구 하데유."

"저런 상것들!"

"서울 김 의원님께서 우리 문중을 너무 경하게 생각하시구 계시니까 그런 거예유."

젊은 사람까지 껴들었다. 막혔던 물이 터져 흐르듯 그들은 중구난방으로 아버지를 성토했다. 그동안 자신들의 자존심이 상처 입은 만큼의 울분을 터뜨렸을 것이다. 아마 내가 그 자리에 없었다면 그들은 그런 울분을 결코 입 밖에 내지 않았을는지도 모른다. 내 귀를 겨냥한 그들의 말을 들으면서 나는 몹시 흔들리고 있었다. 할아버지의 죽음에 즈음하여 모인 이네들은 왜 이처럼 불붙어 오르는가. 할아버지의 임종 소식이 아니었다면 이들이 내 앞에서 아버지를 이처럼 신랄하게 허물어 내리는 일을 감히 할 수 있을 것인가. 그렇다면 이들은 절절하게 할아버지의 죽음을 기다리고 있었는지 모른다. 옳지 못한 것을 옳지 못하다고 말할 수 있는 정의의 구현이 할아버지의 죽음을 통해 일어나고 있음을 바라본다는 것은 실로 묘한 것이었다. 성주가 쓰러지자 지금까지 성주와 함께 옥쇄할 운명에 놓여 있던 병사들이 뿔뿔이 흩어져 자신의 생명을 건지기 위해 어디론가 사라지는 것을 보는 것 같았다. 가슴까지 벌벌 떨면서 나는 문중 사람들의 배신을 지켜보았다. 그러나 아버지는 쉽게 무너지지 않고 있었다.

"이거 왜들 이래요?"

성주가 쓰러지자 또 다른 지휘자가 칼을 빼어 들었다. 당숙이었다. 나는 가슴을 쓸어내렸다. 당숙이 어조를 몹시 높였기 때문에 오히려 그것이 더 불안할 지경이었다.

"정치하는 사람한테 그만한 소문 없는 경우 있는 줄 알아요? 그만큼 정적이 많다는 거예요. 솔직히 말해서 우리 가문에서 김 의원 같은 분 안 나왔다면 지금 우리 가문 명색이나 있을 거 같아서, 누굴 헐뜯고 나무라는 겁니까? 정치란 그렇게 생각하는 것처럼 쉽고 간단하지가 않단 말씀이에요. 이럴 때일수록 가문이 똘똘 뭉쳐 그분한테 힘을 보태줘야 하는 거예요. 더구나 김 의원님은 우리 하암리 김씨 문중만이 뽑은 사람이 아니란 말예요. 두 개 군의 십만에 이르는 사람들이 뽑아서 일을 맡긴 분이란 말입니다. 왜들 그렇게 속이 좁아요?"

당숙의 높은 언성에 모였던 사람들이 모두 큼큼 헛기침을 했다.

"누가 뭐라는가, 바깥소문이 그저 그렇다는 얘기지."

창을 버리고 뿔뿔이 흩어져 도망가던 병사들이 다시 눈치를 보며 슬금슬금 모여들고 있었다. 문중 사람들이 내일 아침 나와 함께 마지막이 될 할아버지의 문상을 가자는 쪽으로 의견까지 모아졌다.

"자, 그러면 내일 아침 아홉시 버스요."

각 집안 대표자가 한 사람씩 올라가 할아버지 돌아가시기 전에 얼굴이라도 뵙는 게 도리라면서 상경할 사람들이 십여 명으로 결정되었다. 나는 몹시 우울했다. 이들과 함께 같은 차를 타고 서울까지 올라가야 한다는 게 무척 부담스러웠던 것이다. 나는 혼자 있고 싶었다. 할아버지가 나를 부른 것은 내가 당신의 심정을 가장 많이 헤아리고 있다고 믿고 있기 때문일 것이다. 나는 이제까지의 할아버지에 대해 가졌던 나 자신조차 가늠할 수가 없는 여러 가지 문제에 대해 할아버지의 임종 자리에 이르기 전에 어떤 명확한 심지를 세우고 싶었다. 그것이 되지 않고는 결코 할아버지의 임종 자리에 앉아 그의 유음을 받아들일 수 없을 것 같았던 것이다.

새벽녘에 나는 꿈으로 시달리고 있었다. 몹시 불투명한 단상들이 종잡을 수 없이 뒤섞여 나타났다. 무엇인가 나를 괴롭히는 그런 각본들이 뒤죽박죽으로 투영됐다. 무수한 동그라미가 빠른 속도로 커지면서 내 가슴속으로 덮쳐들었다. 처음부터 끝까지 가위눌린 그런 상태로 가슴이 답답했다. 나는 항상 꿈에 쫓기는 편이었다. 나뿐이 아니라 모든 사람의 꿈이 모두 무엇엔가 쫓기는 내용일는지도 모른다. 그 꿈에서 깨었을 때의 안도감 같은 것을 생각한 것이다. 내 새벽꿈이 그랬다. 잠을 깨면서 나는 내가 무엇에 쫓기고 있었는지 그 실체를 잡으려고 버둥거렸다. 기억에 걸려드는 단 하나는 내가 몸부림치며 울던 일이었다. 그 슬픔의 찌꺼기는 잠을 깬 뒤에도 오래오래 내 전신에 배어 있었다. 무엇 때문에 내가 울었던가, 단 몇 초 동안 머릿속에 그려진다는 그 절절한 영상을 되찾기 위해 안타까워하고 있을 때, 밖의 기척을 들었다.

"마필구가 정말 죽었단 말인가?"

당숙의 목소리였다. 나는 잠자리에서 뛰쳐 일어나 옷을 걸치기 시작했다. 옷을 입으면서도 장지문 밖에다 정신을 쏟아 모았다.

"믿어지지 않는군. 육손이가 죽다니!"

"벌써 다들 거기 올라간 걸요. 이장님이 교감 선생님한테 알리고 오라구 해서."

시계를 보니 일곱시 십 분 전이었다. 이날따라 늦잠을 잤던 것이다.

"먼저 올라가게. 나 여기서 서울 조카 아홉시 차 태워 보내고 올라갈 거니까. 아무래도 서울 가는 일을 다음으루 해야 할 것 같구먼."

나는 장지문을 열어젖혔다. 그리고 다급하게 말했다.

"당숙, 저도 거기까지 가보고 싶어요. 어딘가요, 육손이 노인 죽은 데가?"

전날 당숙과 함께 올랐던 은장봉이었다. 이번에는 내가 당숙 앞에 서서 허위허위 치달았다. 풀숲의 아침 이슬이 바짓가랑이에 휘휘 감겨들었다. 우리들 앞뒤로도 사람들 몇이 산을 오르고 있었다. 허리를 착 꺾은 문중의 나이 든 노인들까지도 장죽을 휘두르며 산을 오르고 있었다. 노인들은 우리가 곁을 휘휘

지나칠 때마다 가래까지 가르릉거리며,

"글쎄 그놈이 우리 문중을 우습게 봐두 분수가 있지, 으쩔려
구 또 그 짓을 했다는 게여?"

그러나 당숙은 대꾸하지 않았다. 그는 묵묵히 내 뒤를 따라
걷고 있을 뿐이었다. 햇살이 죽죽 뻗어드는 숲에서 산새들이
푸득푸득 날아올랐다.

전날 이곳을 오르던 때, 좀 멀다는 느낌이 전혀 없었다. 그렇
게 급히 우리는 그 현장에 도착한 것이다.

짐작했던 그대로였다. 잣나무 다보록 우거진 골짜기 위쪽 성
역처럼 가꾸어놓은 그 언덕배기의 잔디밭이었던 것이다.

이른 아침에 산속에서 이렇게 많은 사람들을 만나기도 쉽지
않을 것이다. 정말 많은 사람들이 거기 모여 있었다. 낯이 선
얼굴들이 더 많이 눈에 띄었다. 상암리 사람들이 분명해 뵈는
이들의 시선이 숨을 헉헉 몰아쉬며 땀을 쏟고 있는 내 얼굴에
쏘듯 머물렀다가는 다시 잔디밭 쪽으로 돌아가곤 했다.

그쪽에 사람들이 원을 이뤄 둘러서 있었다. 그 둘레에 끼이
지 않은 사람들은 언덕배기 여기저기에 모여 앉아 뭔가 숙덕거
리는 게 보였다. 나는 당숙의 뒤를 따라 그 둘러선 사람들 있는
데까지 다가갔다.

"아까 이 삽 임자가 상암리 누구랬어요? 상암리 누굽니까?"

사람들이 둘러선 그 안쪽에서 처음 보는 순경이 흙 묻은 삽
을 쳐들어 보이며 소리쳤다. 사람들이 모두 뒤를 돌아다보았
다. 잔디밭 한쪽에 몰려 앉았던 사람 중에서 얼굴이 유독 검어
뵈는 중년이 엉거주춤 엉덩일 들었다.

"아까 얘기했는데유, 상암리 즘말 사는 용주세이라구, 좌우간 그 삽은 우리 집 뒷간에 뒀던 게 틀림없습니다유."

"용주성 씨, 이따가 지서까지 좀 함께 내려갑시다."

"글쎄 내가 내준 삽이 아니라니까 자꾸 그러시네유. 은제 읎어졌는지두 모르는 걸 가지고설랑."

나는 사람들 사이를 비집고 머리를 들이밀었다.

잔디밭 한쪽에 생흙이 높다랗게 쌓여 있었고 바로 그 생흙을 파낸 웅덩이가 그 옆으로 길쭘하게 파여 있었다. 그 구덩이를 내려다보는 자세로 지서 주임과 이장, 그리고 전연 낯모르는 사람 하나가 엉거주춤 앉아 있었다. 발돋움을 해보았지만 구덩이 속까지는 전혀 보이지 않았다.

"그 약봉지하고 먹던 소주병 모두 저 가방에 넣었나!"

지서 주임이 둘러선 사람들의 귀까지 겨냥해서인지 꽤 큰 소리로 물었다. 아까의 그 순경이 삽을 생흙더미에 푹 꽂은 다음 검은 비닐 가방을 들어 보였다. 낯익은 가방이었다.

"뭔가, 그건?"

지서 주임이 구덩이 속을 들여다보며 말했다. 그러자 그 구덩이 속에서 사람 하나가 불쑥 일어나 상체를 드러냈다. 러닝셔츠 바람의 김 순경이 손에 뭔가 펴들고 읽었다.

"마필구, 오십육 세…… 출감일자, 천구백육십구년 팔월 십오일."

"팔월 십오일 나왔다구? 그럼 바로 며칠 전인데, 그렇다면 저 사람 출감하는 즉시 이리로 곧장 왔다는 건데……"

지서 주임이 옆에 앉은 사람들을 둘러보며 말했다.

"맞아요, 저 사람이 지서에 왔던 게 팔월 십칠일, 바로 엊그제 저녁이니까요."

흙더미 옆에서 검은 비닐 가방의 지퍼를 채우고 있던 순경이 말했다. 그러고 보니 그가 지서에서 육손이 노인의 신고를 받은 차석인 모양이었다. 내 옆에서 누군가 혼잣소릴 했다.

"제에기랄, 기껀 옥살일 때우고 예까지 와 죽다니!"

그 혼잣소릴 다른 목소리가 받았다.

"죽으러 예까지 온 걸세."

나는 사람들 울타리를 뚫고 육손이 노인이 들어 있을 구덩이 앞으로 다가갔다. 구덩이 옆에 웅크려 앉았던 지서 주임을 비롯한 세 사람이 엉거주춤 몸을 일으키며 눈인사를 했다. 나는 우쭐해지는 어깨를 바로 가누며 그들을 향해 두어 번 굽실 허리를 굽혀 보였다. 그러나 뒤통수에 뭇 사람들의 근지러운 시선을 받으면서 내가 이 구덩이까지 다가온 것은 정작 육손이 노인의 죽음을 나 자신에게 확인시키기 위해서였다.

구덩이 속에 들어서 있던 김 순경이 나를 위해 한 옆으로 비켜섰다. 육손이 노인은 한 길이 채 못 되는 구덩이 그 밑바닥에 있었다. 하늘을 향해 눈을 부릅뜨고 누워 있는 그런 자세가 아니었기 때문에 나는 후우 안도의 숨을 내쉬었다. 그러고 보니 그것은 시체가 아니었다. 사람이 하나 누울 수 있을 만큼의 넓이였지만 그는 그 좁은 구덩이 속을 겨우 반밖에 차지하고 있지 않았다. 결코 번듯이 누운 것도 아니었으며 그렇다고 배를 땅에 대고 넓죽이 엎딘 자세도 아니었다. 그는 사지를 한껏 오무려 가슴에 박고 무릎을 꿇은 자세로 이마를 땅에 박고 있었다. 그 큰 허위대가 저처럼 작게 오그라질 수 있다는 게 믿어지지 않을 정도였다.

고등학교 때 내가 속해 있는 음성 서클의 선배들에게 몰매를 맞은 일이 있었다. 이름 있는 집 자식의 그 거오스러움을 죽이는 그들 나름대로의 의식이었다. 사방에서 무자비한 매가 내렸다. 나는 고개를 가슴에 처박고 궁둥이를 하늘로 뻗친, 적의 공격으로부터 내 몸을 지키기 위한 최대의 완벽한 자세를 만들었다. 그것은 마치 공을 잡고 넘어지는 럭비 선수가 무섭게 덮쳐오는 적으로부터 공을 지키는 그런 자세였던 것이다.

김 순경이 몸을 굽혀 육손이 노인의 무릎 꿇고 엎드린 가슴께를 손가락질했다. 노인이 뭔가 가슴에 끌어안고 있는 게 있었다. 나는 비닐 보자기에 싸인 길쭘한 것들을 잠시 훑어보았다. 뼈로구나! 나는 얼떨결에 한 걸음 물러서며 김 순경의 눈을 찾았다. 기다렸다는 듯이 김 순경이 눈을 찔끔해 보이며 혀를 내둘렀다.

나는 더 이상 거기 서 있을 필요를 느끼지 않았다. 구덩이를 둘러싸고 있는 사람들의 울타리를 빠져나와 거기서 좀 떨어진 풀밭에 털석 주저앉았다. 육손이 노인이 죽지 않았다는 것을 확인한 것으로 나는 충분했다. 그래, 지금 저 노인은 몰매를 맞고 있을 뿐이다.

은장봉 상봉에서 아침 햇살이 쏟아져 내려 노송 가지에 부딪치며 잔디밭으로 흩어졌다. 나는 바싹 마른 입안을 침으로 축이며 내 옆에서 조금 떨어진 곳에 웅기웅기 모여선 젊은 패들의 말소리에 귀를 모았다.

"야, 증말 한번 안 할 거냐? 느덜."

"해애, 하자니까!"

"언제쯤 할래?"

"아무래두 저 죽은 사람 장사는 치르구 나야 할 거 아니니."

"죽은 사람 장사? 왜, 느 하암리 사람들이 상여 메고 요령이라두 흔들어줄 거니?"

"그거야 느덜이 할 일이구!"

"우리가, 우리가 왜?"

"저 사람 원래 상암리 사람이라더라."

"원래 좋아하는구나!"

"그렇찮구! 상암리 사람이 아니고서야 저렇게 볼쌍사납게 죽을 수 있어? 그것도 남의 선산에서."

"너 말 조심해! 그리구 자꾸 선산 선산 하는데, 저 양반 죽은 저 구뎅이가 바로 저 양반 무덤이라는 것만 명심하라구, 흙 덮고 밟아주면 다 되는 거야."

"누구 맘대루, 묻긴 어데다가 묻는다는 게여? 어림 반푼어치도 없는 소릴."

"흥, 두고 보면 알 거다."

"야, 느덜이 그렇게 날친다구 우리 문중 으른들이 눈 하나 깜박할 것 같으냐?"

"체, 그 잘나빠진 문중, 그래서 접때 그런 협잡 선거를 눈 하나 깜박 안 하고 해치웠구나!"

"이 새끼들이 정말……"

"뭐야? 느덜 지금 세상이 어느 땐데."

장소와 때가 그런 형편이어서 그런지 그들은 언성을 그 이상은 높이지는 않았다. 그러나 사태는 사뭇 험악해 보였다. 좀 전까지만 해도 한데 어울려 섰던 청년들이 어느새 두 패로 싹 갈라져 있었다.

"야야, 우리 그만두자. 생기는 거 없이 왜 맨날 이러니? 그보다두 아까 그 얘기나 끝장내구 보자야!"

어느 쪽 청년인가 갈라선 두 패 사이를 가로막고 나섰다. 보기보다 쉽게 양쪽 패들이 어깨에서 힘을 빼고 있었다.

"다음 주 공일쯤 어떠니? 축구 볼은 우리가 국민학교서 두어 개 얻어줄 거니까 느덜은 연습이나 좀 해라. 실력이 비슷해야 할 맛이 나는 거니까."

"연습이야 느덜이 해야지. 왜, 벌써 잊었냐? 작년그러께 느덜 우리한테 삼 대 빵 먹은 거, 생각날 거다."

"하지만 올핸 다를 걸. 두고 보라구. 묵사발을 만들어줄 거니!"

"좌우지간 붙어보는 거야. 참, 느덜 우리하고 축구 시합 하는 것두 느 문중 으른덜한테 허락 받아야 하는 거니?"

"야, 까불지 마!"

"으쨰튼 좋다구. 한번 뛰어보자구!"

어느 편에선가 불쑥 손을 내밀었다. 그들은 손을 잡아 쥐고 세차게 흔들어대며 히죽히죽 웃고 있었다.

그들 말고도 그 언덕배기 이곳저곳 웅기중기 모여 앉은 사람들은 제법 고개까지 주억거려가며 뭔가 얘기들을 나누고 있었다. 그러나 양쪽 마을에서 올라온 노인들만은 아직 서먹한 얼굴로 멀찍이 떨어져 앉아 장죽만 뻑뻑 빨아대고 있었다.

나는 오히려 홀가분한 마음으로 마을을 떠날 수가 있었다. 홀가분하다는 것은 십여 명 문중 사람들과 동행하기로 했던 그네들 허례에 의한 서울 나들이를 물리칠 수 있었기 때문이다. 육손이 노인 사건에 붙잡힌 그네들은 그 일이 어느 정도 매듭 지어질 때까지는 임종 전에 할아버지를 보려고 하던 자신들의 계획을 어쩔 수 없이 늦추어야 할 형편이었다.

내가 마을에 내려왔을 때 이미 아홉시 버스는 떠나고 없었다. 단 한 사람의 손님도 없이 아홉시 반쯤 떠났다는 얘기였다. 나는 쿡쿡 웃었다. 육손이 노인이 사람들의 발을 묶어 그 버스를 골탕먹인 일이 꽤나 우스웠던 것이다. 당숙모를 비롯한 몇몇 아녀자들의 전송을 받으며 나는 말고개 초입 서낭당을 지나 휘적휘적 전날 걸어 내려온 그 샛길로 들어섰다.

하늘이 조화를 부리고 있었다. 아침 은장봉에서 본 하늘은 제법 벗겨져 햇살까지 부어내리더니 이제는 어느새 우중충 흐려 갈앉은 하늘이다

나는 빠른 걸음으로 걸었다. 마음이 그랬다. 말고개 마루턱에서 육손이 노인이 기다리고 앉았을지도 모른다는 그런 기대도 아주 없지 않았다.

그날 저녁 그와 헤어진 말고개 마루턱에 이르러 나는 얼굴로 비오듯 흐르는 땀을 닦아내며 숨을 몰아쉬었다. 그러면서 눈을 감았다. 육손이 노인과의 만남을 위해서였다. 그러고 보니 그 노인은 그날 저녁부터 이날 이 시간까지 단 한 발짝도 꼼짝

하지 않은 채 거기서 나를 기다리고 있었던 것이다. 그를 보기 위해 눈을 떴다. 그러나 나는 짐짓 그 자리로 눈을 돌리지 않았다. 그가 앉아 있는 그 자리를 모른 체 지나칠 속셈이었던 것이다. 나는 꿋꿋하게 그 앞을 시치미 뚝 떼고 지나칠 수 있었다.

고개 마루턱을 지나 내리막길이었다. 그러나 나는 결코 뒤를 돌아보지 않았다. 끝까지 그럴 생각이었다. 한 모롱이를 돌아 내려왔을 때 나는 비로소 내 뒤에 인기척을 느꼈다. 그러면 그렇지! 나는 쿡쿡 웃었다. 이제 내가 이긴 게 분명한 이상 무엇을 더 버틸 것인가. 나는 말하기 시작했다.

육손이 아저씨, 전 말입니다, 신파 같은 걸 좋아하지 않아요. 뭡니까, 그게! 신파가 아니면.

나는 귀를 기울였다. 그러나 하늘이 그날처럼 쾌청하지가 않았기 때문에 전날의 그 극성스러운 매미 울음소리는 없었다. 우중충 흐린 하늘에 먹구름 무늬가 잡히면서 북쪽으로 서서히 흐르고 있었다.

그래요. 어차피 사람은 다 죽는 거니까요. 그러나 어떤 사람들은 아저씨처럼 자신의 죽음을 하나의 전략으로 선택하기도 했지요. 그러나 그것이 꼭 옳았다고는 생각하지 않는 사람도 있다는 걸 아셔야 합니다.

북쪽으로 흐르는 구름의 무늬가 점차 짙어지면서 아래로 우우 쏟아지는 것처럼 보였다. 먹구름이었다.

너무 허망해서 그래요. 도대체 그런 어처구니없는 죽음이 뭡니까?

우우 흐려드는 하늘 아래의 산은 성하의 한낮이 무색하게 음울한 빛을 띠고 있었다. 길가 북나무 숲이 요란했다. 새끼 떼를 거느린 때까치들이 날개를 퍼덕이며 그 암팡진 울대로 왜자기고 있었던 것이다. 그러나 산새들의 왜자김은 산의 소리가 아니었다. 그것은 산이 자신의 침묵을 잠시 위장해 보이는 소리였을 뿐이다. 그것을 깨닫는 순간 나는 심한 부끄러움으로 하여 얼굴이 화끈했다. 감상의 늪에 몸을 담가 서서히 헤엄치며 그것을 즐기고 있는 나 자신의 얄팍하고도 왜소한 꼬락서니가 보였던 것이다. 나는 걸음을 빨리했다. 그 죽은 사람을 단연코 뿌리쳐 놓고 볼 일이었다. 그러나 나는 아직도 내 뒤를 따라오고 있는 육손이 노인의 그 변함없는 발소리를 듣고 있었다.

물론 다 알고 있다구요. 아저씨의 그 엉큼한 속셈 말입니다. 맞아요. 그 언덕배기에 묻히고 못 묻히고 그런 건 문제가 아니겠지요. 그것보다 중요한 것은 조상의 뼈를 끌어안고 그 언덕배기에 묻히려고 했던 당신의 그 뜻이 많은 사람들의 가슴에 살아 있길 바라는 것이겠지요. 많은 사람이 아닐지도 모릅니다. 어쩌면 당신은 처음부터 단 한 사람을 겨냥했었을 겁니다. 어디에고 살아 있을 당신의 아들 말입니다.

낮게 뜬 먹구름이 서북쪽으로 더욱 빠르게 흐르고 있었다. 비를 쫓는 바람이었다. 바람이 수수 충충하게 그늘진 나뭇잎을 흔들고 지나갔다. 그 늙은이와 함께 줄참외를 먹던 웅덩이 물에 주름이 잡히고 있었다. 내 이놈의 참외를 꼭 십팔 년 만에 먹어보는 겁네다. 웅덩이 물에 둥둥 뜬 줄참외를 집어 주먹으로 쳐 조각낸 다음 껍데기째 으적으적 씹으면서 그가 말했다. 발끝으로 밀어넣는 돌이 웅덩이에 굴러떨어져 바람에 쓸리는 물주름을 엉망으로 만들고 있었다.

우리 할아버지 있잖아요. 아저씨의 막강했던 적장 김재민 씨 말입니다. 할아버지가 나를 찾고 계신대요. 돌아가시기 전에 당신이 지니셨던 그 뜻을 내게 전하시고 싶은 걸 거예요.

비를 쫓는 바람에도 불구하고 둑 둑, 굵은 빗방울이 얼굴에 느껴졌다. 나는 뛰다시피 급한 걸음을 했다. 할아버지가 당신의 동지를 찾고 있었던 것이다. 할아버지의 눈은 그 넓은 방의 구석구석을 더듬으며 체념으로 갈앉은 그런 침묵을 내보이고 있었다. 그러나 나는 그 잔잔한 눈 그늘 속에서 불꽃처럼 타오르는 빛을 여러 번 보았다. 학생이 고향에 가신다니까 할아버지께서 기분이 좋으신가 봐요. 일으켜 앉히세요. 할아버지를 위해 아버지가 고용한 사람의 말대로 할아버지의 몸을 뒤에서 일으켜 안았다. 얼마 전보다 훨씬 가뿐한 느낌이었다. 할아버지의 감각 있는 쪽 손이 내 손을 힘주어 잡고 있었다.

육손이 아저씨, 당신은 거기 은장봉에 묻힐 수 있을는지도 모릅니다. 묻힐 수 있을 거예요. 아버지가 무서워하는 사람은 아직도 할아버지니까요. 더구나 내가 할아버지의 우군이라는 걸 알게 되면 아버지는 그때부터 나를 달리 대하게 되겠지요. 나는 아버지의 적일 테니까요. 그러면 되는 겁니다. 적이란 서로가 팽팽히 맞설 수 있는 동안은 상대에 대한 경외감을 버릴 수 없는 거지요. 더욱이 주종 관계에서 오는 그런 불합리한 일도 일어날 수가 없는 법입니다. 우리는 서로를 무섭게 지켜볼 수 있게 될 겁니다. 그것은 할아버지의 권위가 아직 끝날 수 없다는 걸 의미합니다. 내가 할아버지를 배반하지 않는 한 말입니다. 할아버지의 뜻이, 이를테면 할아버지가 은장봉에 묻히고 싶다든가 하는, 그러한 할아버지의 생각이 내 가슴에 담기게 되면, 그리고 그것의 정당성을 내가 거역하지 않는 한 우리는 막강한 동지이기 때문입니다.

고개를 내려와 강을 건넘으로써 나는 샛길을 완전히 벗어날 수 있었다. 자갈이 깊게 박혀 굳어진 큰길에 이어지는 지점이었다. 나는 수려한 강산의 푸름을 헤치며 구불구불 뻗어나간 큰길에 올라섰다. 빗방울이 제법 후둑후둑 나뭇잎을 갈기고 있었다. 큰길을 따라 흘러내리는 강의 계곡 옆으로 펼쳐진 울울한 숲이 퍼붓는 빗줄기에 잎을 활짝 펼쳐 너울거렸다.

나는 비를 흠뻑 맞으며 큰길 한가운데를 잡아 걸어 나갔다. 읍을 향해 가는 자동차가 나타날 경우 어떠한 일이 있어도 세워야 했기 때문이다.

할아버지와의 만남이 전제된 내 걸음은 그처럼 절실하고도 당당했다. 또 한 사람, 우리들 이웃 어딘가에 살아 있을 육손이 노인의 아들을 만나고 싶은 지금 내 가슴속 열망 또한 할아버지와의 만남 못지않게 절실했다.

○1978년 『문학과지성』 겨울호

시대와 역사를 관통하는 힘,
사랑과 연민의 서사

송주현(한신대 교수)

1

「동행」, 「우상의 눈물」 등의 작가로 대중들에게 널리 알려진 전상국은 통상 전쟁 문제, 혹은 교육 문제를 다룬 작가로 이야기된다. 이 과정에서 잃어버린 고향을 찾아가는 귀향과 뿌리 찾기의 여로는 굴곡진 한국 현대사의 한복판에서 상처 받은 한 개인이 그 상처를 위무하는 과정으로 읽히기도 한다.

전상국의 작품에서 전쟁의 문제는 무시할 수 없는 영역이다. 실제로 그의 많은 작품에서 전쟁은 현재의 삶이 보여주는 악과 부조리의 근원이 되고 있기 때문이다. 그러나 작가는 1940년생으로 유소년 시절에 전쟁을 겪었고, 작가 스스로 인정하듯 그는 전쟁을 피해 다니는 피난민의 상황이었다. 그렇기에 전쟁에 대한 그의 기억도 다른 사람들의 간접 체험을 통해 보여주는 것이라 할 수 있다. 또한 작가는 1963년 등단 이래 반세기에 가까운 긴 시간 동안 변함없는 열의로써 길고도 끈질긴 작가적 행보를 지속해왔다. 이 오랜 시간, 불꽃 같은 창작열과 그 성과를 보여온 작가의 작품 세계를 보건대, 우리는 여기에서 그의 작품 세계가 갖는 다양성과 다층성을 단순히 전쟁과 관련된 몇 마디의 수사로 한정한 것은 아닌지 되물어볼 필요가 있다.

한편, 전 구글 CEO였던 에릭 슈미트는 "우리가 인간이라는 종족으로부터 태초부터 2003년까지 만든 것과 같은 양의 정보를, 지금은 '이틀마다' 창조한다"라고 이야기한 바 있다. 이러한 시대를 살아가는 우리에게 작가 전상국이 보여준 장인적 삶은 우리 스스로에게 묻게 한다. 한 작가가 그렇게나 오랜 시간 동안 인간의 삶, 그리고 그것이 담긴 세상과 세계를 오롯이 그려내고 끊임없이 질문을 한다는 것은 무엇일까? 또한 지금의 우리가 전상국의 작품 행로를 따라 처음부터 천천히 다시 읽는다는 것은 어떤 의미가 있을까?

2

그간의 축적된 연구에서 전상국의 소설은 전쟁, 분단의 문제를 다룬 텍스트로 독해되었다. 그러나 작가가 첫 작품을 발표한 해가 1963년이었고 다시 본격적인 집필 활동을 시작한 것이 10여 년 뒤임을 고려해본다면 그의 본격적인 작품 활동의 중심, 그리고 작품들에서 작가가 문제 삼는 대상은 전쟁 '이후'의 삶이라고 볼 수 있다. 이 책, 『하늘 아래 그 자리』에 실린 작품들은 더욱 그러하다.

그렇다면 우리에게 1960~70년대는 어떠한 시기였는가? 이 시기 대한민국은 6·25전쟁의 참상과 폐허의 공간을 진보와 발전의 근대화 이데올로기 위에 재건했다. 새로 만들어진 산업화된 도시는 눈부신 근대적 세계의 화려한 조명을 비추었지만, 그만큼의 어둠을 배태하고 있던 시기이기도 했다. 전상국의 소설에는 1960~70년대의 산업화·근대화된 한국 사회의 현실이 매우 구체적으로 나타나 있다. 그것은 미셸 푸코가 지적한 바, 근대적 '제도'로 상징되는 통제와 규율의 세계다. 푸코는 『감시와 처벌』에서 광기와 형벌의 역사를 살펴보며 근대적 제도의 상징으로 파놉티콘(원형 감옥)을 이야기했다. 근대는 '제도'로 상징되고 경험되는 것이며, 형벌 역시 비가시적인 영역으로 변화되었다는 것이다. 물론 전상국의 소설 중에는 이러한 세계의 폭력성이 매우 구체적인 광기 자체로 나타나기도 하지만(「침묵의 눈」), 많은 경우는 인간의 합리와 편의를 가장한 제도로 나타난다. 이를 대표하는 것이 병원, 학교, 국가 등과 같은 것들이다. 뒷받침할 만한 매우 구체적인 상황들이 잘 드러나 있다. 가령 군대, 감옥, 학교, 국립 정신병원, 국가공무원, 국가 도시개발계획 등이 그것이다. 이러한 제도들은 일견 합리와 편의를 가장하며, 또한 출세와 성공의 신화를 믿는 개인에게는 매혹의 대상이 된다. 그러나 그것은 가시적 성격의 물리적 폭력보다 한 개인과 사회를 더 강력하고도 교묘하게 강제하고 규율한다. 이에, 국립 정신병원에 보내고자 치매 걸린 노모를 유기한 아들(「고려장」)은 자학과 이상 행동을 보이고 (「초혼」), 출세의 욕망을 좇아 공무원이 된 남자는 묘한 환각 상태에 빠지며(「수렁 속의 불꽃」), 가장 합리적이었고 안정적인 출세 가도를 달려왔던 인간의 세계가 야만적 개들의 세계가 되는 환각에 시달리기도 한다(「진화설」).

이러한 근대의 신화를 뒷받침하고 있는 것이 바로 칸트의 이성주의, 그리고 다윈의 진화설이다. 전상국은 「진화설」이라는 작품으로 이러한 논리에 대해 전면적 비판을 가한다. 작품 속 남자는 합리와 수익을 가장한 실험을 한다. 그는 갓 태어난 강아지의 귀에 염산과 황산을 부어 고막을 태운 후 귀머거리로 만들어 그 수익성을 따지는 연구를 일삼는다. 이는 인간이 믿는 합리, 과학, 발전이라는 것의 논리가 도리어 얼마나 폭력적이고 야만적인가를 보여주는 것이다. 흥미로운 것은 그런 그나, 도시 개발로 집값이 오르기만을 기다리는 과학 교사인 '나'의 아내나 별반 다르지 않다는 것이다. 나의 환각 속에서 그들은 교미를 하고 있는 두 마리의 개였다. 아니, 이제 인간 모두는 개다. 나의 어린 아이 하나만 빼고 말이다.

이러한 야만과 폭력의 근대 세계에서 통용되는 것은 오직 돈의 논리다.

"돈만 주면 아무한테나 몸을 준단 말이지?"
"몸만 주는 게 아니라, 저는 마음도 주어요. 물론 돈 액수만큼요."
(「어떤 이별」, 222쪽)

속물적 물질주의가 중심이 된 세상에서, 돈의 논리에 사로잡힌 인간은 먹잇감을 만나면 무자비한 생존의 논리로 대상을 향해 달려드는 암고양이가 되고 만다(「암고양이의 식성」). 그러나 그것은 비단 작품 속 특정 여성들에게만 국한된 것이 아니다. 생존의 논리만이 지배하는 이 세계의 인간들이라면 그 사정이 크게 다르지 않다. 이들은 출세의 욕망으로 자신의 과거를 지우고 싶은 수렁으로 기억하며 탐욕의 노예가 되거나 그 희생양이 되고 마는 것이다. 서울이란 도시는 "뛰다시피 빨리 걸어야 하"는, 생존 경쟁의 치열한 "싸움터"인 탓이다(「고려장」).

3

이제 주목해야 할 것은 이 무자비한 폭력의 세계를 견뎌나가는 방식이다. 결론부터 이야기하자면 이토록 참혹하고도 무자비한 삶의 현장에 대한 전상국 소설의 문학적 응전은 참으로 활기차다. 그리고 따뜻하다. 그 이유는 무엇인가?

첫째, 그의 소설에는 이 폭력의 세계를 탈주하는 다양한 유목민적 주체들이 등장하기 때문이다. 이들은 현실 세계에서는 비껴나고 소외된 이들이다. 가령 여성, 노인, 도시 빈민 노동자, 수해 재난민 등의 떠돌이 유랑민들이다. 설령 출세의 욕망에 사로잡혀 현실 세계의 제도권에 머물러 있는 자들이라 할지라도 그들은 경계에서 방황한다. 여기에서 그들의 에너지가 생성된다. 탈주하는 유목민적 주체가 주는 건강한 에너지다. 또한 이 활기는 작가의 다양한 실험적 소설 기법 속에서 그 독보

성을 보여준다. 작품의 말미에 에피파니(顯現 · Epiphany)의 순간처럼 보여지는 환상과 환각의 기법이라든지, 개인 휴대폰과 인터넷이 보급된 이후에나 사용되기 시작한 'ㅎㅎㅎ' 등의 시대를 앞선 실험적 표현 기법이 그것이다.

둘째, 다양한 인물과 사건을 목도하는 시선에 다양한 감정들을 섬세하게 녹여냈기 때문이다. 전상국 소설의 상당 부분의 서술은 관찰자적 시선에 견지되고 있다. 그런데 이 시선은 서술 대상에 대한 다양한 감정을 드러내는데 이 시선의 교차점에서 바로 작가의 세계 인식과 윤리적 가치가 확인된다. 먼저, 세계의 폭력에 노출된 작품 속 개인은 한없는 외로움을 느낀다.

문득 뒤를 돌아본 순간 내 눈길은 완강한 느낌으로 버티고 선 병원 건물의 직각으로 뻗은 선들과 부딪쳤다. 나는 그 직각의 선이 주는 단절감으로 하여 등골에 으스스 소름이 끼쳤다. (「초혼」, 95쪽)

이 무서움은 단절감, 외로움에서 기인한 것이다. 이는 근대적 개인의 필연적 고독이다. 왜냐하면 현실을 바라보는 개인은 오이디푸스화의 과정처럼 자신의 아버지를 부정하면서도, 결국에는 성장의 과제 앞에 그것을 승인할 수밖에 없는 모순에 빠져 있기 때문이다. 성장과 출세, 발전의 논리 앞에 저항하면서도 공모할 수밖에 없는 분열적 상황인 것이다. 마치 세이렌의 유혹을 견디는 오디세우스의 운명처럼 말이다. 이러한 모순적 상황에서 개인이 느낄 수 있는 감정이 바로 외로움이다.

그런데 전상국 소설은 이 외로움에서 한발 더 나아간다. 왜

냐하면 작가에게 한 인간의 삶은 절대 고독의 존재로서가 아니라 곁에 있는 누군가와의 관계로서 의미가 있기 때문이다. 그의 등단작이자 대표작이 「동행」이라는 점은 결코 우연이 아니다. 이 타인과의 관계 속에서 '부끄러움'의 감정이 촉발된다.

> 마음이 트인다는 것은 이런 경우를 두고 한 말인지도 모른다. 나는 그것을 느꼈다. 그것은 부끄럼으로부터 왔다. 부끄러웠다. 낮과 밤의 얼굴이 달랐던, 아니 지금도 그것이 혼란스러운 나의 젊음. (「하늘 아래 그 자리」, 292쪽)

이때 나와 타인의 관계는 마르틴 부버가 말한 '나'와 '너'의 관계다. 이때의 두 존재는 직접적인 관계로서 서로를 대한다. 나아가 이는 나를 변화시키는 사랑의 관계다. 여기에는 타인에 대한 한없는 '연민'이 생성된다. 이 연민은 작품의 인물들이 타인과의 관계를 형성하는 방법이기도 하고 그의 등단작 「동행」에서부터 견지되어온 인간에 대한 그의 근본적인 관심이 아닐까 한다.

이러한 관점에서 우리는 「하늘 아래 그 자리」 또한 의미 있게 읽어나갈 수 있다. 이 작품은 그의 등단작 「동행」을 약 15년 뒤 중편으로 확대한 것인데, 종갓집 친척들과 가진 자들이 모여 사는 하암리와 떠돌이와 못 가진 자들이 모여 사는 상암리의 계층적 차이와 갈등을 드러낸 소설이다. 이 작품에서 우리가 주목해봐야 할 점은 서술자이자 관찰자인 내가 그(마필구)에게 보이는 시선과 감정이다. '나'는 이데올로기와 역사의 현장이 교차하는 한 지점의 인간(마필구, 육손이 노인)이 생존을 위해, 그리고 자신이 믿고 있는 우직한 신념을 위해 얼마나 처절하고 안쓰러운 삶을 살았는지 처연하면서도 안타까운 시선을 보내며 그가 살았던 삶의 궤적을 따라가고 있다.

그간 이 작품은 이데올로기적 차원에서 인색한 평가를 받아왔던 것도 사실이다. 그러나, 이데올로기의 실효성이 사라진 뒤에 남는 것, 우리가 사유할 수 있는 것은 무엇인가? 이에 대해 작품은 답한다. 한 인간에 대한 한없는 연민이라고. 불쌍히 여긴다는 것은 타인에 대한 우월성의 촉발이 아니라 '사랑'의 시작이다.

> 할아버지와의 만남이 전제된 내 걸음은 그처럼 절실하고도 당당했다. 또 한 사람, 우리들 이웃 어딘가에 살아 있을 육손이 노인의 아들을 만나고 싶은 내 가슴속 열망 또한 할아버지와의 만남 못지않게 절실했다. (「하늘 아래 그 자리」, 382쪽)

'나'는 작품 말미에 말한다. 자신의 삶을 나름 야무지게 살아보려 했으나 이래저래 처절하게 이용당하고 따돌림받았던 한 남자를 애도하며 그에 대한 응원과 열망의 마음을 말이다.

이 위안과 위로, 따스한 연민의 시선이 전상국 소설의 독보적 위치를 만들어 낸다. 산업화 시대의 작가 김승옥 역시 '부끄러움'의 윤리를 보여준 바 있다. 전상국 소설 속 인물들 역시 부끄러움을 느낀다. 그러나 김승옥 소설 속 인물들이 그 부끄러움을 견디며 위악의 가면을 쓰고 철저한 속물주의로 돌아갔다면 전상국 소설 속 인물들은 그 부끄러움 뒤 인간적 연민의 세계로 시선을 돌린다. 전상국 소설 속에서 사회의 광풍이 만들어낸 속물적 현실주의자의 내면에는 어떤 근원으로 돌아가고자 하는 순정이 있다. 자신의 피와 뼈에 새겨진 운명을 거스르려는, 부모의 유해를 안고 자신이 숫제 그 묫자리의 주인이 되려는「하늘 아래 그 자리」속 육손이 노인의 모습을 보자. 여기에서 우리는 마치 종교적 순교자가 보여주는 숭고한 감정마저 느낄 수 있다. 이러한 깊은 울림들이야말로 바로 전상국의 소설이, 시대와 역사와 사회를 달리하고도 우리에게 다시 읽힐 수 있는 이유이기도 하다.

4

다시 처음의 질문으로 돌아가보자. AI가 우리의 삶을 측정하며 예견할 뿐 아니라, 삶의 양식과 방향까지 명령하는 이 시대에, 화석의 시간을 반추하는 듯한 전상국의 소설을 다시 읽는다는 것은 무엇일까? 다시 출간된 전상국의 소설을 읽는 독자들에게 전쟁은 어쩌면 현실이 아니라 판타지나 공상 속 이야기일 수 있는데도 말이다.

전상국은 한국 사회의 가장 큰 격동과 변화의 시기를 살아오며 그 시간의 굴곡진 삶의 현장에 그 누구보다 치열하고도 끈기 있는 문학적 응전의 모습을 보여주었다. 그의 소설에는 한국의 근대화의 화려한 불빛 뒤에 가려진 음울한 상처와 그늘이

고스란히 나타나 있다. 그의 소설은 새로운 제도로 경험되는 한국 근대의 현실이 우리의 삶을 어떻게 감시하고 움직이는지 매우 예리하고도 날카롭게 비춘다. 이 작가의 소설이 더욱 의미 있는 것은 그러한 상황에서 인간이 이 세계에 대해 보여주어야 할 모종의 윤리적 시선을 보여주고 있기 때문이다. 그 윤리성은 바로 외로움과 부끄러움의 끝에 귀결되는 연민의 감정과 시선으로 포착된다. 그것은 인간이 인간에 대해 가질 수 있는 위안이자 순정, 나아가 사랑이다.

전상국은 어느 한 시대, 특정 사건, 가령 6·25 전쟁의 문제를 다룬 과거 한 시점만의 작가가 아니다. 또한 우리가 이제 우리가 집중해야 할 것은 이데올로기, 혹은 역사적 당위로서 작품을 보는 눈이 아니라, 인간의 삶을 사유하고 성찰하는 문학 본연의 질문이다. 전상국 소설은 치열한 한국 사회의 현실을 관통하지만 거기에서 끝나지 않는다. 문학이 인간에게 할 수 있는 근본적 질문을 하고 있는 것이다. 그리고 그의 소설은 말한다. 가장 처절하고도 참혹한 현실 속에서 한 인간이 인간에게 보여줄 수 있는 최선의, 그리고 최고의 태도는 바로 사랑과 연민임을. 이것이 바로 넘쳐나는 정보와 지식의 홍수 속에서, 빅데이터와 인공지능이 인간의 삶을 통제하고 규율하는 이 시대를 뛰어넘는 소설 읽기의 힘일 것이다. 전상국 소설은 이러한 점에서 빛을 발한다. 감히 단언한다, 전상국의 소설들은 그의 소설이 창작되고 발표된 시대와 역사를 달리하는 지금의 세대에게도, 그리고 다음 세대에게도 변함없이 읽히게 될 것이다, 계속해서.

작가의 말

첫 작품집 『바람난 마을』 발간 1년 6개월 만인 1979년 6월 25일, 두번째 작품집 『하늘 아래 그 자리』가 나왔다.

70년대 말, 한 해에 중단편소설 10여 편 이상을 문예지에 발표하는, 뒤늦게 찾은 글쓰기 신명이라 패기만만 그 작의가 섬뜩하고 그것에 맞춘 이야기 품새와 표현 또한 방자할밖에. 무엇을 어떻게 써야 즐거울 것인가를 탐색하고 길들이는 일에 꽤나 진지하게 고민하던 때이기도 했다.

시대가 그랬다. 그때나 지금이나 진행형인 분단, 그 전란 이후의 산업화 과정에서 부도덕하게 오염된 그 시대를 살고 있는 소시민들의 상실감과 삶의 혼돈에서 어느 누구도 자유롭지 못했다. 가치의 혼란, 질서의 파괴, 의미의 분열, 그 와중에서도 자기 반성 모드를 어금니에 악문 채 묵묵히 살아가는 사람들의 목소리를 대변하고 싶었다.

그들이 고향을 찾아간다. 그것은 소중한 것을 잃어버리고 산 세월의 복원이며 그 뿌리를 찾는 일과 다르지 않았다. 그 뿌리를 딛지 않고서는 찾을 수 없는 '나'의 현실 인식이 그렇게 절실했던 것이다.

내 두번째 작품집을 낸 문학과지성사 대표 김병익 문학평론가가 직접 쓴 해설에서 "전상국은 오늘의 우리 문학에 있어 매우 특이한 작가로서, 중심 주제인 그의 소설 속 귀향 의지는 뿌리 찾기와 삶의 생기를 넘어 인류학적 존속 유지에 있음을 주목한다"고 했다.

전집 맨 앞의 「침묵의 눈」은 1978년 『한국문학』 2월호에 발표된 작품으로 계간 『문학과지성』 여름호에 재수록되었는데, 그것이 문제가 되었다. 진실의 은폐가 얼마나 무서운 폭력인가를 우의로 다룬 이 작품이 게재된 일본어판 잡지 8천 권이 부산 세관에서 불태워졌다는 얘기를 들은 것도 그때다. 이 필화 사건의 빌미가 '침묵의 눈'이란 제목과 등장인물 이름이 '민중'이었다는 것으로, 작품집을 낼 때 제목을 「뾰족한 턱」으로, '민중'을 '호중'으로 바꾼 기억이 새삼스럽다.

이후 80년대 내 작품의 중심 모티브인 광기가 「침묵의 눈」 「고려장」 「여름 손님」 「진화설」 「암고양이의 식성」 「망각의 집」 등에서 이미 그 기미를 보이고 있음을 확인하는 일은 어렵지 않다.

또한 『하늘 아래 그 자리』에 수록된 작품을 쓰던 그 무렵에 작가로서의 내 체질과 깜냥이 어느 정도 가늠되지 않았나 싶다. 뻥튀긴 장편보다는 단편이, 단조의 단편보다는 겉 이야기 속에 진짜 이야기를 담은 복선 구조의 중편소설 쓰기가 즐거웠다는 고백이다. 그것은 뿌리나 줄기 등 나무 전체를 이야기하는 일보다 나무의 한 단면을 통해 그 진면을 보여주고 싶은, 압축과 긴장의 서사가 그 절정에서 끝남으로써 독자의 몫을 남긴다는, 암묵의 시치미를 내 소설 미학의 크리에이티브로 하는 즐거움이 컸다는 것이다. 그리하여 작품의 대중성, 그 상품화는 아예 넘보지 말라는 깨우침까지.

중편소설 「하늘 아래 그 자리」를 쓰던 1978년 여름, 그 무더위가 많이 힘들었다. 그리고 2020년 코로나19의 여름, 아직은 건강한 마음으로 그 작품을 다시 읽는다.

원고지에 써서 활판인쇄, 특히 세로쓰기 그 옛것을 시대에 맞는 포맷으로 새로이 태어나게 한 강출판사에 거듭 고마움을 표한다.

2020년 9월 춘천 금병산 자락에서

전상국

1940년 3월 12일(음) 강원도 홍천군 내촌면 물걸리 1102번지
　　　　에서 부 전석주, 모 박춘봉의 장남으로 출생(정선전씨
　　　　석릉군파 47세손).

1946년 홍천읍으로 이사.

1950~1953년 홍천국민학교 4학년 때 6·25 전쟁이 일어나 고향
　　　　마을 동창국민학교 졸업(10회).

1954년 홍천중학교 입학. 읍내에서 처음으로 서점 발견, 생애
　　　　최초로 교과서가 아닌, 탐정소설 따위의 책을 서점에서
　　　　읽기 시작.

1957년 홍천중학교 졸업(6회). 춘천고등학교 입학. 1학년 때
　　　　담임이 시인 이희철 선생으로 2학년 때 문예반에 들어
　　　　간 결정적 계기.

1958년 춘천 지역 문예반 학생 중심의 '예맥문학회'를 만들어
　　　　문학적 방종에 탐닉.

1959년 최초로 쓴 소설 「산에 오른 아이」가 제6회 학원문학상
        에 3위 입상. 「황혼기」가 강원일보 신춘학생문예에 당
        선 없는 가작 1석 입상, 작품이 신문에 연재됨.

1960년 경희대학교 문리과대학 국어국문학과에 문예장학생으
        로 입학. 처음 사 신은 구두를 신고 4·19 시위에 참가,
        발뒤축에 상처를 입다.

1962년 경희대학교 제6회 문화상 수상, 장학 혜택.

1963년 조선일보 신춘문예에 단편소설 「동행(同行)」 당선. 12
        월 31일자 대학 졸업. 경희대학교 제7회 문화상 수상.

1964년 원주 육민관고등학교 국어교사로 부임. 단편 「광망」
        (『현대문학』 2월호) 발표.

1966년 춘천중학교 국어교사로 부임. 단편 「해바라기 시계」
        (『문학춘추』 1월호) 발표.

1967년 10월 9일. 김옥자와 결혼.

1968년 10월 24일. 큰딸 소영 출생.

1970년 7월 22일. 아들 경구 출생.

1972년 3월. 은사 조병화 선생의 부름으로 서울 경희고등학교
        국어교사로 부임.

1973년 3월 1일. 작은딸 소옥 출생.

1974년 서울 상봉동 105-37 자택에서 작가 조선작을 만나 새로
        이 글쓰기를 시도, 그 첫 작품 「전야」를 『창작과비평』
        가을호에 발표하면서 재등단.
        춘천의 소설 동인 모임 '예맥동인'에 참가. 작가 유재용
        과 면목동 그의 문방구에서 처음 만남.

1975년 단편「할아버지 묻힌 날」(『현대문학』 2월호), 「소인의
　　　　나들이」(『세대』 2월호), 「돼지새끼들의 울음」(『현대문
　　　　학』 9월호), 「육아일기」(『예맥문학』 1집) 발표.
1976년 단편「악동시절」(『현대문학』 3월호), 「껍데기 벗기」(『월
　　　　간문학』 9월호), 「사형」(『현대문학』 12월호) 발표.
1977년 단편「맥」(『현대문학』 3월호), 「바람난 마을」(『뿌리깊은
　　　　나무』 3월호), 「바다 재우기」(『월간문학』 7월호), 「여름
　　　　손님」(『현대문학』 10월호) 발표.
　　　　단편「사형」과「껍데기 벗기」로 제22회 현대문학상 수상.
　　　　첫 작품집『바람난 마을』(창작문화사) 출간.
1978년 단편「침묵의 눈」(『한국문학』 2월호), 「산울림」(『뿌리
　　　　깊은나무』 5월호), 「고려장」(『현대문학』 6월호), 「안개의
　　　　눈」(『문예중앙』 여름호), 「망각의 집」(『주간조선』 7월 10
　　　　일), 중편「물걸리 패사」(『소설문예』 2월호), 「하늘 아래
　　　　그 자리」(『문학과지성』 겨울호) 발표.
　　　　'작단' 동인 활동을 시작함.
1979년 단편「초혼」(『월간문학』 1월호), 「수렁 속의 꽃불」(『한
　　　　국문학』 3월호), 「잊고 사는 세월」(『현대문학』 4월호),
　　　　「그 먼길 어디쯤」(『작단』 1집), 「우리들의 날개」(『작단』
　　　　2집), 「진화설」(『문학사상』 6월호), 「암코양이의 식성」
　　　　(『월간중앙』 4월호), 「겨울의 출구」(『창작과비평』 가을
　　　　호), 「실반지」(『현대문학』 12월호), 중편「아베의 가족」
　　　　(『한국문학』 10월호), 「외등」(『문예중앙』 겨울호), 「공터
　　　　사람들」(『신동아』 9월호) 등 한 해에 단편 9편과 중편 3

편 발표.

「아베의 가족」으로 제6회 한국문학작가상 수상.

작품집 『하늘 아래 그 자리』(문학과지성사) 출간.

1980년 단편 「우상의 눈물」(『세계의문학』 봄호), 「이것은 기분 문제가 아니다」(『작단』 3집), 「어떤 이별」(『소설문학』 8월호), 「달평씨의 두번째 죽음」(『한국문학』 9월호), 중편 「여름의 껍질」(『문예중앙』 여름호), 「추억의 눈」(『문학사상』 12월호) 발표.

「아베의 가족」으로 대한민국문학상 자유문학부문 수상, 「우리들의 날개」로 제14회 동인문학상 수상.

작품집 『아베의 가족』(은애), 『우상의 눈물』(민음사 오늘의작가총서) 출간.

1981년 중편 「외딴길」(『문학사상』 5월호) 발표.

콩트집 『식인의 나라』(소설문학사), 작품집 『우리들의 날개』(동서문화사) 출간.

1982년 장편 『길』의 연작 중편 「출향」(『문예중앙』 봄호), 단편 「술래 눈뜨다」(『현대문학』 3월호), 「이산」(『세계의문학』 봄호), 「좁은 길」(『문학사상』 9월호) 발표. 장편소설 『불타는 산』 연재(『경향신문』 1982. 3. 15∼1983. 3. 30).

경희대학교 대학원 국어국문학과에 입학.

1983년 단편 「이류 속에서」(『한국문학』 8월호) 발표.

장편소설 『불타는 산』(고려원) 출간.

전업작가를 꿈꾸면서 중화동 28-11에서 중화동 286-7로 집을 옮김.

1984년 중편「허허벌판」(『문학사상』3월호),「산 넘어 강」(『현대문학』9월호), 단편「관심」(『한국문학』12월호) 발표.

경희호텔경영전문대학에 출강.

1985년 단편「악의 사슬」(『말과 삶과 자유』, 문학과지성사),「그늘무늬」(『문학사상』9월호),「왜」(『현대문학』10월호),「술법의 손」(『동서문학』11월호) 발표.

장편소설『길』(정음사) 출간.

국립 강원대학교 인문대학 국문학과 교수로 발령이 나면서 서울 탈출.

1986년 중편「음지의 눈」(『소설문학』4월호),「형벌의 집」(『문학정신』10월호), 단편「먹이그늘」(『현대문학』8월호),「송충이의 칩거」(『강대신문』3월 14일) 발표.

1987년 중편「썩지 아니할 씨」(『문학사상』2월호),「지빠귀 둥지 속의 뻐꾸기」(『문학사상』12월호), 단편「퇴장」(『한국문학』4월호),「밀정」(『문예중앙』봄호) 발표.

작품집『형벌의 집』(한겨레) 출간.

1988년 단편「잃어버린 잠」(『현대문학』3월호), 중편「투석」(『현대문학』11월호) 발표.

「투석」으로 제4회 윤동주문학상 수상.

1989년 중편「사이코 시대」(『동서문학』11월호) 발표.

작품집『지빠귀 둥지 속의 뻐꾸기』(세계사) 출간.

1990년 중편「시인의 겨울」을 연재.

「사이코 시대」로 제1회 김유정문학상 수상. 강원도 문화상 수상.

1991년 『문학사상』(1989년 10월호~1991년 4월호)에 연재한 소설창작교실 『당신도 소설을 쓸 수 있다』(문학사상사) 출간.

1992년 중편 「거울의 알리바이」(『문학사상』 9월호) 발표.
콩트집 『장난 전화 거는 남자를 골려준 남자』(판) 출간.

1993년 장편소설 『裕貞의 사랑』(고려원) 출간.

1994년 콩트집 『우리 시대의 온달』(작가정신), 작가연구 『김유정』(단국대출판부) 출간.

1995년 한국대표작가선집 『투석』(신원문화사) 출간.

1996년 중편 「개미거미들의 화음」(『문예중앙』 봄호), 중편 「시인의 겨울」(『작가세계』 봄호) 발표.
작품집 『사이코』(세계사), 테마소설집 『애비』(열림원) 출간.
『사이코』로 제33회 한국문학상 수상.

1997년 중편 「너브내 아라리」(『21세기문학』 가을호) 발표.

1999년 중편 「실종」(『문학과의식』 봄호) 발표.

2000년 「실종」으로 제8회 후광문학상 수상.
첫 수필집 『우리가 보는 마지막 풍경』(북스힐), 회갑기념문집 『세미나와 재미나』(북스힐) 출간.

2001년 중편 「한주당, 유권자성향분석사례」(『문예중앙』 봄호), 단편 「이미지로 간다」(웹진 『인스위즈』 5월호) 발표.
『아베의 가족』 스페인어로 번역, 페루 리마 PUCP 출판사에서 출간.

2002년 단편 「플라나리아」(『동서문학』 봄호), 「온 생애의 한순간」(『현대시』 6월호) 발표.

김유정문학촌 개관과 함께 초대 촌장을 맡음.

2003년 단편 「소양강 처녀」(『문학수첩』 여름호) 발표.

「플라나리아」로 제27회 이상문학상 특별상 수상.

2004년 단편 「물매화 사랑」(『문학사상』 10월호) 발표.

「플라나리아」로 제8회 현대불교문학상 수상.

'아베의 가족'이란 이름의 개인 서재를 춘천 석사동에 마련.

경희문인회 회장.

2005년 강원대학교 정년 퇴임. 황조근정훈장 수훈. 남북작가 대회 참가(평양).

작품집 『온 생애의 한순간』(문학과지성사), 문학 이야 기 『물은 스스로 길을 낸다』(이룸), 산문집 『길 위에서 만난 사람들』(이치) 출간.

2006년 단편 「꾀꼬리 편지」(『세계의문학』 겨울호) 발표.

강원대학교 명예교수.

2007년 김유정탄생100주년기념사업회 추진위원장.

2008년 중편 「지뢰밭」(『창작과비평』 봄호) 발표.

『아베의 가족』 독일어로 번역, 독일 페퍼코른 출판사에 서 출간.

경희대학교 객원교수.

2009년 중편 「남이섬」(『문학과사회』 봄호) 발표.

단편 「춘심이 발동하야」(『계간문예』 겨울호) 발표.

황순원기념사업회 초대 회장. 김유정기념사업회 이사장.

2010년 단편「드라마게임」(『세계의 문학』 여름호) 발표.

2011년 작품집『남이섬』(민음사) 출간.

2013년 춘천시 신동면 풍류1길 84-7(증리 562-6) 문학의 집 '동행'에 입주.

2014년 제8회 동곡문화상 수상. 제27회 경희문학상 수상.

바이링궐 에디션『Ahbe's Family』(아시아),『전상국의 춘천 산 이야기』(조선뉴스프레스) 출간.

2015년 단편「집을 떠나 집에 가다」(『문예중앙』 여름호),「가을하다」(『대산문화』 여름호) 발표.

이병주국제문학상 수상.

2016년 단편「어디에도 없고 어딘가에 있는」(『현대문학』 1월호) 발표.

단편「봄봄하다」(『대산문화』 봄호) 발표.

2017년 단편「오래된 나무는 나무가 아니다」(『월간태백』 3월호),「춘천아리랑」(김유정학술발표지 2017) 발표.

산문집『춘천 사는 이야기』(연인M&B) 출간.

2018년 중편「굿」(『문학의오늘』 여름호) 발표.

대한민국예술원 회원. 보관문화훈장 수훈.

2019년 전상국 중단편소설 전집 1『동행』(강) 출간.

2020년 에세이『작가의 뜰』(샘터) 출간.

전상국 중단편소설 전집 2

하늘 아래 그 자리

ⓒ 전상국

1판 1쇄 발행 | 2020년 9월 16일

지은이	전상국
펴낸이	정홍수
편집	김현숙 임고운
펴낸곳	(주)도서출판 강
출판등록	2000년 8월 9일(제2000-185호)

주소	서울시 마포구 동교로 17안길 21(우 04002)
전화	02-325-9566
팩시밀리	02-325-8486
전자우편	gangpub@hanmail.net

값 18,000원
ISBN 978-89-8218-262-4   04810
　　　978-89-8218-245-7(세트)

이 도서의 국립중앙도서관 출판예정도서목록(CIP)은 서지정보유통지원시스템 홈페이지
(http://seoji.nl.go.kr)와 국가자료종합목록 구축시스템(http://kolis-net.nl.go.kr)에서 이용하실 수
있습니다. (CIP제어번호 : CIP2020038007)